品 丰 著

中国致公出版社

晓晓，在你的理解里，爱情是什么？

大概就是我希望以后即便是因为些鸡毛蒜皮的事吵架，对象也最好是林普，跟其他人没什么意思。

第一章	跳下来，我接着你	001
第二章	一起上小学	031
第三章	他的雪人	057
第四章	砂锅麻辣烫	084
第五章	真希望赶紧长大	111
第六章	林昔，叫姐姐	140
第七章	你考虑我吧	167

目 录
contents

第八章	晓晓，我疼	195
第九章	八千胡同之最	225
第十章	凭本能爱一个人	255
第十一章	我们是一边的	284
第十二章	日光宫和翟欲晓	314
番外	温馨小日常	342

目录
contents

第一章
跳下来，我接着你

刚刚上二年级的翟欲晓小朋友背着粉嫩的大书包路过胡同口，又悄无声息地退了回来。她舔着糖葫芦，愣愣地看着胡同里，片刻后，她拿起胸前的小哨子，鼓着腮帮子吹起来。

翟欲晓小朋友自小以肺活量大著称，尖厉的哨声在落日的余晖里不间断地响了足有三十秒，惊起电线杆上数十只麻雀扑棱着翅膀飞走了。

"小兔崽子，滚！"

一个胡子拉碴的男人在刺耳的哨声里恶狠狠地盯着翟欲晓。他的眼底布满血丝，仿佛一年没睡过觉了。

他正站在胡同深处，面前有一个不知道谁家丢出来的、破破烂烂的灰色斗柜，斗柜上坐着一个四五岁模样、白白净净的小孩儿。小孩儿的裤子被脱到了脚踝处。

翟欲晓的哨声刺得自己都耳鸣，根本没听到男人在骂她什么，只是铆足了劲儿地继续吹着。男人作势追赶她，她吓得后退两步，差点儿崴脚，但仍然不停地吹着。

"晓晓？"小卖部里的孕妇端着水盆倒水，扯着嗓子遥遥地跟翟欲晓打了个招呼。

翟欲晓停不下来嘴，转头急切地望着她，向胡同里指着。

孕妇正打算上前看看，她的宝贝大儿子就噙着眼泪跑出来了。这里虽然不是主干道，但也不乏电动车和小三轮车，她赶紧拽着儿子的手往回走。

翟欲晓回头，男人已经不见了，胡同里只剩下小孩儿一人。

这是翟欲晓第四次看见这个小孩儿。他叫林普，是她家楼上的邻居，刚搬来的。她没听见过他说话，所以怀疑他有可能是个哑巴。

"老师说小背心和裤衩遮住的地方是不能给人摸的。"翟欲晓来到高高的斗柜下，继续舔着糖葫芦。

林普用两只小手撑着漆面斑驳的斗柜，低头默默地望着她和她手里的糖葫芦。

"你怎么不下来？"翟欲晓问。

"你是不是下不来？"翟欲晓自作聪明地继续问。

翟欲晓在林普的沉默里将最后一颗糖葫芦咬进嘴里，然后把小棍一扔，双手张开。

"跳下来，我接着你。"

林普慢慢地松开小手，眼睛一闭，向着翟欲晓并不结实的怀抱里跳下去。

"砰"的一声，两颗脑袋撞在一起。

又"砰"的一声，翟欲晓仰面栽倒在石子路上。

"哇"的一声，翟欲晓吐出还没有嚼完的糖葫芦，哭得肝肠寸断。

翟欲晓和林普的家就在附近另一条胡同里面，叫八千胡同。翟欲晓住在八千胡同最里面那栋楼的三楼，林普住在顶楼四楼。

翟欲晓抽泣着拍打掉林普屁股和大腿上的灰，给他提上裤子，然后不顾他的挣扎，硬牵着他热乎乎的小手回家。

路上，林普的肚子咕咕地叫了两回，翟欲晓并没有听到，她只顾着为自己刚刚没有接住人而感到丢脸。

最近家里的气氛再度变得有点儿奇怪，翟欲晓的父母总是说几句话就吵起来。这一晚倒是没吵，但大家在一张桌上吃饭，谁也不主动和谁说话，感觉很压抑。

家里吵架的频率跟翟欲晓的母亲柴彤回西城娘家的频率息息相关。柴彤每次从西城回来，起码两周内，她都会特别易怒，像个一点就炸的炮仗。

翟欲晓小朋友挖空心思地制造话题，试图调节饭桌上的"局部温度"，譬如"老师的肚子很大，但她说里面没有宝宝""同桌考了个'鸭蛋'，他回家可能会被打""班长在体育课上摔了个大马趴"……然而这些话题都只得到他们敷衍的笑。

她突然想起放学回来时发生的事情，于是添油加醋地说了一通。

"丧尽天良的狗东西！"柴彤竖起眉这样骂着。

"你最近要是碰到楼上的，给她提个醒，她儿子太小了，一个人出门买饭不安全，再说路上车也多。"翟欲晓的父亲翟轻舟揭起一张饼，卷了生菜递给翟欲晓。

虽然来往不多，但楼上楼下地住了两周，翟轻舟和柴彤也大概知道新邻居林漪家的情况。

林漪独自带着儿子林普生活，其实"带着林普生活"这句话不太准确，林漪一周最起码有一半的时间都不着家。翟轻舟和柴彤两口子上下班经常能看到小奶团子林普绷着一张小脸，捧着空荡荡的饭盒独自下楼买饭。他有时候能成功地买饭回来，有时候不能。周围小食店的老板们说，附近的坏小子们老抢他的钱，也有个别骗钱的。

柴彤脑海里闪过楼上女人盛气凌人的样子，没接翟轻舟的话茬儿，端起碗喝了两大口鸡蛋汤，转头叮嘱翟欲晓："没事少跟楼上那小孩儿玩，你听到没有？"

翟欲晓还挺喜欢楼上那小孩儿的，没别的原因，他长得可太好看了，比表姐三千多块钱的限量版娃娃都好看。"限量版"这个词是她照抄舅妈的原话，她并不清楚是什么意思。

柴彤在翟欲晓的脑门儿上重重一点，突然加重了语气："你听到没有？！"

翟欲晓龇牙咧嘴地回道："听到了，听到了。"

翟轻舟抬头瞥了一眼柴彤，一言不发。他将翟欲晓搂过来，给她揉了揉脑袋。

柴彤将空碗搁到桌上，不轻不重地"哼"了一声，起身去小书房批改学生的作业了。

柴彤是翟欲晓就读的一附小的数学老师，也是班主任，不过她一直教五、六年级。

翟欲晓抓着筷子，眨巴着眼睛望着翟轻舟。翟轻舟又默默地给她卷了个饼，然后出神地盯着角落里不知什么时候掉下来、再也没有挂回去的字帖发呆。

夜深了，林普双手支着下巴端坐在楼梯上。他下午出门弄丢了钥匙，用电话手表跟林漪说了。林漪发了很大的火，吼他不许乱跑，让他在门口等着，他就一直等到了现在。当然，他期间已经睡着两次了。

十一点半，林漪满身酒气、东倒西歪地回来了。她以为林普睡着了，用脚尖轻轻地踢了踢他的屁股。林普猛地抬头，一双黑葡萄似的大眼睛在暗夜里发亮。

"妈妈。"林普轻声叫着。

林漪应了一声，自精致的小包里掏出钥匙，打开了门。

林普的小肚子都饿瘪了，却不敢跟林漪说，因为她一定会问钱去哪儿了。她上回就因为这个揍过他。

他趁着林漪去洗澡，赶紧塞了几块饼干，然后就再也支撑不住，一头栽倒在自己的小床上睡着了。

林漪洗完澡端着一盆温水出来，推开小卧室的门，果不其然看到林普已经睡着了。她将他挪到床边，给他仔细地洗了脚，再把他挪回去，用小被子盖好，然后出来将水倒掉，回隔壁的主卧睡觉。

半夜，床头的手机突然"嘀"的一声，屏幕上跳出来自陌生号码的短信——

"再敢跟我男人发浪，再叫我逮着一回，你搬到哪里我就把你的名片发到哪里！"

翟欲晓小朋友早上背着书包出门上学，再度在楼下遇到林普。

林普正拎着豆浆、油条和包子上楼。

翟欲晓早忘了柴彤"少跟楼上那小孩儿玩"的叮嘱，贱兮兮地伸胳膊拦住一脑门儿汗的小孩儿，艳羡地问："因为你是个哑巴，所以不用上学，对吗？"

林普低着头，有些怕生，没理她。结果他往左走，她笑嘻嘻地去拦左边，他往右走，她又笑嘻嘻地去拦右边。

林普抓紧手里的塑料袋，心想：楼下这个姐姐今天没有昨天可爱。

翟欲晓往上扯着书包带，伸着脑袋龇牙咧嘴地伸到小孩儿面前。

"你几岁了？"她问。

"……"

"这是我家门前的路，你不告诉我你几岁了，我就不让你过去。"

她恐吓着。

"……"

林普缓缓地伸出自己的五根手指。

翟欲晓盯着那五根藕节似的手指，高兴得眼睛都没了，是一个"颜控"由心而发的、实打实的快乐。她说到做到，立刻给小孩儿让路，然后哼着昨天学的儿歌欢快地下楼了。

林普摘下脖子上挂着的新钥匙，开门进屋，把早饭放到饭桌上，然后跑去主卧敲门。半响，林漪趿拉着拖鞋开门。她在他的脑袋上轻轻地揉了揉，然后越过他去洗手间洗漱。她洗漱的时候盯着镜子里刚满二十六岁的自己，轻轻地骂了一声。

"咚咚咚——"

有人敲门。

林普听到敲门声，不敢开门，也不敢动。他收回正准备打开豆浆的手，眼神躲闪地望着林漪，叫声"妈妈"。

林漪扎好长发走过来，给他打开豆浆瓶盖，然后也没看猫眼，直接拉开门。

短信里那女人说的是"下回"，再说那女人敲门也不可能是这个动静。

对方果然不是来找碴儿的，是几个闲极无聊的老太太看到林普搬过来至今一直没上学，特地上门来问。

林漪把着门连门都没让进，用一句话就打发了："我们明年上一年级，他爸爸安排好了。"

林普其实不满五周岁，到来年这时候也不满六周岁，按说不能上一年级，但他父亲有办法。

林普"咕咚咕咚"地喝着豆浆，目睹林漪不太礼貌地送客，这回没有再去问任何关于"爸爸"的问题。

林普知道自己的父亲叫褚炎武,也知道自己的母亲是褚炎武的"外室"。"外室"就是不能住在一起的意思,这是五岁的林普对自己出身的认知和理解。

褚炎武上回来看他是两个月前,在以前的房子里。褚炎武问他愿不愿意跟他回家去,说家里有两个哥哥,一个十八岁,一个十二岁,都会照顾他。

他搂着林普这样说着,作势要抱他上车。林普吓哭了,疯狂地踢打,最后终于被放下了。

"翟欲晓,昨天的作业呢?没带?行,我下课就去问柴老师,我倒要看看你是没带还是没写。"

也不怪老师怀疑,一周里,这是翟欲晓第二次"没带"作业。

翟欲晓耷拉着脑袋,像霜打的茄子。

上一回是真没带,这一回是真没写——因为动画片太好看了。

七位不约而同"没带"作业的小朋友最后排成一排贴着后黑板站着,老师要求站够十分钟长长记性再回座位去。翟欲晓原本臊得慌,贝齿轻轻地咬着下唇,但后来看到大家接二连三地站起来,老师不再盯着她一个人数落了,很快松了劲。

柴彤路过二(2)班的教室,一眼就看到了正被罚站的翟欲晓。翟欲晓背靠后黑板站着,仍旧不能老实,正跟倒数第一排的好朋友王戎挤眉弄眼。

这个没心没肺的东西!

柴彤黑着脸,一直等到翟欲晓不经意地看过来,面无表情地给了她极严厉的一瞥,然后端着水杯继续向前走。

王戎也看到了柴彤刀子似的那一瞥,心有余悸地收回目光,再也不敢跟翟欲晓对视。

结果这天晚上翟欲晓预料中的"女子单打"并没有发生。她的姥姥不舒服,临时召柴彤回去了。

翟欲晓放学回家得知柴彤去了姥姥家,叼着翟轻舟从楼下买来的包子,内心喜忧参半。喜的是当下侥幸逃过一劫,忧的是接下来的日子恐怕会更不好过。

翟欲晓正在看动画片,突然听到轻轻的敲门声。她将电视音量调低,侧耳仔细听。真的有敲门声,只是轻得几乎听不见,像是怕吵到屋子里的人。她"噔噔噔"地跑到门口,踩着圆凳趴到猫眼上往外看,门外连个鬼影子都没有。

"干什么呢,晓晓?"翟轻舟听不到动画片的声音,拎着刚刚拆开包装的路由器出来问她。

翟欲晓鬼鬼祟祟地"嘘"了一声,耳朵贴着门静静地等着,仿佛一个经验老到的丛林猎人。大约过了十来秒,敲门声再度响起。她立刻兴奋地贴着猫眼看,但是仍旧什么都没有。

翟欲晓突兀地"啊"了一声,脑海里瞬时飘过好几幅电影里看到的画面,每一幅画面里都有血盆大口和白眼球。她踮着脚跑回翟轻舟身边,默默地拽住了他的衣角。

翟轻舟拖着紧张兮兮的翟欲晓打开门,门口站着的是林普。小孩儿太矮了,一米出头,贴门站的时候猫眼里根本看不到。

林普仰着头,泪眼婆娑地望着门里高大的邻居,默默地伸出自己被切到的手指头。他的小指和无名指都被切到了,伤口颇深,血都流到白嫩嫩的手掌上了。

翟轻舟催着翟欲晓去穿鞋，转头取了钱包、钥匙，一只手抱起默默流泪的林普，一只手拖着大气不敢出的翟欲晓，立刻赶往社区医院。

社区医院的李医生给林普打着破伤风针，随口问："他妈妈呢？"

翟轻舟摇了摇头："问也不说。"

翟欲晓可算逮着机会说话了。她跟林普并肩坐着，两只手一摊，一本正经地说道："他是个小哑巴，哭都哭不出声来，没法儿回答你，爸爸。"

李医生与翟轻舟短暂地对视一眼，两个人都没有说话。

回去的路上，林普不让翟轻舟抱了。翟欲晓喜滋滋地要去牵他的手，他攥着小拳头也不给牵。

翟欲晓屡次牵手不成，伤自尊了，转头向翟轻舟求助。但翟轻舟正跟林漪说着林普的情况，一个眼神都没给她。

翟轻舟五分钟前通过林普的电话手表跟林漪联系上了。

翟欲晓的小脸上挂不住，十分没品地偷偷出声威胁着："小哑巴，你家的房子和我家的房子都是我爸爸盖的，不牵手就不给你住哦。"

林普闻言咬唇回头看着她，长睫毛扑闪扑闪的。

翟欲晓以为自己把小孩儿吓唬住了，大度而霸道地再度伸手。结果小孩儿眼皮一垂，一言不发地跑了，也是过于倔强了。

翟轻舟的这通电话有些费时，他顺便也隐晦地说了前几天胡同里的事。林子大了，什么鸟都有，漂亮的小男孩儿其实并不比小女孩儿安全多少。前头小道上的路灯年久失修，只剩下最后一盏，且时亮时不亮。在电话那端林漪沉默的当口儿，翟轻舟叮嘱道："林普，跑慢点儿，不要摔着。晓晓，你看着点儿弟弟。"

翟轻舟的"弟弟"两个字刚刚说完，就听到林漪那边很嘈杂。他顿住，并立刻意识到她应该是在酒吧之类的场所。

此时已经将近十点了，往常这个时间，他家晓晓已经趴在床上盯着带拼音的故事书酝酿睡意了。楼上这位邻居将五岁的孩子单独扔在家里直到晚上十点，自己却并没有在单位加班，而是在酒吧里泡着？

"谢谢你，翟先生，刚刚用了多少钱，明天我让林普给你送过去。"林漪在嘈杂声里说。

"没花多少，不用放在心上。"翟轻舟轻声叹息。

翟欲晓原本希望自己能有个软萌的弟弟，但林普的出现打碎了她对弟弟的臆想。林普真是不可爱，不管她怎么逗，他都不理睬她。上回在楼梯上，他好歹还犹犹豫豫地给她比出个"我五岁了"的手势，最近碰到却连比画都不比画了。

"要不然我把省下来的那些巧克力都给他吧。"翟欲晓皱着小小的眉头跟自己的好朋友王戎商量。她这样说着，脑海中突然闪过舅妈给她巧克力时笑眯眯地跟她母亲说的那句"两块能抵晓晓一件小裙子"。她不由得生出些不舍，抓了抓脸，又说："不过他肯定不爱吃榛子味的，两块榛子味的我自己留着吧。"

王戎扯了扯自己的小辫子，耷拉着脸道："不能也给我两块吗？"

翟欲晓脸上露出了挣扎的表情，半晌，小声地说道："你的手指头又没有受伤。"

王戎一甩小辫，整整一个下午都没再跟她说话，她后来答应自己不吃、把榛子味的留给王戎也不行。

翟欲晓背着自己的粉色书包蹦蹦跳跳地回家，路上被翟轻舟截住了。翟轻舟需要出个差，所以得把她送到西城姥姥家去。柴彤周二下班后就去了西城，一直没有回来，虽然当晚打电话时她说老太太其实没什么毛病。

"姥爷、姥姥、舅舅、舅妈！"

翟欲晓扯下书包欢快地奔向客厅里正在聊天的四个人，兴奋得高高跃起，重重地落到她最喜欢的那张米黄单人沙发上。她就没在别人家见过如此松软的沙发，她这样跃起重重一压，屁股能陷下去一指半长。

"你个长不大的泼猴，什么时候能像你表姐一样稳稳当当的？"姥姥择着芹菜笑着说。

"柴彤呢，妈？大哥？"翟轻舟跟在翟欲晓后头进门笑着问。

翟轻舟一般不问岳父，因为岳父柴海洋耳背。

岳母毛惠君微微抬了抬眼皮，勉强挤出点儿笑意："啊，轻舟下班啦。这两天一个人带泼猴辛苦了。要不是学校离得远，早上得早起半个多小时，我就让柴彤把泼猴带过来住了，你也能轻松些。"

柴家大哥柴续手上剥着栗子，眼睛紧盯着法制频道的抓捕现场，心不在焉地跟着说道："啊，轻舟来了，待会儿别走啊，咱哥儿俩喝两杯。柴彤在厨房里炖鸡呢，你嫂子老惦记着她炖的鸡，妈炖不出来那味儿。"

柴续刚刚怀上二胎的老婆梁燕清起了身，做出要给翟轻舟让座的样子，给柴续的发言做了补充："柴续的朋友从山里带来一只正宗走地鸡，我想着自己炖就糟践了，还是得柴彤来。这两天妈胸口闷，我天天吐，真是多亏了柴彤的帮忙。"

翟轻舟听到这里就明白了，岳母其实不需要伺候，疑似怀上男胎的大嫂需要伺候。

柴彤的父母是非常典型的"无事找儿子，有事找女儿"的那类父母。柴续的事情再小也是大事，柴彤的事情再大也是小事。老人的态度放在这里，柴续两口子也就有样学样了。梁燕清不过是刚刚怀孕没有胃口，柴彤就得放下自己的生活，跨半个城回来伺候着。

翟轻舟笑了笑，只说了句"行，没事，不喝了，要出个差"，然后将翟欲晓的书包放到沙发上，转身去了厨房。

柴彤正穿着围裙原地转圈，因为找不到姜。

"妈、嫂子，家里的姜放哪儿了？"柴彤吆喝着，挨个打开橱柜寻找。

"妈说她也想不起来了，橱柜和冰箱里你都找找吧，柴彤。"梁燕清遥遥地回答着。

翟轻舟没来得及跟柴彤打招呼，直接帮忙一起找，最后在置物架最上层最里侧找到了。

翟轻舟将老姜洗了切片，微一侧头向柴彤示意客厅里叽叽喳喳的翟欲晓："晓晓给你带过来了，周日晚上回来我再来接她。她这两天感冒了，药在书包里，你记得饭后给她吃。"

柴彤用围裙擦掉手上的水，说："你出差回来直接回家，不用再来这里了。我跟妈说过了，周日中午吃完饭我就跟晓晓回家。我得留半天时间给学生批改作业，哪能老围着他们转？"

柴彤顿了顿，眼睛往客厅一瞥，不满地低声抱怨："半夜两点多，她叫我起来给她做酸汤面条，不知道我六点得起床跨半个城上班？就会假惺惺地说'柴彤麻烦你了'。烦死了，好像谁没生过孩子似的。"

翟轻舟将切好的姜片丢进锅里，然后重新洗了手，也在柴彤的围裙上擦了擦。

"行，你自己看吧。"他说，"周日中午要是走不掉也别急，给我发信息，我给你编个谎。"

"你安心出差，妈答应了。"柴彤说，"上回我跟哥吵架，妈不是拉了偏架？前天我一来就跟我道歉了。她叫我来主要就是给我道歉的，是我自己看着他们过日子费劲儿，主动留下来帮把手的。一个不舒服的老太太、一个不舒服的孕妇和两个废人。"

翟轻舟没再说别的,只是应了一声,重复嘱咐"有问题给我发信息"。

翟轻舟深知自己的岳母一心向着儿子和儿媳妇肚里的孙子,她答应是一句话的事,向来如此。别看她才小学毕业,却十分会拿捏人。她就是有本事给儿子九个子儿,给女儿一个子儿,还能把女儿哄得咧嘴乐,亏她女儿是教数学的。

翟欲晓在姥姥家度过了一个不太愉快的周末。因为跟表姐柴簌簌吵架,母亲拎着她的衣领将她推到卧室里锁了两个小时;因为跑太快差点儿撞到舅妈,母亲在她屁股上踢了两脚,姥姥也龇牙咧嘴地狠狠点了下她的额头……她收拾着自己的小书包,哭着要回家找父亲时,姥姥又给她剥栗子哄她。

"妈妈,你看。"翟欲晓吃掉碗底最后一口鸡汤泡饭,兴奋地展示碗底给柴彤看,"一粒米都没有剩下,我是不是可以回家了?"

柴彤先前答应她能吃光一小碗米饭就带她回家。

柴彤给柴海洋添了一碗米饭,眼睛往翟欲晓的碗里一扫,笑着点点头:"行,但要再喝半碗鸡汤。你这饭量都没有你表姐的一半,以后可长不了大个子。"

翟欲晓将碗伸出去,不忘瞪表姐一眼。柴簌簌不客气地回瞪她一眼。

梁燕清给翟欲晓盛了汤,又夹了个鸡腿进去,笑着问:"晓晓这么着急回家干什么?你不是最喜欢玩姐姐的那些娃娃吗?"

翟欲晓接过碗,礼貌地道一句"谢谢舅妈"。她挺了挺小胸脯,想骄傲地说我家楼上有个世界上最好看的娃娃,又突然想起母亲好像不喜欢林普。她眨巴着眼,弱弱地说道:"花卷回来了,给我带了礼物。"

住在翟欲晓楼下的花卷两周前请长假跟家人出国了。翟欲晓在饭桌上听父母说，他们全家是去参加花卷姐姐的婚礼了。花卷的姐姐花都比花卷大整整一轮，前些年出国治病去了，病好以后给国外的大姨当女儿，再也没有回来。

梁燕清知道花卷是翟欲晓的好朋友，转头问柴彤："花卷从哪儿回来了？"

柴彤说："M 国。"

梁燕清满脸惊讶道："他家那经济条件跟你家不相上下，其实还不如你家，前些年给孩子治病也花了不少钱。虽然你们现在住的楼以后拆迁了能有一大笔补偿款，但这不是没拆吗，能去得起 M 国？"

柴彤顿了顿，给翟欲晓擦掉下巴上的油，勉强耐着性子解释："思颖的大姐有钱。"

——花卷的母亲叫姚思颖。

梁燕清露出"果然如此"的表情。

午饭后，柴彤开着代步的二手车载着翟欲晓回家。

翟家一共两台车，一台是结婚时花光翟轻舟的积蓄买的十几万元的新车，一台是前年买的不到四万元的二手车。因为这台二手车，柴彤没少被娘家人埋汰，所以现在她回娘家一般都开新车。其实她这次回来开的也是新车，只不过翟轻舟要出差，跟她换了车开。

路上，翟欲晓叽叽喳喳地跟柴彤说话。

"妈妈，你烦不烦柴簌簌？"

"柴簌簌是我侄女，你说呢？"

翟欲晓搞不清楚因果关系——是你侄女怎么啦？是你侄女就不烦人了？

翟欲晓不高兴地抠着座椅上的一个小洞，絮絮叨叨地跟柴彤告状。

"舅妈说一人一个娃娃自己玩,结果舅妈一出去,她就把我的娃娃抢回去了。啊,她还嫌我手脏,最不喜欢的娃娃也不让我摸。喊,谁稀罕啊!"

"舅妈分给你娃娃的时候,问过簌簌的意见了吗?"

"那我不知道。"

"肯定没问过。娃娃是簌簌的,舅妈不能随便分给别人玩。"

"所以后来我就去看动画片啦。但明明是我先拿到遥控器的,柴簌簌非扑上来抢。"

"……"

翟欲晓盯着路边的糖葫芦摊总结道:"反正我就没有见过这么烦人的侄女。"

柴彤跟着前面的车踩了刹车,转头去看翟欲晓,眼睛便跟着看向路边小贩,没绷住笑:"再胡说我打你啊。"

翟欲晓一眨眼就将"烦人精"柴簌簌抛到脑后了,她扒着车窗,眼一眨不眨地盯着糖葫芦垛上的山楂、草莓、橘子瓣……她抓了抓脸,讨好地说道:"给我买串糖葫芦吧,妈妈。"

柴彤笑了,缓缓地降下车窗……

两个人一到家,柴彤就进了书房,她要出卷子、批改前面的卷子和备课。

翟欲晓举着两串糖葫芦,迈着小短腿跑到二楼去找她的小伙伴花卷玩。结果花卷一开门,她就傻眼了。花卷的嘴里塞着东西,半边脸都是肿的,像个猪头。

"你妈打你了?"翟欲晓战战兢兢地问。

花卷的母亲姚思颖在客厅里织着毛衣,笑不可抑。

翟欲晓舔着自己的那串糖葫芦，正要进门，听到有人慢吞吞下楼的声音。整栋四层楼里，只有林普下楼是这个声音，因为他个子矮腿短，要一阶一阶地下。

"林普，你想不想吃糖葫芦？"翟欲晓笑嘻嘻地盯着正捧着饭盒下楼的小孩儿。

林普黑葡萄似的大眼睛忽闪忽闪的，他看看她，再看看她手里的两串糖葫芦，轻轻地抿了抿唇。他太小了，能去的地方有限，在他能走到的范围里，并没有卖糖葫芦的。

"你叫我姐姐，张个嘴就行，我就给你吃。"翟欲晓期待地望着他。

"也得照（叫）我哥哥。"花卷也捧着右半边脸道。

林普倏地收回目光，嘴嘟了起来。他不再看这两个人，继续下楼。

花卷目送着林普下楼，忍不住说："他怎么长这么好看，怎么这么好看？"

翟欲晓催促道："你赶快把礼物给我，糖葫芦下回再给你吃啊。"

花卷龇牙咧嘴地瞅了下吃不到的糖葫芦，转身抱个粉色盒子递给翟欲晓。翟欲晓接过来就往楼下跑，一声短促却响亮的"谢谢卷卷"震得花卷头晕。

林普正乖乖地坐着等自己的水饺，几个不睡午觉的坏小子跑过来，围着他瞎起哄，其中起哄最大声的小胖子还抢了他饭盒的盖子。

林普垂着眼，不理他们，紧紧地攥着手里的十块钱，这回牢记着钱不能丢。

"干什么呢？"正煮水饺的大叔嘴里叼着烟，回头看着这群泼猴，"把盒盖子还给人家，不然小心我用铁勺敲你们。我可警告你们，我这一铁勺下去你们得哭晕过去。"

小胖子的父亲是单位里的小科长，他平时娇生惯养，也跋扈惯了，并不在乎饺子大叔的"威胁",他嘲讽地"呸"一声,吐了口唾沫,把盖子往地上一摔,抬脚就踩上去了。

煮饺子的大叔"啧"一声,作势上前,小胖子的小伙伴们不讲义气地退后。小胖子色厉内荏地盯着饺子大叔拎在手里的铁勺,一动不动。

"薛大头,我告诉你妈!"翟欲晓站在店门口,腿边放着一个粉色盒子。她一只手举着糖葫芦,一只手神气地叉着腰。

"你去告一个试试,小秃驴!"小胖子薛景趁势迈向翟欲晓,巧妙地离开铁勺的攻击范围,涨红着脸继续威胁她,"我让我爸爸开除你爸爸!"

翟欲晓听到"小秃驴"三个字立刻炸毛了。她虽然头发稀疏、细软且黄,但绝对称不上"秃"。她大步走来,非常霸气地将仅剩的一串糖葫芦硬塞到林普手里,然后就以迅雷不及掩耳之势伸手去抓薛景的脸,以至于一旁的大叔都蒙了。

翟欲晓小朋友打架不喜欢扯头发,因为自小就知道头发的珍贵。她喜欢抓和咬。薛景家里一个姐姐、一个妹妹,他实在下不去手跟小女生打架,又躲不开,不到三分钟,他"哇"的一声哭了出来。

大叔最后哭笑不得地将翟欲晓从薛景身上拽了起来。翟欲晓起来以后镇定自若地给自己重新扎紧小辫。她用犀利的眼神警告地扫了一眼林普。林普垂着眼,乖乖地咬下一颗沾着糖浆的草莓——他吃的是一串草莓和山楂双拼的糖葫芦。

两个人一起回去的路上,翟欲晓抱着粉色盒子,盒子上面放着装着水饺的饭盒。她几度回头盯着林普老也吃不完的糖葫芦,委实是馋,嘿嘿地笑着要求:"再给我吃一颗。"

林普眨巴着眼睛,看了看沾着自己口水的糖葫芦,再看了看眼巴巴盯着糖葫芦的翟欲晓，听话地将只剩下两颗的糖葫芦棍伸向她。

翟欲晓还没进门，薛景母亲的电话就打到家里的座机上了。

薛景的母亲是这么说的："柴彤啊，刚才薛景回家，我一看，手上、胳膊上都是牙印，一问才知道他跟晓晓打架了。你赶紧去看看晓晓有没有伤着哪里。小孩子打架没个轻重，哎呀，可烦人了。"

柴彤正因为班里两个好学生成绩下降的事而堵心，一听翟欲晓回家不到两个小时就惹事，气得头发丝都要竖起来了。所以翟欲晓没心没肺地哼着小调一进门，就被柴彤拎起来在屁股上打了两巴掌。翟欲晓多机灵啊，根本就不问"妈妈你为啥打我"，而是闭着眼睛号了两嗓子，这事就算过去了，跟着就去拆花卷的礼物了。

花卷的礼物是一身两件套的公主裙，显然是花卷的母亲挑的，十分漂亮。翟欲晓干号着试衣服去了。

翟轻舟夜里回来，柴彤跟他说了白天的事，问："用不用去薛科长家道个歉？我听着他老婆在电话里说话有点儿阴阳怪气。"

翟轻舟坐在沙发上泡脚，不当一回事地说："科长不计较这个。"

翟轻舟在大都的建筑设计研究院工作，薛景的父亲确实是他的上司，但是没有权力开除他。二人虽然是上下级，但私人关系一直很好。

深夜，翟欲晓合上故事书，正准备睡觉，翟轻舟轻手轻脚地推门进来。

"爸爸。"翟欲晓揉着眼睛叫了一声。

翟轻舟应一声，将她的故事书移到桌上，以防她半夜翻身被硌着，轻声问："今天跟薛景打架了？"

翟欲晓一言不发，将脑袋埋到被子里面。她向来不怕母亲的巴掌，但怕父亲的两片嘴皮子。母亲的巴掌虽然高高地扬起，看着可吓人了，但是落在屁股上其实并不疼——那毕竟是亲妈。但父亲的嘴皮子吐出来的话总是令人脸上火辣辣的。

翟轻舟任她龟缩着，耐心地跟她讲道理："我要是你，我什么情况下都不会跟薛景打架，因为胜之不武。人家薛景只要不还手，就能永远立于不败之地。"

"胜之不武"这个词翟欲晓没有学过，并不知道是什么意思。但"立于不败之地"里的"不败"是什么意思她知道。

翟轻舟继续说道："如果对方不是薛景，晓晓，你还敢动手吗？你肯定不敢，对不对？你就是仗着薛景肯定会让着你，跟以前一样。但薛景的忍让是让你适可而止的，不是让你得寸进尺的，你要明白这个道理。"

"适可而止"这个词翟欲晓也没有学过，但是"得寸进尺"她知道。每次她的要求多了、过分了，母亲就会让她不要"得寸进尺"。

良久，印着海绵宝宝的棉被里伸出一只手，那只手使劲儿地向外推着翟轻舟，配着一声闷闷的"我睡觉了，你出去吧，爸爸"。

十月一日国庆节，翟欲晓被翟轻舟硬按着看完电视上的阅兵仪式，然后迫不及待地跑出门玩了。她其实想去找林普，但柴彤就在家里客厅里坐着，她不敢上楼，只好将就地下楼去找花卷。

两个人和附近其他家的小孩儿在胡同里跑来跑去，一会儿跑到最里面的胡同，盯着老头儿爆玉米花；一会儿跑到最外面的胡同，支着下巴看路过的迎亲车队。他们也会做游戏，跳绳、跳皮筋或者踢毽子。值得一提的是，翟欲晓踢毽子总是无法超过四个。整个队伍里男生女生都算上，最次的就是她。

"你是不是安的假肢？怎么就你不行呢？"花卷发愁地问。

翟欲晓伸手一抹汗，狡辩道："是我今天穿的鞋子不行。"

他们在玩"过三"的踢毽子游戏。"过三"就是逢三、六、九就必须得踢过去，如果掉了，整个队伍前面共同累积的数字都会作废，得从零开始。翟欲晓是两个队伍都嫌弃的小朋友，是个被挑剩下的可怜虫，最后花卷说服自己队伍的老大，收留了自己可怜巴巴的朋友。

但是这位朋友真不值得可怜，这都是第三回掉链子了，即便队友们尽可能地给她安排踢中间的安全数字也没用。两支队伍现在的比赛数字分别是"162"和"0"，对比十分刺眼。

由于花卷表示要跟自己的朋友荣辱与共，两个人最后一起被除名了。

"我就不爱踢毽子，你非拉我去。"回去的路上，翟欲晓好面子地给自己找补。

花卷没有理她。他有点儿发怔，显然还没从老大手执鸡毛毽子、神色复杂的那句"你们不回家吃饭吗"的话里缓过神来。上午十点吃什么饭？就是赶他们走呗。

两个人回到八千胡同，在胡同口，猝不及防地目睹了"人贩子"拐带小孩儿的现场。"人贩子"跟电视里演的有些不同，岁数看着小了点儿，像个中学生。

翟欲晓再度拿起胸前的哨子吹了起来。

花卷没有哨子可吹，仰头向着不远处自家的窗户声嘶力竭地叫着"妈妈"。

林普哭得整张脸都湿了，抱着饭盒在褚元邈的怀里使劲儿地踢腾着，最后终于被耐心用尽的褚元邈不太温柔地扔在地上。林普爬起来奔向翟欲晓，死死地抓着她的胳膊，劫后余生似的轻颤着。

"你们再吹再叫一个试试？"褚元邈皱眉威胁道。

两个人瞬间都跟老鼠似的不敢吱声了。

褚元邈拎起之前扔在地上的书包，在三个小孩儿惊恐的目光里靠近。他目光掠过翟欲晓胸前指头长的金属哨子，不由分说地夺走，给林普挂到脖子上，呵斥道："以后再碰上变态就吹哨子，使劲儿吹，听到没有？"

　　林普微眯着眼睫，单手搂着饭盒，不出声地直往翟欲晓身后躲。

　　褚元邈仿佛牙疼似的"啧"了一声，在林普脑袋上狠狠一按，转身冲着刚刚遇到林普的角落遥遥地骂了句极难听的脏话，便大步离开了。

　　翟欲晓低头看一眼仍然在抽泣着的林普，小大人似的蹲下来抱着他，伸出自己的小脏手在他脸上胡乱地抹着，抹出一道道滑稽的黑痕。

　　"不哭啊，林普，不哭。"翟欲晓轻轻地拍着他。

　　自打褚元邈一靠近就一直贴墙隐藏自己气息的胆小鬼花卷，看到褚元邈消失在前面的转角才长出一口气。他有些脸红地也跟着轻拍了两下，安慰好像被吓坏了的林普。

　　林普哭起来没有声音，看着很令人揪心。

　　林普伸手搂住翟欲晓的脖子，片刻后，抽泣着将脸埋到小女生稚嫩的肩膀上。

　　小朋友们一起回家的路上，终于不哭了的林普摘掉哨子要还给翟欲晓。她坚决不收，她早就不想要这个丑陋的金属哨子了，王戎那个粉色的多好看呀，虽然音量不大，但把它挂在胸前跟个小仙女似的。

　　"饿了。"林普突然小声地说道。

　　林普早上起晚了，抱着小饭盒买早饭的路上，碰到上回脱他裤子的、很凶的大叔，然后又碰到同样很凶的、不认识的哥哥，最后没买到饭。不过那个哥哥知道他叫"林普"，他感觉很奇怪。

　　翟欲晓没有意识到是林普的声音，以为是花卷，转头不可思议地盯着花卷。花卷出门时还得意地说自己吃了十个水饺，母亲奖励了他五块钱，只是跑了两圈、踢了会儿毽子他就饿了？

花卷震惊地瞪着林普，他看都没看傻瓜翟欲晓，只默默地将手掌盖到她的脸上，将她的头拨向林普。

"饿了。"林普仰头望着翟欲晓。

翟欲晓后仰着，抓着花卷的脏手僵住了。

她的眼珠子几乎要瞪出来：他不是哑巴？

花卷喃喃道："他怎么会说话？"

林普又往前走了几步，见他们都没有跟上来，默默地蹲在地上等他们。

翟欲晓和花卷面面相觑，二人恨不得学习动画片里的夸张剧情狠抽对方，来看看眼前的世界是不是真实的。他们跟林普在一栋楼住了一个多月，上下楼也见过十回八回了，林普从未开口说过一句话。他们一直当他是个小哑巴。

翟欲晓立刻就原地绽放了。她欢快地奔过来，脏乎乎的小手托起林普的脸，在他嫩得让人想咬一口的小脸蛋儿上使劲儿地搓——虽然她自己也很嫩，但她用的是澡堂里母亲给她搓澡的力度。

林普躲不开，被搓哭了。

花卷和翟欲晓跟着林普来到林家。林普家里的布局跟翟欲晓和花卷家的一样。但林普家里比较干净，一是因为没什么玩具，二是因为林普是个时刻惦记着物归原处的小朋友。

花卷最近跟母亲学会了做蛋炒饭。他回家偷偷盛了一大碗昨日中午的剩米饭，用林普家冰箱里的鸡蛋和打蔫的芹菜，踩在小凳子上给林普做了一份香喷喷的蛋炒饭。

在做饭这方面，花卷是极有天赋的，只是一碗蛋炒饭，已初见端倪。

林普埋头吃得脸红红的,一脑门儿的汗。

翟欲晓实在馋得不行,向前伸着脑袋,要求他:"再给我吃一口。"

林普的手抓在勺柄中间的位置,使劲儿地挖了一大勺蛋炒饭,眨巴着大眼睛,小心翼翼地送到翟欲晓唇边。

花卷高兴得快飞起来了——两位小伙伴争着吃,太给面子了。

"也给我尝尝。"花卷也伸了脑袋过来。

林普再次深挖了一大勺,慢慢地送到花卷唇边。

午饭前,翟欲晓和花卷依依不舍地与林普道别,同时与他约定下午再来。林普家里没有大人,三个小朋友准备下午买些零食一起看动画片。

然而三个小朋友在这个年纪还不知道有句话叫"计划赶不上变化"。吃完午饭,翟欲晓撂下碗正准备往外蹿,就被柴彤横眉拎进书房里写作业了。花卷的母亲倒是不管花卷写不写作业,但要求他必须午睡。

林普坐在没有打开的电视机前,一直等着他的小伙伴们,最后等睡着了。

褚元邈本来是要去一个退休的老教师那里补习的,因为经过胡同看到令人糟心的一幕,半途下车了。解决完事情,眼看时间来不及,他索性给老师打了个电话,表示不过去了。如果不是因为那个退休的老教师也曾是自己母亲的老师,他这个目中无人的小子是不会打这通电话的。

"你给谁当爹都不合格。"褚元邈回家,拎着书包经过褚炎武身边,突然不阴不阳地这样说。

褚炎武正打电话训斥延迟交货的接收机供应商,突然得这样一句评价,十分莫名其妙。他耐着性子继续听供应商解释,什么"M国那边没有及时提供芯片""项目与项目撞车，工程师和测试员忙不过来"……突然意识到小儿子回来得过早，他冷不丁地截断供应商的话，说了一句"你等等"，起身冲着楼上尚未关上的门吼："你又翘课是不是？！欠你哥收拾是不是？！"

"砰"的一声，一记沉重的关门声，是褚元邈给他不合格的爹的回应。

三个小朋友的友情在国庆期间初步建立了起来，且随着天越来越冷，友情越来越牢固了。

由于翟欲晓的性格过于鲜明，隐隐是小团体的首领。花卷担当类似沙和尚的角色，脾气好、任劳任怨，但嘴碎。林普不爱说话，一天下来也蹦不出几个字，但眼睛总是跟着他们走，非常乖，让干什么干什么。

此外，翟欲晓和花卷还发现，林普情绪激动的时候是出不了声的。所以只要看到林普追不上他们、有要急了的倾向时，两人就立刻假装体力不支，让他追上。

因为翟欲晓的家里有父母在，花卷的家里也是，所以国庆以后的每个周末，小团体基本都在林普家里撒欢度过。林普家的门随时可以敲，因为他的母亲总是不在家，没有人管，这可真好。

嗯？林普的父亲呢？谁也没见过，可能死了吧，就像班里王小青的父亲那样。

"林普，你妈妈是我见过的最漂亮的妈妈了。"花卷咬着瑞士卷说。他上来的时候林普的母亲刚好出门，林母香香的，伸手在他的脑门儿上轻轻地揉了一下。

林普向来不回应这种本就不需要回应的问题。

翟欲晓嚼着薯片，殷勤地将自己特地带来的一堆娃娃向林普那边推。林普都没有什么玩具，太可怜了。

翟欲晓没有见过林普大笑，最近使尽了浑身解数在逗他。林普喜欢跟翟欲晓玩，每每她的烦人劲儿上来，逗得厉害了，他就气急败坏地走开，但总是没多久又快快地回来了。

翟欲晓身为"颜控"，百般折腾也看不到林普的笑容，她耷拉着脑袋很是烦恼。

花卷得知翟欲晓的烦恼，舔着手指上的柿子汁，说道："这个多简单啊。"

花卷跟翟欲晓一说自己的主意，翟欲晓笑得眼睛都没了。花卷真的是个绝顶聪明的朋友，虽然他卷子上的成绩总是一塌糊涂。

小团体在沙发毯上盘腿围成一个圈，互相打量着，开始玩一个"谁笑谁是狗"的游戏。

林普也不知道为什么，平常看到翟欲晓和花卷，并不觉得他们好笑，他们的笑话也都不好笑，但此刻看到他们突然都一本正经地绷着脸，互相打量着、监督着，他就莫名其妙地感觉……真的太好笑了。

林普最后笑得歪在地毯上，眼泪都出来了。他的眼睛本来就大，恨不得占住了小半张白嫩嫩的瓜子脸；黑瞳仁也多，一旦有了情绪就非常生动。翟欲晓愣愣地看着林普，仿佛在他眼里看到去年过年时在舅舅家燃放的一簇一簇的烟花。她吸了吸鼻子，忘了自己要说什么。花卷也是久久说不出话来。

花卷这天晚上回到家里，突然缠着母亲姚思颖，非让她给他生个弟弟，怎么哄都不行，让他父亲打电话哄也不行。寒冬腊月的，花卷小朋友最后被拎到阳台上冷静去了。

花卷的父亲花长立在晋市工作。晋市距离大都有两个小时的高速车程，实在不算近，所以他一般攒四天假，一个月回来一次。

翟欲晓的期末考试成绩不太理想，数学九十四分，语文七十六分。柴彤在学校时就阴着脸，拎着翟欲晓回家的路上一句话都没说。翟欲晓蔫蔫的，大气不敢出。

柴彤翻出钥匙，一打开家门，翟欲晓的心瞬间凉到了极点。翟轻舟此时还没有下班，没人能救她。

翟欲晓在门口期期艾艾的："妈妈，我想去楼下找花卷写作业。"

柴彤将钥匙扔在玄关上，转头瞪她一眼，说道："写什么作业？以后不用写作业了，把书包放到沙发上，去看动画片吧。"

翟欲晓耷拉着脑袋，揉着自己的书包带不说话。

柴彤突然提高声音："你上课都在干什么？老师在上面讲课时你在下面干什么？卷子上的题你做过没有？啊？！翟欲晓，你要是不想上学了，就麻利地拎个麻袋去给我捡垃圾，我告诉你，这回你就是把眼睛哭瞎了我都不……"

柴彤的"心软"两个字猝然被数声震天价响的踹门声打断。

翟欲晓正在玄关处靠墙瑟缩着，听到动静，尖叫一声，大步奔向柴彤。

被踹的是楼上的门。楼上有东西两户，只有东户住着人，就是林漪和林普。

翟欲晓听到自打出生以来听过的最难听的脏话："林漪，你以为你躲到耗子洞里我就找不到你了？！王海，你给我出来！你在这里胡闹，你儿子在家里发烧就要烧死了！不想过就都别过了！"

柴彤堵着翟欲晓的耳朵，黑着脸将女儿推到自己的小卧室里。她在客厅静静地坐了一会儿，起身去厨房淘米择菜。她将米来来回回地淘了三遍，再择好豆角，切好土豆，楼上的动静仍然丝毫没有减弱的趋势，且脏话越来越脏。她将菜刀往砧板上一剁，解开围裙，眼睛里仿佛燃着熊熊大火，开门冲了出去。

"喂！喂！楼上这位女士，楼上这家这个时间没大人，就一个小孩儿在家，你改个时间再来吧。"柴彤站在台阶下方，却以居高临下的姿态瞪着台阶之上撒泼的矮个子女人。

"关你屁事！"女人瞪目，回头便啐了她一口。

柴彤二话不说，三步并作两步地上楼了。她伸手拽着女人的卷发，不由分说就是一记响亮的耳光。

女人比她低了一头，根本打不过她，但性格强势、嘴巴硬，虽然正被人薅着头发，死活挣不开，也仍旧挑衅地质问柴彤："你替她出头，是不是也跟她一样是在酒吧混的？"

柴彤一听，一脚就把她踹跪下了。

柴彤特别烦林漪。楼上楼下的，天天给谁甩脸色呢？看不起谁呢？真当自己是哪家的落难公主呢？所以她不愿意翟欲晓跟林普玩在一起，翟欲晓正是狗都嫌的年龄，万一不小心磕着碰着林普，她可拉不下脸上门去跟林漪道歉。她再怎么不待见林漪，也不能眼睁睁地看着眼前这个疯女人用这样狂暴的行为惊吓里面的五岁小孩儿。尤其是那小孩儿似乎本来就有点儿问题——他过于安静了。

柴彤总共给了女人两个耳光和三脚，终于打服了她。柴彤最后用膝盖将她死死地压在地上，警告道："我让里面的小孩儿打开门给你看看，你要是再敢骂出一句……"柴彤顿了顿，"我就用家里的菜刀给你剃个头。"

女人一开始挣扎不休，但实力悬殊，实在回天乏力，终于"嗯"了一声，表示自己听到了。

柴彤站起来，擦擦脸，捋了捋头发，轻轻地敲了两下门，说道："林普，开门，我是晓晓的妈妈。"

门里没有任何动静，也没有人走过来的声音，但一分钟后，门开了，里面站着脸色煞白的林普，显然一直隔着一道门站在这里。

林普一开始站在门口正中间的位置，片刻后，他低着头慢慢地后退，给上门寻衅的女人让出一条道。

女人绷着脸进去，里里外外地巡视了一圈。房子里确实空荡荡的，没有林漪，也没有王海，她最后不甘地想摔两个摆件，但柴彤双眼一瞪，她就怯了。

临走时她指着林普说："小孩儿，告诉你那个妈……"

柴彤越过林普将她的手指折下来，往门外一指，眼睛几乎要瞪成灯泡："滚！"

翟轻舟正要抬脚上楼，就听到柴彤那句响彻整栋楼的、中气十足的"滚"，他以为柴彤在跟翟欲晓发火，三步并作两步地往上跑，其间没留意到与一个矮个子女人擦肩而过。他开门回到家，翟欲晓正好端端地坐在客厅里。他摸了摸后脑勺，以为自己刚刚幻听了，然后就听到身后柴彤一句不耐烦的"起开"。

翟轻舟自觉地让开。他将挎包挂在门后的木架上，用看稀奇的目光打量柴彤。

柴彤抱着不肯抬头的林普，轻轻地拍着他的后背，同时下巴向着厨房一扬，给翟轻舟一个"去做饭"的指示。

"什么情况？"翟轻舟问。

柴彤皱眉，示意他闭嘴。

柴彤抱林普，在客厅里来来回回地转了三四圈，然后坐回到沙发上。她一直低声哄着他，但林普一直没有任何反应，只是紧紧地搂着她的脖子。

翟轻舟向翟欲晓招了招手，父女俩蹑手蹑脚地去了厨房，再反手关上门。

"什么情况？"翟轻舟用气声问。

翟欲晓示意他蹲下来，她趴在他耳边同样用气声告密："有个阿姨踹林普家的门，她嘴巴可脏可脏了，我妈气得都捂上我的耳朵了。后来她一直不走，我妈就上去打她了。"

翟欲晓突然想到一个细节，再度趴到翟轻舟耳边，添油加醋地说："我听到我妈很大声地说'你走不走，你要是不走，我就给你剃个大光头'。"翟欲晓演绎到这里，疑惑地挠了挠脸，问道，"但是我觉得她这样不对，上回我帮同学剃头，她还踢我屁股呢。"

翟轻舟笑得停不下来，翟欲晓没轻没重地往他怀里一扑。他"哎哟"一声，搂着她一起跌坐在厨房刚拖干净的地板上。

柴彤为什么情急之下想到"剃头"这个威胁呢？确实是取材于翟欲晓。

翟欲晓是个让人不省心的小孩儿，上个月她将自己的小剪刀带去学校，给前后排一共四个同学剪了刘海。"翟托尼"剪完，两个审美正常的同学当场就哭了。当天晚上，四位同学的家长结伴找上门来。

翟轻舟将两个菜炒出来，大米粥也该起锅了。他端着碗筷出来，一边摆桌，一边向客厅偷看。

客厅里，翟欲晓正跟林普排排坐，玩跳棋。林普没听明白规则，随心所欲地动着自己的玻璃弹珠。这要换成花卷，翟欲晓早怒了，但翟轻舟眼睁睁地看着自己的"颜控"闺女在桌子底下悄悄地握了数回拳头，再假装耐心地捏着林普的手，将他的玻璃弹珠退回原位，不厌其烦地重新给他讲规则，甚至帮他走了长长的一步棋，直达自己的巢穴。

"叫你妈出来吃饭。"翟轻舟说道。

翟欲晓将林普的手抓离棋盘，再三嘱咐他不要动玻璃弹珠。她站起来奔向小书房，"咚咚咚"地敲了三下门，再赶紧跑回来。

"你没有动吧？"翟欲晓坐下来问。

林普的长睫毛一抖，轻轻地摇了摇头。

翟轻舟倚着门哈哈大笑。

从这一天起，林普开始来翟欲晓家吃晚饭了。林普食量小，给他做饭跟顺手喂猫似的，谁也不当一回事。

柴彤一开始是让翟欲晓直接上门叫，后来就要求林普每天六点半准时下楼。柴彤是蹲下来直视着林普的眼睛"要求"的，林普有点儿怕她，转头看向别处，半晌才点点头。

柴彤原来也不讨厌这个不大说话的小孩儿，上回林普埋在她肩膀上不声不响半个小时，彻底把她一颗心烫化了。不过林普是林普，林漪是林漪，柴彤分得很清楚。

林漪那晚回家，柴彤敲门跟她说了王海媳妇来闹的事，她面无表情地道了句谢，就没有再多的话了。

柴彤回家就愤愤不平地跟翟轻舟说她以后要是再主动搭理楼上那个女人，就去派出所户籍科改跟他们父女一起姓翟！

第二章
一起上小学

直到一个月以后快要过年时,林漪才知道林普在翟欲晓家吃饭的事,是二楼花卷的母亲姚思颖打招呼时"顺嘴"说的。林漪给林普留的钱不少,林普虽然不用来买饭,但都用来买零食跟两个小伙伴一起吃了,所以她一直也没察觉。

姚思颖是这么说的:"所以说小孩儿还是得用家里的大米白面细细养着,你看晓晓妈把你家小林普养得多好,上回他在楼道里跑着玩儿,摔了一跤,露出来的小肚皮白得要发光了。"

依旧是万籁寂静的深夜,是翟欲晓小朋友和花卷小朋友正在做第二茬儿梦的时间。林漪看到小卧室门缝里的光,轻轻地推开门。她以为林普睡觉忘记关灯,却发现他根本没睡。也不知道遇着什么好事了,他在被窝里拱来拱去,像一尾小鱼。

林漪在门上敲两下,林普从床头拱到床尾,在床尾露出了脑袋。

"再去晓晓家吃饭,把饭桌上的钱带上。"林漪说。

林普轻轻地点头,脸红扑扑的。

第二天吃晚饭时,林普直接抓着一把钱来了。柴彤一看他支支吾吾的样子,就很有先见之明地开门直接往楼梯上看去。果然,楼梯台阶上还躺着两张人民币。

柴彤将钱捡回来,把所有的钱放在一起,放进一个月饼盒里。她将月饼盒递还给林普,告诉他将月饼盒藏好,以后把林漪给的钱也都放进去。

林普眨巴着眼睛点点头。

饭桌上的几个人因为翟欲晓的安静而出奇地安静。柴彤给两个孩子夹着青菜,眼睛不时地扫过发呆的翟欲晓。翟轻舟也如此。

翟欲晓没留意到父母的眼神,她没有发呆,而是在沉思。"沉思"这个词是最后一课学的,要配以托腮的动作。

寒假前最后一天上课,班里发生了件大事,劳动委员黄欣玲的亲生父母来学校看她了——她居然是被抱错的孩子!她的亲生父母带了三大袋子的零食来,盛情邀请全班同学吃。薯片、奶糖、杧果干什么的管够,还一人一个仙女棒。

黄欣玲说,她身上穿的毛茸茸的小裙子也是她父母给买的——迪士尼限量版的。

那是翟欲晓第二次听到"限量版"这个词,她非常好学地举手问老师"限量版"是什么意思。老师当着人家家长的面,神情复杂地说:"'限量版'的意思就是……呃,比如说世界上只有一百个,卖完就没有了。"

翟欲晓小朋友非常不解,不明白黄欣玲有什么可炫耀的,黄欣玲的父母买了一个,世界上不还剩下九十九个那么多吗?!

翟轻舟用筷子的末端轻轻地敲了敲翟欲晓的额头,问她怎么了。

翟欲晓此刻早就忘了给大人带来尴尬的"限量版"的问题了,脑子里只剩下那三大袋零食、粉红仙女棒和毛茸茸的两件套小裙子。她皱眉问:"爸爸,我会不会也被抱错了?"

柴彤第一时间反应过来,忍俊不禁地在翟欲晓的后脑勺上轻轻地按了一下。

翟轻舟虽然不清楚发生了什么事情，但这个问题实在很好回答。他夹了一只虾剥好，给林普塞进嘴里，轻描淡写地回道："你照镜子瞅瞅你那祖传的塌鼻子，别挣扎了，你就是我老翟家的人。"

翟欲晓耷拉着嘴角，不情愿地接受了自己不是谁家遗落的千金的现实。

饭后花卷抱着自己的乐高来了。翟欲晓和花卷两个人拼乐高实在太吵了，柴彤赶他们一起去楼上林普家，并叮嘱他们，谁再把林普惹哭谁就挨揍。

柴彤的叮嘱十分郑重，眼睛对着眼睛，一字一顿的，因为单单是在这里拼乐高的十几分钟里，他们就一人惹哭林普一回了。林普有点儿听不懂，一直伸手捣乱，哥哥、姐姐一开始还能控制着脾气，好声好气地让他住手，后来干脆不耐烦地"啧"一声直接打他手背——小孩儿下手没有轻重，两声脆响，林普就眼泪汪汪的了。

"林普，哥哥和姐姐要是再打你，就下来告诉我。"柴彤也对林普说。

林普抹掉眼里的泪，捧起翟欲晓分给他拿的那部分乐高碎片，轻轻地点头。

柴彤在林普热乎乎的脑门儿上亲了一口，再在他屁股上轻轻一拍，笑道："行了，去跟他们玩吧。"

小朋友们吆喝着奇奇怪怪的口令上楼以后，柴彤并没有立刻去收拾桌面。她与翟轻舟一道坐在沙发上，出神地盯着电视里的亲热画面——要是翟欲晓在这里，此时已经被支使着去洗苹果了。

"今天是我做的饭。"翟轻舟看到柴彤坐下来，警惕地道。

自打结婚以来就是这样，一个人做饭，一个人洗锅，彼此非特殊情况从不耍赖。"特殊情况"很人性化地包含了生理期。

柴彤哼出一句"小气",向前倾了倾身,在水果盘里挑出一个最大的橘子。

"上回王海家的人来闹事,花卷妈在楼下也听了几句,前些天碰上她表弟莫里,就打听了下。莫里是做酒吧行业的,你是知道的吧?人家说楼上的是西城有钱人家的外室,也不知道有钱人是怎么想的,竟不在乎她在夜场陪酒赚钱。"

"有钱人可能就是因为不容易被我们普通人给琢磨透,所以才有钱的吧。"翟轻舟盯着愈演愈烈的亲热画面不走心地说道。

"但就是林普啊,"柴彤将橘子瓣塞进嘴里,酸得眯起眼,说道,"林普跟着这样的爹妈算倒了八辈子血霉了。我刚刚看着小孩儿抓着筷子默默扒饭,给他嘴里塞什么就乖乖吃什么,我就想跟楼上那个天天不着家的说,你的小孩儿要是不想要了给我算了。这年头什么人都能给人当妈。呸!"

最后的"呸"承担了虚实双重意义,是吐掉酸得实在咽不下去的橘子的声音,也是对楼上女人毫不掩饰的唾弃。

"簌簌的学校后天放假,她想来住几天,你明天下班绕去天河菜市场买只鸡回来。"柴彤起身去洗锅前,突然想起这件事,回头叮嘱着。

"需要买山里的走地鸡吗?"翟轻舟的眼睛终于从电视上移开。

柴彤立刻想起上回回家她兄嫂一再显摆的"一只能抵四只"的山里走地鸡。一只鸡也能显摆个没完没了,显然是比她还穷的穷人。她黑着脸说:"买西郊养殖场的饲料鸡!"

腊月十七,一个冷得令人两股战战的日子,柴簌簌这个"烦人精"终于还是顶着六级大风来了。

翟欲晓是个没骨气的,柴簌簌给她带来一个粉红蝴蝶结水晶发夹,她喜滋滋地照着镜子往脑门儿上一别,就开始喋喋不休地跟表姐畅叙几个月不见的思念之情了,前一晚偷偷藏起来的小物件也一一拿出来跟人分享了。

卧室里的暖气太足,柴彤半夜渴醒,出来倒水,听到小姐妹仍旧叽叽喳喳地在聊,她不悦地敲门,最后一次警告:"早点儿睡,听到没有?都几点了!"

夜里突兀的敲门声实在太吓人了,翟欲晓绘声绘色地演绎着柴彤上楼打架的声音倏地断了。她低呼一声将脑袋埋进被窝里,半响才缓缓地露出一双惊惶的眼睛。

柴簌簌半起身回了一句:"听到了,姑姑。"

两个小姐妹睡前喝了奶茶,半夜先后被尿憋醒,上完厕所又不困了。柴簌簌跟翟欲晓说自己的母亲在菜市场跟摊贩吵架,翟欲晓马上不服输地用柴彤去楼上跟人打架的事把她比下去了。

柴彤听到柴簌簌的声音,满意地趿拉着拖鞋回房间了。

翟欲晓竖起耳朵,听到隐隐的关门声,非常夸张地舒了长长的一口气。她心有余悸,煞有介事地跟柴簌簌说:"簌簌,你听姥姥说过吗?我妈妈以前学过散打,她要是使点儿劲儿,一拳能打死一只藏獒。所以我跟我爸爸平常都不敢惹她。"

柴簌簌比翟欲晓大两岁,正上四年级,她的心智要比翟欲晓成熟些,但也有限。她虽然嘴里反驳说"我可没听奶奶说过,你太夸张了",但心里仍暗暗决定要加入姑父和表妹的保命阵营,没事尽量不惹姑姑。

虽然是暗暗下了这么个决心,柴簌簌还是在第二天就惹着了姑姑,值得庆幸的是姑姑并没有动手,只是非常严肃地批评了她一顿。

起因非常简单,柴簌簌终于见着了翟欲晓口中比她的限量版娃娃都要好看的林普。

柴簌簌也是个"颜控",自打林普出现在饭桌上,她就开始频频动手动脚,一会儿悄悄地揉一揉林普的手,一会儿趁人不注意搓一搓林普的脸。林普这个没嘴的葫芦都烦了,一直向后躲她,破天荒地皱眉"啊"了两回。

早饭时间就开始下雪,不停歇地下了一天,至晚饭后,楼下胡同里的积雪已经有脚脖子深了。花卷在楼道里仰着脑袋一声招呼,刚刚放下碗的三个小朋友没擦嘴便要往楼下跑。柴簌簌不顾柴彤的阻拦,堵着路非要去抱林普。林普着急下去堆雪人,只好向恶势力屈服,不情不愿地向着柴簌簌伸出了胳膊。

柴簌簌往大了说也只是十虚岁,自以为力气很大,但其实抱个五岁小朋友下楼还是十分费劲儿。明明只下到一半台阶就发现自己不行了,但为免被姑姑和表妹笑话,仍然咬牙坚持。最后两个人毫不意外地摔倒了,且是以柴簌簌瓷实地压在林普身上的方式。

林普哭起来仍旧没有声音,只有眼泪扑簌簌地掉,显得委屈极了。花卷这个"告状精"立刻上楼向柴彤告状。翟欲晓跟柴簌簌的塑料姐妹关系再度破裂,她发出愤怒的声音,奋力地推开死沉的柴簌簌,蹲下将林普抱起来,用自己的小兔子围巾使劲儿给他擦眼泪。

在柴彤和闻讯赶来的花卷母亲的安慰下,林普终于不哭了,结果这边林普咬着热腾腾的春卷刚刚破涕为笑,那边一直不敢说话的柴簌簌就"呜呜"地哭了起来。

赶在腊月二十三祭灶之前,柴续专门前来接走了柴簌簌。祭灶以后,日子就过得飞快。翟欲晓几乎天天跟着爸妈出去赶年集。昨天买鸡鸭鱼肉,这天买干货和青菜作料,隔天买瓜子、花生、核桃,后天买烟花爆竹和对联什么的——翟欲晓直到成年都搞不明白为什么不开着车一趟买完，一趟又一趟，这是过家家呢？

林普最近天天被林漪带出去。因为褚炎武突然打电话通知她，他要把林普带回家团圆。当然，他承诺，大年初五他会再送林普回来。毕竟由林漪抚养林普是两个人早就说好了的。林漪在电话里直接拒绝了褚炎武："你想什么美事呢？我瞎了眼才跟了你，跟家里决裂这么多年，我妈去世我都没被允许回去见一面，你想团圆？呸！"

"小孩儿看一晚上动画片刚刚睡着。要不你别叫醒他，直接抱回去吧。"有个好听的女声这么说。虽然好听，但舌头有些短，显然是酒后微醺的状态。

"我的鞋跟七厘米高，抱什么抱？"林漪没好气地怼人家，脸色并不好，并不顾念人家免费帮她看了一晚上小孩儿。她弯腰轻轻地推着林普的肩膀，压着声音催促："起来，林普，回家了，回家再睡。"

林漪确实是夜场里陪酒的。此外，她有一副好嗓子，所以偶尔也上台唱歌。林普在的这几夜她只登台唱歌，还算有些当妈的底线。

"喂，你唱的那首《物是人非》我都听得哭了。"女声仍旧好脾气地跟她搭话。

林漪面无表情地看了她一眼，就连"嗯"一声都吝啬。

林普揉着眼睛醒了，小声地叫着"妈妈"。林漪指挥他自己跳下沙发穿鞋，然后一马当先地出了酒吧休息室的门。

但林漪仍旧没有防住褚炎武。大年三十下午，褚炎武特地吩咐公司里的司机加个班来替他开车。他趁着林普下楼扔垃圾，果断将其抱上了车。他甚至不敢打电话给坏脾气的林漪，只给她发了条短信，说林普已经被他接走了。

林漪敷着面膜气急败坏地跑下楼，连个车屁股都没看到。她给褚炎武打电话，但褚炎武厌得不敢接，她便在短信里开始了脏污不堪的辱骂。褚炎武收到后只扫一眼就删了。他知道林漪不会来他家里，所以也只能在嘴上痛快一下了。他当务之急并不是安抚出离愤怒的林漪，而是林普。林普不停地吹着胸前的金属哨子，哭得稀里哗啦。

"你吹一路了，林普，嗓子疼不疼？"

"你是不是没有见过爸爸生气？别吹了！听到没有？！"

褚炎武被耳边的哨声震得太阳穴直跳，前头的司机也痛苦不堪。二人的目光在后视镜里对视了一下，然后一个轻叹着看向车窗外辞旧迎新的一抹抹鲜红，一个记挂着女儿点名要吃的核桃包，继续目视前方。

褚元维带着褚元邈打网球回来，正要换鞋，听到楼上微弱的哨声，一同看向正在楼梯口张望的住家阿姨。

阿姨不忍地轻声说道："林普来了。"

褚元维和褚元邈面面相觑。褚元邈问："我爸不在家？"

阿姨回："刚才接了一个电话就出去了。"

两个人磨磨蹭蹭地蹬掉鞋子，在微弱却连绵不绝的哨声里，一前一后慢吞吞地上楼。这天是大年三十，所有人家里都是欢声笑语，只有他们家里是一个出不了声的五岁小孩儿绝望的哨声。

五年前的一个黄昏，兄弟俩的母亲蒋阅因病去世了。蒋阅去世前，叫他们到跟前，跟他们详细说了大人之前的感情纠葛。其实于蒋阅而言，根本就没有"纠葛"。

蒋阅自小身体就不好，与褚炎武是基于两人都不讨厌彼此才结婚的。当时的情况是，蒋家只有蒋阅一个女儿，而这个女儿因为身体不好早早就辍学了，也因为身体不好根本没法儿管理公司。褚炎武是蒋父手下的得力干将，能力和人品在当时看来都属上乘。在蒋父的一力撮合下，两人稀里糊涂地就结婚了。

"感情是需要培养的"这句话，早就被人说烂了，但它实在太因人而异了。褚炎武和蒋阅培养了十几年感情，都没能培养起来。除了两个儿子带来的牵绊，他们之间大概只能称得上是朋友关系。

褚炎武与林漪好上以后，尽力瞒着蒋阅，但夫妻一起生活了十几年，蒋阅哪能看不出来？但褚炎武自己不提，她也不愿意开口。一是离婚涉及财产分割，并非一朝一夕能成的事；二是她前不久才被下了两次病危通知书，虽然最后侥幸活着下了手术台，但她觉得自己再活一年都够呛，实在懒得折腾。

但蒋阅万万没想到，褚炎武没有告诉林漪自己是已婚的状态。后来褚炎武自己的解释是，林漪脾气太坏了，她不可能给他时间详说内情。而且，"我跟我老婆之间没有感情，我爱的人只有你"这样的渣男经典语录虽然于他算是事实，但在其他人听来是多么欠抽。

林漪怀胎七个月的时候，不知从哪个犄角旮旯里翻出一枚戒指，顺藤摸瓜地得知褚炎武已婚。这对于林漪的打击可以说是毁灭性的。原本褚炎武比林漪大整整一轮，林漪的家人坚决不同意，但林漪本人自小特立独行，和家人闹翻也要和褚炎武在一起。

林漪怒摔了褚炎武的手机，愤而将他抽得好几天都没法儿出门见人。公司里的人联系不到褚炎武，蒋阅只好给林漪打电话——蒋阅直到打这通电话之前都以为林漪是知道她的存在的。她这通用时不到三分钟的电话对林漪来说不啻是一种羞辱，甚至更深一层的羞辱——原来人家的原配一直在看戏。

林漪一直是人群里最漂亮也是最酷的女生，自视清高，结果竟是个第三者——林漪一直如此自嘲。

但最后令林漪最愤怒的既不是褚炎武，也不是蒋阅，而是她自己。

她离不开褚炎武。

一腔喂了狗却仍旧炽热的爱情和肚子里时不时拳打脚踢的小孩儿，都让她愈加离不开他。

她不许褚炎武回蒋阅的家，打折了他的腿。

蒋阅拖着病体跟褚炎武离了婚。一个月后，蒋阅旧病复发，紧急入院，第二天傍晚就在医院病逝了。蒋阅离婚前和离婚后都一直想要见一见林漪，林漪却一直不肯见她，也不接她的电话。

蒋阅突然去世后，林漪绝了嫁给褚炎武的心。

蒋阅去世前跟兄弟俩说："你爸爸在我这里不能算是出轨，因为自打结婚我们两人之间就没有感情。要不是我身体实在不行，三天两头进医院，我们早散伙了。你们也不小了，这些年多少也看得出来，对不对？你们的爸爸唯一对不起的就是林漪。林漪比他小一轮，长得好看，心气也高。他优柔寡断，一直没跟人家说实话。总之，以后林漪嫁进来，你们不要寻人家的麻烦，不讲理。"

褚元维用钥匙打开门，林普正蜷成球缩在被子里，微弱的哨声就是从棉被里传出来的。他微微使了些力气扯掉棉被，伸手将小孩儿拉出来，不顾他的挣扎，把他翻转着搂过来。小孩儿显然哭很久了，背上湿湿的，一脑门儿汗，长睫毛几根几根地粘在一起，鼻头红得像是舞台上的小丑。

褚元维用腿固定着胡乱踢腾的林普，不理那几欲刺破耳膜的哨声，给他脱掉湿透的衣服，再用一旁的毛毯将他裹住。

"去楼下跟阿姨要条热毛巾，再看看有没有小孩儿能穿的衣服。"褚元维吩咐褚元邈。

褚元邈得令，刚走到门口，一直悄悄等在门口的阿姨就将热毛巾和褚炎武特地让助理给林普买的新衣服递过来了。阿姨给完东西，出门后悄悄地舒了一口气。

林普不停地哭,一直吹哨,彻底吹烦了褚炎武——他就没见过这么犟的小孩儿。

褚炎武将他锁进客卧里,要求谁也不要理他。

褚元维就像没听到哨声,给林普擦了脸,再穿上干净的衣服,戴上可爱的毛线帽,然后抱着他下楼,在庭院的雪地里来来回回地走着。

他一直轻轻拍着林普的背,重复着自己的承诺。大约半个小时后,林普的哨声终于停了。

林普的嗓子哑了,委屈地动了动嘴,口型是"明天"。

褚元维笑得十分温柔。他上半身微微后仰,用口袋里柔软的纸巾仔细地替他擦干净脸,轻声保证道:"嗯,明天。"

褚炎武要求林普在褚家一直住到大年初五。大都讲究个"破五",大都人一般大年初五之前不离家。褚元维在雪地里答应林普第二天就送他回家。

褚炎武跟人谈完事情,在此起彼伏的烟花爆竹声里开车回家。家里终于没有令人恼火的哨声了。他正要往二楼走,去看看他倔强的小儿子是不是终于屈服了,余光看到客厅里的景象,顿住了。

客厅里,林普坐在他的小哥哥褚元邈旁边,小口地喝着阿姨喂的梨水,聚精会神地盯着电视里的动画片。动画片里扎着冲天辫的小女生正在讲降落伞的原理,林普听得十分认真,小胳膊偶尔小幅度地挥一挥,模仿降落伞打开以后飘降的样子。

褚炎武大步过去,俯身想抱抱林普。林普立刻不满地"啊"了一声,埋到褚元邈的膝盖上。

林普岁数小,不太记人。他只觉得褚元邈面熟,没认出来他就是数月前在胡同口替他赶跑坏人的另一个"坏人"。

褚元邈玩着贪吃蛇的游戏，面无表情地警告道："他烦你，别招他。"

大年初一，翟欲晓和花卷给街坊邻里拜了年，各自数着自己的压岁钱，跑到胡同口的小卖部里挥霍。所谓的"挥霍"其实也就是买一些翟欲晓喜欢的一些闪闪发光的饰物和花卷喜欢的各种形态的奥特曼。住在附近的小朋友们也都攥着钱出来了，大家叽叽喳喳地讨论着动画片里哪个公主戴了这个水晶夹子、哪个奥特曼有这种能发光的武器，热闹极了。

小卖部的店主正准备吆喝着让这群闹腾的小孩儿赶紧挑好东西走人，突然听到其中一个小姑娘向着路对面的漂亮跑车尖声叫着"林普"。那声音里面有扑面而来的、最真实的高兴。

褚元维降下车窗，眼睁睁地看着正低头跟棉卫衣绳子"搏斗"的林普在听到叫声的第一时间扬起脑袋，向着奔过来的小姑娘露出笑容。小姑娘将林普抱起来，人来疯似的转了两圈，喋喋不休地问他"昨天去哪儿了""不是说好除夕一起放仙女棒吗""不是说好初一一早上结伴出门拜年的吗"……林普的长睫毛微垂着，腼腆地笑着，两只小手捧着小姑娘红扑扑的脸高兴地轻轻拍着。

褚元维没有再打扰林普，轻轻地按了两下喇叭，向林普挥手告别。林普被小姑娘扯着站在马路外沿，半晌，也跟着伸出小手轻轻一挥。

褚炎武发现褚元维提前将林普送走，非常生气。但褚元维只用一句话就堵死了他："你听到小孩儿的哨声晚上不做噩梦吗？"

林普是十一月底的生日，也就是阴历十月底，此时已经五周岁两个月了。别人家小孩儿在这个岁数都会声嘶力竭地跟家长狡辩了，林普却要么不吭声，要么蹦单字，情绪激动的情况下则直接出不了声。

褚元维私下见过林普三回，林普回回都像个可有可无的小影子。

梁燕清整个孕期将娘家、婆家以及小姑子家都折腾了好几轮，终于在四月十六日提前剖宫产，生了个胖嘟嘟的小子。小子出生时八斤四两，哭声嘹亮，十分健康，柴续给他取名"柴麟麟"。

翟欲晓看到舅舅写的"麟麟"两个字，不由得叹息着轻抚表弟的秃瓢，深深地替表弟担忧。把"麟麟"两个字一笔一画地写出来的时间，别人都做了两道算术题了吧。

翟欲晓正欲说话，毛惠君过来拿开她的手，给刚剃了胎毛的孙子戴上了毛茸茸的小帽子。

"姥姥，麟麟热。"翟欲晓乖巧地提醒。

此时是五月下旬，柴麟麟刚过满月。

毛惠君盯着正吐着口水泡泡的孙子，笑得眼睛都要看不见了，真是怎么都看不够。她轻轻地揉搓着孙子的小脚丫，半晌，仿佛才听到外孙女的问题，笑着说："你这个泼猴一天到晚上蹿下跳的当然热了，你弟弟还小，怕冷。"

柴彤不乐意了，啃着甘蔗皮，口齿不清地说："妈，你能不能收敛点儿？老'泼猴''泼猴'地叫我们晓晓，你孙子、孙女就稳当了啊？"

柴续捻灭了烟头，剥着毛豆，不当回事地笑："我家籔籔是比你家晓晓稳当些，这点你不服气不行，要不然给你看看她老师的评语？"

柴彤佯怒地横了柴续一眼，转头将啃掉皮的甘蔗塞给刚换新牙、整天矫情的翟欲晓。

梁燕清撑着躺椅坐起来，转移了话题，问："哎，柴彤，麟麟出生时，你跟轻舟来医院看我，我记得你们说要给晓晓报个班学点儿才艺，考虑好要报什么班了吗？我准备让簌簌学钢琴，虽然九岁才开始学有点儿晚了，但也没指望她成大师。你们家晓晓要不要也一起？"

柴彤第一时间考虑的其实也是钢琴，小姑娘温温婉婉地弹钢琴，那画面得多美啊。她去问翟欲晓，这个没心没肺的东西立刻说着"好啊，好啊"点头，然后热情地给她捶腿，问柴彤她答应去学钢琴能不能给二十块钱买电子手表。

柴彤深知翟欲晓的尿性，干什么都是三分钟热度，万一他们夫妻俩节衣缩食地买了钢琴再报班，回头翟欲晓死活不干，她作为一个亲妈也不好真打折亲闺女的腿，所以这事得缓缓。

"没考虑好呢，我们预约了几个体验班，钢琴、绘画、书法和舞蹈什么的，最近打算趁着周末一一去试，然后再让晓晓自个儿决定要选哪个。"

柴续"呸"的一声吐掉毛豆壳，不以为然地轻哂一声："费那劲儿！"

柴彤这回真怒了，正准备问他"只有你们家孩子值得费那劲儿是不是"，毛惠君拽了下她的胳膊，向着眼带歉意的梁燕清努努嘴，然后用柴麟麟的尿布不轻不重地甩了柴续一下，权作警告。

林普家里的玩具越来越多了，有三个小朋友一起买的，也有翟欲晓和花卷落在他家的。翟欲晓有一回落了一颗"希望之钻"——一个六个角都很尖锐的塑胶片，林漪洗完澡出来没注意，一脚踩上去，脚底立刻被扎出了血。刚好这一天诸事不顺，林漪非常生气地闯进林普的卧室里吼他，让他立刻下床去收拾自己的玩具，否则她就都扔了。

林普噙着眼泪收拾好玩具，蔫头耷脑地回卧室继续睡了。自打这之后，玩具在客厅地板上绝迹了。它们委委屈屈地被藏在电视柜里、鞋柜里,以及并不常打开的橱柜里。

林普虽然不上学,但也最喜欢周末,因为周末翟欲晓和花卷全天都在。他们有时候领他下楼去跟附近的小孩儿玩,有时候就留在他家里瞎闹。值得一提的是,每回玩过家家,林普都假扮他们的孩子。

花卷这一天被姚思颖拧耳朵了,是转圈拧的,现在耳根还是红的。因为老师在上面讲课时,他在下面跟同桌玩翻花绳,屡教不改。

"林普,你会不会玩翻花绳?"花卷红着眼问。

显然单拧耳朵是不管用的,它只能伤到身体,伤不到不屈的灵魂。

林普摇摇头,好奇地盯着那一截毛线。

花卷狠狠地抹掉眼泪,想了想,说:"那,我教你吧。"

林普点点头,眼睛立刻弯下来了。

花卷忆起过年时柴彤和母亲的叮嘱,他带着哭腔,不忘严格地要求林普:"不能点头,你得说话。"

"好。"林普说。

翟欲晓在楼道里吆喝着让花卷来林普家,心急火燎,结果花卷到了,她却说要先在家里蹲个厕所。

花卷和林普翻花绳翻了十分钟,翟欲晓姗姗来迟。她神神秘秘地将两只手藏在身后,眼睛亮晶晶的。两个小伙伴期待地等着,看到她给他们展示出柴彤的卫生护垫。

但三个人还没来得及发挥,带着粉色小翅膀的卫生护垫就被悄悄跟来的翟轻舟没收了——翟欲晓出门时鬼鬼祟祟的,他想注意不到都难。

暑假前,翟欲晓试遍各种体验班,最后自己选择了声乐。柴彤跟她确认了四遍,她都坚定不移,柴彤便去交钱了。这个声乐辅导班里的老师都是国内最有名的音乐学院里出来的,所以收费也很高,柴彤交完钱立刻决定,将就着用完那套油乎乎的护肤品,且两年内不买新衣服。

所以一年后翟欲晓闹着要放弃时,柴彤将门一关,撸起袖子结结实实地打了她一顿。翟轻舟在客厅看着重播的电视剧啃着苹果,并未阻拦。

暑假里,翟欲晓和花卷带着林普,跟其他胡同里的小伙伴们要玩疯了。林普跟着他们跑来跑去,语言能力显著提高。有一天午后,甚至举着柴彤给的饼干背了一句不知是谁教的顺口溜:"饼……饼干甜,饼干圆,啊……啊呜一口变小船。"

此处有段插曲,旁边四千胡同里有个小孩儿有点儿结巴,偏偏还最喜欢跟林普玩,林普在暑假期间短暂地从"小哑巴"变成"小结巴"。不过暑假后上小学,有了老师的矫正,这点儿毛病就彻底改了。

是的,这年九月一日,林普小朋友背上书包上小学啦。

林漪特地起了个早,将林普送到距家十分钟路程的一附小。她学着别人的家长跟老师客套了两句,然后在林普脑袋上轻轻一揉就离开了。林普抱着小书包呆呆地坐在座位上,同学们叽叽喳喳地围过来,交口称赞:"你叫什么名字?那是你妈妈吗?你妈妈可真漂亮!"

老师要求大家被念到名字就举手喊"到"。林普既不举手,也不喊"到",泫然欲泣地坐在角落里,跟只被遗弃的小狗似的。

老师知道他幼儿园没上完,跟别的小朋友不一样,倒也没有为难他。

但之后正式讲课,林普仍旧不配合,老师就开始竖起眉毛凶人了,并且因为凶人耽误了大家的上课时间,要求林普起立向大家道歉。林普小朋友在万众瞩目中磨磨蹭蹭地站起来,眼睛盯着墙角掉落到垃圾桶外面的糖纸,结结巴巴地说:"对不……不……不起。"

中午放学,升上三年级的翟欲晓和花卷一起来一年级门口接林普。林普嘴里含着同桌给的甜甜的棒棒糖,背上小书包,牵着他们的手一起回家。林普单纯地以为一天的学习结束了。结果午睡正酣,翟欲晓直接掏钥匙开门,一把将他扯出被窝,他当场就气红了眼。

从这入学第一天开始,林普的午饭也在柴彤家里吃了。

林漪得知林普午饭也在柴彤家里吃,给林普留了更多的饭钱,让他交给柴彤。他当然没交,都直接放到月饼盒里了。

林漪转手又赠送柴彤一套一千多的护肤品,柴彤收得心安理得。虽然养林普并不是看林漪的面子,要是看她的面子就不养了——但她给林漪的儿子做了近一年的饭,收个护肤三件套不算什么。

然而虽说不算什么,花卷母亲当晚来串门,她还是特地拿出来给她试用。

姚思颖挤了一点点乳液在手背上,轻轻地推开,再低头一嗅,连声称赞香味就是高级、质地就是比平价的滋润。

这个年头当班主任的柴彤一个月工资也才两千多,翟轻舟在研究院工作,收入比她高出许多,但那是翟轻舟的钱。又逢她刚刚斥"巨资"给翟欲晓报了声乐班,所以林漪这套价值一千多的护肤品真是送到了她的心坎上,连带着用这套护肤品的那些日子看林漪都格外顺眼。

自九月一日起,林普每天上学都得哭一鼻子。他知道自己大概不能左右"要上学"这个结果,但是他必须表现出他不想上学的态度。两周后,他发现自己的态度并不起任何作用,便开始抓着笔乖乖写字了。

林普没上完幼儿园,纪律性不太好,最开始常常正上着课就出门去找翟欲晓了,老师在后面喊都喊不住。后来在班主任和柴彤的教育下,他知道遵守纪律了,出门之前知道要先举手,再编个"要上厕所"的拙劣谎话。

"以后要乖乖上课,听到没有?"

三年级走廊里,翟欲晓叉腰,像个大姐姐似的教育着林普——林普这个小孩儿不听话,又在上课时间上楼来找她了,正仰着脑袋怔怔地望着她。

翟欲晓牵着林普的手下楼,在楼梯口将他往前推了推,还假装不高兴地龇了龇牙,林普便万分委屈地回自己班里去了。一(3)班这节课是音乐课,林普在大家背着手唱歌的歌声里感觉心都要碎了。

寒假前最后一天上课,翟欲晓和花卷带着林普跟住在八千胡同附近的两个小孩儿"锅盖头"和"大鼻子"干了一架,因为那两个小孩儿缠着林普,非要问他父亲是不是死了。虽然翟欲晓和花卷也一直是这么猜测的,但他们谁也没问到当事人跟前。

这一架打得不可谓不精彩,直接惊动了校长。校长要求叫家长。柴彤理所当然是第一个到的——也就是上个楼的事。她照例先点了点翟欲晓,肢体语言是"你给我等着"的意思,然后开始跟校长道歉。

林普原本跟其他人一样面壁思过,但微一侧头,看到翟欲晓"天要塌了"的表情,突然转头当众说道:"我爸爸只是不跟我们住在一起。"

——我爸爸没死,他只是不跟我们住在一起,所以晓晓没错,是他们错了。

"锅盖头"闻言嗤之以鼻:"呸,撒谎精!没死为什么不住在一起?"

林普认真地说道:"因为我妈妈是我爸爸的外室,所以不能住在一起。"

"锅盖头"露出狐疑的表情:"'外室'是什么意思?"

林普继续认真地说道:"就是不能住在一起的意思。"

柴彤根本来不及阻拦,这番对话就完成了。这种闲话在大人之间传来传去,谁也不觉得有什么,林漪本人也并没有怎么遮掩——但突然从小孩儿嘴里说出来,尤其是从当事人的小孩儿嘴里说出来,令人分外难受。柴彤也养了林普一年多了,此刻心都揪紧了。

校长给柴彤使了个眼色,让她带林普出去,他喝止了其他四个猫腰妄图跟出去的小孩儿,尽可能地用浅显的话跟他们解释人生。嗯?小学生听不懂?没关系,解释完以后,校长还给大家布置了保密的任务,谁能按照约定出色地完成这个任务,谁毕业就能得到"荣誉毕业生"的称号和桌上那架战斗机航模。

柴彤带着林普来到自己的办公室,在自己座位上坐下。林普就像她那些"忘带"作业或上课捣乱的学生一样,低着头背着手站在她面前。林普有些怕她,她一直知道。她一言不发地盯着小孩儿的后脑勺,眼前却是半年前小孩儿结巴着笑眯眯地给她背顺口溜的模样——饼干甜,饼干圆,啊呜一口变小船。

林普一直也没有等到柴彤的叱骂,不由得惴惴不安地抬头,柴彤居然面带笑意。许久以后,柴彤伸手托住了他的后脑勺,拇指轻轻地抚了抚。

"林普,以后不要再提'外室'这两个字,当着谁的面都不行,能不能做到?"

林普早就隐隐觉得"外室"并不是个好词,但并不知道"不好"到什么程度。柴彤要求他以后不能提,但万一再有人来问"锅盖头"和"大鼻子"呢?

林普看到有老师进来了,踮起脚凑近柴彤的耳边如实说出了自己的担忧。

柴彤笑了,轻声说道:"那就打他。"

林普"扑哧"一声笑了,黑葡萄似的大眼亮晶晶的。

柴彤提醒道:"不能打脑袋。"

林普煞有介事地点点头。

花卷、"锅盖头"、"大鼻子"的家长纷纷赶来时,小学生们已经和解了,且谁都打死不说打架的原因,且保证以后不再犯。大家在校长办公室彼此客套了不到五分钟,放学铃声就响了。小学生们的寒假正式开始了。

寒假刚开始的两天,翟欲晓对林普分外好,因为她始终认为柴彤不可能没打林普。校长办公室里,林普那两句话说完,柴彤的脸当场就青了。根据她的经验,能青成这样,没有两巴掌是根本解决不了问题的。此外,再一个有力的证明是:她回家居然没有挨打。所以最终一定是可怜巴巴的林普承担了一切,她得加倍对他好——

"是 m-i-an,不是 m-an,你拼错了,来,我给你改改。

"是剩下七只小鸭子,不是八只,你算错了,来,我给你擦掉,你重写。

"你吃不吃砂糖橘?可甜可甜了,来,我给你剥。

"花卷居然学会做打卤面了,他怎么这么棒啊!来,我给你盛一碗。

"来,我再给你倒点儿水,卤有些咸了。"

腊月十八,林漪破天荒地主动跟褚炎武联系,让他将林普带走。褚炎武问她什么情况,她直言不讳:要跟新任男朋友去南方亚热带城市过年,约莫元宵节前后回来。

褚炎武被她堵得哑口无言,直接挂断电话。

褚炎武心里仍然对林漪有感情,并且知道林漪也如此,但因为林漪引以为豪的骄傲和他优柔寡断的隐瞒,他们这一辈子算是彻彻底底地错过了,这个结果也是两个人心知肚明的。

褚炎武第一次发现林漪有男人时,简直出离了愤怒,但林漪寥寥几句话就浇灭了他的怒火。

林漪披着浴袍往沙发上一坐,两条长腿交叠着,眼里带着霜:"你想什么美事呢?你以为你是谁?两个女人都得围着你转吗?我跟你一样,炎武,爱和性,我也能分开。你放心,虽然我跟别的男人在一起,但我爱的是你。"

褚炎武最爱林漪的敢爱敢恨,但最初他没意识到这是个极端的特质。

虽然没有回应直接收线了,褚炎武还是巴巴地来接林普了。林漪一走将近一个月,他要充分利用这一个月的时间跟林普培养感情。去年年三十他强硬地将林普带走的行为十分不智,以至于接下来的一整年林普都不肯叫他"爸爸",他给的玩具除非被放到地上自己假装不要了,不然林普一眼都不看——跟林漪一样犟。

但是褚炎武没料到林普搂着林漪的腰死活不跟他走,什么招都不好使。最后林漪实在哄烦了,干脆直接掰开林普的手,褚炎武在林漪的示意下,再一次强硬地将小儿子抱走。但这回他很有先见之明地提前缴了林普的哨子。

褚炎武其实是第三回带小儿子回家来住。第一回带他回来,他刚满两岁,还不记事。

那时林漪的母亲病逝了,林漪不被允许回去吊唁,情绪十分糟糕。褚炎武怕她拿小孩儿出气,直接将林普抱走了。不过直到他主动坦白自个儿让大儿子带走了小儿子，林漪都没发现林普不见了，她还以为林普在房间睡觉呢。

褚炎武陪着林漪住了一个多月，忍受林漪的各种情绪发泄。但林漪的情绪稳定下来以后，就不许他在她面前乱晃了。

褚炎武回家一上秤，瘦了十四斤。

即便两个人走到再也不能回头的境地，即便林漪说了一箩筐诛心的狠话，褚炎武也一如当初地欣赏这个女人作为一个自然人的品质。林漪向来只恨自己瞎了眼跟错了他，并不说类似"我被你毁了"这样的话。在她的观念里，一切都是她自己的选择，好坏怨不得旁人。

褚炎武提溜着林普来到二楼，听到褚元维未关紧门的房间里有水声，不动声色地推门进去，不负责任地将林普往大儿子床上一扔，便赶紧出去将门从外面锁上了。上回家里的阿姨就说是大儿子降服小儿子的，希望这回也能如此。

褚元维刚抹上洗发水就听到外面挠门的动静了，他火速地揉了两下头发，冲掉泡沫，再系上浴袍出来，果然看到长高了一丢丢的林普。

褚元维特别无语。褚炎武要是实在不会当爹，就不要贸然去表达父爱。否则以后林普在病床前说"拔管吧"的时候，他都不好意思说"再等等"。

医生："你父亲的情况……"

林普："拔管吧。"

褚元维："……"

林普在情绪过于激动的情况下仍旧无法出声。他一边用手背擦泪，一边去拧门，但就是拧不开——褚元维的房间还有一道主人青春期时用来防亲爹的密码锁，且里外都需要密码。

"林普，你大哥二哥也挺烦爸爸的。"褚元维擦着头发蹲在林普身边,握住他的手,在他湿湿的手心里轻轻地挠了挠,"你看过《西游记》吗?孙悟空不想当弼马温的时候,他是怎么做的?行了,不要哭了,过来,给你擦把脸,一会儿哥带你'大闹天宫'去。"

林普红着眼睛,无限委屈地看着自己的大哥。他已经知道眼前这个长得很高的人是他的大哥了,他还知道有个二哥,就是去年陪他看动画片、放烟花的那个。他其实不敢放烟花,因为声音太吓人了,但二哥抓着他的手腕不放,差点把他气哭。

褚元维给林普擦干净脸,突然想到什么,伸手在他背上一摸,不出所料是湿的。果然小孩儿这次也是一路发着脾气来的。

他再度给褚炎武的不称职记上一笔,随后去林普卧室的衣柜里翻出新毛衣给他换上。

林普去年住过一晚的客卧,经过一年断断续续低幼化的改造,现在是林普的卧室。

褚元维刚刚收拾好,褚元邈疯了一天回来了。

褚元邈输入密码进来,嘴里兴奋地嚷着"哥,快看",不期然撞上林普湿漉漉的目光。他脚下一顿,右手摸着后脑勺,露出个略显尴尬的笑。

褚元维按着林普的后脑勺,回头一看,面色倏地变了。眼前正值青春期的别扭少年可能想考验一下亲爹的心理承受能力,大过年的居然剃了个光头。

"你是不是皮痒了?"褚元维问。

褚元邈没工夫理他,来到仍然时不时抽噎一下却目光炯炯的林普面前,一低头,问道:"是不是想摸?"

林普毫不客气地伸手摸上去,突然"哈哈"地笑了。

虽然教育部集众家所长，科学地规定幼儿园不能教授小学阶段的学习内容，要以游戏为基本活动，促进幼儿的身心健康发展，但其实很多幼儿园都没有照做。

当然，提前教育在短期内是非常有效的。小孩儿在幼儿园学了一年级的知识，所以一年级就过得轻松。而轻松的结果就是两极化：有的人就一直轻松下去了，因为心有余悸——学习真的太乏味了；有的人则保持着向上的状态，因为家长的夸奖很中听。

但这些都跟林普关系不大，因为他只上了很短一段时间的幼儿园，所以一年级的所有知识对于他来说都是新鲜的。他直到这年寒假才跟上进度，老师对他的特殊要求只剩下一点——练字。

下午，褚元邈将篮球扔到房间的角落里，低头去看林普做算术。

林普的数字写得真大，那么大的格子都装不下，其中"2"这个数字斜了三十度角，"8"这个数字被他机智地直接用两个"0"叠在一起。褚元邈翻开他的写字本，只看了一眼，立刻合上，然后出门去给褚元维打电话。

"哥，回来时捎本字帖。"

林普在书桌前端正地坐着，写了一个多小时寒假作业，然后开始摆弄自己的电话手表。

林普昨天半夜突然惊醒，给林漪打了个电话，问她什么时候回来。

林漪得知他没什么事，就是想她了而已，耐着性子安慰了他几句就挂断了。

虽然她并没有说重话，但林普仍能感觉到她被吵醒后的不悦。所以他即便还是想打电话，也迟迟不敢真的打出去。自他有记忆以来，还没有跟母亲分开过这么长的时间。

"林普，戴上你的帽子和围巾下楼。"褚元维突然在楼下叫他。

林普不太想下楼，他困了，想上床睡觉。但是他有点儿怕大哥，最后还是乖乖地戴着帽子和围巾下楼了。

哦，他怕大哥纯粹是因为二哥。他刚来的那两天晚上一到睡觉时间就想回家，哭哭啼啼的。二哥深夜潜入他的房间，给他展示了自己大腿上纵横交错的伤疤，然后用下巴对着隔壁房间点点，偷偷说："都是大哥用鞭子抽的，大哥在睡觉，我们千万不要吵他。"

因为阿姨在大年三十中午突然紧急请假，褚家直接没有年夜饭吃了。临时从酒店订餐根本是妄想，多给钱也不行，凡是有点儿档次的酒店，谁也不愿意在一年的最后一天砸自己的招牌。

不过好在褚炎武有个朋友是米其林餐厅的大厨，大厨不是本地人，又是单身，应了褚炎武一起过年，但要在他的四合院里，因为四合院有氛围、有情调、有历史感……也有能配得上他厨艺的专业厨具。

大大小小四个爷们儿下了车，拎着阿姨买的食材走向大厨的住所。大厨住在一个修葺过的老式四合院里，在市郊，位于大都的护城河边。

大都的护城河在这个年头由于没受什么污染，干净得能映出人影。林普屡次想下河堤去玩，屡次被其他三个人扯回来。褚炎武最后一次扯他回来时，警告他说再不听话就要抱着他走路了。

林普挣开他的桎梏，这才作罢。

翟欲晓恨不得长在翟轻舟的胳膊圈里，而林普恨不得拆了褚炎武的胳膊。翟轻舟的怀抱是安全的港湾；褚炎武掳走林普两次，所以他的怀抱是洪水猛兽。

上一场雪尚未化完，地面十分湿滑。林普想念林漪，心不在焉地走着，一不留神被埋在雪里的树杈子绊住，狠狠地摔了一跤。他趴在雪里，嘴角正要耷拉下来，就听到手表里的来电铃声。他在侧边一按，听到林漪有些失真的声音，林漪问他在干什么。他在二哥来到跟前之前爬起来,委屈地叫了声"妈妈"。

因为林普没打招呼地突然消失了将近一个月,他开学前再回到八千胡同,他的两个小伙伴一起不理他了。

其中翟欲晓尤其生气。翟欲晓比林普大两岁十个月,生日是大年初二。她本来是打算跟所有小伙伴一起分享生日蛋糕的,"所有小伙伴"特指林普、花卷和王戎,缺一不可。

林普不知道怎么哄他们,绕着他们转半天都不得章法,最后飞快地跑上楼,翻出自己的月饼盒,再气喘吁吁地下来。盒盖一掀,里面是满满当当的、一卷一卷的钱。

"全部给你们。"林普捧着月饼盒眼巴巴地看着他们。

两双眼睛瞬间亮了。先是花卷咽了下口水,然后是翟欲晓。

林普对钱还没有概念,但他们有。

铁盒子里的钱差不多能买光胡同口小卖部里所有的零食吧?他们不约而同地想。

翟轻舟出来喝水,一眼就看出这是什么情况了。他淡淡地威胁:"我看谁敢伸手。"

最后的结果就是两个人一毛钱没动,还在翟轻舟的虎视眈眈下原谅了林普之前的突然失踪。

第三章
他的雪人

三年级起，林普开始显现出"学神"特质。他的理解能力和逻辑能力都远超班里其他同学，且自学能力和自制力强，能一个下午一动不动地埋头做题。他做完学校发的练习册，再去做从新华书店买来的参考资料上的题，总用时跟其他同学只做一样的时间差不多，所以仍有足够的时间跟着翟欲晓和花卷在附近街道上挥洒汗水，并没有掉链子。

但翟欲晓掉链子了。

翟欲晓五年级了，不再扎两个傻乎乎的小辫了，也不愿意再跟楼上的和楼下的小伙伴一起在八千胡同里叱咤风云了。她姥姥老说她是泼猴，以前她缺心眼儿无所谓，而今却觉得有些伤自尊了，尤其是在柴簌簌面前。

墙上老旧的挂钟不知疲倦地一圈圈地走着，没有人知道从什么时候起，翟欲晓开始知道打扮了——不再是巴啦啦小魔仙风格，在路上看到帅哥也开始秒变"星星眼"了。

"和爸爸看会儿新闻吧。"翟轻舟试着商量。

"爸爸，我只有吃饭的这点儿时间，待会儿还要写作业。"翟欲晓卖惨。

只有半个小时的看电视时间确实是闻者伤心、见者流泪，所以最后其他三个人仍旧跟着小少女看傻傻的偶像剧。偶像剧里的男主角以自我为中心，不尊重师长、欺负女生、忽略朋友，但因为那张帅脸的滤镜，在小少女看来是如此独特有魅力。

这一天晚上的剧情是男主角因为恼羞成怒突然当众"壁咚"女主。男主角倒是没有直接吻上去，但他在女主的脖子和耳朵附近刻意地嗅来嗅去，看起来比直接吻上去还要令人心潮澎湃。

柴彤和翟轻舟各自低头吃饭，根本不往电视上看一眼。翟欲晓也心虚地捂住眼，小心脏"扑通扑通"地跳。只有林普，一边抓着翟轻舟亲手给卷的鸡蛋饼乖乖地吃着，一边目不转睛地看着电视里跟狗似的两个人。

"你都不害臊吗？"翟欲晓问。

林普不解地回头看着她，右边脸颊鼓鼓的，里面塞的是香喷喷的鸡蛋饼。

翟欲晓老气横秋地叹了口气，轻轻地拍了拍他的手背，说道："没事，你接着吃吧。"

虽然整天没大没小地一起玩，偶尔因为各不相让还闹点儿小矛盾，但林普到底实际年龄比她和花卷小三岁，是个弟弟——她在脑中遗憾地这样想道。

上午课间休息时间，翟欲晓一边翻着练习册，一边跟自己的好朋友王戎聊最近最火的这部偶像剧。两个人虽然一个喜欢男一号，一个喜欢男二号，但彼此并不贬低对方的偶像，花痴得很和谐——直到前排翟欲晓的"宿敌"夏侯煜的突然加入。

夏侯煜是他们班的班长，成绩跟翟欲晓不相上下，一直在班级前五名内徘徊。班级前五名内其实还有三名男生，但夏侯煜不盯那三名男生，只盯翟欲晓。

她自习课格外注意翟欲晓有没有跟人传字条、讲小话；体育课力荐翟欲晓代表女生去跟男生比赛跑步；翟欲晓有一回预备铃响后依旧埋在臂肘里啃玉米，她路过时直接将玉米从下面夺走，送到班主任的办公室里……偏偏她是班长，做这些都是名正言顺的。翟欲晓真是做梦都想挠花她那张天天找事的脸。

夏侯煜似乎完全察觉不到眼前两个女生不喜欢她。她回头眨巴着眼睛望着她们，问她们刚刚在说什么。二人给了她一个"呵呵"的表情，开始假模假式地装忙。夏侯煜不悦地眯起眼，出其不意地伸出手，夺走了她们一直捂在练习册下的海报。

王戎吓得一抖，赶紧向四周看，以防班主任幽灵般地出现了。

翟欲晓的手只差一步就能挠得夏侯煜满脸开花。

夏侯煜将海报上上下下地审视了一圈，不屑地扔回，然后毫不客气地对海报的设计和两位主角的妆容做出评判——前者拙劣，后者惊悚。也没人掏钱请她评判，嘴怎么就那么欠呢？

"啧，不识货，老来找你的那小孩儿要是跟他比，都算是降维打击。"夏侯煜说。

"啥叫降维打击？"翟欲晓显得相当"不耻下问"。

夏侯煜跟她一样也是小学学历，哪能解释得清楚？

"降维打击"这个词是她从老叔嘴里学的。老叔虽然自己做着只能糊口的小生意，但是正经 M 大毕业的，他老说跟他们小辈打扑克牌是"降维打击"。

"就……就是欺负人的意思。喊，这你都不知道，上课还跟人家传字条……"

翟欲晓一琢磨，夏侯煜的话整体听来算是夸林普的，就不计较她手贱和嘴欠的毛病了。

"喂,林普好看吗?"翟欲晓碰了碰王戎的胳膊肘。

王戎不假思索:"你不瞎吧?"

大都这年由秋转冬只用了两天,第一天降温12摄氏度,第二天又在前一天的基础上继续降温4摄氏度。

林普在降温的第一天就感冒了,虽然林漪及时给他喂了药,但迟迟不见好转。

林漪难得地歇了几天没有出门,但也并没怎么出现在林普跟前。她大多数时间都在自己的卧室里跟人发信息或者打电话,夜里、饭后、浴前会在客厅里看一会儿电视。她偶尔也做饭,但她的厨艺仅限于做面条,且是清汤面条。楼下的小学生花卷还会做炸酱面呢。

"你跟你爸说生日礼物想要天文望远镜?"林漪这天在客厅里突然问林普。

"没有。"林普立刻说。

林普的感冒彻底好了,此刻正在浴室里搓洗自己的小裤衩。林漪要求他,小裤衩必须手洗,而且因为他很快就要满八周岁了,所以以后必须由他自己手洗。

林漪来到浴室门口,用怀疑的目光打量镜子里的林普。褚炎武眼里只知道钱,他知道什么天文望远镜。如果不是林普开口要,他怎么会斥巨资买这么个玩意儿?

"你知道什么是天文望远镜?"林漪突然问。

林普正起劲儿地搓着小裤衩,根本没注意到门口有人,乍听到这样极近距离里辨不出情绪的一句句,吓得一哆嗦。他回头望着林漪,犹豫着没有说话。

他在高年级的课本里看过一篇讲解天文望远镜的文章,但那篇文章讲得太笼统,所以他上回去新华书店里买练习集时,特地翻了翻封面印着望远镜图片的大部头书,但书里写得又太复杂,所以他也不明确自己算是知道还是不知道。

然而这一哆嗦和犹豫,印证了林漪先入为主的猜测。她简直出离地愤怒了,伸手夺了林普的小裤衩扔回到水盆里,大声说道:"你是什么时候学会撒谎的?!跟谁学的?!你知道天文望远镜多少钱吗,你就敢张口跟他要?!林普,我告诉你,你爸爸的钱只能给你两个哥哥花,因为那也是他们妈妈的钱。你不行,你没有资格,你听懂没有?!"

虽然林漪情绪激动下有些口齿不清,但林普还是不费力气地听懂了这一席话。毕竟只要理解了"外室"这个词,其他与之相关的也就不难理解了。

"外室"这个词是林普在与翟欲晓一起看剧的时候大概弄明白的。

他的十根手指紧紧地扭在一起,眼睛里很快起了雾。

林漪确认林普记住自己的话了,立马出去给褚炎武这个慷他人之慨的人打电话。

林普委屈地继续扭着手指,听着林漪用一贯冷冰冰的语气对着电话那端的人说话:"你敢把望远镜送来,我就敢给你砸了,不信你试试;你只有管你小儿子吃饭穿衣的资格,不要做多余的事,你给我好好记住了。"

林漪发完这通脾气,给林普留下一卷钱,收拾两件衣服出门了。她大概真的太生气了,这回甚至都忘了叮嘱林普睡觉前关好门窗、有事给她打电话。

林普早就习惯林漪的夜不归宿了。林漪有很多朋友,常常不是这个朋友有事,就是那个朋友有事。他已经长大了,就像当初的花卷一样,能踩着凳子自己做蛋炒饭了——虽然做出来的味道总是不尽如人意，要么盐多，要么油多。

　　林普病好以后，他的朋友们接二连三地病倒了，先是翟欲晓，然后是花卷。其中翟欲晓最严重，有一晚突然烧到39.6摄氏度，都开始说胡话了，一直嚷嚷着柴簌簌是个不要脸的小偷和大王八蛋。

　　翟欲晓病中都不忘这个，可见这件事确实给她带来了不小的心理阴影。

　　她怀疑，不，是确信柴簌簌藏起了她的签名海报。

　　她上周跟父母回姥姥家，特地将自己心爱的签名海报也带去了。她一进门就叉着腰向柴簌簌显摆了一通，从各个角度给柴簌簌展示签名，还不许柴簌簌碰——就像柴簌簌曾经对她做的那样。

　　结果，大约是因为过于得意，天上的哪路神仙看不过去，晚上一家三口要离开时，海报不见了。翟欲晓翻遍了自己去过的所有地方，一无所获。

　　签名当然是假签名，也不知道是谁糊弄她的，但海报确实是柴簌簌藏的，这一点柴彤和翟轻舟心知肚明。柴续眼里只有自家孩子，向来护短，柴彤懒得搭理他，但大嫂梁燕清给他们使了个眼色，表示会教育柴簌簌，柴彤便糊弄着翟欲晓回家了。

　　翟欲晓请病假的两天，林普不得不自己一个人上学，这让他十分不开心。

　　花卷不算人，因为花卷总是一下楼就给林普表演原地消失，仿佛脱缰的野马。

　　翟欲晓烧一退，人立刻就精神了，正歪在沙发上看重播的偶像剧。听到林普下楼去上学的声音，她赶紧跑到门口喜滋滋地向他下单："糖炒栗子、糖葫芦、全糖奶茶、蘸糖山楂条。"

林普听到一堆"糖"字，感觉喉咙里都有点儿黏腻了，但也没说什么，直接点头答应。

翟欲晓在林普脑袋上按了按，替他担心："你这么不爱说话，以后可怎么娶媳妇？"

林普将她的手拨开，掉头继续下楼。

"蘸糖山楂条要老鳖坑那家的，他家做得最好，听到没有？"翟欲晓不放心地叮嘱道。

"听到了。"林普的声音片刻后在二楼响起。

林普开始长个儿了，虽然比翟欲晓和花卷还是矮不少——毕竟差三岁，但是已经超过他们班男生身高的平均值了。翟欲晓初见他时，他因为腿短，要一阶一阶、慢吞吞地下楼，现在居然已经可以小跑着了。

林普下午放学拎着一大袋零食回来，翟欲晓扑过去，不由分说就是一个熊抱。她趁着父母还没回家，赶紧将零食藏起来，只留了两根没法儿藏的糖葫芦，跟林普一人一根边吃边看电视。

二人各自吃到只剩下最后两颗时，花卷辞别一起被留校补作业再一起回家的薛景，上来敲门了。

花卷跟薛科长家留级的小胖子薛景是同桌。

花卷一进门就瞪大了眼，他的朋友们居然背着他吃独食！他用动漫里表达扎心的经典动作，皱眉倒在沙发上，但只一瞬就跳起来了。两根扦子上都只剩下最后两颗了，再不吃就没有了。他将两根都没收了，恶狠狠地盯着两个背信弃义的朋友，悲愤地左一口右一口。

"林普，你个没良心的，糖葫芦为什么没有我的？我早就看出来了，你根本没有把我放在眼里，你眼里只有晓晓。"花卷嚼着糖葫芦越想越委屈，"你都对不起我这么高时踩在凳子上给你做的蛋炒饭！"他夸张地比出个齐腰的高度。

翟欲晓站在沙发上，仿佛撸狗似的给花卷抚背，嬉皮笑脸地夸奖他："多亏你做的蛋炒饭，看把他养得细皮嫩肉的，我们班里好多女生想认他当弟弟。"

花卷用胳膊肘顶开她，回之以"滚"字。

林普明白自己这天必须得罪一个了，于是磨磨蹭蹭地打开书包，掏出最后一根糖葫芦。翟欲晓怎么看那根糖葫芦，都觉得比自己拿到的要长些。

林普说："我回来时你家没人，本来准备晚上给你送去的。"

花卷的情绪大起大落，眼含热泪："……"

翟欲晓幽幽地问："你为什么藏起来？"

林普小声说："你上回就全吃光了。"

花卷给了翟欲晓一个"死亡凝视"，然后一跃，扑到林普身上，在他脖子上和腰上抓痒，殷切地问他想吃什么，马上回家给他做。花卷一捣乱，他就把"翟欲晓可能会生气"的想法抛诸脑后了。两个小男生在沙发前狭小的空间里滚来滚去。

翟欲晓冷眼看着她的"竹马们"，心想：所以并没有人在乎我的面子。

在三个小学生斤斤计较一串糖葫芦的时候，柴彤正陪着兄嫂在医院里奔波。

医院里暖气充足，温度比户外高二十几摄氏度，但三个人感觉冷气都钻到骨头缝里去了。

柴麟麟最近不怎么爱动弹，在幼儿园里也如此，大人都没当回事。天突然冷了，哪个不想舒舒服服地窝着？然后上周柴麟麟突然发烧了。

毛惠君带他去社区诊所打针，护士正弹着针筒，突然停下问了一句："小朋友的腿这是胖了还是肿了？"

最开始大家以为是肺炎，结果按照肺炎治疗两天以后，医生要求柴麟麟做第二次血液检查——入院就做过一次。医生没有说明这回要检查什么，只是表情非常凝重。检查结果出来以后，柴海洋急火攻心，当时就跟着住院了。

白血病。

柴彤听到嫂子打电话哭着说出这个病时，半晌也没能说出一句囫囵话。她夜里在看的韩剧里刚刚看到这种病，只不过是睡了一觉，它怎么就出现在自己侄子的病历里了？

"嫂子，妈跟簌簌在医院门口，我去带她们进来。麟麟换了病房，怕她们找不到。"柴彤给梁燕清递了纸巾，低声说。

"行，你去吧。"梁燕清说，"麻烦你了，柴彤，请假跟着我们跑两天了。"

柴彤没说话，紧紧地握了握她的手，起身走了。

柴彤平日里其实不大待见这个大嫂，因为她太爱显摆了，不知道的以为她嫁了本地首富——但其实柴续不过是个有两套房产的普通做生意的。但柴彤此刻看着她肿起来的眼皮和勉强露出的笑脸，又觉得她实在可怜。想了想，还是希望她以后顺遂些好，显摆就显摆吧。

毛惠君给放学回家的柴簌簌做了饭，催促着她吃完，将剩余的饭菜闷在锅里，这才来医院。她一来就催促面色发青的儿子、儿媳赶紧回家吃饭休息，夜里赶在医院关门之前再来陪护。同样面色发青的柴彤吃着母亲带来的烙饼安慰自己：自己毕竟只是姑姑，不是父母，不如他们伤神，是该他们去休息。

"我不愿意看到你哥你嫂，所以留你跟我待着。"毛惠君悄声跟柴彤说,"两口子带着麟麟睡觉,平日里穿脱衣服,就没有一个人察觉到孩子腿肿?都瞎了眼?"

柴彤嚼着饼劝她:"麟麟是嫂子生的,她比你还难受,你这些话可别跟她说。"

毛惠君说:"我知道。"

众所周知,根治这个病就需要移植造血干细胞。直系亲属和柴彤、柴簌簌等旁系的很快就被一一安排做了配型,但位点都不够。翟欲晓倒还没做,但到底是柴麟麟的表姐,是近亲,肯定比陌生人的概率要大一些。所以尽管翟轻舟非常犹豫和不舍,到底还是没有拒绝柴彤。

柴麟麟确诊第二周的周日,翟轻舟和柴彤顶着冬日寒风再度来到西城柴家。他们是来交还店铺钥匙的——柴续经营着西城这边最大的一家五金店。因为事发突然,柴续没法儿兼顾生意和儿子,翟轻舟和柴彤这段时间轮流帮他照看。

"怎么就摊我们头上了呢?"毛惠君这两周一直这样长吁短叹。

"妈,你是这家里的长辈,你接受这件事了,其他人才能接受,然后积极地去想办法。不要老念叨这个问题了。"柴彤切着芹菜,一如既往地劝她。

毛惠君想斥一句"你说得轻巧",但心知柴彤也是好意,只好憋回去了。

"好好的日子怎么就过成这样了?"毛惠君望着窗外光秃秃的枝丫轻声说道。

此时上了年纪的柴海洋独自在社区医院输液——社区医院就在隔壁街,梁燕清在市医院照顾柴麟麟。一共六口人,三个不得闲。

二人正有一搭没一搭地说着话,柴续进来了。

毛惠君与柴续迅速地交换了一个眼神。

"轻舟呢?"毛惠君问。

"给簌簌讲题呢。"柴续答。

毛惠君在围裙上擦了擦手,抱怨道:"簌簌有不会的题,明天上学去问老师,麻烦人家轻舟干什么?你也真是,你好歹也高中毕业,教不了个初一的学生?"

柴续笑着摇头:"教不了,教不了。"

柴彤只在柴续刚进来时回头扫了他一眼,然后就装作没有这个人了。兄妹俩的感情一直不怎么好,长大了更甚。柴彤当然知道柴续进来是想做什么。她故意不搭腔,就是要看看她这个总是目中无人的哥哥怎么向她低头。

但她万万没想到柴续根本没有低头的打算,不然他也不必特意支开翟轻舟,钻到厨房里来。

柴续的肩膀微微靠着冰箱,偏着脑袋瞅着忙着切菜的柴彤,轻描淡写地说:"柴彤,明后天你看哪天合适,给晓晓请个假,带她去医院做个配型。要是配上了,晓晓就得赶紧把体重养上去了。"

柴彤心里"咯噔"一下。柴续太理所当然了,仿佛晓晓也该跟她一样招之即来、挥之即去。

柴彤就跟没听到似的,接了一盆水,把切好的芹菜倒进去搓洗。

毛惠君帮腔道:"其实晓晓当时应该跟簌簌一起做的,你嫂子就是没好意思跟你开口。哎,她就是心思多,瞎客气,不都是一家人吗?"

柴彤依旧不说话。造血干细胞移植,供者是要遭罪的。在注射动员剂的时候,供者会出现头痛、骨骼刺痛、低热等症状,长达四到五天。在现代技术条件下,一般不再通过骨髓穿刺采集造血干细胞,而是通过外周血采集,倒能极大减轻供者的痛苦,但时间较长,一般要持续四个小时,且可能不止一次。柴续明明都听到医生的简要解释了,但这些在他嘴里却仿佛轻如鸿毛。柴彤对自己被怎么对待并不敏感,但对翟欲晓被怎么对待很敏感。大概每个当妈的都如此。

柴续没得到柴彤的回应,不由得习惯性地甩脸子:"愿不愿意给句话,医院里躺着你亲侄子。"

柴彤将刀往砧板上一剁,转头看着他,说:"我是麟麟的姑姑,我肯定是愿意的,但你得去问轻舟,毕竟晓晓也是他的女儿。"

当谁听不出她什么意思?她如果真愿意,还用他再去跟翟轻舟说?

柴续当即吹胡子瞪眼道:"你去病床前这么跟你侄子说!我是让晓晓一命抵一命了?"

柴彤当即翻脸:"你说的什么狗屁话?我家晓晓凭什么给你一命抵一命?!"

柴续意识到自己说错话了。一般在这种情况下,他可以利索地向任何人道句"对不起",对父母、朋友、同学、顾客都行,但对他向来看不上眼的柴彤肯定不行。所以,他顿了顿,仍硬着头皮说道:"柴彤,我最烦的就是你的小家子气,事事都爱跟人论理,哪有那么多理?!我懒得浪费时间跟你因为一句话的事来回掰扯。总之,麟麟是咱爸妈的金孙,你看着办。"

柴彤冷冷地说道:"我还是那句话,晓晓是轻舟的女儿,我一个人做不了主。"

柴续没料到在生死攸关的问题上柴彤突然掉链子、油盐不进。他愤怒了,一挥胳膊就将盛着芹菜的沥水盆打到了地上,半指长的芹菜瞬间湿淋淋地铺满厨房的地板。

毛惠君解下围裙,愤愤地在这个身上打两下,在那个身上打两下,眼泪夺眶而出。她嘴里不住地叨叨着自己命不好，生出这么两个养不熟的狗东西，从小斗到大。

翟轻舟在厨房门上轻轻地敲了两下，毛惠君眉毛一动，跟一双不省心的儿女一起看过去。三个人同时想到一个问题：他听到了多少？

翟轻舟用接下来的两句话回答了他们的问题："翟欲晓毕竟是姓翟的，大哥，这事你逼柴彤没用。柴彤的事情我做不了主，但翟欲晓我能做得了主。翟欲晓不能给麟麟捐赠干细胞，所以我们就不浪费你们的时间让晓晓去做配型了。"

翟轻舟说完，整栋房子里静悄悄的，只剩下窗外"呼呼"的风声。

翟轻舟向来好脾气，尤其是在岳父家。他跟柴彤一样，只要岳父家有事，一句话就来了。他在大都的建筑院工作，是个在饭桌上惯被人敬酒的体面人，但只要岳父家开口，既能撸起袖子刷墙灰，也能在年关人手不够时帮五金店出外送货。但此刻这个好脾气的人面上依旧带着笑，却用没有转圜余地的语气说"翟欲晓不能给麟麟捐赠干细胞"。

"轻舟，"毛惠君最先反应过来，赶紧上前拽住他的胳膊，"他们兄妹俩打小就不对付，上回燕清也吓了一跳，但亲兄妹是没有隔夜仇的。"

翟轻舟仍旧温和地说："我明白。妈，但是晓晓确实不行，她爷爷奶奶不同意。我是家里的独生子，我跟柴彤也不打算要二胎，我爸妈就这么一个孙女，娇惯得不行，平常打个针都心疼地掉眼泪。"

毛惠君徒劳地张张嘴，再也出不了声了。柴续直接傻了。

——你们柴家不太把外孙女放在眼里，一个黄毛丫头哪能跟你们的金孙比，遭点儿罪就遭点儿罪呗，有什么值得叨叨的？你们是这样想的，对不对？但黄毛丫头是另一家的金孙女，而且三代单传。你说多巧,人家家里也觉得你家金孙跟人家比不了,不值得人家孩子遭这个罪。

柴彤一言不发,内心真是又痛快又后悔。痛快的是翟轻舟四两拨千斤,就把柴续气得不行,后悔的是她只不过是要刺激一下柴续,没有不管柴麒麟的意思,但眼下翟轻舟的态度一亮出来,事情就变得有些不可挽回了。

"薛科长刚给我打电话,说院里有事。柴彤,你是现在跟我回去还是下午我再来接你?"

柴彤不理毛惠君和柴续想要她留下的眼神,解下围裙,说:"我直接跟你回去吧。"

翟欲晓就知道,只要柴彤回趟姥姥家,翟家的气氛就会变得非常奇怪。而最近不只是奇怪了,她怀疑父母可能会离婚,他们最近平均两天就会激烈地争执一回。翟轻舟前所未有地寸步不让,态度十分嚣张。

这天晚上,两个人再度在饭桌上僵持不下,最后翟轻舟直接搁下筷子去了小书房。柴彤瞪大眼睛,似乎不敢相信自己被撇下。她平静地叮嘱翟欲晓和林普不要把青菜挑出来,然后起身回了卧室,并上了锁。

"分居,这下完了。"翟欲晓两条胳膊交叉着抱在胸前,往左边看看书房,往右边看看卧室,老气横秋地如是说。

林普的嘴巴越嚼越慢,最后直接停下来了。他低头望着碗里柴彤给自己剥好的虾,眼前渐渐模糊了。

他们为什么要让晓晓死掉?!

他十根手指扭在一起,很生气地这样想着。

八岁的林普在饭桌上接收到的信息是：因为那个叫"麟麟"的不能死掉，所以晓晓要将自己的血抽出来给他，代替他死掉。

翟欲晓听到低低的抽泣声都愣住了，下意识地摸了摸脸，自己可还没开始呢，哪儿来的声音？原来是林普。她立刻跳下凳子跑到林普跟前，像个大姐姐似的问他怎么了、是不是肚子疼。她一边这样说着，一边将手伸到他的毛衣里，轻轻地给他揉着肚子。

翟欲晓相较于去年来说确实是长大了，因为去年她还特别讨人嫌地扒拉着林普的胳膊非要盯着他看——林普哭起来可好看了。

林普伸手搂着翟欲晓的脖子"呜呜"地哭起来。翟欲晓学着大人的样子轻轻地揉着他的后脑勺，抻着脑袋一直问他"噗噗，你到底怎么了"。

"噗噗"是花卷最近给林普起的外号，是拟声词，并不发声。半晌，林普看着她哽咽着说："我们偷偷逃走吧，我有很多钱。"

翟欲晓一头雾水，即便要成为父母离异的单亲儿童，也没必要逃走吧？这大冷天的。

翟轻舟和柴彤真的分居了，这一分居彼此的态度就越发明了，争执也越发没完了。

翟欲晓给林普解释了自己不会死，只是可能得去放点儿血，然后就开始琢磨着自己是希望父亲赢还是母亲赢。她当然不愿意往自己身上扎针，那得多疼啊！但如果扎两针能救自己的小表弟麟麟，那倒也能忍一忍。与此同时，她也有自己的小九九。根据以往的经验，只要她肯去医院撸袖子让医生扎针，就能得到一个既能安慰她心灵也能安慰她肉体的礼物。

花卷的感冒好了之后，三个小伙伴继续结伴上下学。虽然只有十分钟的路程，也够他们啃着玉米聊几个插上翅膀就能起飞的话题：比如这个世界上到底有没有龙，比如校长戴的是不是假发。

"晓晓，你给'噗噗'准备了什么生日礼物？"花卷趁着林普停下来撑着膝盖去看路边摊上的石膏小像，突然问翟欲晓。

"早着呢。"翟欲晓眯起眼睛抠着藏在牙缝里的玉米，"噗噗也没说过喜欢什么，其实喜欢什么他都能给自己买，他比我们都富裕，上回我看他月饼盒里的钱又多了……啧，林阿姨真是又漂亮又大方。"

花卷给了她一个"你是不是缺心眼儿"的眼神。

林普弯腰的时候，胸前的金属哨子晃晃荡荡的，十分抢眼。翟欲晓立刻就知道自己要送什么礼物了，给他买个新哨子吧。他这个戴好几年了，虽然本身就是银白色的，看不出新旧，但着实不够洋气。班里有个男生有个带手电筒功能的高分贝哨子就很不错，比汽车喇叭的声音还大，在学校里一吹就挨揍。

"回家写作业了，噗噗。"翟欲晓将林普抓出人群，再反手抓住企图去商场看表演的花卷，"不要忘了楼顶之约，我的朋友们。"

电视上说这晚有流星雨，在十一点左右，所以他们三个约定：十点五十五分楼顶见。

林漪醉醺醺地与酒吧新客老包拉拉扯扯地上楼。老包虽然蹬着高帮靴尽可能地往嫩里装扮，但仍能看得出来有些年纪了，比褚炎武都要大不少，林普叫他"爷爷"都不为过。

两个人吐着少儿不宜的露骨字句，尚未将钥匙插进锁孔里，门就被从里面打开了。林普穿着厚厚的羽绒服，戴着帽子和围巾，微仰着头，目不转睛地看着面前两个不体面的大人。

"大半夜的，你干什么去？"在令人窒息的沉默里，林漪站直了，清了清嗓子，问道。

"跟晓晓和花卷去楼顶看流星雨。"林普答。虽然是回答林漪的话，目光却落在老包身上。

老包臊得恨不得将脑袋摘下来夹到胳肢窝里。听说面前应该"早就睡了"的小男孩儿尚未满八周岁，白得跟雪团似的，偏偏眼瞳极黑。他这样站在灯光里直直地望过来，老包感觉自己的脸都要着火了。

"去吧。"林漪最后给他让出了门口的位置。

林普绕开他们出去，在楼道清冷的白炽灯光里，踩着台阶一步一步地上楼。

没有人反应过来外面现在正在下雪，这晚没有流星雨。

翟欲晓给自己设了个闹钟，在十点五十分准时醒来。结果闹钟不但吵醒了她，也吵到了正在隔壁书房画图的翟轻舟。

翟轻舟滑着椅子掀开窗帘一看，无奈地笑了。他去跟翟欲晓说不用起来了，外面正在下雪，她立刻发出让人分不出来是开心还是失落的声音。

虽然没有流星，但这是这一年的初雪。

虽然翟轻舟说花卷和林普肯定不会去楼顶了，但翟欲晓睡不着，在被窝里滚来滚去，总感觉不出门一趟不舒服。她睡前都已经做好了半夜要爬起来的准备，突然不让她上楼，这就很令人心累。这就好比母亲前一晚说第二天中午做红烧肉，嘴里都有肉香味了，结果放学回家一看锅里是面条。

翟欲晓侧着身子数羊，数着数着，人就坐起来了。

翟欲晓推开通往顶楼的铁门，在迎面卷着雪粒的冷空气里深深地吸了一口气，然后剧烈地咳嗽起来。楼顶并不黑，是银灰色的，因为有对面高楼投下来的灯光。此情此景，让她的脑海中一瞬间闪过至少四部韩剧。

翟欲晓正犹豫要不要踏出去，就看到林普了。

夜里十一点十分，林普正独自在堆雪人。

翟欲晓看到林普一会儿跑到破烂塑料布这边，一会儿跑到废弃的八仙桌那边，也不知道他在这些犄角旮旯里都翻出了什么，背对着铁门默不作声地把它们安到雪人身上。但即便如此，他的雪人在高楼的灯光里看起来还是如此可怜。

翟欲晓抿了抿嘴，轻轻地叫了声"林普"。

林普闻声回头，原本没有任何情绪的眼睛瞬间盛满了不知哪里借来的光。

"下雪了，没有流星雨。"他说。

翟欲晓一脚踏出铁门，在雪地上蹦了蹦。她戴着帽子，在雪地上的影子看起来像只活泼的长耳朵兔子。她笑嘻嘻地说道："没有拉倒。"

翟欲晓跑到林普身边，开始指指点点他的雪人，是指指点点，不是指点。

林普充耳不闻，继续完成自己的作品。

两个人正专心地堆雪人，楼梯间里传来花卷装神弄鬼的声音："让我看看……是谁家的熊孩子……大半夜的不睡觉……"

林漪推开门，一眼便望见围着雪人的三个小孩儿。雪越下越大了，他们也不嫌冷，不知道去塑料棚下避一避。楼下姚思颖家的花卷正在讲鬼故事，林普和翟欲晓互相拽着对方的胳膊，五官皱皱的，却欲罢不能地听着。

"林普，回家睡觉。"林漪把着铁门叫道。

老包进门喝了杯水就走了，走前讪讪地说"要不然以后就不要联系了"。林漪说"行"。

老包是个老实人，在酒吧稍显生涩地替她出头时，她一转头就和他看对眼了。但"看对眼"这种事情时有发生，也没什么可惜的。

三个小学生在林漪的监督下依次迈过门槛，一个进了四楼，一个进了三楼，一个进了二楼。片刻后，二楼传来姚思颖的叱骂："你感冒刚好，干什么去了？！我告诉你，你就欠我把耳朵给你拧下来拌饭吃！"

在分居整整一周以后，翟轻舟的邪脾气终于下去了，能跟人好好说话了。他跟柴彤说，同意翟欲晓去做配型，如果配型成功，也同意女儿向麟麟捐献干细胞。但他有一个要求，柴彤必须独自回去跟她家里人说，要求柴簌簌和柴麟麟去造血干细胞库做志愿者登记。

"志愿者登记是有年龄限制的吧？而且麟麟本身就有这个病，就算治愈了，可能也不符合……"柴彤疑惑地望着翟轻舟，不明白他这么做的目的是什么。

"他们都不符合要求，"翟轻舟肯定地说，"但我希望你问问。"

翟轻舟跟柴彤是自由恋爱结婚的。柴彤性格强势，脾气上来说话也不好听，这些都是恋爱时就有的毛病，翟轻舟愿意包容她到八十岁。但翟轻舟不能接受她满心满眼都是柴家，而柴家并不能给予同样的回馈。

翟轻舟其实早就看明白了。他的岳父、岳母重男轻女，柴续一方面跟着父母轻视妹妹，一方面因为嫉妒妹妹从小比自己优秀，言谈举止间老想着压她一头——这种情况随着柴续的五金店越做越大而愈演愈烈。

翟轻舟跟柴彤说过这些，但柴彤始终不以为意。翟轻舟觉得这次的事件是个突破口。他那天在门口听到了柴彤的那句"我家晓晓凭什么给你一命抵一命"，虽然声音不大，但有不顾一切的决绝。柴家人触到柴彤的逆鳞了。

"你不跟我一起回去？"柴彤问。

"你自己回去。"翟轻舟坚持道。

柴彤必须独自回去。因为有翟轻舟这个外人在，柴家的人会有顾忌和防备。而只有在面对柴彤一个人的情况下，他们才会在听到"过分"的要求时，表露出最真实的想法。反正柴彤一贯好拿捏，即便惹急了，他们也有办法再把她哄回来。

柴彤琢磨着班里两个刺头学生的事蹙着眉进门时，柴家除了在上英语辅导班的柴簌簌和住院的柴麟麟，全部聚齐了——梁燕清请自己的妹妹在医院照看着儿子。

柴彤看着面前严阵以待的这些人，觉得分外可笑。他们真以为她会袖手旁观吗？要不是柴续那天不说人话，翟轻舟本来是答应了的。她干脆地表露出了前半截意思："没问题，晓晓可以去医院做配型。"

梁燕清听说了那天翟轻舟的态度，原以为得争取一番，没想到柴彤干脆地就给了他们期待的答案。她攥着柴彤的手，不由得喜极而泣。翟欲晓是最后一个还没有做配型的近亲，虽然医生说只要不是同胞就希望渺茫，但总归还有一点儿希望。

柴续得了便宜卖乖，嘟囔道："就你家的最费劲儿。"

毛惠君扬手照着柴续的胳膊扇了下，呵斥他"不会说人话就滚"，作势给柴彤出气。

柴彤眼都不眨，微微提高了声音，以保证柴海洋也能听到，说出了自己的要求：但是簌簌和麟麟要先去干细胞库做志愿者登记。

"登记"两个字刚说完，客厅里瞬间静得仿佛没有人。柴彤望着他们，心里想：他们要说什么，自己才会忘掉柴续那天的轻描淡写？他们会考虑吧？只要他们表示会考虑就行。

"医生说捐赠造血干细胞不会影响身体健康,所以晓晓给麟麟希望,簌簌和麟麟也要给其他小朋友希望,我们是这么考虑的。"柴彤解释道。

"啪"的一声,一记响亮的耳光,柴彤感觉时间突然停在这记耳光上。虽然柴海洋打完后已经背过身去了,但她还是能感觉到自己的脸颊微微震动。

"你臊不臊得慌?!你就是这么给簌簌和麟麟当姑姑的?!是谁故意要晓晓遭这个罪、冒这个险的吗?!是被逼到这个分儿上了!柴彤,你居然这么报复,啊?我一顿顿饭就养出你这么个一点儿亏不肯吃的东西!"毛惠君眼睛通红,不停地拍着茶几。

"我真是小看你了,柴彤,在这儿等着我呢?簌簌和麟麟要是上手术台有什么意外、下手术台有什么后遗症,你管不管?!'仗义每多屠狗辈,负心多是读书人',你们两口子做事真的绝了。"柴续双目赤红,转向梁燕清,道,"我亲外甥女是指望不上了,你看看你家不出五服的还有没有能帮得上忙的?"

"你根本没长这个脑子,是谁教你的?是不是翟轻舟?我就知道学历越高想出来的点子越恶毒!我倒要去问问他,他到底对我们柴家有什么不满,要这么硌硬我们?!"柴海洋的声音重得仿佛在打雷,越说越愤怒,甚至作势要出门。

…………

柴彤看着这幅生动的"浮世绘",眼睛里因为那个耳光而起的雾渐渐没了。她真想将他们的话录下来放给他们自己听听。那是人话吗?其他人的付出在他们嘴里就是轻描淡写的"帮忙",要轮到他们家孩子了,他们倒是知道要考虑"意外"和"后遗症"的问题了。真是滑天下之大稽。

她扯着不知什么原因突然变得嘶哑的嗓子大声问:"如果生病的是晓晓,你们愿意让麟麟来做配型,并且配型成功的话,跟晓晓一起上手术台吗?"

仗着在场的都是自家人,柴海洋毫不犹豫地说道:"簸簸可以,麟麟不行。"

梁燕清吃惊地看向自己的公公。

毛惠君给柴续使了个眼色。柴续道:"有什么不愿意的?只要你一句话,簸簸和麟麟都可以上。家里向来只有你一个人斤斤计较。"

柴彤直接将饭桌给掀了。她起身站在那些汤汤水水里,撕心裂肺地说道:"柴续,你当我看不出来?!你看不起我,你也看不起我家晓晓!你会让你的儿女来?你最多借我两万块钱让我去别处想办法!爸、妈,刚刚得知麟麟的病,轻舟就答应让晓晓做配型了,如果配型成功,也答应瞒着他爸妈让晓晓上手术台。但现在你们听清楚,轻舟答应,我不答应。你们的女儿可以被轻贱,但我的女儿不行。"

柴彤撂下最后一句话,狠狠一抹脸,抓起车钥匙就走。

她在距离自己家只剩最后一个红绿灯时,突然哭得不能自已。翟轻舟坚持要她独自回家时,非常严肃地跟她说:"我不在乎柴家屁大点儿事动不动叫你回去帮忙,也不在乎你哥借着做生意需要资金周转,占用着我们家的钱多年不还,但他们得领情,不能真当你是柴家不要钱的长工,不能这么欺负人。"

林普生日这天,褚炎武送的生日礼物仍然是乐高——天文望远镜只好被搁置在褚家林普住过的那个房间里吃灰。林普在八千胡同的胡同口接过褚炎武送的乐高,礼貌地回了一句"谢谢爸爸",掉头就走。褚炎武着急出差,没有叫住他。

林普小时候也叫他"爸爸",但自打五岁那年的哨声"事件"以后就没再叫了。去年他过生日,几个朋友一起哄,办了个大的宴会,也将林普接来了。席间,他趁着酒兴非要林普再叫"爸爸"。他以为要林普开口会很难,结果林普一点儿都没有挣扎,嘴里嚼着拔丝香蕉,一抬头便是一句干脆利落的"爸爸"。他正径自高兴着,褚元邈在一旁不怀好意地提醒:"林普嘴里的'爸爸'跟'叔叔'可能是一个意思哦。"

果然是一个意思……

这天梁燕清正在缴费处刷卡,柴彤打来电话约她去春喜路的 M 记吃饭,要求她不要告诉任何人,只带着柴簌簌一同前往。

此时距离柴彤负气离开柴家已经过去五天。在这五天里,柴彤跟柴家彻底断了联系,不接电话,也不回短信。毛惠君第二天和第三天接连亲自上门,结果人家家里"铁将军把门"。跟楼下的一打听,才知他们去了翟欲晓奶奶家,一直没回。

梁燕清接到柴彤的电话,立刻给住在附近的妹妹打电话,让她来医院帮忙,然后直接去辅导班接走柴簌簌。她隐隐猜到柴彤找她要做什么。

果然,柴彤笑着说:"嫂子,你问问医生,后天能不能把晓晓的配型给做了。"

梁燕清笑着想说什么,最后露出来的却是哭相,她赶紧抓起餐巾纸按住眼睛。

柴簌簌咬住嘴唇,也红了眼睛。

翟欲晓和林普不知道什么情况,两个人嚼着汉堡和薯条,面面相觑。

林普将钥匙反锁在家里了,他原本是在翟欲晓家写作业。临要出门，柴彤看着小孩儿埋头一笔一画写作业的样子实在太乖了，临时决定将他带上。反正他也听不懂，就当出来吃个儿童餐了。这天可是小孩儿的生日呢。

"我那天是话赶话说的，没有不管麟麟的意思。轻舟也没有这个意思。"柴彤说，"当然，我们也没有真要簌簌和麟麟去干细胞库登记。人家那个有年龄要求，不信你可以回去问问医生。我其实就是跟他们置气，想试探他们有多过分。他们真经不起试探啊。我那天生气的程度大概是你听到爸那句话时的一百倍吧。"

柴彤特别要求将柴簌簌带来，就是希望柴簌簌也能知道事情的大致情况，不要只听她爷爷奶奶和父亲的一面之词。也因为有柴簌簌在，柴彤的用语整体上都非常谨慎。

梁燕清十分明白她的用意，张了张嘴，尚未出声就被鼻腔里的酸意顶回去了。半晌，她哽咽着说："我那天追着你出去了。麟麟生病以后，你也是跟着我们一直忙前忙后的，就这样让你生着气回家可不行。但是你走得太快了，我没追上。"

柴彤说："我在后视镜里看见了。"

梁燕清和柴彤有些不能给小孩儿听到的话要说，转到了较远的座位。

翟欲晓目送她们走开，在隔壁桌寻到一张干净的餐巾纸，殷勤地给自己讨厌的柴簌簌递过去。倒不是别的原因，柴簌簌哭起来五官皱成一团，实在太丑了。

柴簌簌泪眼汪汪地看着自己的表妹，问："你听……听明白她们刚才说……说的是什么意思了吗？"

翟欲晓狐疑地盯着她，怀疑她看不起自己的智商，没好气地道："早就听明白了。"

柴簌簌没出息地"呜呜"两声，问："那你自……自己愿不愿意呢？"

翟欲晓转了转眼珠，突然脆生生地说道："你为偷我海报的事道歉，我就愿意。"

柴簌簌面上一红，半响，道了个歉。

翟欲晓闻言立刻悲愤地指向她："叫我给诈出来了吧？！诈出来了吧？！我就知道是你偷的！"

柴簌簌埋着脑袋继续道歉，第一句"对不起"出口以后，第二句、第三句就很容易了。柴簌簌早就知道自己做错了——梁燕清当晚就打她的手了。她其实根本不喜欢海报里那个明星，她主要是看不惯翟欲晓那天的嘴脸，翟欲晓口口声声说海报上是某某哥哥的亲笔签名，不允许别人稍微质疑签名的真实性。

翟欲晓第一回看到盛气凌人的柴簌簌道歉，新鲜得不行。她左顾右盼，突然双手捧起林普沾着番茄酱的脸转向柴簌簌，说道："你记不记得你小时候非要抱他下楼，结果把他给摔了？你一直没给他道歉，我可记着呢。你道歉，我就愿意。"

翟欲晓顿了顿，感觉自己刚刚已经说过相同的话了，有出尔反尔的嫌疑，硬着头皮补充："再道一回，我说话算话。"

柴簌簌当时确实磕着林普了，却因为自尊不肯道歉，所以立刻向林普补了句迟到将近三年的"对不起"。林普愣愣地看着她，没有任何反应，显然早就忘了这件事。

翟欲晓大手一挥，表示多年的"恩仇"就此一笔勾销了。

柴彤跟梁燕清交谈完回去，与翟轻舟锁着门待在小书房里半响没出来。

翟欲晓给林普生日礼物的时候，仿佛听到了柴彤的哭声。她正要去书房看看，花卷跷着脚将电视的声音调大了。哦，原来是《人鱼王国》里的小人鱼在哭。

翟欲晓给林普的生日礼物是个新哨子，是黑金色的，有录音功能和小手电功能。

花卷给林普的生日礼物是一套半个手掌大小的手办，是量产版，但花卷肯定地说，日后升值空间很大。

在接下来的两周里，翟欲晓一共抽了三次血。第三次抽血的时候，翟轻舟和柴彤都很紧张，柴家人也全部到齐了——"HLA 初配型相合"的结果使梁燕清过度激动，说漏嘴了。翟欲晓也是此时才隐约知道柴簌簌的几句"对不起"，自己可能要付出的代价是什么。

医生跟柴彤说两句话的工夫，翟欲晓就扑进一直跟在后面的姥姥怀里开始哭了。翟欲晓眼泪哗哗的，绝对是真哭，因为一想到自己的血要被抽干了她就觉得悲伤，但这种时候一般收个礼物就能止住悲伤了。毛惠君很上道地问她想要什么，她正准备狮子大开口，就被人拎着领子扯开了。

柴彤虎着脸盯着翟欲晓。翟欲晓的哭相转瞬收起来，讪讪地低头抵着手指。

柴彤出门前已经答应给她买个小女生间正在流行的斗篷衣作礼物了。

"柴彤，你听妈说……"毛惠君上前说道，"那天都是在气头上……一家人……"

柴彤就跟没听到似的，直接带着翟欲晓走了，脚下顿都没顿一下。

一周后，医院来了电话，高分化验结果不相合，翟欲晓不能给柴麟麟捐献造血干细胞。

梁燕清得知这个结果，大病了一场。但病好以后，她仍然特地携柴簌簌来感谢翟轻舟和柴彤。虽然柴续这个不知好歹的东西嘴里嘀嘀咕咕"最后不也没成",但梁燕清非常感激"HLA 初配型相合"的结果出来,医生问是否考虑进行进一步配型检查时,翟轻舟毫不犹豫的那句"那是肯定的"。

两年后的夏天,柴麟麟等来了适合自己的造血干细胞,成功地做了手术。他的捐赠者是位正在筹备婚礼的大学辅导员。这是后话。

第四章
砂锅麻辣烫

一天一天的日子就在弹到额头上的粉笔头、临摹"哥哥"幽深大眼的练习册、画着钩钩叉叉的试卷上流水般滑过。一眨眼,翟欲晓和花卷连初二都快要上完了,林普也即将小学毕业。

花卷跟班里的其他男生一样开始变声了,声音太难听,跟被砂纸磨过似的。翟欲晓和林普联手要求他能打手势就打手势,尽量免开尊口。

"林普,她小丫头片子不懂我能理解,但你不能不懂啊,这是男人要长大的信号啊。"花卷揽着林普的脖子意有所指地说,"啧,你这说大不大、说小不小的年纪真愁人。"

林普一肘击在他的腰上,挣脱他的手臂,然后反手捂住他的嘴,以防耳边再有公鸭叫。

翟欲晓警告道:"卷儿,你要是敢给噗噗灌输不要脸的东西,我可告诉你妈。噗噗还是个小学生!来,噗噗,姐姐给你捂上耳朵。"

林普躲开翟欲晓的手,不高兴地道:"不要再叫我'噗噗'。"

他们这个年纪各有各的烦人,花卷爱说翟欲晓是"小丫头片子",翟欲晓爱说林普是"小学生",都有一种"我不跟你计较"的居高临下感。

一附小和作为初中的一附中都在一个大园区里,作为高中的一中则在天桥对面的另一个大园区里。这个位置设置既表示三个人能一起上下学到高中毕业,也表示他们都熟知另外两个人的所有黑历史——比如一班之长花卷因为弄丢了班费被弹劾了;比如林普被隔壁测绘学校的某个少女"劫道"要求"交个朋友";比如翟欲晓初步显露出日后成为渣女的端倪,隔三岔五地换"哥哥",她叫每一位"哥哥"都叫得情真意切。

"林普,我妈今晚炸馒头片,你来不来?"上楼时,翟欲晓问。

"来。"林普说。

林普现在中午就在学校附近的小餐馆吃饭,吃完饭直接回班里看书做题,晚上也只是偶尔去柴彤家蹭饭,毕竟小孩儿大了,脸皮薄了。虽然如此,他却仿佛是柴彤的小儿子,每回叫"姨"都带着叫别人时没有的亲昵。

虽然国家一再要求减负,但小学生们做各科作业的总时长还是不少。林普这种成绩遥遥领先的都是这样,其他人不可能比他轻松。所以虽然大家口中说的是"作业写完就上楼哦",但其实写完作业在楼上聚齐时,已经快到十点了。

楼顶的缺腿八仙桌什么的早被扔了,花卷的父亲和翟欲晓的父亲在破旧塑料棚下面给他们搭了个带有防水功能的大帐篷。三个小伙伴有事没事就盘腿坐在帐篷里的防潮垫上聊天、打牌。当然,林普生气搞自闭时、花卷和翟欲晓犯事时,也都来这里。

此时是四月底,北方这个时节户外早晚还是有些凉的,但凉得舒坦,要是配上满天星斗和饮料、零食什么的,那就更舒坦了。

"所以那天收拾'鹰姐'的真是你亲哥哥啊?"花卷问。

"鹰姐"就是那个"劫道"要"交个朋友"的少女。不过她劫道的时候不知道林普是个小学生,毕竟林普这两年个子蹿得极快,就跟吃了猪饲料似的,已经不比正上初二的花卷矮多少了。

"是我二哥。"林普说。

林普的二哥褚元邈正上高三。他近些年一般两个月左右会来看林普一回。有时候就跟林普在他们班门口简单地聊两句,一个课间的时间就足够了,有时候则带他出去吃顿饭。那天来时刚好遇上"鹰姐"拦住林普……

翟欲晓撕开薯条包,向前探着脑袋,兴味盎然地跟林普打听:"我听说你二哥从背后拎起'鹰姐'的衣领就把她搁到垃圾桶上了,动作十分'大哥',是不是这样?"

林普一听就知道翟欲晓动的什么心思,低头剥着糖纸,不想理她。

翟欲晓确实是个过于博爱的少女。毋庸置疑,她首先是个"颜控"——喜欢长得好看的,此外,她还喜欢成绩好的、篮球打得好的以及有"大哥"气质的。

花卷苦口婆心道:"你但凡分出一半的心思在学习上,也不至于一直被夏侯煜踩在脚下,成为班里的'千年老二'。"

也是邪门,上小学时,翟欲晓偶尔还能超过夏侯煜几分,但自打上初中就再也没有过了。夏侯煜总是班里的第一名,而她则总在第二名至第四名徘徊——多数是第二名。

不过花卷这样劝说翟欲晓的时候,显然是忘了自己根本没有名次这回事了。一附中新规——班里二十名以后不做排名统计,以保护后进生的自尊。

翟欲晓望着天上的星星,仿佛在思考一个亘古难题,久久不语。但花卷和林普都知道翟欲晓的脑子里不可能有亘古难题。

果然,半响,翟欲晓开口了,她说:"木秀于林,风必摧之。就让夏侯煜当她的全班第一吧。实话告诉你们：我志不在此，我打算以后进军娱乐圈。"

花卷和林普相继露出"面瘫脸"。

从楼上下来时，胡同里传来一男一女的争吵声，男的他们不认识，女的是林漪。

翟欲晓想跟着林普直接下去，却被花卷拽住了。两个人各回各家，关上门，然后在听到林普下去的脚步声之后，悄无声息地重新打开门。他们竖起耳朵听着楼下的动静，随时准备冲下去帮忙。

但楼下再没有声音传来，仿佛那两三句争吵是他们的集体幻听。

林普打开楼下的铁门跑过去，胡同口已经只剩下林漪。

林漪正在路灯下吸烟。虽然做的是夜场工作，吸烟喝酒样样来，但林漪看起来仍旧比同龄的女人显年轻，且因为精于穿衣打扮，去外面时没有人相信她有个林普这样大的儿子。

"出来干什么？"林漪问，"大晚上的不睡觉，明天不用上学？"

林普没回答她，半晌，说："回家吧。"

花卷和翟欲晓在听到林漪和林普上楼的脚步声以后相继悄悄地关门落锁。

自己是在什么时候发现那个男生不对劲儿的呢？林普抿嘴盯着正在给翟欲晓讲笑话的男生。

是在校运动会的四百米赛道上——林普自问自答。

五一假前，学校举办春季运动会，翟欲晓在夏侯煜的"设计"下，眼含热泪地代表她们班上了四百米跑道。虽然她最后拿到个丢脸的倒数第四的成绩，却因为那个男生主动上前送水，还帮她拧开了瓶盖，获得了操场上最大的起哄声。

"你在看什么呢？林普，我在那边叫你半天了，你个不长耳朵的破孩子。"

花卷这样问着、抱怨着，来到林普跟前，也跟着看过去。他瞬间恍然大悟，露出兴味十足的表情，十分讨人嫌地走过去破坏气氛。

"嗯？什么情况？来，来，来，详细跟我说说。"花卷说道。

"跟你说什么？"男生扭头笑着问。

花卷的眼珠转了转，心里打着小算盘，给翟欲晓使了个眼色，笑眯眯地说道："嘿，就说说你们团结互助学习小组的事。咱们打个赌呗，给我一百元，你们要是能坚持到毕业，我赔两百元。是不是很划算？"

翟欲晓起劲撺掇："确实划算。"

男生却不上当："以你们青梅竹马、狼狈为奸的关系，我担心今天给钱，明天我们的小组就得散伙。"

翟欲晓跟着花卷哈哈大笑了半天，突然反应过来，立刻闹了个大红脸。她嫌弃地说："什么散伙？谁跟你结伙了？李大个儿，以前没发现你这么不要脸啊。"

林普突然在不远处发脾气。花卷和翟欲晓遥遥听到一句很生气的"你能不能不要挡在这里"，扔下"李大个儿"匆匆过去，刚好看到一个有梨涡的女生眼含热泪。

有梨涡的女生叫钱藻，是个刚刚转学来的自来熟和碎嘴子，眼珠子自打盯住林普就转不动了，自我介绍完以后喋喋不休地问林普"你就是3班的林普吧""你是不是住在八千胡同里啊""你看没看上周我在运动会上的跳高""你参不参加下周的爬山活动""咦？你衣服跑线了，来我给你扯掉"……

"他怎么惹着新来的校花了？"花卷挠头问道。

翟欲晓莫名其妙:"是谁封的'校花'?经过我同意了吗?"

花卷鄙夷地望着这位心里没数的小伙伴:"……"

钱藻委屈极了,揉着眼睛上气不接下气地跟围过来的小伙伴们哭诉:"我只是站在这里看同学打篮球,他就突然发脾气了,他怎么这样啊?"

林普吃惊地望着她:"……"

他重新认识了小女生的矫情。

在翟欲晓苦口婆心的劝说下,林普最终还是跟钱藻道了歉。虽然她没说实话,但他确实不应该当众让一个小女生下不来台。他刚刚只是突然觉得很烦躁——眼前唠叨个没完的女生固然讨厌,不远处羽毛球在空中飞来飞去的声音、树上断断续续的蝉鸣声、不知道谁用起子或雪糕棍撬开一瓶汽水的声音也都很讨厌。

花卷就要迈出校门的时候,有个同学跑过来,跟他说班主任找。花卷在翟欲晓"你是不是犯事了"的怀疑目光里蔫头耷脑地往回走。他在数学课上看武侠小说被在后门巡班的班主任逮着了。班主任怒目而视,隔着玻璃指了指他,指了指办公室,什么意思不言而喻。但他故意装不懂。

翟欲晓和林普在落日的余晖中晃晃悠悠回家的路上,偶遇一辆糖葫芦车。翟欲晓留意到林普的目光追随着糖葫芦车,不由得露出慈祥的表情,主动摘下书包,解开钱袋子给小学生林普买了串糖葫芦。

大概是因为糖葫芦实在很甜,林普嚼着嚼着,先前那莫名其妙的烦躁就不翼而飞了。

六月份,林普小学毕业,正式成为初中生预备役。他长得越发好看,有着又浓又长的眼睫、小而尖的下颌,唇红齿白。用花卷母亲姚思颖的话说，他像柴彤的"老姑娘"。在姚思颖娘家那边，最小的孩子通常叫"老姑娘"或"老儿子"。

姚思颖这样说的时候，正跟柴彤在刚围建起来的果蔬市场上买菜。翟轻舟的突然涨工资和林普的小学毕业都值得一桌荤素搭配的大餐。当然，大餐是翟轻舟下班回来自己做，柴彤的厨艺一言难尽，只负责采买。

"你说楼上的是怎么想的？安安分分地过日子不好啊？"姚思颖挑着小芹菜，跟柴彤闲聊，"不愿意跟林普他爸正经地过日子，去找个别的男人安顿下来也行啊。她那么个模样，什么时候都能重新开始。哎，林普生在她肚子里算是遭殃了。"

虽然大家都住楼上，但"楼上的"这个称呼被默认特指林漪。

柴彤一直看不惯林漪，闻言阴阳怪气地说："模样再俏有什么用，她就不是个省油的灯。林普都这么大了，她也真是好意思。"

"前些天我跟花卷他爸吵架，你听到了是吧？他把我气得半夜下楼吹风去了。"姚思颖顿了顿，扯下个塑料袋去装小米椒，继续说，"结果在胡同里见着一男的，也就二十岁出头，两个人正抱一起啃呢，可黏糊了，给我臊得。"

柴彤懒得再听楼上的事了，转而问道："你们上回吵什么呢？我听着摔盆砸碗的。"

"嫌我炒菜盐放多了，没完没了地说我。"姚思颖想起这件事，仍旧愤愤不平，"你知道我儿子说什么？我儿子一抹嘴说，'爸，要不然下回你做饭吧'。"

柴彤乐得差点儿把手里的排骨掉在地上了。整栋楼都知道，三个小的里面情商最高的就是花卷。花卷这孩子太知道怎么不动声色地埋汰人了——人家天生的本事。

"你怎么老买排骨呢?"姚思颖盯着柴彤的小推车。

"给林普补补,小孩儿正蹿个儿。轻舟说他自个儿蹿个儿时夜里睡觉骨节都是疼的。"

"你这真是把林普当'老姑娘'养啊。"

林漪大概以为林普小学毕业就是大人了,比以往更加过分地夜不归宿。林普漫长的暑假都过去一半了,跟她在家里见面的次数用十根手指头都数得过来。七月底,她更是留下两千元钱和一张写着目的地和大概归期的字条,跟着那个二十岁出头的男朋友去了北疆,一去就仿佛水滴入海,谁也联系不上了。

"连个落款都没有,你妈真不讲究。"花卷盯着那张字条喃喃地说。

林漪大概也是临时决定的,林普早上出门时,她还在卧室睡觉,傍晚回来时,她就已经拎着行李箱跟人走了,中午的面条锅都没有刷。

林普夺回字条,揉烂后抛进垃圾桶里,然后将面带同情的花卷和翟欲晓轰出了门。

林普没有下楼吃晚饭。他煮了冰箱里的速冻水饺,自己调了蘸料,将就吃了。他不喜欢看电视,但电视是打开的,为了给空荡荡的房间增加点儿人气。他盯着电视里笑容夸张的谐星,突然后悔之前生气地把两位朋友推出门的幼稚行径了,不知道他们生气了没有。他用新的电话手表联系林漪,但林漪大概正在飞机上,电话没有接通。

原来的电话手表委实不适合大孩子了,褚炎武前不久另送给他一款能听歌的黑色电话手表。

林普这晚睡得很早,不到八点就睡了。他时梦时醒,一阵阵地出汗,不管辗转几回,耳边始终有哨声,仿佛是自己吹的,又仿佛不是。林漪就跟小时候翟轻舟教他糊的纸风筝似的,在隐隐约约的哨声里慢慢地飘向前面的大雾。

钱藻能打听到林普住在八千胡同，"鹰姐"显然也能。也不知道从哪天起，林普出门就能碰到笑嘻嘻凑上来的"鹰姐"。

"鹰姐"的名字里没有"鹰"，她叫李哆莉，"鹰姐"是她觉得"鹰"这个字比哆哆，"哆莉"更有派头，自己改的，也就一小撮儿人起哄瞎叫，写卷子的时候还是得老老实实地署名"李哆莉"，不然没有成绩。

李哆莉得知林普是个小学生时，整个人仿佛被惊雷劈中，一不留神就被林普的二哥给拎起来扔到垃圾桶上了。她在大家的嗤笑声中爬下垃圾桶回家，开始数着日子过——最起码得熬到她的"小"哥哥小学毕业吧。

八月中旬正是夏天最后的疯狂，天热得仿佛打开的电饭煲。林普下楼扔垃圾，再度被假装路过的、演技一点儿也不好的李哆莉缠上。

"我姨妈家还是没人。"李哆莉煞有介事地说。

她早在第一次出现时，就给自己编出个"住在八千胡同附近的姨妈"。八千胡同两边全是住宅楼，所以谁也拆不穿她。

林普点点头，越过她，径直走向垃圾桶。

"听说你除了语文其他科全是满分，你真厉害。"李哆莉亦步亦趋，跟着林普走到垃圾桶前。

林普假装没有听到，掀开桶盖把垃圾丢进去就要转身上楼。

李哆莉一个跨步上前，一点儿也不害臊地说："林普，咱们交个朋友吧。"

林普这些日子已经习惯了李哆莉的与众不同，但还是震惊于她居然敢当着胡同里大人的面这样问。他在柴彤和姚思颖好笑的目光里面红耳赤地急声说："不。"

李哆莉有些受伤，伸手挡着他，顿了顿，带着点儿破釜沉舟的意味说道："林普，我老实跟你说吧，我的文身是用的文身贴，用澡巾一搓就掉。我虽然脸皮厚，但也没有现在假装出来的这么厚，而且我现在有点儿想哭了。你再好好想想。"

林普毫不犹豫地说："不想。"

李哆莉的那句"我现在有点儿想哭了"显然不是假的，是比天气预报靠谱得多的预报，林普一走开，她的声音里就有了隐隐的哭腔："林普……"

林普嫌丢人，闷头往回走。

"林普……"明显的哭腔。

林普顿住，转过来瞪着他，气急败坏地说："你还不走？！"

柴彤坐在阴凉处握着韭菜提醒道："林普，你好好跟人家说话。"

姚思颖也说道："咳咳，我们不阻止交朋友。"

两个人低头，目光一碰，里面全是笑意。她们刚刚坐下择菜时还在讨论，最近有个女生老在胡同里转悠，也不知道什么情况。结果一转眼女生就出现了，再一转眼就明白了。

"林普的长相太随林漪了，不稀奇。"姚思颖说。

"是，不稀奇。"柴彤附和。

她们虽然这样说着，但仍然收不住笑，并不由得发出无限感慨。林普刚搬来时还是个软乎乎的奶白团子，上下楼都得谨慎地、一阶一阶地踩，大过年摔一跤要用炸春卷哄，但一转眼居然已经有小姑娘追上门了。

姚思颖笑够了，归拢着二人择出来的韭菜，另起了话头："我听晓晓说，她姥姥给她买的裙子大了，得等明年再穿。我看她冬天送羽绒服,夏天送裙子,平常生日和年节还各有礼物,也尽可能地在道歉了。要我说,你侄子病都好了,过去的就让它过去吧,老揪着不放你也不痛快。"

"也不是这几年才开始当姥姥的,以前去哪儿了呢?"柴彤不当回事地笑着,"没有揪着不放,就是想开了,并不是有血缘关系的就叫亲人。我要是真出点儿什么事,林普说不定都比他们着急。"

"你'老姑娘'就是你给喂大的,他能不着急吗?我到现在都记得,最开始他是满手握筷子的姿势,后来被你敲着指头硬给纠正过来了。哦,他写字的姿势也是你给纠正的。哈哈,他那个半躺的'2'和那两个'0'叠在一起的'8'啊。"

"我'老姑娘'心思重,你可别当面揭他的短。"

"不揭,不揭,卷儿跟晓晓都是橡皮脸,我说他们张口就来。你'老姑娘'脸皮薄,听不了赖话,我平常都可注意了。"

"晌午叫卷儿上来吃饺子,他跟林普都喜欢韭菜鸡蛋馅儿的。"

"哎,行,我就说你择这么老大一把韭菜,不可能没有我们卷儿的!"

暑假还剩最后一周,林普正在家里午睡,有人"咚咚咚"地敲门。他以为林漪提前回来了,迷迷糊糊地前去开门,结果门外是一个三十来岁的、穿得花里胡哨的男人——他如果再大点儿就能知道这是早期的"嘻哈风"。

林普见过这个男人,是酒吧里新的驻场歌手。有一段时间,他常常送林漪回来。

"你妈怎么不接电话?"驻场歌手这样问着,一脚踏进门,径直往林漪的卧室而去。

林普站在玄关处没动，只是望着他僵在卧室门口的背影，慢吞吞地说："她不在家。"

林漪空荡荡的卧室证明林普没有说假话。

"真去北疆了？"歌手轻声问。

"嗯。"林普答。

"跟王文野？"

"不知道。"

他瞪着林普半天，希望找出林普包庇林漪的蛛丝马迹，但林普的眼睛垂着，什么都看不出来。他反手一摔卧室门，丢下一句脏话，黑着脸走了。

林普确实没说假话，只知道林漪是跟新男朋友去的，但并不知道那个二十岁出头的青年叫什么名字，也许他就叫王文野，也许是在他之前的人。

在歌手和青年之间，曾经还有个林普没正经打过照面的、来去都非常匆忙的男人。哦，就是几个月前半夜跟林漪在胡同里吵架的那个。

林漪在这个世界上一直以一种孤家寡人的姿态活着，也许她本就是这样的人，也许是在褚炎武那里栽了大跟头以后"大彻大悟"的。她仅有的耐心只体现在林普一个人身上——毕竟养了十来年都没把他丢出去让他自生自灭。其他人只要稍微不顺她的意，就会被毫不犹豫地扔下。

林漪赶在林普开学前一天到家。也是巧了，她刚进门就接到褚炎武的电话。褚炎武得知她把林普一个人扔在家里整一个月，立刻叫嚷开了。

林漪趿拉着拖鞋给自己倒了杯水，"咕咚咕咚"地喝下，不屑地嗤笑："得了，真跟那么回事似的，你但凡联系过林普一回，也不至于不知道他独自在家。"

可以指望褚炎武出手大方地给林普买天文望远镜,但不能指望他时时刻刻惦记着林普。林漪是非典型的母亲,褚炎武是非典型的父亲,两个人殊途同归。

二人正掰扯着,互相指责对方不配当父母之际,林普回来了。

林普推开门看到风尘仆仆的林漪,眼睛里一亮。她的手机一直关机,没有任何音讯,他以为直到开学她都不回来了。

林漪不由分说直接挂断了褚炎武的电话,用下巴朝墙根下的行李箱点点,让他自己去取毕业礼物。

林普蹲下来打开行李箱,里面是一个膝盖高的木雕小人儿。小人儿的脚底心是创作者的名字——林漪。

林普拎着木雕小人儿走开前,想起前几天来家里的那个驻场歌手,跟林漪说了。林漪不屑地骂一句"狗东西",让他以后不要理会这个人。

小学毕业的这个暑假算是个开端,大约是发现林普一个人过上一两个月也没什么大问题,打这以后,林漪越发不着家。她只要感觉不痛快,给林普扔些钱就畅游祖国河山去了。当然,跟她一起畅游的早就不是那个不知道到底叫不叫"王文野"的二十岁出头的青年了。

时间不停地往前跑,像赶最后一班公交车似的。翟欲晓和花卷埋在各科试卷里灰头土脸地上了高二——翟欲晓高二文科,花卷高二理科,林普也顺顺当当地上了初三。

林普已经比花卷还要高了,上体育课排队,从左至右、由高至低,他是左边第三个,就像他的两个哥哥在这个年纪时一样——褚家的基因在身高方面向来不含糊。

大约是白日里那场篮球打得太耗体力了,这天晚上林普做的梦格外累人。他仿佛陷进沼泽地里,各种招数都使了,但就是爬不出来。

林普早上掀开夏凉被,盯着自己某个不可言说的地方,陷入沉思。虽然是第一次,但是他很清楚这种现象的来龙去脉,毕竟花卷去年就已经图文并茂地向他介绍过了。

翟欲晓用钥匙打开林普家家门的时候,他正蹲在卫生间里洗内裤。翟欲晓是来上厕所的。柴簌簌和柴麟麟跑来她家过周末,她家就两个厕所,晨间供不应求。

"大早上的洗啥裤衩?"翟欲晓在林普背后奇怪地问道。

林普一把将裤衩按到了盆底。他顿了顿,恼羞成怒地说道:"你出去。"

翟欲晓细一琢磨,瞬间恍然:"你是不是昨晚没洗澡?!"

林普沉默不语,耳朵根都红了。

翟欲晓在沉默里得到了答案,嫌弃地拉长了声音:"哎——"

十六七岁的女生,有些仍旧分不出正反面,有些却初现"前凸后翘"的身材了。翟欲晓是后者,但她由衷地羡慕前者。具体来说,就是羡慕王戎。

翟欲晓羞耻于胸前越来越大的鼓包,不知得了哪位"高人"的指点,偷偷买了腰封来束胸。柴彤有一回给她整理房间,在枕头底下发现了腰封,一拷问,人家已经默默地束了一个月了。柴彤哭笑不得,没收了腰封,点着她的头说"你别后悔"。

翟欲晓多机智啊,"你别后悔"四个字,夜里仔细一琢磨、一联想,就回过味来了。电视里的娱乐频道和杂志的娱乐板块总是不吝笔墨地评价女星的身材,在那些评价里,"平胸"是一个偏贬义的词,

"胸大"是一个偏褒义的词，"胸太大"就又偏贬义了。翟欲晓决定给自己的女性特征一个野蛮生长的机会，而她保持警惕，什么时候感觉快过界了，腰封该用还是得用。

花卷最近因为一场篮球比赛跟个啦啦队队员走得很近，女生也是理科3班的，叫甄佳。花卷跟甄佳混熟以后，便撇下翟欲晓和林普，开始变得神龙见首不见尾。

"神龙见首不见尾"具体是指，甄佳烦他，他回头花言巧语地寻回他的青梅竹马们；甄佳黏他，他就表示："嗯？什么是青梅竹马？是树上结的吗，能吃吗？"

真不是东西！

然而甄佳是个十足的小心眼儿。虽然花卷向她解释了翟欲晓和林普都是一起长大的朋友，但她仍旧十分忌惮翟欲晓。

翟欲晓去3班找了花卷两回，一回是给他捎姚思颖做的豆沙饼，一回是约他一起去天桥另一端的初中部给林普收拾烂摊子——林普七夕当天被教导主任截获半书包情书。那两回甄佳打招呼的表情都十分敷衍，且似笑非笑的，十分硌硬人。翟欲晓不好跟花卷说，便"呸"了一声将瞎了眼的花卷从自己的好友列表里暂时除名了。

"你烦甄佳不？"翟欲晓跟林普一起回家的路上问他。

"烦。"林普毫不犹豫地说道。林普是真的很烦，因为甄佳老是在翟欲晓面前叫他"弟弟"，而且她笑得太腻人了——不是钱藻的那种甜，而是腻。

钱藻就是当年那个在操场上睁眼说瞎话的小女生，她早就跟林普化干戈为玉帛了，现在是林普的同桌。

翟欲晓煞有介事地说道："王戎说，有些女生就是这样的，她们没有男生朋友，也不相信男女生之间真的可以做关系纯洁的朋友。她们从心底里认为你会抢食，不是现在，就是将来，所以本着有备无患的原则，先下手为强，排挤你这个潜在情敌。"

林普听到"情敌"二字面无表情地说道："王戎成绩差就是因为老琢磨这些吧？"

翟欲晓在林普的后脑勺上轻轻地推了一下，哈哈大笑。

她喜欢跟林普说生活中的一切，因为林普从来不会露出不耐烦的表情。两个人虽然一个高二、一个初三，但实际相差三岁。在这个年龄段，三岁的差距，她完全可以肆无忌惮地满嘴跑火车，甚至可以吹个牛。

比如在翟欲晓嘴里，高二年级有两个男生对她流露出追求的意思，一个在去年的平安夜里给过她一个包装精美的苹果，一个最近一直来借她的月考卷子看——不借第一名夏侯煜的，就只借她的。

两个人各自回到家，都面对着冷锅冷灶。林漪仍旧不着家，她一周能给林普做两顿饭就是极限了。而柴彤和翟轻舟则是去晋市奔丧了——翟欲晓的姑婆过世了。

翟欲晓在厨房里转了一圈，决定上楼去游说林普。北街新开了家砂锅麻辣烫店，王戎说汤底的味道可好了，店家自己做的小酥肉也好吃。

"我不想出门了。"林普也在自己家厨房里转着。

"啧，你去看看人家花卷、薛景，不到睡觉时间就不回家，你怎么就跟别人不同，老不愿意出门呢？"翟欲晓在他背后幽灵似的跟着，喋喋不休，"你听我给你安排，我们先吃麻辣烫，再去商场里溜达，消消食，最后拎一杯奶茶回来做作业，是不是很妥当？"

林普回头望着极力表达友好的翟欲晓，顿了顿，试图金蝉脱壳："要不然你去看看花卷回来了没？"

翟欲晓立刻翻脸："别跟我提那个睁眼瞎。"

林普拗不过缠人的翟欲晓，最后还是踩着她亲手扔过来的人字拖出门了。

翟欲晓喜欢看着林普踩着人字拖懒洋洋走路的样子，仿佛日剧里电车"轰隆隆"驶过以后，路口冒出来的漂亮少年。

北街这家砂锅麻辣烫店由于价格实惠、味道好，在馋嘴的青少年中间十分受欢迎，所以饭点总是门庭若市，需要等位。

翟欲晓在门口的长椅上跷腿嗑着瓜子，饶有兴味地上下打量着林普。林普刚刚在街上再度被人要电话号码了。他现在身高一米七七，长着一张非常显小的脸，叫人分辨不出他的实际年龄。

"你连脚指头都是白的。"翟欲晓突然说。

林普低头看看自己的脚趾，再看看翟欲晓的。

翟欲晓趁着他低头，猝然伸出了自己邪恶的双手，抱着他的脑袋一顿揉搓。她此刻后知后觉地生出"小孩儿长大了"的感慨。林普不再是那个坐在漆面斑驳的斗柜上、举着流血手指眼泪汪汪、在她怀里捧着她的脸笑的白面团子了，而是个走在大街上会令异性怦然心动的大小伙子了。

林普在挣扎的过程中，后脑勺触到翟欲晓不可言说的弧度，立刻不敢动了。他脸颊微烫，耳朵根也红了。但翟欲晓神经大条地没察觉，只以为他是不满自己把他当小孩儿揉搓，毕竟上回他因为自己不小心又叫了他小时候的昵称"噗噗"，转手将洗好的葡萄一股脑儿地塞给了花卷。

"里面有座了。"上菜的服务员过来叫人。

翟欲晓放开林普，用湿纸巾擦了擦手，乐颠颠地跟着服务员进门。

这家的麻辣烫果然非常好吃，汤底好、小酥肉好、香辣味也刚刚好。林普不吃香菜，所以翟欲晓砂锅里的香菜量直接乘以二。她摩拳擦掌地一筷子下去，把三根土豆粉、一根香菜、一根海带丝、一根豆腐条一股脑儿地往嘴里一塞，立时露出夸张的"可云脸"。林普哈哈笑着，一掌推开那张表情生动滑稽的脸。

店里没有开空调，只开着电风扇。翟欲晓一边吸着气狼吞虎咽，一边扒拉着粘在额头上的碎发。她正要问林普热不热，结果一抬头，目光落在他的嘴唇上。少年唇薄，天生带粉，此刻因为辣椒的刺激，仿佛涂了当下大热的口红色号。

"你不吃了？"林普奇怪地问。翟欲晓的食量在饭桌上向来排第二，排第一的是翟轻舟。

翟欲晓倏地撤回一直盯着他红润嘴唇的目光，挠了挠头，默默地骂自己一句"禽兽"。

"有蚊子。"翟欲晓心虚地说道，在自己后脖子上作势一拍。

按照翟欲晓的安排，饭后二人去商场溜达消食。翟欲晓爱去逛精品店，但不一定买东西，就乐意在各色小玩意儿前穿梭，一会儿拿起这个看看，一会儿拿起那个看看。这回却对一个仿皮草的小发夹产生了兴趣。她左看看，右看看，还在头发上比了两回，爱不释手，可最后仍是放下了——一是因为贵，居然要两碗面钱；二是因为过于可爱，只适合甜美系小女生戴，比如林普的同桌钱藻。

"不买吗？"林普道，"挺好看的。"

"你那审美知道什么是好看啊！"翟欲晓嘟囔着，老气横秋地背着手走开了。

两个人在商场二楼和三楼各转了一圈，最后拎着两杯奶茶踏上了没有动静的手扶电梯。在他们后面，有一个腿脚不太便利的老人也上了电梯。他们一前一后正往下走，电梯突然启动了。翟欲晓整个人向前一倾，及时抓住了扶手，与此同时也抓住了身边的林普。但只是一瞬，林普就被后面没站稳的老人一头撞了出去。

"啊——"翟欲晓的尖叫声瞬间响彻整个商场。

商场的负责人和保安在翟欲晓尖叫声的余音里跑过来。他们问着伤到哪里了，要不要紧。翟欲晓心疼地按着林普的肩膀，愤怒地呛道："你们说要不要紧？！这个破电梯怎么回事啊，突然就动？！电梯有问题为什么没有警告啊？！"最后一个问题被高声叫出来的时候，翟欲晓破音了，眼泪滚滚而下。

林普的膝盖、小腿、掌根和胳膊肘全是擦伤，也崴了脚，只是暂时还没有肿起来，但最触目惊心的是，他右脚拇指的指甲盖翻起来了。翟欲晓没受过这样的伤，但古装剧里严刑逼供就是拔手指甲盖和脚指甲盖，可想而知，他得有多疼。

老人将林普撞了出去，自己倒是抓着扶手站稳了，她十分后怕且万分不好意思。翟欲晓只是声高，老人却说"你们商场是在谋财害命"。

林普疼得脸煞白。他将翟欲晓扯低了些，屈起食指在她眼下安抚地轻轻一刮，然后紧紧地抓着她的手。

"包扎一下就行了，没事。"林普说。

翟欲晓抽噎着，半跪在地上扒拉着他，唯恐其他地方有没注意到的伤口。她扯开他T恤的领子前前后后地看，再卷起他的运动裤，直卷到逼近大腿根部的位置。

"其他地方真没事，去医务室包扎吧。"林普紧紧地抓着翟欲晓的手腕，额面上冷汗涔涔。

负责人在旁边一直问要不要通知他们的家长，林普摇摇头，说

"不用"。

医务室就在一楼，医生百无聊赖地出去遛弯了，眼下接到电话正在往回赶。翟欲晓让林普圈着自己的脖子，在一个瘦小保安的帮助下，把他拖抱起来。负责人很有眼色地赶紧推了轮椅过来。翟欲晓看着轮椅，神情复杂。林普说："我不想坐。"

她便立刻回："那就不坐，我们慢慢走。"

他们一步一步地挪到医务室门口，医生也气喘吁吁地赶到了，跟着就是去掉指甲盖和消毒包扎。翟欲晓的眼泪紧跟着林普颤抖的频率往下掉，一会儿脚下的垃圾桶里就堆满了白花花的卫生纸。林普劝不住她，也跟着红了眼眶。负责人和老人都将脑袋埋得低低的。

林普的人字拖没法儿穿了，保安赶紧给他递上一双刚刚去附近鞋柜拿来的大号的软底拖鞋。

翟欲晓蹲下来小心翼翼地给林普挂在脚上，一抬头就看到他指间拿着刚刚在精品店里试戴的仿皮草发夹。

"果然我那些年的糖葫芦没有白买，你终于也知道孝敬姐姐了。"

翟欲晓举着发夹，哽咽着用手背抹掉眼泪，咧开了嘴笑。

两个人回去以后，林普在翟欲晓隔着门的监督下单脚踩着塑料凳洗了个囫囵澡。他洗完澡开门出来，翟欲晓已经端着一盆热水和一条擦脚毛巾笑容慈祥地等着了。

林普见状转身就要回浴室，却被翟欲晓抱着腰拖回来，露出个邪恶笑容，将其按倒在沙发上。

林普的敏感点太多了，脚上尤甚。翟欲晓用手抓住他的脚，他瞬时就打了个哆嗦，耳朵根也红了，各种剧烈挣扎，仿佛立刻就要万劫不复了。

"我自己来，你给我毛巾。"林普在挣扎中气喘吁吁地说。

"你把腿给我伸直了，"翟欲晓强压着他的腿，作势要把擦脚毛巾糊到他脸上，龇牙咧嘴地抱怨，"怎么那么磨叽呢？跟谁见外呢？"

林普最终也没挣过因为被一个发夹感动到非要给他当个好姐姐的翟欲晓。翟欲晓避开纱布，用温热的毛巾非常仔细地给他擦着受伤的右脚和右腿，然后强迫症突然发作了，嫌不对称，硬是将他没有破皮且洗过的左脚和左腿也擦了。

翟欲晓端起洗脚水正要去倒，林漪突然回来了。林漪一般十点以后才回来，此时时间还很早，黄金剧场的电视剧第二集也不过刚刚开始。

林普的笑容瞬间收起，低低地叫了林漪一声。

林漪一愣，走过来要看，林普却将脚收回去了，并用靠背轻轻压着。

"有血。"他解释说。

林漪顿住，不再上前。她面带不悦，问："跟人打架了？"

"没有，就是摔了。"

翟欲晓尴尬地倒掉洗脚水，磨磨蹭蹭地出来打了个招呼，靠墙站着。她跟林普关系好到能死皮赖脸地压着他给他洗脚，但跟林漪这些年讲过的话却填不满一篇高考作文。

林漪的目光移向翟欲晓，面上带着笑，轻声说："晓晓，帮我把玄关柜子上的袋子交给你妈妈，我看她在朋友圈里向人打听这种进口药，刚好我有朋友最近去了港市，我请他帮忙代购了。"

"好的，谢谢阿姨。"翟欲晓规规矩矩地答道。

翌日早晨，翟欲晓特地上楼接林普。林普倒是能踮着脚慢慢走，但这天下雨了，她怕他滑倒。

两个人慢吞吞地来到二楼，去敲花卷家的门，得知花卷半个小时前就出门了。

"大概是赶着去班里抄作业吧。"姚思颖倚着门猜测道。

翟欲晓皮笑肉不笑地与姚思颖道别，带着林普继续下楼。

"狗东西，你倒是发条信息说声不用找你啊。"翟欲晓悄声抱怨道。

林普也道："狗东西。"

翟欲晓听到林普的响应，越发上头，愤愤地说道："交的朋友多了不起吗？跟谁交不上似的。"

林普这回不吱声了。

两个人一点一点地向前挪着，花了二十分钟才到校。

翟欲晓将林普一直送到座位上，嘱咐他上厕所的时候小心些，千万不要被人踩到脚，午饭就让同学带回来吃。

林普一一点头，就像小时候玩游戏时一样乖，好脾气地任她摆布。

林普的碎嘴子同桌钱藻眨巴着眼睛突然举手，翟欲晓不解地望着她。她笑嘻嘻地表示自己愿意带林普上厕所以及给林普带饭。翟欲晓笑了，说："行，那谢谢你了。"

翟欲晓一走，钱藻不怀好意的目光就粘到林普脸上了，脑袋也越凑越近，直到他反手用直尺戳上她的梨涡。

钱藻用两根手指夹着笔，模仿大侦探，煞有介事地说道："你不对劲儿。"

林普低头翻着练习册，懒得看她："哪儿不对劲儿？"

钱藻说："你刚刚表现得非常软萌，跟上个月揪着金磊将他按倒在课桌上非要他道歉的仿佛不是同一个人。"

金磊是班里的体育课代表，他喜欢钱藻，在某节自习课上突然表示想和钱藻成为朋友，却被拒绝。金磊下不来台，便老在钱藻面前讲些不入流的段子。

钱藻一直装听不懂他的段子，她的演技太好了，林普在小学六年级时就深有体会，所以金磊一直没有成就感。

上周他在杂志上搜到了个带有极强的攻击性的段子，钱藻再装听不懂就是傻子了。她嘴巴一撇，正准备用卷起来的课本敲他的脑袋，林普就突然暴起将对方按倒在课桌上了。

林普要求金磊必须当众向钱藻道歉，并保证以后再也不嘴贱。金磊当然不肯，两个人一直闹到上课。任课老师是个刚大学毕业的姑娘，搞不定大小伙子的这种事，差人叫来了班主任。班主任跟班长一起拉开他们，吼着问怎么回事，要是不说就都滚出去罚站。钱藻眼看二人都不开口，颤巍巍地站起来用课本挡着脸，一字不差地复述了金磊的段子。

最后林普留下，金磊一个人出去罚站，并被请了家长。

既然讲到了金磊，钱藻不由得说道："我无以为报，要不然做你的过命朋友吧。"

钱藻这是本月第九次毛遂自荐了。

林普回头盯着钱藻看了五秒钟，问道："你是报答还是报复？"

钱藻抢过林普的直尺，作势要给他掰折。

"丁零丁零——"上课铃声响起。

英语老师在铃声落下之前就站在讲台正中央了。她依旧不重样地穿衣服，这天穿的是一条绿色连衣裙，长阔的裙摆在初秋微凉的风里仿佛一株柔韧的蒲草，但她其实一点儿都不柔韧。

英语老师将卷子往第一排英语课代表桌上一摔，挺直脊背，用带着霜般的语气吩咐："卷子改出来了，课代表起来发一下。来，就站我面前发，报名字、报分数，我看看八十分以下的怎么好意思在众目睽瞬之下来领卷子！"

钱藻的声音紧跟着英语老师最后的两个字轻轻地响在林普的耳侧。

"你是不是喜欢那个姐姐？"

"……"

"你告诉我，我不告诉旁人。"

"……"

中午放学，钱藻跑出去给林普买了一份鱼香茄子盖饭，她自己的是鱼香肉丝。两份盖饭和谐地摆在一起，林普不由得陷入了沉思：他点的难道不是番茄炒蛋？

"赶紧掰开筷子吃啊！"此刻钱藻眼睛里根本没有沉默不语的林普，只有她想了很久的两道菜。她用筷子分别在林普的餐盒和自己的餐盒里一划拉，仿佛画"三八线"似的，殷勤地给他解释："你这边三分之一是我的，我这边三分之一是你的。"

"我要番茄炒蛋！"林普盯着油乎乎的两道菜不满地说。

钱藻夹了一口茄子，眯眼吃得万分满足，说："我到的时候番茄炒蛋就剩个底了，番茄被捣得稀烂，可恶心了，我纯粹是为你着想，给你临时改的菜单。"

林普半信半疑地掰开筷子，正准备去夹木耳，前桌男生端着饭盒回来了——红红的番茄、金黄的蛋，汤汁被浇在米饭上，单是看着就觉得好吃。

林普将目光钉死在钱藻的厚脸皮上。

钱藻："……"

她老老实实地说道："饭钱一会儿还给你，这顿当我请。"

"丁零丁零——"

最后一节课下课，林普拎着书包慢吞吞地出来，在楼梯口看到了林漪。

林漪在家一直睡到了下午，睡醒有些不舒服，便跟酒吧经理请了假。她将排骨炖上，眼看着天要下雨，心血来潮地来接林普。林普上小学和初中的这么多年里，她接他放学的次数大概都不够数满十根手指。她不知道他在几班，所以就在楼梯口守着。

林普的同学都以为林漪是林普的姐姐，直到清晰地听到他的一声"妈"，才恍然大悟。

林漪向周围的同学露出个家长式的笑容，然后接过林普的书包，走在他旁边。

"初中生都穿这个牌子的衣服吗？"林漪突然问，"我一路上看到十来个了。"

林普顺着她的目光看过去，那确实是最近非常火的一个牌子，代言人是翟欲晓的"旧爱"——他是因为突然曝出隐婚新闻才成为她的"旧爱"的。

林漪怀疑林普根本没注意过这个，也不等他回答，直接说："行，也给你买几套。"

林漪给林普买东西，因为图省事，向来是用批发的方式。林普上一年级时，她给他买铅笔，直接买了二百来根，他一直用到小学毕业。而眼下这个牌子的衣服，她既然说了要给他买"几套"，那就不大可能是两套以下。褚炎武给的抚养费很高，她自己也赚了不少钱，所以两口之家虽然没什么温度，但也不差钱。

林普走到校门口，突然听到翟欲晓的叫声。他一抬头，她正在天桥上，显然也是来接他一起回家的。他高兴地向她挥了挥手。

此时，突然冲出来两个四十岁上下的中年女人，她们污秽不堪的辱骂声赶在雨点落下来之前蛮横地灌了路边所有少男少女一耳朵。少男少女们三三两两地停在路边，或低声指点，或沉默不语，在初秋的蒙蒙细雨里围观有违三观的事情。

林普在连番的巴掌声里被推搡开，被挤倒，被不知道谁狠狠地踩了右脚。他立刻爬起来，瘸着腿往人群里挤，但有个中年男人一直堵着他，跟他说不要掺和。他回之以怒骂，一把夺过不知谁的书包狠狠地抡在男人脸上。

中年女人将林漪按倒在地上，脏话连篇并动手扒她的衣服。

两个女人孔武有力，林漪虽然奋力反抗，但在她们手底下仍跟小鸡崽子似的不堪一击。

"林漪，你是不是天生犯贱？！你是打算一辈子都从别人嘴里夺食吃是不是？我嚼烂的吐你嘴里你吃着是不是就特别香啊？！"一个女人攥住林漪的胳膊，不停地扇着她的脸，咬牙切齿地说。

"有个私生子不够，你是还想再要个私生女是不是？你真以为他跟我姐离婚了就能娶你？他不过是和你玩玩而已！他到现在花在你身上的钱都不够买客厅犄角旮旯里的一个花瓶，你说你多可笑？！"另一个女人利落地将林漪的上衣剥掉，又一鼓作气地去扯她的文胸。

林漪坐在地上咬紧了牙，尽力压低身子收腿蜷缩，但上半身最后一片布料仍然一寸一寸地离体。即将全面失守时，林普扑上来，将她抱了个满怀。与此同时，她看到抓着自己文胸的女人额头有血流出来了，是被林普用词典砸的。

林漪晕血，手脚立刻就绵软了，在林普怀里直往下滑。

一切只发生在不到两分钟的时间里，令人猝不及防。

翟欲晓和不知道打哪儿跑出来的花卷从不同方向冲进人群里。

花卷手上拿的是根裹得花里胡哨的拐杖，是甄佳国庆表演要用到的。翟欲晓手上拿的是一根细长的铁烧火棍,是她跑下天桥时顺手在路边的烤红薯炉子里抽出来的。

翟欲晓这是第一回跟胡同以外的人打群架,而且是跟柴彤差不多年纪的成年人,但她毫不退缩,中间屡屡被人抢倒,又屡屡跑回去抢人。她仗着一根烧火棍,其实并没有吃亏,在警察来控制住局面以后,她无能为力地注视着林普搂着他母亲的孤独背影,突然放声大哭。

两个女人和翟欲晓、花卷进了派出所,林漪和林普进了医院。最后两个女人被拘留,翟欲晓和花卷因还未成年一起被家长带回。

虽然在派出所里翟欲晓和花卷都对自己不理智的行为做出了深刻的检讨,但回家的路上他们都不由得挺直了脊背,隐晦地表达不服。

姚思颖走在后面,突然发出了笑声,在花卷的屁股上踢了一脚,说:"行了。"

柴彤也没绷住,轻轻一推翟欲晓的脑门儿,意思是:别愤愤不平了,这事过去了。

柴彤本来是打算好好教育下翟欲晓的,她是个女生,要是伤了脸可怎么办。但转而想到那两个女人在学校门口做的下作事情,又感觉女儿打轻了。大人的事情,两个女人跑人家孩子学校门口去闹。

第五章
真希望赶紧长大

夜里，雨渐渐下大了，敲在窗玻璃上，不停地响。如果是在家里，这是最好眠的时刻，但他们是在医院里，所以雨声里还有小孩儿不想住院的哭闹声、睡不安稳的人喉咙里发出的呼噜声、小护士不许推销人员滞留病房的斥责声等等。

林普垂着脑袋坐在病床前，半个小时一动不动，不知道是睡是醒。林漪无声地睁开眼，默默地看他半晌，伸手握住了他的手指。她在做母亲和做自己之间坚定地选择了做自己，所以此刻她摩挲着他的手指，没有半点儿熟悉感，在此之前甚至都没注意到他的手指都比自己的长了。

以前电视节目里有个亲子环节，是十个儿子或女儿将手伸出来，由十对父母隔帘盲摸，结果准确率是百分之一百。林漪和林普这对母子要是上去，不出意外地能将准确率拉低到百分之九十。

林普任由林漪抓着自己的手翻来覆去地看，他浓密的睫毛始终垂着，仿佛不堪重负。

"以后跟着褚炎武过吧。"林漪突然说，"褚炎武现在一心扑在他的公司里，没有找女人的心思，在你成年之前应该都不会结婚，再说上头还有你两个哥哥看着，你受不了委屈。"

林普的长睫毛缓缓地抬起，露出一直藏在里面的黑亮的眼瞳。

林漪顿了顿，继续说："我以后也不用你养老。我把你生出来，管你衣食住行是我的义务，不需要你日后报答。"

林普极慢地摇头，继而把脸埋在林漪的怀里，一直在眼眶里打转的眼泪迅速被棉被吸收进去。他微微侧过脑袋，默不作声地望着窗外。这是跟以往没有任何不同的夜，像昨天的，也像明天的。所以昨天怎么过，明天就还怎么过。

"你非跟着我干什么呢？"林漪问。她的问题是发自肺腑的，她是真的想不明白。

但这是因为她疏漏了最关键的一点。她自己在健康的环境里长大，所以她深深地知道自己是一个远低于及格线的母亲，但林普自小就习惯了她的不及格，他并不确切地知道她是五十分还是十五分，且不管她是多少分，一年见不了几回的褚炎武分数只能更低。

你是我妈，没有你，就也没有别人了——这是林普的回答。但他并没有真的出声，他本来就寡言，眼下正值别扭的青春期，就连说个语气助词都仿佛比金子还金贵。他只是待到眼里的酸涩感淡了，才跛着脚出去给林漪接了杯水。

褚炎武带着雨夜的湿意赶来了医院，两个人一见面就开始激烈地争吵。

一个恨铁不成钢地说："你是不是瞎？你怎么一踩一个坑？有离婚证就表示断干净了？你不去跟人打听打听？那两个人离婚不离家，离婚半年了，至今谁都没有挪窝的意思！"

一个仿佛听了个笑话："呸！你哪儿来的脸说人家？人家有那纸离婚书，我最起码能理直气壮地去起诉她公然侮辱他人！你当年是婚内出轨！蒋阅要是真跟我计较，她扇我左脸我都得老老实实地再把右脸伸过去！"

一个作忍辱负重状，退而求其次地说："你要不找个男人好好过日子，否则出这样的事情，大家永远觉得不安分的那个是你。再说，林普就要满十四周岁了，他不能老跟着你丢人。"

一个无比讥诮地说道："所以狗吃了长在路边的野花，是要怪野花无主，而不是狗没有操守？林普跟着我丢脸归丢脸，但最起码不会长成个糊涂蛋。"

林普漠然看着，一言不发，仿佛是个机器人。

派出所的民警第二天一早就来录口供了，褚炎武的律师朋友也来了。

林漪向众人回忆着前一天的事发经过，表现出极为强大的心理素质。

林漪说，她跟男朋友是在夜场认识的，他们认识的时候他就已经离婚了。此外，他们到现在也才交往不到一个月，所有他们共同认识的朋友都可以证明这些。

民警最后合上笔录本，例行公事地问："你们接受调解吗？"

林漪盯着垃圾桶里的纸杯，说："不，我要以侮辱罪起诉她们。"

一干人等全部离开以后，林漪指派林普去办了出院手续。二人回到家，林漪问林普要不要转学，林普毫不犹豫地说不要，她便立刻打发他出门上学。

林普拎着书包在门口踟蹰片刻，转头看到楼上露出来的日光，长腿两阶一步地迈上去了。他在顶楼帐篷里埋膝静坐了十分钟，就真的下楼上学去了。

林普在上课铃声响前一分钟进了班级，满满当当的教室在一瞬间寂静得仿佛是个空室。而林普看上去仿佛并没有察觉这是个"空室"，他在大家意味不明的眼神里稳稳当当地走到自己的座位上,打开书包掏出练习册,再打开磁吸笔袋一把抓出中性笔、铅笔、圆规和三角尺。

"上课!"班主任中气十足的一嗓子叫醒了全班同学。

大家纷纷坐正了身体,在数学老师抑扬顿挫的讲课声里,暂时将所有复杂的感触融进三角形中位线定理和梯形中位线定理里。

这一整个下午,林普耳根清净,没有人主动跟他搭话,包括他的碎嘴同桌钱藻,就连课堂上老师抽背课文都特意跳过了他。"特意"的意思是,单单在他这里走了个"Z"字形。

林普放学回到家里,林漪依旧不在。她在冰箱贴上给他留言说这晚留宿在朋友家里,第二天下午回。

林漪是一株坚韧的杂草,她昨天这个时候还手脚绵软地躺在救护车里,今天就能外宿了。

林普自己做饭吃完后,拎着浴巾去洗澡。他平常洗澡十来分钟就能搞定,但这回洗了将近一个小时。高压浴头的水声"哗啦啦"地响,稳妥地掩盖住了大小孩儿决堤的情绪。

"出来吃西瓜,林普,再洗就洗秃噜皮了。"浴室门口突然响起花卷的声音。

花卷和翟欲晓都有林普家的钥匙。

林普下意识地瑟缩了一下,他想开口让他们回去,但嗓子被堵得严严实实的,不能发声。他背靠着门,伸长了腿坐在地上,隐隐约约地听到两个小伙伴之间的对话。

"卷儿,里面有声音吗?"

"好像没有。"

"我没听到排气扇的声音,他是不是晕在里面了?"

"你内心戏怎么这么多呢?"

"你自己听！"

"……"

"你……你再敲敲门。"

"咚咚咚"的敲门声再度响起，带着迟疑，仿佛生怕打扰了谁。

"卷儿，里面有回音吗？"

"好像还是没有。"

片刻后，浴室门外响起花卷惊慌失措的声音："你干什么你？你别……哎，你别这样，噗噗没穿衣服！他没穿衣服！你不能进！"花卷"奋力"阻挡住已经把钥匙捅进锁眼里的翟欲晓，转头大声告诉林普："林普，你要是听到了就敲门回应一下，晓晓怀疑你晕在里面了，非要进去，我挡不住她。"

林普背靠着门坐在地上，眼里都是泪，嘴角却突然不明显地向上扬起。他举起手向后轻轻地叩了两下，门外的滑稽动静便随着这两声闷响全部停了下来。

"你要小心你的脚，不能碰水，一会儿我用毛巾给你擦擦。"翟欲晓压着情绪说，顿了顿又轻声问，"你是不是哭了？"

翟欲晓的话音在很低的位置响起，林普猜测她应该蹲下来了。她总是在奇怪的地方方心细如发，她听到叩门声就能精准地判断他的位置和状态，但她卷子上的错题却总有三分之一要归咎于粗心大意。

林普仍是出不了声，所以也就没办法嘴硬地回复"没有"，只能再度反手叩门回应。

翟欲晓的眼眶倏地红了，握拳用力地在门上一捶，大声说道："你赶紧给我憋回去，你一哭我也想哭。"

翟欲晓的哭相很丑，眉毛、嘴角一起向下耷拉，跟动漫人物似的，丑萌丑萌的。所幸她知道扬长避短，越长大越铁骨铮铮，不轻易哭。

上个月，在柴彤屡次交代不要抓着门框关门以后，她的小拇指还是被门挤了——指甲盖都黑了。但她一抹眼睛，梗着脖子假装无事发生。

然而只要一沾上林普，她就忍不住了，眼泪跟开了闸似的，以至于昨天个别听话只听半截的旁观者以为她就是那个"私生女"。

翟欲晓听不到林普的回应，奋力忍下喉间的哽咽，继续大声说："那是大人的事情，跟你没有关系，再说，并不是谁声音大谁就有理，对不对？也有很多人是像我这样想的！"

翟欲晓说得那么笃定，仿佛真的就像她说的那么回事。但林普长大了，并不像以前那么好哄了。他深深地知道，并没有几个人会像她这样想。昨天发生的事情向来只存在于大家茶余饭后的八卦里，第一回亲见，会有很多人跟他一样终生难忘。

翟欲晓掏出卫生纸擤着鼻涕，用手推搡着花卷，让他也说两句，但花卷认为眼下说什么都多余，不如给林普一些缓冲时间。翟欲晓横了他一眼，他只好乖乖地说道："出来吧，林普，给你留的是沙瓤西瓜最中间、最甜的部分。"

翟欲晓有时候真想揭开花卷的脑袋，看看里面装的都是什么东西。

浴室里哗啦啦的水声在两人无声的打斗中突然停止了，之后便再无动静。他们耐心地等着，约十分钟后，门后响起林普沮丧嘶哑的声音："我忘拿内裤了。"

"听说胸都露出来了？"

"林普挡得快，没有全露。"

"所以林普真的是私生子？"

"反正从来没人见过他爸爸。"

"他得转学吧？也太丢人了。"

"转到哪里去？这事很快就能传遍整个大都啊。"

……………

两个女生洗着手正在喊喊喳喳，冲水声突然响起来，继而正后方的隔间门打开，跟林普同班的女生钱藻目露凶光地向她们走来。

钱藻和林普是初中部最出名的两个人，二人长相不俗，偏巧还是同桌。

"真有意思，背后说人闲话。"钱藻洗着手脆生生地说。

两个女生脸红了："喊！关……关你什么事啊？！"

钱藻朝她们用力地甩着湿漉漉的手，道："你们说的是我过命的朋友，当然关我事。"她这样说着，皱眉盯着其中一个女生，片刻后，露出了然的嗤笑，"喂，戴红帽子的，你前不久不是还给林普写过情书吗？七夕他书包里的巧克力也有你的一份吧？怎么就翻脸不认人呢？"

两个女生在钱藻的奚落声中丢下一句"神经病"，便落荒而逃。

钱藻扯出口袋里的面巾纸，慢条斯理地擦着手，露出独孤求败的笑容。

林普是在两天后得知自己有个"过命的朋友"的，而且是个十分盛气凌人的"过命的朋友"。听说其中一个在女厕被甩了一脸水的女生回到班里就气哭了。林普在前座男生的挤眉弄眼里盯着钱藻挂在嘴角的口水，露出白日见鬼了的表情。

真是个荒诞不经的世界。

"我跟她没有那么深的交情。"林普跟前座解释。

"渣男。"钱藻气呼呼地说道。她用拇指根部在嘴角一划拉，脑袋一转，给他留了个"负气"的后脑勺。

前座男生露出善解人意的笑，拎着保温杯出去接水了，给他们留下解决"内部矛盾"的空间。

林普揪着钱藻的卫衣帽子直抒胸臆:"你是不是有病?"

钱藻反手扯回帽子往脑袋上一罩,很有义气地说:"朋友就得同甘共苦。"

林普的脸上带着愠色,毫不犹豫地说道:"我没有你这么缺心眼儿的朋友。"

钱藻倏地将脑袋转回来,伸直了胳膊,噘嘴警告他:"你把话收回去并向我道歉。"

林普根本没把她的警告放在心上,他在琢磨着用什么方式快速撇清他们的关系。钱藻是个女生,不能跟着他一起被人编派。

钱藻眼见林普不理她,突然捂着脸委屈地"呜呜"哭起来了。她在周围同学"怎么了""怎么了"的询问声中,把手伸进林普的桌洞里,抓出那一沓情书,哽咽着道:"怎么办?!那这些怎么办?!"

林普:"……"

他亲眼看到她的眼泪是如何挤出来的。

他垂下脑袋,万念俱灰。

翟欲晓和花卷很快就知道林普有个"过命的朋友"了。两个人一起起哄,怂恿他要不就跟人家多多来往,组建个学习小组、体育小组什么的真的过把命,毕竟放眼整个初中部,也就只有他和钱藻站在一起才养眼。

林普给他们一个"闭嘴吧"的眼神,停在路边买烤红薯。

"最近甄佳怎么不传召你了呢?"翟欲晓问。

花卷面不改色地说:"她下线了。"

翟欲晓面露同情:"她终于认识到你配不上她了?"

花卷真想把她的嘴缝上。

"是我踹的她。"他说。

"你一看到甄佳,嘴巴恨不得咧到耳根,跟大傻子似的,你能踹她?"

"爱信不信。"

花卷确实没有说谎,他们确实闹掰了,在电影院门口。

甄佳因为他卷进林普的事情,气急败坏地说:"多么丢脸的事,旁人躲都躲不及,你居然自己往上冲,你知道大家背地里是怎么说你和翟欲晓的吗?大家说你们八千胡同蛇鼠一窝!"

花卷觉着"蛇鼠一窝"特别不中听。他说:"我不管大家怎么说,反正只要你不转述我也听不到,我就问问你自己是不是也这么想的?"

甄佳当然不是这么想的,虽然他们交往的时间不长,但花卷是什么样的人,她自问比大家清楚。但由于年轻气盛,以及吃定了花卷的好脾气,她扭过头愤愤地"嗯"了一声。

花卷当即撕了电影票转身走了。甄佳追至扶梯,跳着脚痛骂他。

花卷一直知道甄佳小心眼儿。甄佳心里防着翟欲晓,他没心没肺的,根本不当一回事,非但不苦恼,还觉得甜丝丝的,毕竟头一回有女生为他吃醋。但甄佳用这样的态度对待林普的事,她冷漠地希望他不要靠近林普,他脾气再好都不能接受。

姚思颖那样围着锅台转的中年妇女都知道,两个女人不管有什么委屈,故意闹到林普的学校就是她们的不对,花卷是林普的朋友,他上去帮林普没毛病,即便因此进了派出所也没毛病。

一辆白色的轿车缓缓停在二人与林普之间。花卷跟翟欲晓看过去,不约而同地松了口气,车里是林普的二哥褚元邈。

"二哥?"林普捧着三个烤红薯回头望。

褚元邈微一偏头,很酷地说道:"上车,二哥带你去吃烤鸭。"

林普问:"能不能多带两个人?"

褚元邈迟疑了一下，笑道："没问题。"

花卷十分善于察言观色，褚元邈迟疑了一下，他就知道他是有话要跟林普说。便十分识趣地说要给翟欲晓补习数学，扯着想吃烤鸭的翟欲晓头也不回地走了。

褚元邈在外省上大学，上的是跟B大齐名的S大，他上大学以后会在寒暑假各来看林普一回。所以他们其实在两个月前的暑假刚刚见过。

"欧洲那几个独代不愿意放弃竞品市场，一直私下里搞小动作，而且价格管控做得也差。所以我们准备取消D国、R国、A国的总代，在F市建仓辐射这个大市场。在海外建仓不是小事，大哥估计得要很长时间才能忙完回来。"褚元邈把着方向盘绞尽脑汁地跟林普聊着。

林普盯着窗外慢慢向后退的街景，半晌，应了一声。

前方十字路口是红灯，褚元邈慢踩刹车，跟前车保持安全距离停下。他望着林普乌黑的短发，突然没忍住伸手揉了揉。林普一呆，有些不适应地向着车窗的方向偏着，他故意逗他，追过去继续揉。

林普在狭小的空间里躲不开，给了他一个"你真烦人"的眼神。

其实如果林普也像同学们的弟弟那样讨厌，褚元邈多少也会与之保持距离，他们毕竟不是一个妈生的。但林普太安静了，自小到大都这样，仿佛不存在似的。无论是谁，身边如果有这样一个人，即便是不熟悉的人，也会在力所能及的范围内对其格外照顾，更何况林普是他弟弟。

"你想不想转校？"褚元邈盯着倒数计时的交通灯，终于进入正题，"转去我和大哥以前读的学校，是私立的，初高中部都有。师资力量……嗯，在长江以北是最好的。如果你有出国的打算，这个学校绝对是不二选择。"

林普揭开红薯皮咬了一口，回复道："不想。"

褚元邈料到这个答案了——褚炎武说林普在那件事之后的第二天下午就去上学了。

褚元邈来这儿的原因因为上一个问题已经有了答案了。他有些不自然地轻轻咳了咳，索性有话直说："总之，只要你妈坚持控告，就能提起诉讼。律师会盯紧的。啧，你妈真能惹事。"

林普低头又咬了一口红薯，回复道："嗯。"

褚元邈回头看他一眼，不知道要再说什么，但再看一眼时，没收了他的烤红薯。

"你留点儿肚子！一会儿还要吃烤鸭呢！"

林普这天晚上回去时，装着褚元邈给他的生日礼物——一部巴掌大的手机。电话卡也办了，是褚元邈在烤鸭店下面的商场门店里办的。

林普洗完澡出来，正准备给翟欲晓和花卷各发一条信息，手机"叮"的一声，收到一条缴费短信——有人给他缴了两千元的话费。一分钟后，褚元维自德国打来电话。

因为褚元邈已经汇报了林普的态度，所以褚元维并没有再提那些烦心事。他只是泛泛地询问林普最近的生活。两个人的年纪相差不止一轮，实在没什么共同话题，通话时间总共三分钟，中间冷场四回。

"给你话费充多了，你这个没嘴的葫芦，两千块钱能聊到你手机报废。"褚元维最后轻叹。

"差不多吧。"林普说。

十点闹铃响了，翟欲晓将数学练习册一合，宣告补习时间结束。并非花卷给她补习，而是她给花卷补习。花卷一个理科生，数学还不如她好，这就是客观事实。

"叮"的一声，翟欲晓的手机收到一条信息。

"叮"的一声，花卷的手机也收到一条信息。

两条信息的内容相同："我是林普，有烤鸭和雪碧，来吗？"

十分钟后，三个人来到楼顶，再度坐进帐篷里。帐篷刚刚加固过，装了太阳能灯，待在里面有十足的安全感。

花卷吃饱喝足，摘掉一次性手套，开始研究林普的新手机——跟他的差不多大小，却将他的比得拿不出手。

"真希望赶紧长大。"林普盯着满天星斗突然说。

"长大有什么好的？"花卷研究着手机里的语音助手，说，"我看成年人好像都不怎么开心。"

林普问："会比现在还要不开心吗？"

语音助手机械的女声在花卷回答之前响起："只要你有需要，随时都可以找我聊聊。"

花卷老气横秋地一叹，放下手机，展开双臂："来，哥哥抱抱。"

翟欲晓一直在跟王戎发信息，并没有听到他们在聊什么，只是笑嘻嘻地跟着起哄："来，姐姐也抱抱。"

林普无奈地看着翟欲晓，自己得出了结论：不可能比现在更差了。

那两个之前去林普学校闹事的女人虽然娘家也有钱有势，但到底跟褚家差了一截。她们一开始声称有内部关系，林漪奈何不了她们。但她们有没有关系别人不清楚，褚家却确确实实有，且褚家的人并不需要徇私，只需要盯着这个案子，别让他人徇私就行。后来眼见事情压不住了，两个女人的家人开始不停地托人说情，给林漪开出了天价和解金。林漪不为所动，坚持控告。

林漪也没放过那位一直隐身的、离婚不离家的"男朋友"，判决下来的那个周末，她将他堵在酒吧卡座里，冲着他一通发泄。她本人发泄完就拨开人群离开了，以防灭了自己的气势。

但即便那两个女人道歉了，林普的学校生活也并没有一丝丝的改善——仍然是个众所周知的私生子。他的独来独往和寡言少语恰恰都符合大家对他"私生子"身份的预设。不过因为钱藻的存在，倒也没什么人来找不痛快。

唯一来找不痛快的是班主任。

班主任在新学年开学当天借着隔壁班的事隐晦地敲打了下林普和钱藻，他的意思是：青春期荷尔蒙作祟，大部分的怦然心动都是虚幻的错觉，只有各科课本上的知识是实打实的客观存在。

钱藻个二愣子做作地当场扯动窗帘，给正趴在课桌上补觉的林普遮住了光。

班主任气得不行，但这一刻是课间休息时间，也没法儿发脾气。

林普睡醒后通过前座同学的转述得知了这件事，盯着钱藻半晌没说话。钱藻要是再演下去，他们就能给班里同学当表率了。钱藻在他的凝视下突然面红耳赤。

这天最后一节自习课，钱藻一直盯着林普微蜷在书脊后面的长指出神。正值春寒料峭，她却热出了一脑门儿汗。眼看林普的视线移到最后一段，立刻就要翻页了，她轻咬下唇，伸出食指小心翼翼地蹭上他的指尖。

林普指尖的触感仿佛她杯里放凉了的水。

林普转头，目不转睛地望着钱藻。

"要不然，"钱藻躲避着他的眼神吞吞吐吐地说，"要……要不然……"

在钱藻没完没了的"要不然"里，林普的脸上露出罕见的笑意。

第二学年的日子过得飞快，是真的飞快。林普估分完毕，统计成绩的时候，感觉只是翻阅几张卷子的时间，他的初中就结束了。他这样想着，转头去看钱藻。钱藻在他耐着性子的辅导下，统计出来一个出人意料的总分，顿时笑开了花。

这个暑假林漪难得地没有出远门，报了个英文班，生活也因此变得规律——具体来说，就是上午睡觉，下午上课，晚上工作。林漪学习英语出于两点考虑：一是再唱英文歌的时候能有些底气；二是她在国内待腻了，准备转战国外。

林普上高中之前的这个暑假是记忆里为数不多的开心的暑假。林漪的生活规律起来，且正处在感情的空窗期，所以他差不多天天都能见到她。

当然，他也有不开心的事情——翟欲晓和花卷提前两周开学了，且变成单休。

九月一日，高一也开学了。林普和钱藻依旧被分在一个班里，在高一（1）班，只不过不再是同桌了，两个人隔了一条过道。

"你看看，找个黄道吉日，我把你踹了吧。"钱藻啃完林普早上给她买的鸡蛋灌饼后这样说。

二人"过命朋友"的戏份终于演到了终点。

初三春寒料峭那天的最后一节课上，钱藻看着林普的脸，嘴里叨叨着"要不然"，一鼓作气地抓住了他的四根手指，但他随即用自己的热水杯替换出手指。钱藻也就明白他的意思了。她虽然表面上很酷地说"那行吧"，但还是在回家的路上不慎哭出了鼻涕泡。

林普翻着书，漫不经心地问："我的鸡蛋灌饼是喂了狗？"

钱藻并不惧做狗，用眼神示意林普去看前面第二排的男生，说："我是暑假在辅导班认识他的，他篮球打得特别好，半场比赛投进去四个三分球。"

林普看了一眼男生，问道："会不会是对手太弱了？"

钱藻生气地眯起眼睛，林普立刻有了不妙的预感。他倾身上前，一把扯住钱藻卫衣帽子上的绳子，把她整张脸缩成巴掌大，但仍没能阻止她噘着小嘴泫然欲泣地说出那句"以后还是朋友，好吧"。

周围不小心看到这些的同学们纷纷尴尬地作势忙碌起来。

由于高三是人生最关键的一年，翟欲晓一下子成为家里的重点保护动物，吃的基本全是新鲜的食物，且荤素搭配，有菜有汤，也有餐后水果。

剩下来的隔夜菜怎么办？翟轻舟吃。反正他有个铁胃。

翟欲晓仗着自己骨架小，不显胖，吃得可欢实了，一天恨不得吃四顿。两个月下来，十月底的一天，王戎揪着她非说她校服里面套了毛衣。

翟欲晓反应过来时悲愤欲绝，单方面跟她绝交了一个上午。那当然不是毛衣，那是翟欲晓一口一口吃出来的六斤肥肉。

"晓晓，我给林普做了鸡蛋挂面，你连小锅一起给他端上去。"柴彤说，"哦，去抽屉里翻出体温计也送上去，刚才在楼道里碰见他，我看着他有些打蔫儿。"

"行，"翟欲晓调低电视声音，问，"妈，你去哪儿？"

柴彤拉上短靴的拉链，露出一张横眉立目的典型班主任脸，走得很急，以至于她的回答有一半是落在楼道里的："两个学生跟人打架被送医院了，我得去看看什么情况。"

林普擦着湿发，没在挂架上找到体温计，不由得有些生气。他跟林漪说过很多回东西用完要放回原位。他用手背试了试自己额头的温度，感觉不出来什么，但因为出冷汗以及眉骨疼，他猜测应该是发烧了。

昨天晚上的鸡汤还留了一大碗在冰箱里，林普在鸡汤里下了一小把面条，结果只吃了两口就放下了，太腻。他收拾好浴室和厨房，脑袋越发沉了，手机响了一声，是林漪的信息，告知他她这晚不回家。

林漪前不久交了个新男朋友，对方三十岁出头，是个离异带着个小女儿的老师。她似乎很喜欢这个男朋友，林普听她打电话的声音都比以往柔软。

林普正给林漪编辑短信，说自己病了，问她能不能回来时，翟欲晓的声音在门外响起。

"烫！烫！烫！林普，开门！"

翟欲晓不需要体温计就断定林普是发烧了。确实就像柴彤说的那样，林普都有些打蔫儿了。她趁着他埋头吃饭，伸手撩开他的头发探了探他的额头和颈侧，瞬间黑了脸："你的体温再高点儿都能撒孜然了。"

翟欲晓确实没有夸张——片刻后，她取出体温计，上面显示 39.5 摄氏度。

林普并不怎么惊讶，他一发烧就是高烧，以往都如此。他仰头喝掉最后一口汤，眯眼揉了揉肚子，眼睛微红地望向翟欲晓。

翟欲晓刚刚跑下楼拎了自己的书包上来。

"我在你家做题，你去睡你的。"翟欲晓说，"半个小时后我叫你起来吃药。"

林普走到房门口，听到翟欲晓叫了自己的名字。

"赶紧好，病好了姐姐奖励你礼物。"翟欲晓握着笔笑着。

林普也跟着笑了，微微点头。

卷子上的题突然变得有些难了，翟欲晓默读了两遍题干，都没弄懂什么意思。她索性收起卷子去看小说，然而小说也看不下去，男女主的感情戏再有张力，在她此刻看来都寡淡无味。

好好的怎么会突然发烧呢？因为夜里睡觉踢被子了？她琢磨着。

听说很多病的最早征兆都是高烧，他……应该只是普普通通的高烧吧？她不由得吓唬自己。

翟欲晓在客厅沙发上挨了半个小时，端着温水、退烧药和消炎药进入林普的卧室。卧室里黑漆漆的，翟欲晓精准地绕过右边即将拼好的航舰乐高和正中间的三个大蒲团，径直来到床前。她俯身打开暖黄的床头灯，灯光渐渐明亮，林普软乎乎的睡脸也渐渐露出来。

翟欲晓有些为难地盯着林普的脸，居然有些下不去手掐他。她以前明明老是掐他的。片刻，她掩饰似的低声咳了咳，伸手轻轻地搓着他的耳朵，低声唤道："喂，起来，吃药了。"

林普费力地撑开眼皮，眼前飘浮着杂乱无章的虚影，整个世界仿佛是倾斜着的。他以为自己在做梦，但翟欲晓的搓揉越来越清晰。他回过神来想将翟欲晓作乱的手拍开，怕她察觉他耳朵滚烫的温度，但转念想到自己正发着高烧，便没有动作了。

"是不是下雨了？"林普声音哑得几乎出不了声了。

"嗯，小雨。"翟欲晓说。

林普就着翟欲晓的手吃了药，重新躺回去。他迷迷糊糊地正要睡着，听到她拉开了他的衣柜，片刻后，身上一轻再一沉，她把他的薄被换成过冬的厚被。

林普半夜醒了，踢开棉被，嗓音绵软地嘟哝："热……"

有人把棉被重新盖回他身上,安抚地轻轻拍了拍他的背,说:"不热,不要踢被子,听话。"

秋雨由小变大,再由大变小,如此不断循环,总也停不下来。林普早晨在淅淅沥沥的雨声里醒来,睁开眼睛,便看到一碗小米粥,配着一小碟翟欲晓姥姥腌制的酸辣豇豆。他不由得胃口大开,结果胳膊一伸,有什么东西掉下来了,掀开被子一看,是体温计,读数降到37.5摄氏度。

翟欲晓摇头晃脑地进来,点着他的脑袋说:"给你立条规矩,十八周岁之前不许夜不归宿。你睡觉太不警醒了,我半夜上来给你量了两回体温,你都没睁眼。而且你说梦话你知道吗?"

林普盯着小米粥,假装突然失聪。他知道自己有时候会说梦话,有时候一开口自己就醒了,有时候非但不醒,还能简短地跟人对话。

翟欲晓太欠了,不顾林普的窘迫,给他重演两个人半夜里的简短对话——

林普:"墙上有只天鹅,白色的……"

翟欲晓:"什么?"

林普:"给我涂成黑色……"

翟欲晓:"你说梦话呢?"

林普:"给我涂成黑色……"

翟欲晓:"哈哈,睡吧,睡吧,你睡醒就有黑天鹅了。"

林普在翟欲晓绘声绘色的描述里,火速喝完小米粥,推着她出门。

翟欲晓在接下来的小一个月里似乎就指着这个笑话活了。她不肯好好地叫林普的名字,憋着坏叫他"黑天鹅"。花卷听得一头雾水,不依不饶地追问她跟林普之间发生了什么他不知道的事。翟欲晓总算还保留了几分做人的基本操守，没有告诉他"黑天鹅"的由来。

翟欲晓也履行了承诺，在林普病好以后，重金赠送了他一个智能电动剃须刀。

姚思颖前不久趁着商场打折给花卷买了一个剃须刀。花卷虽然一时用不着，但是收到母亲递过来的剃须刀也是感慨万千，一会儿回顾往昔，一会儿展望未来，戏可多了。翟欲晓和林普在他家玩刚好看到这一幕，翟欲晓便一直记挂着也要送林普一个——虽然林普比花卷小三岁，比他还用不着。

在翟欲晓的概念里，人生第一个剃须刀是一个形式大于内容的东西，一般应该由父母赠送，但是林普的父母各自忙着自己的人生，大概以后只会给钱让林普自己买。

她倒是也可以再缓几年送，但她担心林普过早有情况。他们虽然常在一张饭桌上吃饭，但毕竟不是一家人，万一林普的女朋友也跟甄佳一样小心眼儿呢？

高三上半学期开始实行半月考，卷子就如津巴布韦贬值的货币，人手一捆。在大家被各科卷子折磨得面色青灰时，翟欲晓收到一封滚烫的书信。她背着众人一遍一遍地读着信里情真意切的文字，大脑皮层的褶皱瞬间被肾上腺激素填平了。

给她写信的是本班的语文课代表王迩，就是以前她提到过的老来借阅她卷子的男生——不借第一名夏侯煜的，只借她卷子的那个。

王迩在信里说，他是在高一元旦晚会上注意到她的。她在元旦晚会上唱了一首《小情歌》，虽然这首歌难度不大，但她唱的是除原唱之外最好听的，当然，也许是因为他有感情滤镜。反正在这之后，他的眼睛总是不由自主地望向她。早上一进教室就要看看她座位上有没有人，上体育课也偷偷数着男女两列的人数尽可能跟她并排跑。他眼里的她诚实、热忱、乐观、开朗、大气，是一个不可多得的、值得深交的朋友。

总之，王迩的信显得非常高级，通篇没有说喜欢或者爱，最后在结尾也只轻描淡写地点了句"朋友"，但他炽热的感情扑面而来，一举让翟欲晓的大脑沸腾了。

翟欲晓性格好，长相也不差，当然不是第一回收到别人的信，却是第一回没告诉任何人直接给回复了。以至于当花卷和林普察觉到异样的时候，翟欲晓跟王迩已经交好一周了。当然，他们并非早恋，而是互相补课——两个人一个精于文科，一个理科马马虎虎凑合，刚好可以互为人师。

清晨八千胡同口的早餐铺里，一份胡辣汤、一份小米粥、一份黑米粥并排放着，从小一起长大的三个人各自盯着自己的碗默不作声。

"你们以后是要考同一所大学吗？"花卷的问题直指核心。

翟欲晓给了他一个白眼，答案不言而喻。

翟欲晓当然早就察觉到王迩的好感了，青春期的男女对这种事情总是格外敏感的，不存在偶像剧里那种"大家都知道，只有我不知道"的迟钝，所以她也不由得分出注意力给了王迩。王迩是个不错的小伙子，虽然个子矮了些。她早就客观地下了这样的结论。当然，她也分出注意力给了平安夜赠她苹果的男生。但注意归注意，现在说什么都为时过早，把高考关过了上了大学再说。

"一起学习就行了，不能早恋，不然你妈肯定得把你的腿打折。"花卷忧心忡忡地说。

林普仿佛被雷劈了似的，一动不动地望着翟欲晓。

"你好好学习，"他慢半拍地回应，表情十分认真，"不然我就告诉你妈。"

翟欲晓给了林普一肘,花卷捧着肚子笑出了鹅叫声。

王迩能写一手似是而非的好文章,两个人的文理小组建立五十天的纪念日,他在月考卷子上写了一篇满分作文《触不可及的她》,用跟情书一样高级的语言给大家刻画出一个与众不同的翟欲晓。满分的原因是阅卷老师以为王迩写的是家人。

《触不可及的她》因为周围好事同学的宣传,一下子将翟欲晓推到全年级人面前,让她大出风头。不幸的是,出的这风头火速招来了班主任。

班主任当即把翟欲晓和王迩叫到了办公室。

"你知道自己在做什么吗?"班主任问翟欲晓。

"知道。"翟欲晓低着头说。

"哦。那你妈也知道吗?"班主任接着问。

"……"

班主任望着抿唇不语的王迩,意味深长地说:"同样的问题我就不重复问你了。"

柴彤在以上师生对话发生时不知道,但她很快就知道了。并非林普告密,班主任也还没来得及请家长——她答应两周以后的半月考先看看他们的表现——而是区区一座过街天桥实在遮挡不住什么秘密。

柴彤没有去找王迩,只是在夜里端着牛奶来到翟欲晓房间,问她到底是怎么想的。

翟欲晓避开柴彤情绪不明的脸,喝着牛奶,有种分不清电视剧情和现实的感觉。

"我的成绩没有下降,语文还提高了九分,"翟欲晓抓着杯子谨慎地说,"只是个学习小组。我给他补理科,他给我补文科。只是篇描述他新认识的朋友的作文而已,什么也没有。"

"我知道你们是什么情况,互相提高互相进步,这没什么大不了的。跟我说说他是个什么样的人。"柴彤倚着翟欲晓的书桌耐着性子说道。

柴彤被班里的刺儿头折磨得没什么脾气了,一年也急不了几回眼,偶尔嗑着瓜子跟翟欲晓讨论起电视剧情,两个人甚至还有点儿忘年交的意思。

翟欲晓仰头觑着柴彤的脸,见她似乎没有生气的意思,逐渐放下戒心。她抑制不住旺盛的表达欲,徐徐道来:"他虽然人不太帅,但是脾气很好,是个很有意思的人,老教学楼角落里的一个燕子窝都能让他说出花儿来。他的阅读量能排全年级前十,据说初中就熟读中国史和世界史,他写作文的时候特别能旁征博引,很多论据、故事老师都得回头去阅览室翻资料查证……"

柴彤一直紧盯着翟欲晓的眼睛,那眼睛里只有崇拜和向往——一个作文常年在四十分徘徊的人对班里的"文学巨匠"的崇拜和向往。她听到这里,竖起手掌做了个"行了"的手势。

翟欲晓略有不甘地咽下剩下的花式夸奖,还没有来得及罗列王迩这些年获得的那些奖项,有市级的、省级的、国家级的,全部奖金数额相加能抵她十年的零花钱。

"你们在一起都是学习?"柴彤问。

翟欲晓没什么好遮掩的,说:"是,一起做卷子、互相讲题,其他什么都没有。你要是不信去问林普,林普天天跟我一起上下学,我做值日大扫除他都不肯自己先走。"

"卷子做完就睡吧,不要熬夜。"柴彤在门口说,她迟疑了一下,轻飘飘地说了句,"不要做出格的事。"

"哦。"翟欲晓愣愣地望着柴彤的背影,缓缓答道。

"丁零丁零——"

最后一节上课铃响。地理老师在"山雨欲来风满楼"的低气压下进来。他用刀般的目光在教室里巡视了一圈,突然转头开始画经纬线,画完线,再点几个坐标,教室里就静得落针可闻了。它是上周卷子上的一道题,也是考前一天恰巧讲过的一道题,但有三分之一的同学没得满分。

"距离高考只剩七个月了,你们跟我开玩笑呢?!"地理老师愤怒地将粉笔往黑板上一砸,突然提高音量,"这道题扣分的,扣半分的也算,全部给我滚到后黑板那里站着去!你们一生的基调都定在这七个月里,你们敢给我用这样的态度学习?!"

一个、两个、三个……全班三分之一的人站起来,垂着脑袋向后走。

"我用两个颜色粉笔给你们区别两个相似但不同的定义,给你们编了顺口溜以防你们记混!你们是金鱼吗?只有七秒钟记忆?!我的一腔热血真是白费了!

"校长的口头禅是什么?他走哪儿说哪儿的那句'少年强则中国强'!你们是不是也跟我一样听得耳朵都要起茧子了?!中国就指望你们这样的人吗?你们中有些人高二刚刚文理分班时交上来的梦想是做各个领域里的科学家。呵,我劝你们慎重选择。"

所有人都像三孙子似的低着头,包括做对这道题的那些人。因为人人的卷子里都有不应该存在的错误,本应是只要再细心一些就能得分的。

地理老师正高声训斥,班主任就来了。班主任显然也知道这道题的事，和稀泥地训斥了几句，就劝着老师叫同学们回座位接着上课了。班主任离开前，用颇有深意的目光瞅了瞅翟欲晓。

翟欲晓其实是三分之一里最冤的那个，因为考前的那节地理课她请假了。但她懂事地想，盛怒中的地理老师恐怕不愿意听到她这个不和谐的声音，所以她乖乖地将自己归类到"你们这样的人"里去了。

此刻班主任的眼睛扫过来，翟欲晓眼里满含热泪——屈辱地吃哑巴亏的热泪。

最后这节课师生双方都十分煎熬，所以下课铃一响，双方默契地各自收拾东西，没有一句多余的废话。地理老师迈着沉稳的步伐离开以后，地理课代表站起来语重心长地说："同学们，最近地理课上都夹着尾巴做人，老师短时间内应该不会原谅我们了。"大家不约而同地点头。

王戎正在给翟欲晓扎头发，眼皮一抬，看到楼道里正被夏侯煜堵着说话的林普。她不用猜就知道夏侯煜叫住林普也没什么事，就是仗着自己是"煜煜姐"不着痕迹地搭个讪。

夏侯煜和王戎一路都是翟欲晓的同班同学，所以顺理成章地当了林普的"煜煜姐"和"戎戎姐"，真是令人悲喜交加。

"我妈把我早生了两年，"王戎嘴里叼着皮筋，以指为梳顺着翟欲晓的黑发，她盯着前面小镜子里翟欲晓欲语还休的眼睛，情真意切地说道，"我是真的深爱林普。"

翟欲晓合上小镜子，一语道破她的小心机："你跟我一样是正月里的生日，人家是十一月的，严谨点儿，是早生了三年。"

王戎手指灵巧地在翟欲晓的黑发里掏来掏去，片刻后，撇撇嘴问道："林普素颜都能秒杀你浓妆的'洛溪'，你真的就没有惦记过他？"

"洛溪"是电视剧里的人物，一个帅气而命不好的男配。

翟欲晓坦荡无比地答一句"当然没有",余光看到林普越过夏侯煜走来,赶紧掐了王戎一下,暗示她赶紧住嘴,可别再叨叨了。

翟欲晓当然知道林普长得好看,毕竟生平没听过第二个被女生"劫道"的,也没见过第二个七夕能收半书包情书的——十四封,翟欲晓好事地给他数了。上个月两个人一起出门去超市里买东西,他在结账时收到一张质感上乘的黑色名片,是"大疆"金牌经纪人给的。对,就是大神徐回所在的那个"大疆"。

但是她跟林普在同一栋楼里一起长大,她看过林普小哑巴的样子、摔倒时哭泣的样子、跟她分享同一根糖葫芦的样子、深夜在楼顶独自堆雪人的样子,就对他的长相不怎么敏感了。不单她这样,花卷也这样。

所以虽然"洛溪"的颜值不能跟林普比,但"洛溪"仍旧以"物以稀为贵"的优势上了她的海报墙,且屡屡被她津津乐道着。

"你们老师从来不拖堂吗?"翟欲晓问林普。

林普总能在铃声落地五分钟内赶到。

林普没有回答翟欲晓的问题——没有从不拖堂的老师,但他总是可以及时离校。他站在教室门口的夕阳里,默不作声地望着她渐渐成型的发辫,突然觉察到了时间的飞逝。

上小学时,她扎的是双马尾,扎得紧紧的。她堵他的路,不依不饶地逗他叫"姐姐",十分烦人,但得逞时咧嘴一笑,又十分可爱。

上初中时,她扎的是单马尾,扎得高高的,露出饱满的大脑门儿。她依旧堵他的路,有时候千方百计跟他"安利"她认识的"哥哥"们,有时候絮絮叨叨地跟他讲班里同学的闲话,有时候煞有介事地跟他讨论一中"盛传"的鬼故事……她的眼睛里倒映着他全部的世界。

而此刻,她扎的是鱼骨辫,虽然由于王戎审美有些粗糙,辫子毛茸茸的，但显得她整个人清秀、温暖、动人。她笑眯眯地望过来，眼睛里是从未变过的亲密。

翟欲晓在王戎"别动"的警告声里伸着头去扯林普的胳膊，问他发什么呆、怎么不理人。林普倏地回过神来，低头翻出书包里的烤红薯，默默地给她放到桌子上。

翟欲晓最爱吃烤红薯了，尤其是学校门口的这家，他家的总是烤得焦黄。林普最后一节是体育课，烤红薯是下课前隔着铁门给她买的。

"林普，红薯给我吃吧，你晓晓姐打扮得这么漂亮，等下跟王迩看电影时，要是一直放屁就不好了，你说是不是？"王戎这样说着，再次审视翟欲晓一番，满意地伸手去取烤红薯。

林普愣住，片刻后，露出迷茫的表情。

电影名字是《饕餮家族》，是实打实的喜剧片，翟欲晓和王迩却看成了悲剧。两个人正看得津津有味，被一个戴眼镜的女人挡住了视线，错过了本片最大的笑点。翟欲晓不耐烦地"啧"了一声，同时，王迩低低地叫了声"妈"。

王迩的母亲不顾后排其他人有意见，就一动不动地站在二人面前，仿佛用目光一刀一刀剐着他们。她什么话都不说，就是生剐。王迩最后坚持不下去了，匆匆跟翟欲晓交代一句"明天学校里见"，就推着母亲走了。

虽然影院里开着中央空调，一点儿都不冷，翟欲晓却仍旧用围巾将自己捂到只露出微红的眼睛，王迩母亲那犀利的眼神刺得她太疼了——实则是以防待会儿电影散场有人看清自己的长相。

电影的后半部分演的是什么，翟欲晓一点儿都不知道。她就坐在那里，脑子里乱糟糟的，一时是那道惹祸的地理题，一时是没吃到嘴里的烤红薯，一时又是电影开头那几句无厘头的台词。

电影在喜庆嘈杂的音乐里结束了，翟欲晓混在人群里出来，闻到了食物的香甜味。她掏出兜里仅剩的二十块钱买了糖炒山楂球，正不是滋味地嚼着，突然呆住了。她刚刚只给自己留下了两块钱，是打算用来坐公交车回家的，但28路公交车的最后一班是几点来着？

电视剧里的男女主角遇到事情时总能在人潮如织的街道上美美地伤感，翟欲晓很显然没有这个命，因为她突然想起来要坐的公交车大约就要到最近的站台了，错过就只能走回家了。她捏紧纸袋口正准备起跑时，一个人叫住了她……

出租车在八千胡同口停下，林普先下车，然后是翟欲晓。翟欲晓的糖炒山楂球在林普的鼎力帮助下至下车时一个不剩。她百无聊赖地将纸袋子叠成个灯笼捏在手里，看着林普付清车费，然后与他并肩走入八千胡同。

楼上不知道是谁家的电视机在播放《虫儿飞》，她听到"天上的星星"那句时应景地抬头，呼吸倏地一紧。星空寂寥璀璨，千年万年如此，并不管地上的人是在举杯遥望、叩舷而歌，还是在忙着汲汲营营。

翟欲晓眼前就有一桩火烧眉毛的事亟待解决，她望着林普说道："不要告诉别人我半路被人丢下的事。"

"好。"林普点头答应。

翟欲晓是那种摔一跤只要没人看到就当没摔跤的人。虽然这回林普看到了，但林普是自己人，且嘴紧，所以她很快就给自己做好了心理建设——翻篇了。她按住不断被风吹到脸上的围巾一角，轻轻地拍了拍林普的胳膊，说道："其实要我说，你再过两年就要出去上大学了，你妈找个稳定的伴没什么不好。"

刚刚在电影院门口，林普说他是跟着林漪过来的。

林普抬头望着四楼黑漆漆的窗口不出声。翟欲晓也跟着望上去，二楼、三楼都亮着暖黄的灯，只有四楼黑漆漆的，一向如此。

"柴籔籔上回给我搬来一箱螺蛳粉，闻着臭，吃着可香了，"翟欲晓有点儿迫不及待，"一会儿叫上花卷去你家煮。"

林普知道螺蛳粉的味，上回他一进翟欲晓家，以为她家厕所堵了。他的目光越过四楼窗户，直达楼顶，伸手遥遥一指："去楼顶煮。"

翟欲晓吸了吸鼻子，在呼呼的风里很好商量地说道："行，楼顶。"

但"臭名昭著"的螺蛳粉最后仍是在林普家煮的，因为这两天突然降温，花卷也时不时地吸鼻子，跟翟欲晓的抽鼻子声此起彼伏，听着十分闹心。

翟欲晓哼着歌正煮螺蛳粉，眼角余光看到冰箱上有张纸微微颤动。她上前正要细看，林普突然越过她的肩膀一把将之扯下来团进掌心，然后一语未发地抓起两瓶苹果醋出去了。

翟欲晓被他吓得一愣怔，半晌气咻咻地丢下一句"谁稀罕看"。

三个小伙伴在电视剧俗烂台词的背景音里脑袋抵着脑袋一顿吃，有螺蛳粉、炸鱼皮、牛肉干、圣女果、黄桃酸奶、苹果醋……个个吃得肚子滚圆、满头大汗，解散时差一刻钟午夜零点。

但即便差一刻钟到午夜零点，林漪还是没有回来。

林普洗完澡坐在床沿擦头发，再次展开冰箱贴上林漪的留言："锅里有排骨汤，回来自己热热，我出门几天，下周回。"下午正上课时，他的手机里也收到过一条差不多内容的信息："我出门几天，有事打我电话。"所以他其实对欲晓撒了谎，他并不是跟着林漪去影院的，他根本不知道林漪去了哪里。

电视剧俗烂台词里有句痞帅男调侃假淑女的"小姐，收敛下你的眼神，我们没戏"，翟欲晓嚼着牛肉干盯着痞帅男的一举一动，突然

"影后"附体、情真意切地望着林普读出假淑女内心的自白:"太武断了,也可以是有戏的。"

大约就是因为翟欲晓的这句"也可以是有戏的",林普这天晚上做的梦实在乱得不足为外人道,且十分绵长,并不因为翻身而中断。他大清早睁开眼睛,面无表情地听着楼下收破烂的喇叭声,没脾气地望着天花板,没脾气地起床。

第六章
林普，叫姐姐

王迩第二天没有来上课，第三天也没有，且不回信息。班主任在班务会上随口提了一下，说王迩请了病假，但她这样说的时候，落在翟欲晓身上的目光极为犀利。翟欲晓不敢与之对视，低头默默地对手指。

而第三天刚好是翟欲晓姥爷柴海洋六十六岁的生日。最后一节课的下课铃声尚未响完，翟欲晓人就飞了，给前排同学留下一个背影。她与柴彤和翟轻舟在校门口会合，一家三口直奔西城。

"姥姥上周说围巾给我织好了，保证跟王戎的一模一样。"翟欲晓喜滋滋地说。

王戎的母亲给她织了一条暖融融的粉色菱形花纹围巾，引得班里的女生争相试戴。

柴彤皱眉道："她眼睛花了，你净给她找事。"

翟欲晓这就得说道说道了："是姥姥愿意给我织的。柴女士，你什么都没给我亲手做过，动不动就是买买买，跟就你特有钱似的。"

柴女士都气笑了："小塌鼻子，你这么讲话没良心，我虽然没亲手做，但也没缺你什么吧？"

"小塌鼻子"啐道："喊，买的跟做的能一样？"

"那当然不一样，"柴女士深以为然地点头，"买的多好看呀。"

"小塌鼻子"在这场唇枪舌剑里一败涂地。

柴女士乘胜追击:"你爸那点儿矫情的基因都遗传给你了。"

"小塌鼻子":"……"

"小塌鼻子"的父亲开着车弱弱地说道:"就不要借题发挥了吧!"

因为环城路上一起交通事故造成的堵车,一家三口来到西城柴家比预计时间晚了半个小时,刚好赶上饭点。

柴续正在客厅监督柴麟麟做算术题,听到门口倒车的声音,眼皮都懒得抬一下,阴阳怪气地说道:"柴彤真是越来越出息了,你看看这谱叫她摆的,她应该再晚个十分钟来,到时候饭菜全部上桌,她一进门就上桌吃饭,啧,多压轴啊。"

毛惠君剜了他一眼,一边卷起针线,一边低声警告:"你要是不会好好说话,一会儿在饭桌上就把嘴给我闭严实了。我怎么就生出你这么个不长脑子的东西!"

毛惠君起身去开门,半路不由分说地扯下了柴海洋的耳机,斥了一句"吵死了",将之扔回他肚子上。

柴海洋不知道什么情况,给了柴续一个询问的眼神,眼见柴续不理他,重新戴上耳机,仰在躺椅里继续听戏。

柴海洋有些耳背,耳机里的声音几乎是开到最大的,所以客厅里整个上午都是隐隐约约却连绵不绝的唱戏声,且一直循环着他最喜欢的那一小节,可烦人了。

"姑姑、姑父、晓晓姐姐!"

柴麟麟看到柴彤一家三口进门,抓着笔笑得眼睛都看不到了。但即便如此,三人也能看得出来小孩儿刚刚哭过,有柴续抓着直尺虎视眈眈在侧,原因也并不难猜测。

柴续以收入为衡量标准挤对柴彤两口子时,仿佛是"读书无用论"

的忠实拥护者，但其私下里恨不得将一双儿女二十四小时绑在书桌前。在柴麟麟之前，柴簌簌也是这样长大的，且由于柴簌簌果然考上了八大校之一的Ｓ交大，柴续扬眉吐气，逢人就说"比她姑姑当年考得好"，越发坚信自己在教育孩子这一块很有一手，不容旁人插嘴，其实也不过是时间加棍棒的那一套。

"麟麟过来给姑姑抱抱，我看这两个月没见长了多少。"柴彤蹲下来笑着说。

柴麟麟重重地一点头，起身绕过柴续，一头扎进柴彤的怀里。柴彤使劲儿将他抱起来掂了掂，很肯定地跟刚从厨房出来的梁燕清说："长势喜人，有三十公斤了。"

梁燕清哈哈大笑，说："上周刚上过秤，不到三十公斤，低于这个年龄孩子的平均值，但是也在健康范围内了。"

毛惠君叫翟欲晓去自己的卧室试戴围巾，棒针还没有拆下来，如果翟欲晓觉得围巾不够长，她可以再给她织一小段封口，也就是饭后半个小时左右的事。柴麟麟以为奶奶那里有什么好吃的，赶紧从姑姑怀里滑下来，跑着跟过去了。

柴彤跟柴海洋打了个招呼，叫一声"爸"，微笑地奉上生日贺礼——一个Ｄ国产的按摩仪。虽然外观平平，但内含四种疗法、五种脉冲模式，价值不菲。

柴续抻着脑袋看到了，伸手替柴海洋接下来，仔仔细细地研究着，说道："哟，这得收着，轻舟给的肯定是好东西。我上回看新闻说，有开发商给建筑院送礼，也是这么个不起眼的小玩意儿，你们知道价格——"

翟轻舟在柴彤发火之前截断他，平静地说："是我让同事出差时捎的，没多少钱，爸爸腰椎不好，给他试试。"

柴彤皮笑肉不笑地说道："你跟他解释这些干什么？我们这就是从建筑院仓库里拿的。建筑院仓库里收的东西一件比一件贵重，跟他在新闻里看到的一样，有下级单位给的，有开发商给的。我们平常家里有需要都是拿了钥匙直接开门挑的。"

柴彤的嘲讽意味太明显了，且眼里带着浓浓的嫌弃，以至于柴续的假笑都僵住了。

梁燕清冲着柴彤摆了摆手，借口要柴续尝尝咸淡，将她拉进了厨房。

"我听说上面要规划两条地铁线，你们单位现在可都忙坏了吧？"柴海洋笑着问翟轻舟。耳背的人说话声音普遍偏大，柴海洋也有这个毛病。

"我们部门不负责那块，不清楚什么情况。"翟轻舟回复时也微微抬高了声音。

饭桌上仍旧不免刀光剑影，一般都是由柴续挑起，再由柴彤回击，但因为毛惠君拉偏架，一直压制着柴续，一顿饭总算是有惊无险地吃下来了。

其实不单这一日如此，翻脸以后的这些年都如此，走钢丝似的。柴彤有时候剥着毛惠君"特地"给她煮的茶叶蛋、夹着柴海洋"特地"给她炖的鱼，望着仍旧夹枪带棒的兄长，甚至都回忆不起来以前心无芥蒂、阖家欢乐的时光。她偶尔会丧气地想，也许根本就没有心无芥蒂的日子，心无芥蒂的从头到尾都只是她自个儿。

"妈，你看姥姥给我织的真的跟王戎的一模一样，你对比对比这张照片，哈哈，一模一样。"翟欲晓美滋滋地给柴彤展示自己的新围巾。

柴彤来回翻看着，横她一眼，顺手给毛惠君添了两勺咸鸡蛋汤，说："妈，你以后不要惯她这臭毛病，做这种东西多费眼啊。"

毛惠君低头吹着鸡蛋汤，说道："筷子粗的大棒针呢，不费眼，晓晓不着急戴，我一天就织一小截。其实我还打算趁着眼神还行，趁有空再做几双虎头鞋备着，以后他们仨结婚有小辈了，也算是曾祖辈留下的一点儿念想。"

柴彤说："千万别，妈，虎头鞋可不是大棒针能做的。"

梁燕清也说："现在的年轻人都晚婚，我娘家侄女三十三岁了还没出嫁呢，你要等他们有小辈，鞋子都放糟了。"

毛惠君呵呵笑着，在翟欲晓背上一拍，说道："我乖孙晓晓肯定不能让姥姥等那么久。晓晓，你说姥姥能吃你的席吗？"

大都老辈人喜欢说"吃席"，其实就是"喝喜酒"的意思。

翟欲晓也不嫌害臊，说："姥姥你使劲儿活着，以后说不定还能吃我小辈的席。"

毛惠君笑得皱纹都舒展开了。

柴彤也跟着笑，嘴里说着"我怎么生出个橡皮脸"，暗中却剜了翟欲晓一眼，警告她不要胡言乱语人来疯。

翟欲晓收到信号，讪讪地敷衍着点头。

毛惠君话锋一转，说道："我刚刚在里面听到你们说新地铁线什么的，要是能规划到你们那儿，以后我去看你们就方便了，给你们送点儿豆馅儿包子或者送两条鱼什么的。"

梁燕清笑着解释："爸最近迷上钓鱼了，有时候出门一响，就能钓回来七八条，妈不舍得分给邻居，整天惦记着给你送。但是公交车半小时一趟，而且绕到海珠区再绕回来，实在太麻烦了。要是能通地铁，一来一回能省多少时间！"

柴彤低头啃着鸡爪，漫不经心地说："都是没影儿的事。"

柴续实在憋不住了，不顾毛惠君之前的警告，嚷道："你们两口子就别用应付别人的话来应付自己家里的人了。轻舟，你就在建筑院工作，能不给自己提前筹谋？我可看新闻了，地铁线终点站附近的房价能上涨两倍不止。反正我们到时候就跟着你们，你们去哪儿买房，我们就去哪儿。"

翟轻舟无奈地说道："我倒是想筹谋……"

柴彤扯出一张湿纸巾擦着手打断他，向着柴续说道："我们哪儿来的钱买房？钱不是都借给你周转了？大哥，十年了，怎么只见钱转进去，不见钱转出来呢？"

柴彤一提到钱，柴续就不作声了。

他原本确实只是把钱借来周转的，但后来见两口子也不作他用，只是老老实实地存在银行里，也就没有立刻归还的想法了。做生意，流动资金充裕一些心里踏实——尤其是不要利息的流动资金。

饭桌上纷纷扰扰的话题就在不体面的"阿堵物"里结束了。

以往柴彤还要帮忙收拾下厨房再回去，把杯盘碗盏一个个洗好装进头顶的碗柜里，把切菜板淋一遍开水消毒，最后再把踩得湿漉漉的地面拖两遍，以防谁不慎滑倒，但最近几年基本上是饭罢推碗就走人。

"妈，我们要买房吗？"深夜蠕动在归家的车流里，翟欲晓突然皱眉这样问。

"你想什么好事呢？"柴彤打着哈欠说，"你妈没钱。"

翟欲晓这下安心了，不由得哼起了电视剧的插曲。

很多年过去后，大都的地铁线路开到十四条，房价也飙升到翟欲晓之流难以企及的程度，翟欲晓想起这夜在车里因不愿买房跟花卷和林普分开的心理活动，总是含泪默默地抽自个儿几个嘴巴子，以至于很难说清楚她后来漂亮的下颌弧线是自然长的还是被一个个嘴巴子抽出来的。

电影之夜后的第四天上午，王迩终于回来了，与他一同来的是当初在电影院里堵人、令人十分难堪的"眼镜妈妈"。两个人一高一矮地站在教室门口，打断了历史老师四十分钟滔滔不绝的"罗斯福新政"的讲解。

王迩母亲带着毫无歉意的笑，跟老师说："老师，抱歉，打扰一下，麻烦请班里的翟欲晓同学出来一下。"

老师看班长不在，给学习委员夏侯煜使了个眼色，转头跟王迩的母亲说："王迩妈妈是吗？要不您等一等，再有几分钟就下课了。"说完，也不待王迩母亲回复，直接继续讲课，几句话后甚至故意提高了音量训斥一个正在打盹儿的同学，警告他一会儿去检查他的笔记，但凡有一句记漏了，以后上课就滚去楼道里听课。

翟欲晓正在羞愤中，王戎传了张字条过来，上面写着："王迩妈妈这虎姑婆太能给她儿子挡桃花了，你别怕，一会儿下课我去天桥那边叫你妈。"

夏侯煜举手表示要上厕所，历史老师佯装不悦地微一点头，她便矮下身子自后门离开。

班主任赶在下课铃响之前到来，再次打断历史老师上课，示意翟欲晓下课后前往办公室。在翟欲晓点头答应以后，转身劝离了王迩的母亲。

"丁零丁零——"

下课铃声突然变得不那么悦耳了。

翟欲晓在座位上扭来扭去，仿佛糊了万能胶，怎么都没办法抬离，最后还是夏侯煜助了她一臂之力。她恐吓翟欲晓说："王迩的母亲耐性不好，你小心她再杀个回马枪。"

翟欲晓在大家鼓励的目光里磨磨蹭蹭地起身向外走，暗暗希望王戎能快些。如果她这天非得丢个大脸,她希望不管是动手还是动嘴,那个人能是她亲妈。顺便也给她亲妈泄泄火,以防回家再被二次算账。

柴彤只能接受自己的女儿跟王迩"互为人师",她肯定不能接受被对方家长闹到学校这种地步,毕竟她自己就是这所学校的老师。而王迩的母亲故意不通过班主任,直接来班级门口叫人,显然就是要闹事的。

翟欲晓来到办公室门口,与站在外面的王迩面面相觑。两个人在人来人往的走廊里默默对视着,半晌,王迩低声说:"对不起。"

他的眼睛里都没有以往旁征博引时候的神采了,被逮回去的这三天可能过得不太好,翟欲晓想。所以她绽放了个露牙的笑容,摆手宽慰他:"没关系。"

其实他们原本并没有多深的感情,最起码翟欲晓是这样,但在家长的"强权"干涉下,这一句"对不起"和这一句"没关系"突然都有了奇怪的分量。

办公室里的声音突然稍微大了些,显然里面的两个人都没有了最初假惺惺的客气。王迩的母亲固然生气,但班主任也不是没有脾气的——你一声不吭地跑去班里找我的学生,故意当众给我的学生难堪,谁给你的底气?

"王迩妈妈,我理解你的心情,但我们还是要以引导为主,对不对?他们也即将成年了,我们不能再像小学或者初中时那样,要求他们令行禁止。我也悄悄观察了,两个人都是规规矩矩的孩子,也都知道这个阶段什么最重要,你把道理讲给他们听,他们自己就会琢磨明白的。"

"严老师,你先不要给我灌这些馊鸡汤,我就想问问你,既然你早就发现了,为什么不立刻通知家长?!你居然给他们两周的时间。你是个老教师了，应该比我更清楚高三的两周有多重要吧？！"

"两周以后刚好到半月考，我也好拿成绩做文章，再给他们敲敲警钟。"班主任讲到这里，突然停了下，"王迩妈妈，我私下里也找两个人都谈过话，其实问题更大的是王迩，这种情况我们确实不好从重处理，也真的不用急在一时。"

"他们正值青春，有这样的心思不稀奇，我稀奇的是严老师你作为他们的班主任，居然是这样不作为的态度。我觉得我们之间存在着没办法逾越的观念上的分歧，也许需要年级主任或者校长的介入。"

翟欲晓避开王迩湿漉漉的目光，在班主任哑口无言的这一刻敲门进去了。

"阿姨，是我们向班主任要了两周的时间。"翟欲晓说，"这是我们跟班主任做的约定，两周以后半月考，有任何一个人成绩退步，我们就不能在一起学习了，就得跟别人结对儿去，如果我们成绩都有进步可以再观察两周。如果到时候谁说话不算话，班主任会立刻叫家长来校处理。"

王迩的母亲紧盯着翟欲晓，翟欲晓一开始还敢迎视，但三十秒过去后，她的眼里就有了怯意了。

班主任皱眉说："你跟王迩一起去门口站着。叫你再进来。"

翟欲晓正准备脱身，王迩的母亲出声了："嗯，听着好像是个认真考虑过的好主意，但是谁能保证你们不会一个情绪波动就一蹶不振了？毕竟这样的例子比比皆是。"她不以为然地说，"我听你老师的意思，这事是王迩主动的？"

翟欲晓紧抿着唇不说话，她能感觉出王迩的母亲突然大涨的恶意。她其实特别不明白，他们到底做什么了，到现在也不过是去看了半场电影，其余大部分时间都是在给对方当老师。

"电影院里你一直低着头,我没看清楚你,刚刚在你们班门口终于看到个正脸。你是去年在校外跟人打架的那个女生吧?是你妈妈还是你朋友的妈妈破坏人家的家庭,衣服当众被人扒了?"王迟的母亲轻轻向上推了推眼镜,她的话虽然停在这里,没有再说下去,但眼神还是将未表达出来的意思传递了出来:虽然是王迟主动的,但你应该也不是什么省油的灯。

班主任用指关节重重地一敲桌子,冷冷地说:"翟欲晓,你先出去。"

与此同时,门口响起柴彤的声音。柴彤的声音不大,但特别重,甚至都盖住了前面教学楼里的上课铃声。

"不好意思,我听了两句。我一开始还当你是个过于严谨的妈妈,大家同是当父母的,我理解你。你直接去班里堵我姑娘,当众叫她出来,我也咬牙理解你。但你这样跟一个高中生夹枪带棒的,真是很没教养。"

翟欲晓转头看着柴彤,原本还能忍住的眼泪突然扑簌簌地掉下来了。她瘪着嘴向她走去,既不敢扯她,也不敢叫"妈"。

王迟的母亲乍然被人直接说到脸上,气急败坏地说道:"物以类聚,人以群分。总之王迟是绝对不能被你姑娘耽误的。严老师,我和王迟的爸爸对他有多少付出和多高的期望,这些你是高一就知道的……"

她正愤慨地陈述,门口突然传来夸张的跑动声和惊呼声。柴彤转头一看,脸倏地白了。她整个人向外扑去,最后半跪在栏杆下。

王迟整个上半身已经悬空在五楼栏杆外了,正沐浴着早上十点钟的太阳,而他的右脚却被柴彤牢牢地抱在怀里。

在王迟刚刚站过的地方,写着一行工工整整的粉笔字,直白得不符合王迩"一高文学巨匠"一贯的表达方式:"谁说的绝对不能?!"

由于正在上课,办公楼走廊里只偶尔路过几个老师,且柴彤反应迅速没造成恶性结果,"王迩跳楼"这件事最后在目击者的讳莫如深里静悄悄地消失了,与之一起消失的,还有王迩本人以及他青涩的感情。

王迩转学了。

柴彤在王迩转学的消息传来以后,暗暗观察了翟欲晓一段时间。翟欲晓也曾在做题之余不知道想起什么突然抽搭了两声,但整体来说似乎悲愤大于悲伤。

翟欲晓在王迩转学一个月以后收到他的来信。她拆信之前留意到封皮上的盖戳,那里在中国版图上距大都千里之外的地方。

王迩在信里明确地说自己当时是脑袋一热去翻栏杆,跟她没关系,是受够了他母亲嘴里的"绝对不能"。他母亲生出一张嘴仿佛就是为了天天说这句"绝对不能"。几乎没有人愿意去他家玩,因为他母亲会以各种名义频频进来打断他们,她虽然带着笑,但眼睛里全是刀子,因为她认为他不应该浪费时间跟人聊废话或者玩游戏。直到现在,他看的书都得经过他母亲的严格筛选,一本"不应该"出现的武侠小说就能惹得他母亲大哭大叫到隔壁邻居以为他死在房间里了。

王迩把翟欲晓当个树洞,跟她吐露了很多,最后以一句"不用回信"结尾。他希望此生都不用再见到翟欲晓,因为他母亲让他在她面前无地自容。

花卷听了翟欲晓的转述,说:"这倒也不难理解他妈妈故意趁着上课时间直接去班里叫你给你难堪了,你动了她的皇位继承人,她没动手扇你就不错了。"

翟欲晓向后仰躺下去,长长地叹息,十分伤怀。

总时长不到两个月的文理小组轰然瓦解，翟欲晓整个人仍旧晕头转向。很久以后她回忆这段时光，似乎什么都没做，只不过是在做题之余近距离观察了一个男生。她了解了有的男生，譬如林普，在一堆糟心事里沉默地成长；有的男生，譬如花卷，在一堆鸡毛蒜皮里热闹地成长；有的男生，譬如王迩，在压抑的环境里半窒息地成长，但仍旧长成一个看什么都有趣、都能扯出一长串相关故事的人。

林普的小尖下巴突然出现在她的脑袋上方，他的眼情一眨也不眨地望着她，眼睛里全都是故事——虽然真实原因是他困了。

花卷和林普都是一放下碗就被翟欲晓给拉到楼顶的。她喋喋不休地唠叨着，一转眼三个小时过去了。最开始有零食堵着嘴巴，两个人还能乖乖听着、恰到好处地唏嘘着，零食见底以后，再听她车轱辘话来回说就变得分外煎熬了。

林普轻描淡写地说："我有张徐回演唱会的门票，也许能清除你的失落。"

翟欲晓的眼睛一下子亮成车灯的远光模式，整个人肉眼可见地恢复了元气。她翻身搂着林普的膝盖，嘴里连珠炮似的问着一个又一个问题："林普，你是怎么搞到票的？！你可太有本事了！是晋市的那场吧？十二月二十四日的？票呢，票呢？是不是藏在口袋里？哈哈！人生真是起起落落起起起起起起……"

林普垂眸凝视着翟欲晓，嘴角轻轻地上扬，露出一口漂亮的小白牙。

花卷扒拉着林普的胳膊急切地问："我呢，我呢？"

林普给了他一个"你有点儿数"的眼神，说："人家只出手一张。"

花卷沮丧地转身面壁。

翟欲晓小心翼翼地问："你不去听吗？"

"我不喜欢徐回。"林普说。

翟欲晓多机智啊,装上条尾巴就能当猴,立刻决定演唱会以后再按头给他"安利"这位"大疆"的音乐大神。她故作自然地转移话题:"卷儿,你爸爸是不是准备调回来工作呢?以后是不是就吃不了晋市的大麻花了?"

晋市的大麻花非常有名,花卷的父亲以往隔三岔五给大家带。

花卷说:"明年年初就调回来。"

花卷忍不住"哗"了一声,教训她:"你怎么整天就惦记着吃呢?"

翟欲晓振振有词:"我正长身体呢,不惦记吃惦记什么?"

林普实在忍不住打了个哈欠,揉着眼睛说:"我下去睡了。"

翟欲晓一跃而起:"我送你下去。"

——我送你下去取票。

八千胡同一大早就热闹起来了,有走街串巷收破烂的大爷喇叭里的"收旧电视、旧冰箱、纸箱、啤酒瓶";有胡同口早点摊大妈大嗓门儿的"豆腐花豆腐脑红豆沙";也有被不知道谁家防盗门"哐当"一声夹断的"我上班要迟到了你烦不烦"。

前两天下了初雪,初雪以后至今不见太阳,所以此时每棵树下都堆积着小腿高的积雪。花卷专门在树与树之间行走,一棵树都不放过,欢快地踏着积雪,翟欲晓和林普听着他脚下的"嘎吱"声心痒痒的,也纷纷加入。结果校门即将在望时,林普听到钱藻的呼唤后一个转身的工夫,两位小伙伴就双双悲剧了。他们踏进积雪下面的一个小水坑里了。水虽然不深,但足以没到脚踝。

花卷的"有水……"和翟欲晓那边猝不及防的"扑通"声同时响

起，几乎不差分毫，两个人在路过同学惊天动地的笑声里一脸茫然地面面相觑，片刻后，相继露出哭笑不得的表情。

花卷的情况是：零下4摄氏度，鞋袜全湿。

翟欲晓的情况是：零下4摄氏度，鞋袜全湿，生理期第二天。

林普的反应是教科书级别的，他迅速脱掉自己的毛线袜给花卷，然后用羽绒服里的棉卫衣裹住翟欲晓的脚，稳稳地将她背起来。他们试图立刻打车回家，但是附近的胡同都窄，出租车非乘客强硬要求不往这片区域里开。他们且走且看，前后只有十余辆着急上班的私家车以高超的驾驶技术从他们身边经过。

在距离八千胡同只剩下不足四百米的时候，悲催的高中生们终于拦到一辆出租车。

花卷在副驾驶座落座，他明显感觉到，虽然对鞋子做了简单的吸水处理，但此时林普给的毛线袜还是湿了。哦，感谢钱藻不但没有嘲笑他们，还给他们提供了带有水蜜桃香味的纸巾。

翟欲晓被林普小心翼翼地放到后座，她屈起膝盖，盯着林普的棉卫衣发呆。她有些想哭，但此时要是哭了就更丢脸了，因为她翻过年头就十八岁了，是有了生理期的大姑娘的十八岁，不是正在换牙的缺心眼儿的八岁。她喘着粗气，很有羞耻心地把羽绒服的帽子扣到了脑门儿上。

"八千胡同。"花卷牙齿打着寒战说。

司机大叔伸手向着车前方一指，很好心地说："这条路一直走到头，左转第三个胡同就是，下车自己走吧，几分钟的事，用不着出个起步价。"

"大叔，你看我这鞋……"花卷右脚向前轻轻一点，鞋底冒出一串顽皮的水泡。

司机大叔二话不说，一踩油门就出去了。

"这件事情谁要是敢说出去……"翟欲晓亡羊补牢地威胁。

她尚未说完，突然被林普行云流水的动作惊住了。他扯开裹在她脚上的潮湿的棉卫衣，给她的两只脚各套上一只不分指的棉手套，却只勉强套到脚跟，而后他打开羽绒服，一点儿也不嫌弃地将那两只滑稽地戴着手套的脚全部包进怀里。

花卷盯着后座两个人的小动作，深觉自己不应该坐前排，不然也有机会享受弟弟贴心的照顾了。他不由得露出嫉妒的表情，说："晓晓不爱洗脚，林普，你脏了。"

林普说："我这么多年没见过你洗脚是真的。"

翟欲晓不好意思地在林普怀里动了动脚趾。原本羞惭的情绪渐渐不见了，只剩下老母亲式的欣慰。她初见林普时，林普还是个奶娃娃，轻轻打他几下手背他就眼泪汪汪的了。也不过眨眼间，他居然就能像模像样地反过来照顾她了。

翟欲晓正要表达一下自己此刻的感想，林普突然握住她的脚踝，说："你别动。"

翟欲晓："……"

出租车进不去八千胡同，他们在胡同口狼狈地下车时，偶遇花卷的母亲姚思颖。姚思颖拎着从早市上买回来的大鱼，一看时间，嘴里冒着白气，问了一个发人深省的问题："聚众逃课是要造反啊？"

他们刚刚在车里暖出来的红扑扑的脸瞬间惨白得令人心疼。

花卷和翟欲晓的踏水事件在姚思颖的宣传下，一时间成为八千胡同里最大的笑话。尤其是当大家听说，两位童心未泯的哥哥姐姐在被小林普送回来时，一个脚上套着小林普的毛线袜，一个脚上套着小林普的棉手套。

翟欲晓臊得不敢出门，一直老老实实地过着两点一线的生活，直到徐回演唱会当天——十一月二十四日，周五，在晋市。

徐回演唱会的门票有多难搞到，追星的人都是知道的，所以当翟欲晓故意打开书露出里面的票时，夏侯煜的眼睛都直了。

翟欲晓在夏侯煜羡慕的目光里，扶着腰去跟班主任请病假，然后再携手王戎去通知天桥那端的柴彤自己晚上可能不回家住了，要去王戎家蹭家教——王戎的各科成绩都不好，她母亲傅曼大手笔给她请的是全科家教，翟欲晓偶尔去蹭听。最后，她给自己的周密布置鼓了个小掌，背着手神清气爽地离开学校。

大都到晋市的高速畅通便捷，往返也就两个小时左右，要是乘坐动车就更快了，只需要四十二分钟。所以翟欲晓下午第一节课前还在跟柴彤编瞎话，第二节课尚未结束就已经出现在晋市体育场门前了。

翟欲晓正呆呆地仰望着这座两年前落成的、长江以北面积最大的综合性体育场，与她一同呆呆仰望的是没票还非要跟过来的林普。

林普是真的长大了，翟欲晓斜眼望着他下颌的白肤和浓密的眼睫，不由得再次生出这样的感慨：他不但能照顾她，还能威胁她了。

之前在火车站，林普拽着她的书包带毫不迟疑地说，要不然一起去，要不都不去。她哭笑不得地说自己成年了，他严谨地纠正，是差一个半月成年。

"带你去吃石锅鱼，"翟欲晓扬了扬下巴，说，"我初中时跟我爸来晋市出差吃过，味道有点儿辣，但是特别好吃，可惜只有我们俩，不能点更多的配菜。"

林普说："有钱，可以点的。"

翟欲晓仇富的巴掌重重地落在林普的胳膊上："点多了吃不了

浪费。"

翟欲晓心心念念的石锅鱼餐厅和体育场的距离很尴尬，基本是在正好超出出租车起步价的边界，此刻离晚饭时间还早，二人一商量，直接步行过去了。

"你以前来过晋市吗？"翟欲晓随口问。

"两岁左右的时候在晋市住过半年，"林普说，"我不知道，是我妈说的。"

翟欲晓伸着懒腰正要说话，刚刚跟他们一起在十字路口等红灯的两个女生突然跑前面去了。她们装作追逐打闹，目光不时地掠过林普，还以为别人不知道。翟欲晓似笑非笑地盯着她们，突然伸手拖住林普的胳膊。

"是女朋友吗？"一个女生悄声狐疑地问道。

"是姐姐。"一个女生斩钉截铁地说。

翟欲晓："……"严格来说，他们只是差了两年十个月，居然这么明显地不同龄吗？

林普忍了两分钟，轻轻抽出自己的胳膊，说："你好好走路。"

翟欲晓拉长了声音："哎——"

虽然眼下距离饭点还有一个多小时，但石锅鱼店里已经有了好几桌食客。翟欲晓一踏进店脑袋就晕了，口水都流出来了，鱼香味比记忆中的还浓郁。

他们选了最小的一条草鱼，然后在配菜上面纠结。翟欲晓想点的东西太多了，有上海青、小白菜、豆腐、土豆、冬瓜、薯粉、平菇……有的是上回点过、确实真的很好吃的，有的是上回没点、这回真的很想点的。

林普跟着翟欲晓紧盯着菜单足足有十分钟，在店主女儿第四回经过时，突然出声叫住了她。

店主女儿的脸倏地红了，以为自己几乎是明目张胆的偷窥被发现了。她慢吞吞地靠近，眼睛盯着桌角，问道："嗯，怎么了？"

林普扬首给了姑娘一个明媚的笑容，说："姐姐，能不能点半份？我们有很多配菜想涮，但是只有两个人吃不完。"

店主女儿一头晕倒在这声"姐姐"里，下意识地轻轻点了两下头，然后抽出围裙里的铅笔，在每一个打钩的配菜后面备注一个"小"字。

"啊，是全部点半份吗？"她后知后觉，尴尬地问。

林普望着菜单纸上秀气的字，说："全部，谢谢姐姐。"

店主的女儿晕头晕脑地离开了。

翟欲晓全程看得目瞪口呆，她这是第一回听林普叫"姐姐"，听得她热血沸腾是怎么回事？

"林普，叫姐姐。"翟欲晓靠着椅背发号施令。

"你要喝什么？"林普问。

"叫姐姐。"翟欲晓坚持。

"苹果醋好不好？"林普继续问。

翟欲晓的"我没有跟你开玩笑"的坚持就差在脑门儿上拓印个月牙来表明了。她盯着林普的眼睛："叫姐姐。"

"姐姐。"

只不过是一个寻常称呼，充其量带有一点儿软鼻音，翟欲晓却感觉一股麻意自尾椎骨而起，一直延伸到颈骨，再到耳根。她停止聒噪，揪了揪耳朵。

林普不再问她意见了，直接去冰柜里取了两罐苹果醋。

翟欲晓直到锅子端来都在神游天外，谁都不知道她在想什么，但这并不耽误她回答林普一些琐碎问题，一心二用是高中生的基本技能。

饭后他们消着食回到体育场附近，距离演唱会开始也就只剩下四五十分钟了。翟欲晓在场外摊位上挑了两个会发光的鹿角发夹夹在头上，再强逼着林普用夜光笔在她颧骨上写下"徐回不为人知的前女友"，然后告别林普乐颠颠地排队检票去了。林普戴上耳机，听着女声婉转的"once upon a time……（很久以前）"，目送她跟随人流进场。

晋市跟大都在世界地图上几乎是重叠在一起的，在中国地图上也就只有半截手指的距离，两地的温差几乎可以忽略不计，但林普站在体育场外的大广场上，虽然裹着及膝的羽绒服，却仍感觉到深入骨髓的寒意。他默默地环视一圈，给翟欲晓发了条信息，交代她散场后来刚刚路过的"闲书吧"寻自己。

"闲书吧"因为徐回的演唱会分外冷清——很多人即便买不到演唱会的门票也乐意去体育场附近蹭听。林普从书架上抽出分为上下册的两本漫画书，然后随便点了杯橙汁和一小块蛋糕，在角落的卡座里坐下。

"闲书吧"毕竟只是个"吧"，而非图书馆，所以并不是很安静，一直有人在絮絮叨叨。林普翻至上册最后一页，瞥到主角臆想中的驾车的麋鹿时，突然想到翟欲晓黑发上跃动的鹿角。她兴奋地左右摇晃着脑袋给他看她的鹿角，不依不饶地伸出右半边脸非要他在上面写字……

林普正想得入神，陡然听到前方连续不断的拍照声。片刻后，有人在他耳边幽幽地问："你是不是'朝歌'的练习生？"

林普取下耳机，回头望过去："跟我说话吗？"

"是的。"一个二十岁出头的高鼻梁女生在隔壁桌喝着奶茶，露出"我什么都知道，你骗不了我"的神情，"你是'朝歌'新一批的练习生吧？叫什么？蹲在这里准备蹭徐回的热度呢？"她这样说着，眼神轻蔑地掠过前方举着某品牌最新款单反相机的青年。

这个姐姐在说什么？林普不理解。

"你们公司推新人的套路我太熟悉了。我闭着眼睛都猜得出来明天的热搜：徐回演唱会门前惊现国民小男友。'朝歌'的人业务能力不行，搞些歪门邪道倒是在行。"

这个姐姐到底在说什么？林普越发不能理解。

"我以徐回路人粉的身份提醒你，你长得确实还行，骨相尤其漂亮，上镜有高级感，但你唱歌跳舞行吗？你有过硬的创作才能吗？你这样的出道方式令人不齿，徐回的粉丝一人一口唾沫你都招架不了。"

林普："……"

这个姐姐好像不太聪明的样子。林普默默地下了结论。

林普收起上册书，打开下册，他不希望这个奇奇怪怪的女生继续打扰自己，想了想，说："我是个高中生，不是哪家公司的练习生，你要用这张桌子的话，我就去那边坐。"

以林普为圆心两米的半径内仿佛突然变成真空，附近所有听到只言片语的人都暗吸一口气。林普得不到回答，索性直接起身，去了临街的座位。他离开后，青年仍旧在拍照，且仍旧是对着角落里的位置，显然人家根本不是在拍林普。

林普翻下册就不如翻上册时心静了，因为他突然反应过来，"颜控"翟欲晓很久没有夸过自己了。翟欲晓是如此"滥情"的人，追一部偶像剧多一个"哥哥"，对于他骨相漂不漂亮，她早就麻木了吧？

下册漫画林普只翻了一半就趴在桌子上睡着了。他睡得极熟，前面的方桌换了三拨人，他都一无所知。睡姿变换中，耳机掉出来了，里面仍有女声在读："No fairy story ever declared to be a description of the real world and no clever child has ever believed that it was

（没有一个童话故事宣称是对现实世界的描述，也没有一个聪明的孩子相信它是这样的）……"

手机收到信息的振动声让混沌的意识清醒。

林普睁开眼睛呆愣片刻，慢吞吞地掏出手机查看，是来自花卷的小人画咒图："舍弃朋友的人尿尿分叉。"

林普复制下小人画咒图，重新编辑，将"舍弃朋友的人"改成"小心眼儿的人"，利索地将之发给花卷。他想象着花卷瞪眼的样子，忍不住笑了。

但林普很快就笑不出来了。因为他隔着落地窗看到了林漪。

林漪正和她的男朋友梁成桥在路边买水果，两个人握着手，十分亲密。梁成桥的左手边放着一个儿童车，儿童车里他两岁的女儿梁娅坐腻了，不断地发出声音，试图引起大人的注意。但他正在挑水果，没空搭理她。

林漪隔着梁成桥好玩地揪了揪小姑娘头顶的"炮捻儿"，小姑娘撒娇地向她伸出手臂。她忍不住轻笑，松开梁成桥，俯身将她抱了起来。

林普默默地望着近在眼前的一家三口。林漪最近越来越频繁地不着家，一出门就是一周、两周地不回。因为她有了稳定的男朋友，林普也不再追问她去哪儿了。但他并没有做好准备，她可能是跟男朋友同居了，并且搬离了大都。

林普把漫画书放回到原处，背起包推门出去，走向门外快乐的人群。

一辆黑色的轿车在林普之前停在林漪和梁成桥面前。林漪笑着叫车里面的老人"叔叔、阿姨"，试图将梁娅交到车内，但梁娅拽着林漪的头发，焦急地叫她"妈妈"。

梁娅牙牙学语的"妈妈"堵回了林普口中的"妈"。

林普在原地踌躇片刻,不知道自己应不应该上前,似乎是不应该的,因为并不急在这一刻,但若一声不吭地走开,他又不甘心。

"咦?后边那个小孩儿一直看你,是你的学生吗?"车里的老太太问梁成桥。

林漪回头望去,惊讶地叫:"林普?"

与此同时,她听到梁成桥犹豫地回复:"是小林的侄子。"

梁成桥避开林漪和林普惊疑的目光,不自然地笑着,招手要林普来到近前跟车里的老人家问好。

林普根本不知道自己都回应了两个老人什么,他的目光时不时地掠过林漪和她怀里的小女孩儿。梁成桥站在林漪身后,一只胳膊扶在她肩头,望过来的目光里带着感激的笑。

林普的眼睛有些红了,但夜里灯光昏暗,根本看不出来。

"你怎么在晋市?"林漪皱眉问。

"跟晓晓来看演唱会。"林普说。

"什么时候回去?"林漪仍是不太高兴的样子。

"演唱会结束就回去,"林普顿了顿,补充道,"买了返程票了。"

梁成桥抱走梁娅,低声催促林漪上车。他父母正支着耳朵听着,他们说太多容易露馅儿。林漪回头给梁成桥一个颇有深意的眼神,然后盯着林普的眼睛,跟他说"路上注意安全",率先上了车。

林普仿佛没有看见梁成桥上车前抱歉的眼神,他的眼睛和鼻头在寒风里红得越发肆无忌惮,而后面无表情地转身,与黑车在同一时间离开。

演唱会原本一共两个半小时,十九点十五分开始,二十一点四十五分结束,两首安可曲将结束时间拖到了二十二点。翟欲晓跟着人流出来的时候，翻出了包里的动车票再次确认时间，上车时间是二十三点二十分。她喜滋滋地盘算着和林普也许还能再在火车站附近简单地吃个消夜。

嗯，这个点吃什么好呢？嘿，鸡汁米线吧！就出站口附近那家。两分钟就能烫出来，五分钟吃完，速战速决。

翟欲晓心里想着米线，优哉游哉地来到"闲书吧"。林普正在做题，听到敲桌子声，扭头望过来，露出个勉强的笑，叫了声"晓晓"。

翟欲晓看到林普的眼睛，心里"咯噔"一下，但她什么都没说。

花卷以前提醒过她，林普有那样一对非常规的父母，他的烦恼也常常是非常规的烦恼。她得知道看着点儿人家的脸色，不要总是打破砂锅问到底，无知地让人难堪。

林普打开背包，默默地把参考书、卷子、笔和尺子一一放回去，说："回家吧。"

翟欲晓静待林普背上背包，突然上前牵住了他的手，拉着他出去。

林普机械地跟着，目不转睛地望着两只交叠在一起的手。他上小学三年级以后，他们就没有再牵过手了。

黑漆漆的天空突然飘起了雪花，因为大风，雪花四处飞扬，在路灯下尤其热闹。翟欲晓被冻得指骨疼，却一直没有松手，直奔着前面大路尽头的地铁站去。她没有转头去看林普，只是盯着路，诚恳地说："林普，我知道你一直有很多麻烦，而且都是我没办法帮你解决的麻烦。"她顿了顿，继续说，"我是想跟你表明，我一直跟你站在同一边。"

林普不知道怎么回应，半响，轻轻地"嗯"了一声。在路边商店隐约的圣诞歌声里，他把两只握在一起的手藏进了羽绒服口袋里。他的心跳如擂鼓，而在胸前，一只黑金哨子静静地趴着，压制着少年人的躁动。

二人回到八千胡同已是深夜一点了。

翟欲晓在三楼停下。她撅着屁股，用钥匙打开防盗门，蹑手蹑脚地进去了。她次日早上准备使用的借口是：王戎的妹妹吵死了，所以上完课就溜回来了。反正翟轻舟和柴彤睡得早，不可能清楚她到底是十一点回来的还是一点回来的。

林普继续向上走，在自家门前掏出了钥匙。他打开门，与此同时，浴室里吹风机的声音停了。片刻后，林漪出来了，皱眉斥他："赶紧洗洗去睡觉。"

林普垂眸慢吞吞地走向浴室，路经林漪身边，被她不耐烦地拦住取下背包。

林漪是自己开车回来的，只比林普早二十分钟到家。

在她丢下梁成桥父女回来之前，两个人吵得十分激烈，且用词都毫无保留。

梁成桥其实有些怵林漪，所以不敢说他根本就没打算告诉父母林普是林漪的儿子，只是敷衍她说以后再跟父母解释。

林漪不好糊弄且宁折不弯，直接就跟他撕破脸了："扯淡！以后解释？以后怎么解释？能解释得清楚我一个当妈的当街不认儿子？你就是故意封我口的！梁成桥，你这点儿心眼要是用在事业上，你早就当上校长了！"

梁成桥听不得林漪用这样尖锐的语气指责自己，索性也不装了，直接说道："就说他是你表哥的遗孤能怎么样？并不耽误你继续抚养他。有必要非说他是你生的，给我爸妈添堵吗？"

林漪的目光仿佛利剑般，盯着梁成桥，说："一个称呼而已，是不能怎么样，以后也让娅娅叫你叔叔吧。"

梁成桥的眼睛红了，压着嗓音说："林漪，娅娅是婚生女，但林普不是婚生子，我没法儿向我爸妈解释。"

林漪低头盯着自己的钥匙串，片刻后，她一字一顿地跟他说："你没法儿跟你爸妈解释的太多了，比如跟我好过的男人比你办公室的同事还多，也许出门吃顿饭就能碰到一两个……我就是这么个不清白的人。"

梁成桥喃喃道："是，你从来也没有藏着掖着，是我想当然地以为那些没问题。"

但怎么会没有问题呢？全是要命的大问题。只不过他一开始盲目地追求，顾不得这些。她比他大五岁，没有稳定的工作，这就已经让他父母颇有微词了。如果再让他们知道她常年混迹夜场、有过很多不以结婚为目的的交往对象、给有钱人当过外室、有一个上高中的儿子……全都是核弹级的，很难说他父母知道后会不会抹脖子。

林漪听到这里也没什么不明白的了。她取出他家的钥匙扔到玄关的壁挂上，再取下自己的包，毫无留恋地说："我在你家人面前给你留了面子，我希望你也能给自己留点儿面子，以后互不打扰，通讯录里就当对方死了。"

"我们有半年的感情，你没有一点点觉得可惜吗？"梁成桥问。

"在听到你说林普是我侄子的时候，这段感情就变成鸡肋了。"林漪回他，"我没法儿浪费时间将就一段食之无味的感情。"

清晨，晋市藏着雨雪的那座云山终于飘到大都来了，整个大都再度银装素裹。林普在闹铃响过以后赖床五分钟才坐起来。客厅里传来林漪走动的声音，这令他有些不习惯，早上向来是他起得早。他以前早起是去给林漪买早饭，现在是给她做饭。

林漪干脆利索地把荷包蛋刚刚盛进碗里，林普就洗漱完毕出来了。

她端起碗盯着电视里正在喋喋不休抱怨的家庭主妇，有一搭没一搭地与林普说话。她跟林普说停在胡同口的车是她前不久买的——她用自己的钱买自己需要的东西无须跟任何人商量；她问林普高二准备选文还是选理，她没什么建议给他，由他自己做主；她顺口解释上个月其实没忘记他的生日，也提前买了礼物，但是礼物在路上摔坏了，她就没提了。

她用的是闲话家常的语气，且神色无异，仿佛忘了昨天晚上的事情。林普却非常明白，她并不是在遮掩或粉饰什么，她真心觉得她的那堆事情跟他没关系，跟梁成桥在晋市筑了个窝也跟他没关系，她向来就是这样的态度。

但是她愿意赶回来，他还是高兴的。

他原来不讨厌梁成桥，但昨晚开始讨厌了。梁娅可以叫林漪"妈妈"，他是林漪的亲生儿子，倒要叫她"姑姑"，真是有病，他是他们之间的障碍吗？

"以后再去哪里说一声，你毕竟还没成年，监护权还在别人手里。"林漪出门前说。

林普用遥控器调着电视频道没有说话，但林漪也只是告知，并没有停在门口等他回答。

徐回演唱会结束以后整整半个月，翟欲晓嘴里就没有别的话题，跟谁都是这样，跟王戎说的时候是分享，跟夏侯煜说的时候是炫耀。

"前排票啊！有多前排？我告诉你，距离舞台只有不到十米！嘿，不怕你们笑话，徐回那张横扫娱乐圈的脸将是我高考前的做梦素材。

"徐回在唱《从未存在过的雨巷》之前，跟全场观众说，作词者一家之言不可信，其实是存在这样的雨巷的，大家在努力生活之余可以试着找找。我当场泪奔。实不相瞒,我要考晋市 G 理工的重要原因之一就是能跟徐回呼吸同一个城市的空气。

"就是花卷可烦人了,一直要我给他录视频,哎,我哪有那个闲工夫!不过徐回唱《没人荡的秋千》时我录了,因为是全场大合唱,来,给你们看看。"

…………

翟欲晓正押着人欣赏一段充斥着虚焦镜头和尖叫声的视频时,林普和花卷来了。

寒假回家的大二学生柴簌簌主动说要请他们三个去吃自助餐——大都西郊"四海一家"自助餐,非节假日 198 元一位,节假日 268 元一位,他们当然没有不去的道理。

翟欲晓遗憾地收起手机,收拾书包跟着自己的小伙伴们离开。

第七章
你考虑我吧

"我要做远方忠诚的儿子，和物质的短暂情人。"翟欲晓这样安慰着自己，毅然收回被粘住的目光，把那件吊牌价格七百四十元且不打折的毛衣交回给店员。

"春天太短了，将就下就过去了。"翟欲晓跟王戎说，"你们劳动节不加班吧？不加班就去雾市啊！林普给我画了雾市出街的最优路线图，网罗雾市所有网红小吃，我最近都无心工作了，一门心思盯着雾市的酒店和机票的信息。"

雾市因其丘陵和低山为主的地貌，矗立着大片顺势而建的魔幻楼群，十分吸引长江以北平原地区的游客。且雾市也是网红小吃最多的城市，就连司空见惯的土豆、鸡爪、冰激凌等，在雾市都能做出独步武林的色香味。

翟欲晓和王戎原本的计划是尽可能地避开节假日，使用年假去雾市，但王戎开年以后疯狂加班，根本请不到年假，她们就这样一天一天地拖到了四月份。翟欲晓心里猫抓似的，再也等不下去了。

王戎一颗骚动的心也是急迫得不行，扯着展示架上的一件春款连衣裙回头望着翟欲晓，非常肯定地说："领导说后边没什么事了，那就'五一'了，酒店和机票我来定，我是 D 航和 N 航的贵宾客户。"

翟欲晓默默地给她竖起大拇指。

她大学毕业以后应聘到一家合资企业，做着以翻译为主的琐碎活儿，为 M 国的工程团队和大都周边地区的工厂作沟通。

王戎在一家规模不大的进出口公司做出纳，同时兼半个行政、半个人事。不过她老板会做人，也给了她行政和人事的工资补助。

王戎将包交给翟欲晓拎着，去里面的试衣间试穿连衣裙。她突然想起一件事，隔着门跟翟欲晓商量："能不能让你们林普给我个特签？王大头最近天天缠着我。"

"王大头"身份证上的名字是王术，是王戎的妹妹，比王戎小了七八岁。

"哪用得着麻烦林普？我给她特签就成。"翟欲晓不当回事地说道。

王戎收腹穿衣，非常理智地提醒她："没必要冒这个险，王大头疯起来跟狗似的，再咬咱们一脸血。"

翟欲晓赞同王戎对王术的评价。她斜靠在墙上，低头喝了口微烫的奶茶，想了想，说："等我从雾市回来以后，下回去 Q 大的时候再说吧。林普忙得都没时间睡觉，具体得看他的时间。"

林普本科上的是 G 理工的英才实验班，毕业以后经由 G 理工的保送和 Q 大的层层选拔，获得 Q 大的直博资格，目前正在 Q 大攻读博士学位。Q 大老校区在晋市的大学城，新校区坐落在大都新区，是一所在世界排行前二十的高等学府。

对于"直博"这个厉害的词，直到前年林普这边收到 Q 大的通知书，八千胡同的人都是没有概念的。但是在他初高中班主任年复一年孜孜不倦的"你们直博的林普师兄以前上课时……"的宣传下，一高的师弟、师妹们都知道这是位独一份的"大佬"。

"好看不？"王戎对着镜子问翟欲晓。

翟欲晓一言难尽地看着镜子里的"土豆"。王戎一米六三，一百二十斤，本来就微胖，这件连衣裙精准地将她前胸、胯部和屁股的缺点放到最大了。

"再去别家看看吧。"翟欲晓说。

八千胡同跟五年前的八千胡同没有任何不同，跟十年前的也没有任何不同，只不过是住在里面的人来来去去而已。前一段时间听说市政筹划着要刷墙，统一刷成红墙黑瓦，以迎接即将到来的国际峰会，但到目前为止各个地区都还没有任何动静。

翟欲晓拎着两袋"战利品"上楼，在二楼与摔门而出的花卷父亲花长立差点儿撞上。她急急地叫了声"大伯"，右胳膊避让时一扬，磕在墙上。

"晓晓？哎，对不住，大伯没看到你。"花长立抱歉地说道，"胳膊有没有事？"

"没事，大伯。"翟欲晓笑得花似的，"七点了，我闻着你家饭都熟了，这急匆匆的要上哪儿去呢？"

花长立眼见翟欲晓确实没事，十分敷衍地回了句"嗯，有点儿事"，便保持着刚刚摔门而出的情绪下楼了。

翟欲晓回身就给他拍了个背影照，然后一边掏家里的钥匙，一边将照片传给花卷，并配文：一位盛怒的父亲。

翟欲晓进门，刚叫了柴彤一声"妈"，花卷就给她传回一张姚思颖啃西瓜的背影照，配文：一个没心没肺的母亲。

"花卷回来了？什么时候？"翟欲晓拧开门，问迎出来的柴彤。

花卷是在西北边疆城市上的大学——一所公安类的警察学校。他目前在市公安局负责刑侦方面的工作，不过是晋市的市公安局，并非大都。花卷自打入职就筹划着要调回大都，但至今都没能调回来。

柴彤充耳不闻,神情复杂地翻着翟欲晓的购物袋,不得不说,翟欲晓挑衣服的眼光真是不行,总是市面上最简单的款式,根本谈不上剪裁什么的,而且不鲜亮,永远是黑白灰,跟她衣柜里去年的旧衣服、前年的旧衣服乃至于大学时期的旧衣服到底有什么区别?

"妈?"翟欲晓没得到回答,以为柴彤没有听到。

"嗯,回来了,你饭后再去找他,刚才我听着楼下两口子动静挺大的,你让人家缓缓。"柴彤这样说着,丢下购物袋,眼不见为净,"苦了孩子,一回来就得给他们断官司。行了,听到你爸上楼的声音了,洗手准备吃饭吧。"

柴彤这样说着,打开门锁,转身进厨房了。

翟欲晓忍不住侧耳细听,但楼梯间里只有微风吹动塑料纸的声音,哪有上楼的声音?她一个二十多岁的年轻人,听力居然会不如柴彤吗?但一分钟后,翟轻舟果然推门进来了,带着路上给柴彤捎的酱香鸭脖。

柴彤上午去了趟西城柴家,所以饭桌上的话题就绕不开柴家。

两位老人的身体依旧十分硬朗,但所谓"老小孩儿",二人常常因为一些鸡毛蒜皮的小事闹矛盾。最近是因为一坛子酱黄瓜,毛惠君说味不对、似乎坏了,要扔。柴海洋坚持说本来就是这个味,恨不得将坛子抱到床底下看着。

柴续虽然没能得到翟轻舟的"内部"消息在房地产上赚到钱,但他的五金生意做得真的不错,眼下正筹划着招兵买马扩大店面。梁燕清也因此再度支棱起来了,经常向柴彤晒金饰。

柴麟麟的成绩稳步徘徊在班级的中游水平,他最新的志向是打电竞,专业级别的那种,签约费能抵十个五金店,是动不动就封"神"的那种。不过他的志向没有得到任何人的正眼相待。

柴簌簌二十八岁了,上个月挤掉一位"海归",当上了她所在部门的老大,但至今仍然没有要结婚的意思。

"你舅妈也不知道听谁说的最佳生育期是二十四到二十九岁,非说簌簌再耽搁下去就过季了,在家只要不痛快就跟你舅闹。"柴彤夹出菜叶子里的花椒丢进桌下的垃圾桶里,不紧不慢地继续说道,"不过你舅也是活该。当初斜着眼一句'没车没房,软饭硬吃',直接把人家小情侣给搅黄了。簌簌原来一直有些怕他,跟老鼠见了猫似的,现在怕不怕的就不知道了,因为簌簌根本就不往他跟前去。"

柴续的原话是十分不屑的一句"喊,没房没车,所谓的'真爱'就是软饭硬吃"。他这句话一说,柴簌簌的男朋友当场就起身走人了。柴簌簌给了柴续自打出娘胎以来最犀利的一瞥,掀了茶碗就追出去了。两个人当街争吵了些什么不得而知,总之之后柴簌簌再也没提起过这个人。

翟轻舟迫不及待地沿着碗缘喝了一口粥,烫得龇牙咧嘴的。他说:"簌簌跟我说过,柴续不满意她男朋友没房没车,但她执意跟人家好,他眼见阻止不了,就假装深思熟虑后同意了,结果人家应邀上门吃饭,他冷不丁地来了一招釜底抽薪。啧,绝了。"

翟欲晓咬着大白馒头翻了个白眼。

一家三口饭罢刚刚打开电视,姚思颖就上来跟柴彤诉苦了。

花卷的父亲花长立平调回来工作以后,家里的气氛只在一开始分外和谐,也不过半年,就开始鸡飞狗跳了,一直延续到现在。

花长立嫌弃姚思颖一天天地看电视、打麻将,没有一丁点儿正事,屋里乱得跟狗窝似的,也不知道收拾收拾。姚思颖嫌弃花长立油瓶倒了都不知道扶,让他去阳台上收裤子,他就只收裤子,其他衣服不管,就这样居然还好意思整天叽叽歪歪。"

"你听他放屁吧,在他眼里,大概只有售楼部的样板间才能不叫狗窝。你们不跟他住不知道,他懒得烟灰缸满了都不知道倒,冬天的厚袜子能直接穿到露出脚指头,他是哪儿来的勇气嫌弃别人的?!"

"家庭主妇的工作就不是工作了吗?他当年哄着我辞职在家带花卷的时候可不是这样说的。他就会两片嘴皮子一碰,叨叨着不能不思进取、不能跟社会脱节,那他饭后倒是刷个碗、拖个地、晾个衣服、收拾下房间,给我腾出点儿时间去了解一下社会啊。"

"爷儿俩在家一天能叫我百八十遍,这个找不到刮胡刀,那个裤链打滑了。呸!生活都不能自理的玩意儿真好意思跳出来给别人上课!"

姚思颖的婆婆因为一些事跟大儿子一家不怎么往来,所以根本不可能来帮她带孩子。她自己的母亲帮她带大了花都,在花都十岁那年因病去世了。花卷出生的时候,她别无选择,只能辞职自己带孩子。

翟欲晓切了两个橙子给姚思颖端上,又弱弱地劝一句"花卷是无辜的",给她机关枪的十字准星拨正了方向,便迫不及待地跑楼下找花卷去了。

花卷洗过澡,正在聚精会神地摆弄着自己的手办。花卷有一个精致的手办收藏柜,大约一人高,前两年柜子里还有三分之一的空格,此时空格已经全部被填满了,一眼望去,全是栩栩如生的二次元人神鬼妖,也不知道是吃了多少泡面攒下的。

"你猜我前两天见到谁了?"翟欲晓倚着门,剥着香蕉卖关子。

花卷用眼镜布一丝不苟地擦拭着新购置的"海贼王"系列,仿佛一个慈祥的父亲。他闻言眼皮微抬,噇她:"你的哪位野生老公?"

翟欲晓露出不跟他一般见识的大度微笑,道:"甄佳。"

花卷没听清:"谁?"

翟欲晓提醒他:"因为校门口一场混战就把你踹了的那个小心眼儿。"

花卷十分无语:"亏得你还记得她长什么样。"

"啧,回回见我都夹枪带棒的,我得多大心才能忘掉她!"

那倒也是。

翟欲晓继续说:"M 国总公司有个项目的智能电调打算用她家厂的,产品前期测试没什么问题,要再看看她家的车间和质检标准。我跟着工程师一道过去了。你是不知道她看到我的表情有多精彩。你说她热情吧,她看见我仍然糟心;她不热情吧,一旦合作,我们能是她家排行前三的客户。我一边假模假式地跟她握手,一边高兴得恨不得就地打滚。"

花卷郑重其事地一一摆放好路飞和草帽团的船员们,不在意地劝道:"你就不能既往不咎,或者假装既往不咎?这样人品高下立现,不更解气?"

翟欲晓瞪着眼睛立刻炸了:"你给我滚蛋,你说得轻巧。"

她扔掉香蕉皮,思及旧事依旧愤愤不平:"当初你们交好的那会儿,我受了多少窝囊气?她好几回当着人面用眼瞪我,故意发出带刺的'呵呵'声。我怼她吧,你脸上不好看;不怼她吧,我自己脸上不好看……所以明明确定电调就用他们厂的,我硬是没给痛快话,只跟她说正在测试中,继续等着吧。"

花卷其实早八百年就把那个是非不分的女生抛到脑后了,他刚上大学就有了新的恋情,虽然也是兔子的尾巴——不长。但他惯会见风使舵,一见翟欲晓上头,立刻点头附和:"你做得对!"

翟欲晓一拳打在棉花上,怄得慌。她抬眼看着架子上的人神鬼妖,渐渐露出不怀好意的笑来。花卷的母亲一直以为他的手办加起来也没多少钱,她是不是应该给姚思颖普及一下基本知识,就比如左上角那个巴掌大的娃娃是限量版,二手网站有人出价三千七百元求购。"

花卷在她借题发挥之前赶紧转移她的注意力。

"林普他妈妈前段时间出了点儿事,就在你出差海市那段时间,你知道吗?"

翟欲晓闻言立刻没了捣鬼的心思,正色道:"什么事?"

"不知哪儿来的一帮混混砸了她刚装修好的酒吧,她正准备第二天营业呢,那帮混混掐着点就给她砸了。她报警以后仍是气不过,当着警察的面把领头的混混敲成血葫芦,自己也晕血进了医院。"花卷说,"出了院在派出所住了四天,是林普好不容易才把她领回去的。"

林漪在林普收到大学录取通知书的当月花光积蓄盘下了她之前工作过的酒吧,这些年一直消停地做着她自己的酒吧生意。"消停"单指男女关系,但其本人仍是经常不着家。

翟欲晓张了张嘴,但最终什么也没说,只是另掰了一根香蕉,有些生气地三口两口吃完了。她跟林普保持着一周至少两次视频联系的频率,她出差的时候也如此,但林普并没有跟她提过这件事,在她眼里,林普那些天也并没有表现出任何异常。

林普越长大越寡言和内敛,翟欲晓本就是个心大的,也因此越来越看不透他了,这让她有些慌张,因为她不希望林普最后活得只剩下自己。

四月二十九日傍晚,翟欲晓接到一个电话。因为一个项目的成本计算出错,王戎的老板突然通知所有相关部门加班,包括采购部、销售部,以及王戎所属的财务部。王戎在电话那头崩溃得一直飚脏话。

由于翟欲晓正在电脑前跟林普视频,只好将涌到嘴边的脏话压下,只气若游丝地吐出一句:"问候你老板八辈祖宗。"

"你们怎么了？"林普停下筷子问。

林普面上的疲态因为肤白特别明显，乍一看，跟大病初愈似的。

林普研究的课题是单晶高温合金，主要应用于航空发动机及重型燃气轮机上。他昨晚通宵跟着两位师兄袁宁和包縢在实验室做数值模拟——他们目前正在学习一个有很多公式的新的模型，但最后做出来的数据有问题。耐性均强于一般人的师兄弟三个目不转睛地盯着各自面前的几个屏幕，一直盯到下午两点，才算有了些眉目。三人在午后的酷热里各自回寝休整，以储备体力晚上继续干活儿。

所谓"休整"，其实也就是满足基本生活所需——填饱肚子、洗澡、睡觉。不知道两位师兄是怎么安排这三件事的顺序的，但在林普这里填饱肚子显然是最末位的。他回来以后只是匆匆洗了个澡，然后直接就睡了，直到饿醒。

而眼下这坨面糊糊就是这天的第一餐——他做饭的时候打了个盹。

翟欲晓一面嘱咐林普继续吃，一面眼含热泪地控诉："王戎突然要加班，不能去雾市了。"

林普怔了怔，示意她稍等，开门出去了。大约五分钟后，他重新坐回来，望着镜头里眼巴巴盼着的翟欲晓说："我'五一'休息，跟你一起去雾市？"

翟欲晓面上立刻多云转晴，二话不说就在左胸的位置给他比了颗"心"。

林普眼睑半垂地注视着那颗滑稽的"心"，强忍住笑。

林普的假期来得相当不易，在接下来直到去机场跟翟欲晓会合的两夜一天里，他只睡了不到六个小时。所有的困顿和疲乏在看到翟欲晓拖着小行李箱向他奔来的一瞬间，全部不翼而飞了。

翟欲晓拎着两杯咖啡，一杯是她自己要喝的冰美式，一杯是给林普的拿铁——林普喜欢甜口的，自小如此。

"哟，你跟被人糟蹋了似的。"翟欲晓将拿铁递给林普，一开口就是胡言乱语。

林普早习惯她的口无遮拦了，直接揭开盖子仰头喝了两口，说："雾市这个季节平均一天三场大雨，你衣服带够了吗？"

翟欲晓嬉皮笑脸地道："钱带够了就行。"

两个人在登机口排队登机的时候，翟欲晓忍不住再度打量林普。

林普的个头最终止步在一米八四，身材比例特别好，腿长腰细，给个麻袋都能被他穿出时尚感。他的皮肤虽然不如林漪的光滑，但也是细腻白皙，怎么都不显粗糙，使他比同龄人显小。他长开以后越发出众，即便坐在教室的最角落里，也能轻易攫取人们的目光，夏侯煜称赞他"极品骨相，上等皮相"。

跟着队伍来到廊桥接口，翟欲晓与林普的镜像出现在暗灰色的玻璃帷幕上。翟欲晓盯着玻璃帷幕上两个对比鲜明的人，不得不承认，林普如珠如玉，令人觊觎，而她仿佛玻璃弹珠，无人问津。林普是女娲的经典之作，她是女娲随手甩的泥点子。

翟欲晓自惭形秽般地跟林普拉开距离，默默在心里给自己列了个护肤品清单。清单上全是血贵的大牌，一个月的工资都不一定招架得住。但这样好像还是不够。她咬着下嘴唇思索了会儿，低头打开搜索引擎，在搜索栏里郑重地敲下"什么医美项目适合二十五岁以上人群"。

在飞机爬升的过程中，林普静悄悄地睡着了。在翟欲晓没完没了地跟他唠叨着工作上的琐碎时，他这就直接睡过了一千五百公里。其间，翟欲晓给他调整座椅靠背、给他盖毛毯、给他压下帽子遮光、在机体颠簸时抵住他的脑袋、跨过他的膝盖去上了两趟厕所，全部没能惊扰到他。

"女士们、先生们，我们的飞机即将在普惠机场降落，预计降落时间是十一点四十五分，目前雾市的地面温度为24摄氏度……"

"女士们、先生们，我们的飞机已经开始下降。请您将安全带系好，调直座椅靠背，收起小桌板及脚踏板，将遮光板保持在打开的状态……"

翟欲晓在轻柔的广播声里，一点点地将林普的座位调整回来。她一只手挡在他眼前，另一只手去推遮光板，他的眼睛就在这时张开了。

"晓晓。"林普困顿地叫她。

翟欲晓收回手轻轻地扯了扯他的耳尖："你这是熬夜挤出来的假期吧？怎么不说实话呢？给你留了瓶水，赶紧喝两口。"

林普伸了个懒腰，没有回答她，只是笑了笑，拧开瓶盖喝水。

两个人在雾市机场遇到一批给某个男团接机的女粉丝，她们抓着五颜六色的物料聚在一起叽叽喳喳的。翟欲晓和林普路过，林普脚下突地一个趔趄，居然被人扯住了背包带子。

对方是个黑发大眼的女生，笑容热烈，十分漂亮。

"你是不是顾大栖电影里的那个……"她的眼睛亮晶晶的，"啊！纸醉金迷的富二代，就是客串演出的那个！他最后疯了，抱着个破布娃娃跳楼自杀了。"

她当然认错人了，林普也迅速否认了，但是她拦下林普的动作立刻吸引了周围其他无聊等待的女生。她们的"哥哥们"尚未落地，闲着也是闲着，不如围观一下林普这个素人帅哥。

"小哥哥，你叫什么名字？你长得太好看了，考不考虑出道啊？"

"小哥哥，你用的什么护肤品啊？皮肤真好……"

"小哥哥，你多大了？你还在上学吗？是本地人吗？去哪儿能偶遇你？"

"小哥哥，能不能留个联系方式？我想'爬墙'。"

"小哥哥……"

一般情况下，大部分女生都是被动的、矜持的，甚至是高冷的，但是在特殊时间、特殊场景、身边有同属性伙伴时，她们的热情能浇筑出一个美丽新世界。

林普目不斜视地向前走着，绝情地留下"谢谢，不考虑""谢谢，什么都没用""谢谢，不能""麻烦让个路"等话语。翟欲晓跟着林普走出小小的包围圈，在叽叽喳喳但并没有恶意的"小哥哥"声里悄声说："小哥哥已经有小姐姐了。"

林普闻言转头看她，她觍着脸仰头龇牙一乐。

前面说过，雾市是个以丘陵和低山为主要地貌的城市。两个人下榻的江景酒店就在半山腰上，他们住的是跃层套房，270°环江，在第五十九楼，中间分别需要在第二十四楼、四十七楼换乘电梯。

二人回房间将行李放下，立刻就抖搂出之前整理的雾市的逛吃指南，开始了新奇有趣的探索发现之旅。

所谓"一天三场大雨"并非虚言，他们在江边吃火锅碰上一场，在老城涂鸦墙前碰上一场，在回酒店的路上碰上一场。但这动不动就"哗啦啦"中断行程的大雨丝毫没有影响翟欲晓的情绪，呃，非但没有影响，还给她原本就高昂的情绪又加了一勺滚油。只要是她以前没见过的，不管是开在人家屋顶上的车道、老式过江缆车、奇形怪状的建筑群，还是这说翻脸就翻脸的天气，都能让她开心不已。

两个人在酒店前面的十字路口停下了，因为翟欲晓看见超市门口的海报，突然想吃海报上的雪糕。林普跟着翟欲晓走进超市，他原本只打算买包湿纸巾，但经不住她的撺掇，最后也趴到了冰箱前。

"我想起来房间里有个小冰箱，就是装雪碧的那个，要不咱们多挑几根雪糕，留着后面两天吃呗。"翟欲晓盯着琳琅满目的雪糕跟林普商量着。

林普没过脑直接说："行。"

结果在回房间的电梯里，翟欲晓突然没有任何征兆地笑成狗，从一楼笑到二十四楼再到四十七楼，一度恨不得捶电梯门，不惧其他人的眼光。

她说："我又想了想，雪碧是不能冷冻的，所以那肯定是个只能冷藏的冰箱。"

林普从四十七楼笑到五十九楼。

二人分别洗过澡以后，在楼下的小客厅里碰头。翟欲晓两只手挂着膝盖，盯半天小冰箱里的六根雪糕，笑不可抑地回头向林普说："现在的情况是：一人三根。"

林普正擦着头发，微微一顿，又想笑了。

虽然六根雪糕总共才三四十块钱，但扔掉是不可能的，倒不是钱的事，而是雪糕不能被这么对待。

翟欲晓目不转睛地望着电视里播放的室内综艺节目《王牌之战》，慢吞吞地拆开两个"可爱多"，一个自己舔，一个给林普递到嘴边。

"我等会儿自己吃。"林普有些不好意思。

翟欲晓嫌他事多，瞪他一眼，他便乖乖地张开了嘴。虽然他一回来就及时将雪糕放到小冰箱里了，但冷藏到底不行，只是洗了个澡，雪糕就有些软了。

林普就着翟欲晓的手几口吃完"可爱多"，再去冰箱里翻出个朴果口味的,然后响应微信里师兄的催促,回楼上开电脑了——他和两个师兄晚上需要跟正出访 M 国的老师通话。

翟欲晓跷着脚看完《王牌之战》,收到翟轻舟打来的电话。

翟轻舟因为屁大点儿事跟柴彤拌嘴了,是来向她告状的。翟欲晓特别佩服他"明知山有虎,偏向虎山行"的愚勇行径。她立在落地窗前眺望着雾蒙蒙一片的浩浩大江,耐心地开导她那满腹委屈的老父亲。

"我妈脾气本来就不好,又是更年期,月亮不圆她都生气,你跟她讲道理?上回在家说着说着就拍桌子,吓得我鸡皮疙瘩都起来了。哎呀,你说你招惹她干什么?不过话说回来,她管着你不让你喝酒不也是为你好吗?你都多大岁数的人了?来,收下红包,听我的,领着她出去吃顿好的,回来的路上再给她买两个酱猪蹄。"

"她有什么话不能好好说?非得表现得跟条狼似的,双眼一瞪恨不得吃了我。我算是看出来了,你妈也就跟林普说话的时候能有点儿人样,对咱爷儿俩,呵,那个词是怎么说的来着——就是形容先迈哪只脚都是错的?对,'动辄得咎'!"

翟欲晓实在心疼处于水深火热中的老父亲,忍不住出了个主意:"要不然给她买些专治更年期毛病的药吃吃?"

翟轻舟立刻大声说:"你不要命了?"

翟欲晓转头盯着楼上,露出个不怀好意的笑容:"你说由林普来买是不是挺合适的?"

翟轻舟在电话那端思忖片刻,最后显然是良心被打败了,他虚着声音提醒"那你让他尽快啊",没道再见就直接挂断了电话。

翟欲晓露出忍俊不禁的表情。

大部分人出来旅游就是一个景点接着一个景点地逛,因为一般情况下这辈子不会再来第二趟，所以希望能把一切都看进眼里。但翟欲晓和林普都不这样，他们是马斯洛需求层次理论的忠实拥护者，大手一挥就将雾市十数个景点删减至三分之一，务必保证每天都是在睡饱吃好的情况下出门。

两个人就以这样随意得仿佛在家附近遛弯的心态逛完了寥寥几个景点。他们回去订的是中午的机票，考虑到尽可能不用像来时那样起早赶飞机——此地距离机场不远，意即最起码能睡到早上十点。

"你说好不容易去一趟，那么多地方没去逛逛多冤啊！早上少睡两个小时不至于猝死！在楼下简单地剥个茶叶蛋、吃两口包子也不耽误你！"王戎躲在公司茶水间里，得知翟欲晓舍弃了几个知名景点，惋惜不已，"要不然你们明天再多留一天啊，最起码大喇叭寺、桃花湾码头、蓬莱湖，你都得去看看啊。"

"世界这么大，我这辈子逛不到的地方多着呢，有什么冤的？你们这些人啊，就是事事争、事事焦虑，出来玩要是搞得比上班还累岂不是得不偿失?！"翟欲晓遍寻不到林普的身影，喝了口水继续跟电话里的王戎叨叨，"是我来雾市玩，不是雾市来玩我。"

翟欲晓口无遮拦地刚说完，嘴巴突然被人捂住了——正是前一刻遍寻不到的林普。二人此刻正在老城的小食街上，翟欲晓走累了，在路边摊的空座上坐着等着，林普按照她的指挥前前后后跑着，买来了小半桌的小食。

"锅巴土豆，一袋麻辣的，一袋酸辣的。"林普放下两个纸袋，说。

"坐下歇歇。"翟欲晓忙将杧果奶茶推给他。

王戎听到翟欲晓跟林普的对话，也仍旧舍不得放下电话，厚着脸皮继续东拉西扯。她手头的工作其实上午就已经全部做好了，但是公司其余人都还在埋头苦干，包括她的部门领导，她没法儿直接走人，只好摸鱼。在跟翟欲晓聊天之前,她已经把另外一个朋友的电话聊得没电关机了。

"翟欲晓,你上回说的那个魏迦,你答应他了没?"王戎又想到一个新的话题。

魏迦是翟欲晓公司里的一个中方工程师,长得人高马大的,却有些缺心眼儿。他二月十四日情人节那天在朋友的怂恿下订了九十九枝玫瑰当众捧给翟欲晓。翟欲晓不好当众让他丢脸,笑眯眯地收下了,背后忍着肉痛给他转了钱,骗他说自己的朋友正好要求婚,去哪儿买玫瑰不是买,与此同时绿着脸警告他以后再有这样夸张的行径就翻脸。

翟欲晓不可能不绿脸,情人节买九十九枝玫瑰的钱够她买下觊觎许久的那双长靴了。这些可怜的玫瑰最后被她悄悄抱到公司楼下的保安亭里,由他们自行分配带回去给老婆了。

"我答应个屁啊,"翟欲晓说,"我倒是不讨厌他,但是也难说喜欢。"

王戎苦口婆心:"你老这样清心寡欲可不行,要不然让他追你试试啊,也许你跟他一起出去吃两顿饭、看两场电影,突然某个瞬间会觉得'啊,他可以'。"

翟欲晓听着王戎滑稽的语气,忍不住笑出声来:"啊,他可以,你老实说最近看什么不良读物了?总之,我再考虑考虑吧。魏迦虽然有些憨憨的,但脾气好,是公司里唯一一个不抽烟的工程师,嗯,已经很令人欣慰了。"

"是啊,是啊,我们这个岁数再蹉跎下去,就真没有试错的时间了。反正我一直认为只要不讨厌就可以尝试着交往一段时间看看,行就结婚,不行就散伙。一见钟情这种事情概率太低了,而且谁知道你钟情的是人是鬼。"

"一见钟情"什么的翟欲晓倒没深想过,她不多的感情都贡献给纸片人了,但是说到岁数这个沉重的话题,她就忍不住要抹一把辛酸泪:"我们这才毕业四年,但现在在办公室里,我也是人家的'欲晓姐'了,太悲催了。"

翟欲晓犹记得自己刚入行时,因为年龄最小,叫这个"哥",叫那个"姐"。公司的老人调来调去,同时不断有新人补充进来,一眨眼,自己也成"姐"了。

她在无限唏嘘中结束通话,正要跟林普忆往昔玩泥巴的岁月,再扯一扯"岁月不饶人"的闲篇,突然与林普的眼神狭路相逢,或许不能叫"狭路相逢",林普眼神清明,一直在看她,只是她刚刚看到而已。

"你考虑我吧。"林普说。

翟欲晓一头雾水,片刻后,露出震惊的表情。

她目光呆滞地将并没有扎到土豆块的牙签送进嘴里,心神恍惚中,不小心刺到舌头,蹙眉"嗞"了一声。

林普疯了,她想。

在各怀心事中结束剩下的行程回到酒店,翟欲晓趁着林普上楼洗澡,跟花卷通了个电话,向他汇报林普疯了这件事。她以为花卷会跟自己一样哑口无言,结果花卷开口就是一句直击心灵的反问:"你真的没有察觉?"

"倒也并不是完全没有察觉……"翟欲晓坐在落地窗前的懒人沙发里,目光向下望着雾市美轮美奂的夜景,犹豫着说,"大学毕业以后,我回大都工作,他自己在晋市读大三,仍然是差不多一两周一起吃顿饭。第二年年初,公司外派我去滇市出差,我在滇市住了三个多月,结果给他带了礼物回来时,却怎么都敲不开他的门……"翟欲晓突然察觉再说下去不太妥当，十分突兀地停下了。

花卷没有追问，只是反驳她："那比你察觉的时间要早得多。"

翟欲晓闻言绞尽脑汁试图追忆过去玩泥巴的岁月，但真的是追忆不出什么特别的了。他们三人小团体在高考之前的大部分时间都是一起行动的，虽然大学时花卷和他们分开了，但是他们私下的往来也并没有什么异常，也不过是每隔一两个月一起往返两座城市，以及偶尔饭点巧遇在一张桌上吃顿饭。

花卷忍不住说："我有时候真是搞不懂你，你磕CP（情侣）的时候，从犄角旮旯里都能找到糖，林普这样性格的人，在你面前就没有说过'不'字，你居然看不出来什么情况？"

"林普这样性格的人？林普什么样的性格？"翟欲晓莫名其妙地道，"不过就是不够活泼而已。不过易老师都说了，你要允许一些人有安静的青春。"

但是花卷向她开启嘲讽技能的时候，她听到电话音里有人呵斥"老实点儿"，继而是一声仿佛十分无辜的"我就是个看热闹的啊，警察同志"，她当即知道他仍在单位加班，这通电话不宜过长。她默默地按捺下跟他隔着千万重山水对喷的冲动。

"你有话直说，不要东拉西扯。"翟欲晓不耐烦地说道。

花卷也懒得跟她废话了，他眼下正有一件棘手的事待处理，便直说："你记不记得高三有一天你在胡同口的早餐铺子里告诉我们你跟王迩搞了个互为人师小组？"

"有点儿印象。"但其实她毫无印象。

花卷继续说："我看到林普的指甲死抠在掌心里。"

结束与花卷的通话，翟欲晓怔怔地将手机扔在软垫上，就没再挪动过一寸。她有些不知所措，因为如果从那时候算起的话，实在太久了,久到她感觉心脏都揪紧了。

刚刚那件事翟欲晓没有跟花卷说完,因为她突然意识到,也许林普只愿意在她一个人面前展露不同的那一面。

当时那个项目各方面进展都不太顺利,供应商给的样品总是跟大货有微差,她原本只需要在三个月里分别出差一周、一周、两周,最后一着急直接就住下不走了,跟工程师天天去盯他们的生产线,以免前期任何环节出错造成返工,进而延误交货。

大概住了三个多月,从三月中旬到七月初,因为工程师丈母娘家出事,一度只剩下她一个人脚不点地地奔忙。她原本是丁点儿技术都不懂,全靠听从指挥,拍照片、拍视频给两国的工程师检查确认,但经过此番举目无亲情况下高强度的锻炼,在最后那段时间里,一些简单的结构问题,譬如虚位,她一眼就能看出来了。

翟欲晓在回来之前因为太忙挂过林普两次电话。尤其是第二次,他似乎想跟她说什么,但她来不及听完,敷衍地回了一句"下班再联系",便将他堵了回去。但她下班后太累了,洗了澡直接就睡着了。当时距离她回来就只剩下三天了,她便想着见面再说吧。

结果当她带着赔罪的礼物回来,却敲不开林普家的门了。她知道他是在家的。她悻悻地回家取了钥匙上来,但仍是进不去,因为门被反锁了。

翟欲晓蹲在门外解释了足有十分钟,最后发现解释没用,便老老实实地道歉了,但道歉的态度并不怎么端正。

"不至于翻脸啊,林普,给个赎罪的机会啊。我给你买了 N 家新上市的运动鞋,你要是不开门我就转送花卷了。花卷说了,他垫两双鞋垫也能穿。"

林普那时差不多也二十周岁了,但林普再大也比她小,要不是林普上学早,他们就是高中生和初中生、大学生和高中生的区别,所以她在他面前很难改掉这种"姐姐"式的居高临下的姿态。

翟欲晓带着笑的话音刚落,听到门后面有了动静。片刻后,门打开,林普弯腰捡起鞋盒。翟欲晓赶在他关门之前机灵地从他胳膊底下钻了进去。

翟欲晓一进去就踢掉拖鞋跪倒在沙发上了。她向着林普的方向磕大头,依旧是嬉皮笑脸的。男儿膝下有黄金,她膝下可没有。

"你干什么呢?"林普的声音哑哑的。

翟欲晓磕头道歉的动作一顿,心里"咯噔"一下,抬头难以置信地盯着他的眼睛。他看起来像是洗过脸了,但眼角仍然留有泪痕。

"因为我没接你电话吗,林普?"翟欲晓问。

"不是。"半晌,林普哑着声音回。

林普低头打开鞋盒,默默端详着这双以翟欲晓的收入来说价值不菲的鞋子。他其实没有集鞋爱好,是他二哥褚元邀有。他那两个哥哥老是根据他们自己的喜好给他置办东西。翟欲晓见了就误会了。

"以后大家都过自己的日子,是不是自然地就不再频繁联系了?再过几年,是不是自然地就不再联系了?"林普问。

翟欲晓下了沙发,两只脚踩在地板上。她正不知如何回答,林普走过来,单手搂着她的腰,默不作声地将她重新按回沙发上。他表情沉重地看着她,轻声说:"不要这样。"

翟欲晓按下心里的些微异样感,借着难得的高度伸手揉了揉林普的头发,露出个见牙不见眼的笑容:"行了,闭嘴吧,林普,"她说,"我羞愧得都想刨条地缝钻进去了,不会再有下次了。"

林普听着笑了,仿佛冰雪渐融,也像春芽破土,温柔治愈。翟欲晓怀疑他是故意的,他明明知道自己是个无可救药的"颜控"。

…………

翟欲晓正窝在沙发里回忆当初的细枝末节，眼前突然出现一双灰色拖鞋。她顺着脚往上看，映入眼帘的是白皙好看的脚踝、匀称的小腿、微湿紧致的腰腹、漂亮的喉结……

林普是个很有魅力的男生。翟欲晓突然这样想。

雾市的湿度高于大都，夜里在高楼层若是窗户开得久了，整个人从皮到骨都是凉飕飕的。

林普低头默默地注视着翟欲晓。他清楚地看到她的退缩，她似乎是想不正经地说句什么来化解当下的窘境，但要开口的刹那感觉不如不说，于是讪讪地闭上了嘴。

在沉默中，翟欲晓渐渐退缩了，避开林普非常认真的眼睛，使劲儿憋出根本没有说服力的一句："你还小，还没毕业呢。"

林普立刻反驳："我哪儿小了？！"

翟欲晓闻言微微一愣，露出错愕的神情。她以迅雷不及掩耳之势反手接连挥向林普的腿，斥道："我让你开黄腔！我让你开黄腔！你是从哪儿学来的？！"

林普"我什么时候……"之后的辩解在挨了两下打后咽下去了。他脱口而出的时候真没别的意思，但是她第一时间领会了"别的意思"。他神情复杂地望着她，不知道应该如何应付这个意外变故，她的"出牌"总是匪夷所思。

翟欲晓确定林普知道错了，才悻悻地停下攻击。她怔怔地望着林普脚下黑色的沙发毯，呼吸轻得几乎听不见。她给林普留下一个黑漆漆的后脑勺，轻声拒绝了他："不行，林普。"

林普紧盯着她尚未干透的发旋儿和涨红的侧脸，他知道如果向她告白的是别人,她能用开玩笑的方式拒绝得非常高明,且没有任何心理负担。他是她总舍不得说重话的"弟弟",即便说一句"不行",也让她为难了。

林普使劲儿回想以前他拒绝女同学时,她们是什么表现。她们有人会问"为什么",有人会说"没关系"。他在心里选择了"没关系",但无论如何也说不出口,因为并不是没关系,他觉得疼。他有些狼狈地匆匆向她说了句"早点儿睡",转身拎着刚刚用来搓头发的毛巾上楼了。

林普想,自己终于还是搞砸了。

他在机场推着她的行李箱时这样想,在沐浴着初夏的日光时这样想,在图书馆里越过一排排书架时这样想,在看到翟欲晓朋友圈里八千胡同斑驳的墙面时也这样想。他这样一刻不停地想着,感觉血液在血管里一点一点地蒸发了,自己只剩下干瘪的皮囊。

"林普,是不是没睡醒?回寝室睡个回笼觉去?我有件事跟你商量下。是这样,我小堂弟在'大疆'当经纪人,他上回向我要人我没舍得,但我现在改了主意,你去他那里吧,你颜值过硬,跟着两位师兄天天不洗脸也没耽误天天有人扒门看,大好的年华,是吧?"

林普和两位师兄的老大姓施,刚在和M国合作的实验室过完五十五岁生日。施老大专业水平过硬,嘴上的功夫也过硬,且谁的面子也不给,曾经对着镜头问上面派来的专家团代表"你到底懂不懂"。

包朦师兄轻咳着提醒林普,弱弱地插一句:"也有小部分人扒门是看我的。"

施老大冷冷地盯了他一下,眼神里是无尽的"你没有自知之明"的嘲讽。

林普索性直接站起来，盯着屏幕里的公式和图形，倔强地纠正"施老大"："我洗脸了。"

袁宁师兄的肩膀一直在抖，脑袋快要钻到电脑屏幕里去了。他是个笑点极低的人，一个"大嘴鱼"的笑话就能支撑他快快乐乐地过完一生。

施老大的行程满满当当，最近两个月要飞七个国家，眼下难得有一周的时间在大都，天天来实验室"照拂"他的三个亲传弟子，尤其是林普这个他特意点来的直博生。

施老大一一点拨和讽刺以后，雷厉风行地抄起保温杯离开了。师兄弟三人松了口气，都奔着墙角的饮水机去了——施老大不高兴的时候你起身去接杯水都是态度不端的表现。

"你最近不在状态啊，小林普？老大前不久还激励你干翻我们当掌门，今天就想把你丢给他堂弟蹂躏去。"包朦师兄仰头喝掉半杯水，他停在林普面前，轻轻地敲了敲他的电脑屏幕，"你是他收过的唯一的直博生，你要是达不到他的期待，他能一枪毙了你。"

袁宁师兄也说："是不是发生了什么事？你说出来看看我们能不能帮忙解决。"

林普抬头望着两位一直非常关照自己的师兄，轻描淡写地说："我告白被拒了。"

包朦震惊得仿佛白日里见了鬼。半晌，他轻声说："能不能介绍我认识一下这位拒绝领奖的彩票得主？"

林普不说话了。

袁宁轻轻地推了把包朦，暗示他照顾一下小师弟的情绪。

包朦咽下还没开完的玩笑，露出慈祥的笑容："晚上一起吃火锅，我跟老袁准备酒肉蔬菜，你带张嘴来就行了。不用不好意思，告白被拒和惨被人踹都可以有这个特权，无他，欢迎你们回归单身队伍。"

袁宁拍拍林普的肩膀，说："来我寝室，八点。"

…………

虽然两位师兄都说"带张嘴来就行了"，但林普还是在厨房里忙碌了半天。无他，两位师兄菜不洗就想下锅，在欠缺生活常识方面着实过分了。

林普握刀切菜的时候，刀滑了一下，不小心切到了食指，不过他收刀快，伤得不严重。但是在血涌出来的时候，他奇异地感觉到堵在胸口的一块巨石有了条裂缝，呼吸随之畅快了点儿，焦虑、紧张、不安、痛苦也尽数平息。

"小林普需要帮忙吗？"袁宁推门进来问。

"不用，好了。"林普回头粲然一笑。

袁宁被林普最近难得一见的笑容晃得心都乱了。他抓了抓后脑勺，在厨房里转一圈，空着手出去了。

锅底刚沸腾起来的时候，包朦拎着两个袋子回来了。他娴熟地用脚带上门，嘴里惬意地哼哼着："火锅怎能不配啤酒……"

林普没有具体说他和翟欲晓之间从小到大的牵绊，所以两位师兄便都以为只是肾上腺激素带来的暴风雨。暴风雨嘛，来去匆匆，一眨眼又是艳阳高照。

花卷最近惹上个不大不小的麻烦，这得从翟欲晓自雾市打来的那通电话说起。花卷在电话里提了两回"林普"，一位因为跟狗打架进来的某人的"过命的朋友"闻声绕到他跟前仔细地看了他两眼，便赖上他了。

当然，"过命的朋友"一开始是跟狗打架——只是突然被咬到了后用力踢了一脚，后来不讲理的狗主人来了，就成了混战了。嗯？去打疫苗？不急！教训一下这个比狗"汪汪"得还大声的老阿姨再说！

"过命的朋友"现如今是个小网红，在购物平台做着小本生意，然而虽说是"小本生意"，一个月的流水能抵花卷十年的工资。她最近雷打不动地来市公安局门口蹲守花卷，自称是看上了花卷的身材，想用诚意打动他，请他遮住脸给她当模特。

"遮住脸"并不是侮辱花卷的长相，而是因为刑警不能随便在平台上露脸。她颇为体贴地替花卷考虑，把自己感动得够呛。

其实，花卷虽然是单眼皮，但鼻梁突出且修长，长了一张标标准准的帅哥脸。且他自打上了警校，整天在男人堆里混着，气质越发硬朗，能单手把偷偷扑到他背上的翟欲晓转过来拷在腰上——翟欲晓有一次皮得差点儿扭伤了腰就不细说了。

"卷儿哥，除了有日薪，我还随便让你挑三套样衣，免费赠送哦。""过命的朋友"迈着小碎步跟着正吃凉包子的花卷，见花卷目不斜视，又特别好商量地说道，"要不然你给我林普的联系方式也行。哎，他当年把我伤得透透的，我一时没想开，毕业就删了他所有的联系方式。不过感情是感情，钱是钱，我能想开的……哎呀，林普的话肯定得排除万难露个脸，再配上我的主打款……你看说着说着怎么就押韵了？真不是故意的。我问一句，他不是公职人员吧，卷儿哥？"

花卷停下脚步，眼神复杂地望着这位聒噪的"过命的朋友"。林普以前吐槽他的同桌是个碎嘴子——能让林普这样性格的人吐槽，得是多么天怒人怨？花卷扎扎实实地领教了。

"你真的就没有惦记过他？"

新开张的眼镜店里，王戎紧盯着翟欲晓的眼睛，再度问出这个问题。她高三那年也这样问过翟欲晓,翟欲晓当时是不假思索地回复"当然没有"。

"有几个瞬间吧。"翟欲晓这回思索片刻,严谨地对旧答案做了修正。

那是一些非常日常的瞬间,日常到甚至不值得一提。

比如有一回他们在 G 理工西区第三食堂偶遇,他点的是鱼香肉丝盖浇饭,她点的是铺着极厚一层香菜的刀削面,他闻着香菜味都受不了,转去坐了隔壁桌,正午的阳光落在他嫌弃的眉头上,真是非常可爱。

比如有一年暑假他们一起去驾校学车,她动作跟不上脑子频频失误,他站在路边的阴凉处,默默地叉着腰叹气。她本来因为再次压线都要哭了,但是看到他的动作,心里一跳,"扑哧"笑出声来了,因此得到教练摔门下车前气急败坏的一句"去投诉我吧,教不了你"。

比如有一年年底——似乎是她刚毕业那年,二人吃火锅回来的路上,她戴着蓝牙耳机听着歌睡着了。她睡醒时正埋首在他的肩窝里,两侧的蓝牙耳机不知何时被他摘下来了。她当下没有细想,但是半夜辗转难眠时,脑海中猝不及防地出现他歪着头、小心翼翼地帮她摘下耳机的画面……她有些不自在地卷着被子在床上滚了两圈。

…………

诸如此类。

王戎轻轻一拍玻璃展柜,露出"我就知道"的表情。林普既满足世人"颜性恋"的标准,也满足"智性恋"的标准,不可能有人不动容、不动摇。

王戎将下巴垫在验光仪前,用推心置腹的语气跟翟欲晓说:"你真的可以跟他试试,'姐弟恋'多流行啊,'小狼狗''小奶狗'什么的可太好嗑了。"

翟欲晓想了想,言简意赅地说:"我不想冒这个险。"

王戎的历任男朋友在她这里都是"狗东西",大约她在历任男朋友那里的代称也好听不到哪里去。而且,不论曾经交换过多少甜言蜜语,一拍两散以后就再也不来往了,忠实地贯彻那句经典的"一个合格的前任,就应该像死了一样"的流行语。不单王戎和她的男朋友们这样,其他同事、同学,包括夏侯煜也是这样。

翟欲晓永远牵挂着楼上那个沉默寡言的小孩儿,不能接受跟他以后再也不来往了。

王戎没心没肺地嘟囔:"我想冒这个险。"

翟欲晓用"把你腿打折"的眼神威慑她。她点开手机小游戏,在清脆的背景音里伸了个懒腰,听到自己的骨头像根不发光的荧光棒在响。她服气地低叹一声,跟鬼上身了似的操纵着自个儿的大脑袋在空气里画了三个"米"字,再站起来敷衍地做了四个八拍的伸展运动,便完成了一天的运动量。

王戎突然想起一件旧事,不顾对面验光师的白眼,乐得肩膀带动脑袋,一颤一颤的。她说:"大学时夏侯煜跟我说,她其实给林普发过信息。她问林普'你平时去哪儿玩',林普回'我平时不出去玩'。"

翟欲晓没有跟着王戎前仰后合地笑,而是有些头晕地按着玻璃展柜,这回她是真心实意地想把夏侯煜的腿打折。她以为夏侯煜只是过一下嘴瘾,没想到对方居然不声不响地付诸行动了。她突然想起来,夏侯煜小学时就对林普的颜值做过非常高的评价,用的词特别有学问,是什么来着?啊,降维打击!

王戎盯着翟欲晓的脸,突然贱兮兮地问:"心里是不是有一点点不是滋味?"

翟欲晓说:"夏侯煜之流配不上林普。"

王戎给她一个"呵呵,咱们彼此心知肚明"的眼神,一个敏捷的战术后仰躲过她的铁拳,跟着店员去挑选镜框了。

翟欲晓坐在一旁等待时,再度将微信翻到与林普聊天的那一页。自雾市回来至今两周,跟花卷视频通话一回,两个人单独视频通话一回,但即便单独的那回,也仍跟以前一样聊的是各自生活的琐碎,没有谁再提起别的。

翟欲晓出神地划拉着屏幕,结果一不留神点到之前的通话信息,视频通话请求便发出去了。她正犹豫着是否要挂断,那端的画面就传过来了,镜头前的大脑袋是林普的师兄之一,背景是医院的急诊室门口。

翟欲晓瞪圆了眼睛,一下就站起来了。

第八章
晓晓，我疼

翟欲晓心急火燎地赶到医院，林普的阑尾手术刚刚做完，人已经被推到病房里去了。他的师兄袁宁跟翟欲晓匆匆交代着，一副着急要离开的模样。他倒不是不顾同门之谊，而是要去机场接刚好这天归国的施老大。

"我们只见过他两个哥哥一面，但不知道叫什么，没办法联系。包朦的妹妹结婚，他昨天请假回老家了，一时回不来。如果找其他人，他跟人家不熟，我怕他醒了不自在。"袁宁高兴地说，"幸亏你刚好联系他。"

翟欲晓在林普的手背上轻轻地抚了抚，扬头跟袁宁说："要不我们加个微信吧，以后他有什么事，你直接联系我。"

袁宁立刻掏出了手机。

两个人低头各自修改着备注名字，袁宁冷不丁问了句："林普的父母都还在吧？"

翟欲晓微微一顿，露出恰到好处的疑惑表情。

"从来没听他提起过跟家里有关的任何事情，"袁宁尴尬地解释，"他的不安全感很重。最小的孩子，尤其是长相好的，因为总是被父母亲戚格外偏爱，按理说不应该是这样的。"

翟欲晓做恍然大悟状，挠了挠额头，笑道："他一直是这样的性格,他父母都在。"

袁宁有点儿蒙,但也没再细问,因为施老大的落地时间正在逼近。他正要跟翟欲晓告别,床上的林普突然睁开眼睛——比医生预计的清醒时间要早,只是眼睛不太聚焦。

袁宁赶紧上前跟他交代:"林普,我先去机场接老大,大概晚饭时回来,你朋友先在这里陪你,好吧?"

袁宁话还没说完,林普迷迷糊糊的声音响起:"我不想看见你。"

"什么?"

"你太丑了。"

"……"

袁宁回头望着翟欲晓:"他这是没醒吧?"

林普的目光紧接着移到翟欲晓身上。

"阿姨,我的伞丢了。"

"……"

"阿姨,我的伞丢了。"

"……"

林普第二次说"伞丢了"的时候,眼圈慢慢红了,依然是小时候被她和花卷打手背时的委屈模样。

翟欲晓轻轻地握住他的手,顿了顿,说:"行了,别唠叨了,赶紧睡吧,伞不就在门后吗?"

林普极力向门后望去——门后当然没伞。翟欲晓用身体遮挡着他的视线,借着给他盖被的动作瓦解他微弱的挣扎,不过片刻,他力竭,再次闭上眼睛睡去。

袁宁看完这番奇景,几乎是掐着点跑的。

翟欲晓在他离开前跟他说不必再回来了,她已经跟公司请了假,会留在这儿照看林普。

袁宁问会不会不方便，翟欲晓用不明所以的眼神看着他。

翟欲晓不知道林普这一觉得睡多久，索性踢掉高跟鞋，盘膝坐在床尾，默默地望着他。

她身边所有见过林普的人都称赞他长得好看，但她知道，他的好看之处绝不只是皮相。他是个看似冷漠实则温柔的人，而且比她和花卷都要强大。

林普在黄昏时醒来。他借着手术睡了半个月以来最长的一觉，此时感觉四肢都是轻飘飘的。他正盯着天花板发呆，突然听到翟欲晓的声音。

"醒了，我的大外甥？"翟欲晓微微向前倾着身子，非常热情地跟他打招呼。

林普吃惊地望着床尾："……"

他们只简短地聊了两句，林普就开始左顾右盼了。他想上个厕所，但遍寻不到袁宁师兄。翟欲晓稍微琢磨了下就明白什么情况了。她翻了个白眼"哎"一声，当即掀了他的被子，气沉丹田，托着他的肩膀将其扶了起来。

"你腹部不要使劲儿，"翟欲晓给他当着拐杖徐徐走向病房内的卫生间，"要是尿不出来也不要着急，有可能是麻药还没过去。"

在林普睡觉的这段时间，翟欲晓上网了解了急性阑尾炎的术后症状和护理。

二人在卫生间里站定，翟欲晓掀了马桶盖，与林普面面相觑。

"哦，你自己扶着墙，我出去了。"翟欲晓突然反应过来，匆匆退出去。

林普看着她神色自若地关门离去，突然想起在过去的这些年里，她的诸如此类、无微不至、没有男女之防的照顾。他想，自己在她心里大概从来不是个可选项，所以她一丝一毫也没有动过其他心思。他漠然地站着，半晌，伸手拧开水龙头，在"哗哗哗"的流水声里，与体内后劲还没过的麻药抗衡。

上完厕所出来，林普说伤口太疼了，而且困，翟欲晓便没有着急让他在地上活动，又把他扶回床上。

两个人依旧跟以往一样聊着一些有的没的，翟欲晓的语言总是特别生动，尤其是当她有意要逗谁时。林普听得时不时地扬起嘴角，仿佛很感兴趣。

夜幕降临，林普没办法吃东西，翟欲晓便自觉地也省了这顿，她不想把林普一个人留在病房里。她继续唠叨着公司里不说人话的部门老大、整天在朋友圈打卡加班的狗腿同事、自己最近正在嗑的CP……

她正绘声绘色地说着，敲门声响起。

病房的门原本就是开着的，褚元邈打趣地看着他们，翟欲晓满嘴的鸡零狗碎也不知被他听进去多少。

"二哥。"翟欲晓叫道。

"晓晓，辛苦你了。"褚元邈笑着说，"林普刚刚给我发了两条微信，一张病床图，一句'你赶紧来'，我以为他没人照顾，饭都没吃完就赶紧来了，早知道你在这里，我怎么也得吃完厨房刚来的北海道刺身……"

褚元邈毕业后没有进褚家的企业，而是跟朋友合伙开了家日料店。

林普对着褚元邈微微摇头，但褚元邈眼大漏光，并没有注意到。

翟欲晓听出了其他意思，转头用不可思议的目光盯着林普。

"林普，你烦我了？"她震惊地问。

林普摇头说:"没有。"

翟欲晓可听不进去他的"没有"。她恼羞成怒,一下子站起来,但指着他半天,也没说出任何不好听的话,比如"就因为我拒绝你,你跟我说几句话就如坐针毡、熬不下去吗",比如"你是电影学院毕业的吗?你不痛快你告诉我啊"……

最后翟欲晓负气地只跟褚元邈一个人道别:"二哥,我先走了。"

褚元邈给了林普一个探询的眼神,尴尬地回:"那你回程注意安全。"

翟欲晓向着林普的方向竖起耳朵,以为林普会再说些什么,但他只是垂眸避开她,轻声重复那句干巴巴的"注意安全"。

翟欲晓假笑着给他们带上门离开。

"你们是不是有病?"褚元邈一针见血地问道。

林普面无表情地看着他。

褚元邈"嗤"了一声:"林普,你脾气越来越大了啊,怎么着?要不跳下来打我一顿?"

林普说:"我要下床活动,你过来扶我。"

褚元邈笑了,缓缓地向他走去,轻声骂他:"你真是我大爷。"

两个人在走廊里来来回回地走着,时不时漫不经心地聊几句,他们这些年一直这样,偶尔聊急眼了,一般都是褚元邈退让。也只有林普能让褚元邈这个一向嚣张的人面露无奈地说出"行,行,行,你说得都对"。

"老大下个月在Y国办婚礼,你跟学校请过假了吧?"

"嗯,请过了。"

褚元维在三十岁早就过去一半的年纪、在他爹都出轨生出了林普的年纪,终于在西欧遇到了他心仪的碧眼姑娘。

"你到时候注意下一个叫曹溪的姑娘,她是曹大生的独女,我听爸的意思,是要撮合你们。"

曹大生是褚炎武的朋友,也曾经是褚家的合作伙伴。褚元邈倒不必特别为林普介绍,因为年年年夜饭的饭桌上褚炎武都要唠叨几句跟他有关的,林普不可能不知道。

"他能不能有点儿正事?"

"……"

褚元邈笑得肩膀直抖,但仍拔冗给林普竖起了大拇指。他真喜欢林普怼褚炎武时举重若轻、信手拈来的劲儿。褚炎武是个暴躁、没耐心的人,但屡屡在林普这里熄火。

大都这年热得特别早,也不过五月底,温度就爬升到30摄氏度以上了。不过话说回来,即便是到40摄氏度,甚至50摄氏度,也只是室外温度,自打威利斯发明了空调,人类就实现室内温度自由了。

所以翟欲晓最近一周的反常表现实在不能用她嘴里的"天气炎热,心浮气躁"来解释,当然生理期也不行,生理期情绪反应要是长达一周,人类早就灭亡了。

"各位,请把'翟欲晓真厉害'打在公屏上。"公司审计部的同事推门进来嚷嚷道,"十二楼那家广告公司的客户主管'吴三俗'刚刚在电梯里遇到翟欲晓,盯着她的裙子嘴贱地说了句'黑色的',她直接当着整部电梯的人嘲笑他'像你这种敏感的金针菇选手为什么总爱开这样的玩笑?跟朋友借点儿钱去治治病,不要讳疾忌医……'我给你们数一数电梯里都有谁,有我们公司的张总和李副总、广告公司的黄总、十七楼那家律所的两个律师,剩下的不认识。"

办公室里餐后正昏昏欲睡的人在错愕了一瞬后,瞬时仿佛被打了鸡血。他们哈哈大笑着,给翟欲晓鼓掌,叽叽喳喳地交流最近一周翟欲晓的各项战绩……然后在当事人翟欲晓咬着个灌汤包推门进来时，仿佛同时被按下暂停键，各自收起表情继续委顿在工位上。整个场面如果在监控屏上看会非常滑稽。

"什么情况？"翟欲晓与审计部的同事擦肩而过，径直来到自己的工位上坐下，问旁边新来的实习生。

她推门前分明听到了不止一个人的声音。

"嗯？欲晓姐，你说什么？"实习生的表情真诚。

"没事。"翟欲晓本来也不怎么感兴趣。

翟欲晓动了动鼠标，"噼里啪啦"地输入冗长的密码，解除电脑的睡眠状态，继续上午未完成的工作。

"欲晓姐。"

"嗯？"

"你最近是不是碰到什么事了？感觉你不太开心。"

事实上"不开心"这个词根本不足以形容翟欲晓最近大开杀戒的状态。

"没有。"

"哦。"

翟欲晓上学的时候不被逼到最后一刻不愿意写作业，但工作的时候不这样，她有些"恨活儿"，不管来的活儿急不急，能在当天内做完的就不会推到第二天。

她这天晚上正在加班，翟轻舟打来电话，全程通话带笑。

他说："林普真机智，他直接买了两大袋药，一袋递到你妈手里，一袋说要拎上楼给他妈备着。你妈喜滋滋地收下了，晌午专门给他炖了排骨。"

翟欲晓放下电话，不由得想，之前明明说好的，由她买药，再交给林普来送。林普居然已经到了不愿意跟她见面的地步了？

翟欲晓趴在桌上生了一会儿气，起身去茶水间吃自己的泡面。她平常最喜欢猪骨浓汤味的泡面，但这回吃得直犯恶心。她喝掉杯子里的凉茶压压恶心感，然后垮下肩膀继续顽强地吃，但两口以后还是把整碗都倒了。

酒吧的生意向来是越晚越好，尤其是夏天。林漪的酒吧叫"不存之地"。"不存之地"的生意尤其好，因为这里走出来过一支小有名气的乐队，也因为林漪本人的唱功着实不俗。只不过林漪经常天南地北地出去游荡，总不见人影，而即便她在，也并不一定就会上台演唱，要看她心情。

不过这晚林漪倒是在，而且心情很好的样子，她上台连唱了三首歌，一首是美国乡村音乐，一首是八十年代校园民谣，一首是即兴重新编曲的儿歌。

吧台后的调酒师听到儿歌，直接望向门口，果不其然看到林普刚刚进门。

林普在二楼的卡座里独自坐了二十分钟，婉言谢绝了两拨搭讪的人，林漪终于得空过来了。

"你是什么时候回来的？"林普问。

林漪仰头喝着薄荷水："前两天。"

她前段时间去了西部戈壁滩。从派出所出来以后，原本是说两周就回来的，但大约是西部的风土人情太吸引人了，最开始保守地说是"再留两周"，然后洒脱地说"归期不定"，反正"不存之地"新来的驻唱歌手也能撑住场面。

"叫我来有什么事？"林普问。

"啊，是有件事告诉你，"林漪用漫不经心的语气说，"我结婚了，跟一个 M 国人，最近正在办移民手续，以后出去了应该就不回来了。"

林普怔怔地望着她，仿佛没有听懂。她也望着林普，没有再多说一句缓冲一下。

"你的酒吧刚重新装修好。"半晌，林普有些艰难地说。

林漪环顾一圈酒吧，不甚在意地说道："移民手续走完全部流程最少需要半年，半年的时间足够我看厌这些了。人生走哪儿算哪儿，不能为外物所累。"

"我也是拖累你的外物，对不对？"林普盯着林漪。

林漪握紧玻璃杯移开目光。

"即便你眼里只有自己，你也得给自己留条后路，"林普缓缓地说，"两国距离太远了，万一你遇到点儿麻烦，我办签证也需要时间。"

林漪低头笑了，说："林普，不要表现得像个离不开大人的小孩儿，你自己好好的。"

林普太了解林漪了，她这样说就是没有转圜的余地了。他垂眸端起杯子里的果汁，但尚未碰到唇，便重新放回去了。他起身留下一句沉甸甸的"你这样的人为什么要生孩子"，就快步下楼离开。

林漪望着林普的背影微微蹙眉，仿佛有些不耐烦，但不过片刻，便重新脸上带笑，应着楼下老客户的吆喝下去了。

人要是倒霉了，真的是喝水都塞牙。翟欲晓对此深有体会。

下班前，实习生做了半天的心理建设，上前小心翼翼地问她能不能借用她的车子去机场接父母。她赶紧露出和蔼的笑容欣然答应——最近实习生跟她说话实在过于小心翼翼了。结果她正往地铁站走，就被雨淋湿了。

不过以上并不是她说的"倒霉",她说的"倒霉"是她此刻正被前两天在电梯里被她嘲讽过的"吴三俗"堵在犄角旮旯里。

"你没病吧,吴先生?"绵密的细雨里,翟欲晓贴着墙根,跟端坐在车里的人僵持着,"反正我已经一键报警了,要不你再等等,我一会儿当着警察的面跟你道歉。"

"我警告你,你不要惹我,别以为我不打女人!当面给我道歉,以及在'金戈'的微信大群里道歉,否则我就……""吴三俗"暴躁地重重一敲方向盘。

"金戈"是他们公司所在那栋大厦的名字。

翟欲晓听得直笑:"吴先生真是上不了台面,对别人开过界的玩笑,却开不起自己的玩笑。"

翟欲晓伸手抹掉脸上的雨水,朗声说:"我提醒你两件事情:第一,我们现在的对话我全程录着音;第二,但凡我出点儿事,所有人都会知道你就是讳疾忌医的'金针菇'本'菇'。"

"吴三俗"听得邪火直往上撞,扭头去解安全带。

翟欲晓一直藏在身后的右手做好了攻击的准备。

冲突一触即发之际,"砰"的一声巨响,"吴三俗"的车尾被一辆白色车子撞开了。追尾来得太突然了,以至于"吴三俗"和翟欲晓的心跳均在瞬间突破了两百。翟欲晓只是受惊,尤其是在转头看到车里的林普时。而"吴三俗"就着实太惨了,追尾的一刻他刚好解开安全带,翟欲晓眼睁睁看着他一头撞在方向盘上,口鼻均有血流下。

林普跳下车,拎着车载灭火器一步步过来了。他脸色阴沉,下颌绷得极紧。他面无表情地盯着车里的男人,见他没有下车的意思,毫不迟疑地举起灭火器"哐当"一声砸到他的前车窗上。他用了十成力气,所以车窗玻璃一下子全碎了。

林普隔着碎玻璃碴用灭火器指着他,冷冷地说:"下来!"

"吴三俗"吓得赶紧检查中控台确认车门是锁着的,唯恐眼前暴戾的青年将自己拖出去砸碎脑袋。

翟欲晓怔怔的,半晌,丢掉手里的防狼喷雾,奔跑着绕过车尾,使劲儿按下林普手里的灭火器。她有点儿被吓到了,因为林普从未在她面前表现过这样的一面,他一直是沉默寡言、温和无害的。

翟欲晓搂住林普的脖子,强压着他低头,她踮起脚用额头贴着他的,轻声说:"我没事,林普,我一点儿事都没有,他就是吓唬我呢,不信你看看。"

林普的长睫毛微垂着,问道:"他撞着你了?"

翟欲晓立刻摇头:"当然没有,借他个胆他也不敢!他就是逼停了我而已。"

林普怔怔地点了点头,片刻后,扔掉灭火器,伸手抱住翟欲晓。

翟欲晓抬起手臂抹脸上的雨水,轻轻抚着林普的后背,小心翼翼地问他:"林普,你来找我是有什么事吗?"

林普说:"我要去Y国参加大哥的婚礼,来问你要我带什么礼物。"

然而翟欲晓此时脑子里很乱,实在编不出来个想要的礼物。要在以往,她早就给他列好清单了,香水、巧克力、威士忌……只要她能想到的都要,一点儿也不怕麻烦他。

林普偏转脑袋,深埋在她的颈窝里,轻声说:"晓晓,我疼。"

翟欲晓仿佛心被揪了一下,顿时眯起了眼。

翟欲晓说的"一键报警"是真的,所以十分钟后,他们一起被带到附近的派出所,并在派出所里与从晋市过来查案的花卷"狭路相逢"。

派出所的走廊上。

翟欲晓和林普:"……"

花卷:"……"

因为是非曲直非常清楚,最后在民警的调解下,"吴三俗"不追究林普故意追尾和砸他车窗玻璃的事,翟欲晓不追究"吴三俗"逼停威胁的事,双方签字结案。

不过保险起见,花卷还是徇了点儿私。他跟民警打了声招呼,领着"吴三俗"出门,皮笑肉不笑地"劝"他离自己的朋友远点儿,别没事找事。

花卷敲打完"吴三俗"回来,给民警递了根烟道谢:"给你添麻烦了,老李,回头我手里的案子了了,请你吃饭。"

"哎,瞎客气,都是分内的事。"民警老李端起大茶缸子灌了两口浓茶,咂摸着味,继续说,"不过你的朋友求生欲望不是太强啊,我没见过被刀架在脖子上还敢这么硬气的,你别着急进去,过来听听录音。"

花卷不解地过去,老李按下播放键,翟欲晓特别令人冒火的声音便响起来了。片刻后,花卷额角的青筋暴起来了。

花卷听完录音,火冒三丈地就去隔壁找翟欲晓算账了,两个人绕着长桌和林普你追我赶——翟欲晓多机灵啊,一看花卷进门时的表情不对,当先就跳起来了。

"我真是小看你了,翟欲晓,车子都要压到你身上去了,你竟然还敢跟他叫板,寸步不让。我原来怎么不知道你皮肉底下是铮铮铁骨呢?"花卷忍不住吼她。

"他就是个厌蛋!他根本不敢撞我!"翟欲晓脚下一刻不停地奔逃着,仍旧振振有词。

"你再刺激两句你看他敢不敢！你给我看看你最新的体检单，你是不是得了什么绝症破罐子破摔呢？"

"呸！你才得绝症！"

花卷不追她了，停在原地，说："你不过来是吧？行，我把录音传给你妈。我警告你，你妈要是听见了就不是踹你两脚能了的事了。"

翟欲晓扶着林普的椅子，喘着气，不满地说："你告家长就没劲儿了吧！"

花卷抄起桌上的空纸杯扔向翟欲晓，留下一句"你等我过两天闲下来"，然后指着林普说了句"你也等着"，最后气哼哼地打开门走了。

林普开着车将翟欲晓载回八千胡同，然后掉头就要回Q大。

"你什么时候回来？"翟欲晓叫住他，趴车窗口期期艾艾地问。

"十二号那天。"林普说。

他们提前两天到，婚礼后再多留两天，然后他和褚炎武两个比较忙的先回来。

翟欲晓食指的指甲轻轻刮着他的车窗，突然露出笑容，说："行，那你一路顺风，你回来以后我们见个面。"

褚元邈大概是故意的，订机票时是他选的座位，他自己在第一排左侧靠窗的位子，林普和褚炎武在第二排右侧。林普一上飞机就戴上了眼罩，倒不是困，主要是不想搭理褚炎武，但褚炎武屁大会儿工夫就叫一次林普，坚持不懈地向他表达父爱。

"真是给老褚家长脸，我那几个钓友不知道'直博'是怎么回事，我也懒得跟他们解释，他们家孩子整天招猫逗狗的，上个大学都费劲儿，瞎操那多余的心。

"你跟的那个教授啊，姓什么来着？史还是施？我有天在电视上看到了。他走在前面，市长、书记什么的一大串跟在后面，真是太有面了。

"你伍叔的肾结石是怎么得的？他就是不爱喝水。你平常在学校里也要注意下，杯子里要常有水，时不时抿两口，不要等到渴了再去喝，你二哥以前就有这个毛病。

"你们兄弟三个也就你大哥脾气最好，你二哥跟你都不行，尤其是你，越大脾气越烂，你别以为你现在面对着舷窗我就真不知道你烦我。"

林普转头望着褚炎武，说："你要是再这么吵，我就去跟二哥换座。"

褚炎武觍着脸说："咱爷儿俩聊聊。"

林普遂作势起身。

褚炎武伸臂一拦，赶紧说："行，行，行，你睡吧。"

褚元邀摘掉并没有播放音乐的耳机，向着舷窗的方向转个身，以免褚炎武察觉到他正乐得抖肩膀跟他翻脸。褚炎武近些年在他小儿子林普这里越发好脾气了。大约是因为他老了，眼前的世界不再那么吸引他，他开始有孤独感、有情感寄托需求了。

三个人落地 L 市即被褚元维亲自开车载回庄园。在车上，褚元维表示小叔一家昨天已经到了，眼下正在市区逛。

褚炎武有个小他三岁的弟弟，但二人自小因故分别，且性情参商，感情并不深。

褚元维的新娘子 Nikki（妮可）跟他同岁，也一直未婚，两个人感情发展得极快，从认识到结婚总用时不到半年。褚元维简单介绍大家认识以后，便留下 Nikki 和她的家人在宴客厅里，带着需要倒时差的父亲和两个弟弟出去了。

父子四人踩着松软的草坪下了台阶，在铺着石子的路上缓缓前行，道路两旁绿树掩映。再往前走，是大片的玫瑰花圃和薰衣草花圃。在道路尽头的左侧，有一道拱门墙，墙上爬满常春藤，郁郁葱葱。

"我突然想起来有一年过年，煮饭阿姨临时有事，我们爷四个沿着河堤去朋友的四合院里蹭年夜饭的事。"褚炎武这样说着，伸手在自己腰上比了比，无限感慨，"林普当年只有这么高，一直想下河堤去玩，屡屡被你大哥二哥给拽回来。结果你还不高兴，小脸板着，眉头皱着，走得慢吞吞的还不让人抱。"

林普听不惯他的描述，皱眉说："你用词能不能成熟一些？"

褚炎武无奈地背起手灰溜溜地去研究道旁的绿树。他甚至还假模假式地咳嗽两声，问是不是橄榄树，褚元维和褚元邈神色镇定地回复他"是"。

褚炎武要是再年轻十岁，林普这样顶他，他早急眼了，但他现在非但不急眼，反而还觉得舒坦。老二褚元邈有句话让人醍醐灌顶："林普这种性格的人，肯定不会一句接一句顶一个'叔叔'的，你说对不对？"

老大褚元维早前也鹉儿坏地开导他："你想想你以前干的那事，你就让他出出气，不然以后病床前他拔你管子我们可拦不住。"

他们穿过拱门和庭院，步入高大的主建筑内。褚元维给大家分配了房间，褚炎武便直接去睡觉了，此时已近黄昏，他这一觉不出意外能睡到次日清晨。褚元邈和林普则老老实实地在起居室里各自玩着手机等着褚元维的投喂。

"林普，要不要芥末？"褚元维问。

"不要。"林普的目光牢牢地粘在屏幕的游戏界面上，朗声回。

大约半个小时后，在朦胧的夜色和习习凉风里，三个盛着葡萄酒的玻璃杯在空中轻轻一碰，琥珀色的酒波微微荡漾。

褚元维简单地聊了下 Nikki 和她家人的情况。简而言之，Nikki 的父母因为一起恐怖袭击早亡，她是跟着祖父母长大的。此外，她有两个在 D 国工作的姑姑，两个姑姑一个十八岁就结婚了，一个五十五岁未婚。

"跟她说话有什么需要特别避讳的吗？比如她的信仰什么的？"褚元邈问。

"你敞开了说没事，Nikki 特别开朗随和，"褚元维说，"有些像林普楼下的那个小姐姐。"

林普正在神游，突然被点名，露出迷茫的神情。

褚元维瞅着他突然问："林普，你最近是不是遇上什么事了？下午在机场我就看出来了，你的精神状态有点儿问题，情绪低落，反应也迟钝，而且你是不是头疼？"

褚元邈跟着看过来："有吗？什么情况？"

林普默默地望着他们，犹豫片刻，说："我妈前段时间结婚了。"

褚元维和褚元邈同时呼吸一紧："……"

他们都知道褚炎武内心仍是希望能跟林漪在一起的，现下当然是不行，但也许再过一些年头，等林漪心气没那么高了或者身体不好需要人照顾了就行了呢？很难说他这是真爱还是"得不到的永远在骚动"。去年过年时，他在林漪那里碰了个硬钉子，回家后一个人干了半瓶白酒，趴在桌上喋喋不休："行啊，那咱就耗着呗，嘿，耗着呗。"

褚元邈在林普的杯子上轻轻一碰，仰头喝了口酒，心里有种隐秘的畅快，说："没事，他活该。"

褚元维感慨地在林普的肩上轻轻地拍了拍，说："嗯，他不值得，你妈能稳定下来是件好事。"

褚炎武纵然心里一直没有放下林漪，这些年也并不是全然茹素的，只不过都是露水情缘，没等到介绍给家里的儿子们认识就黄了——他大约压根儿也没打算跟人家走多远。

四点左右突然起了风，林普在一阵胸闷里醒来。他在床上直挺挺地躺了十分钟，最后还是蹙眉起床，径直去洗手间，翻出了自己想要的东西——一把黑色的裁纸刀。

林普缓缓地举起右胳膊，在上臂内侧轻轻地划了两下，只是不重的两下，微微出现两道血痕而已。他感觉精神立刻振作了，就仿佛是溺水者在人工呼吸与胸外按压下的第一声呛咳。

林普在昏黄的灯光里靠着墙，遮住自己的眼睛。他实在羞耻于自己这种怪异畸形的懦弱和逃避，他在心里不知道第几次地警告自己：回去要看医生，一定要看医生。

虽然，痛起来很舒服。

英式的婚礼虽然流程简单，但跟中式的一样热闹，只不过热闹的方式不同。他们下午驱车前往教堂观礼，然后与新人以及新娘亲友团去落日的海边摄影和切蛋糕，最后在庄园里举办婚宴和小型音乐会、舞会。

新人首舞以后，Nikki跟褚元邈和林普一一跳舞。

Nikki确实如褚元维说的那样开朗随和，并不需要两个小叔子绞尽脑汁地寻找话题，上来就主动夸赞褚元邈名校毕业开日料店的行为很有想法，也夸赞林普直博是件很酷的事情。

褚元邈礼尚往来地夸了Nikki，应对得十分得体。

林普的注意力一直不大集中，所以只是淡淡地回了一句"谢谢"，片刻后反应过来这是自己的嫂子，有些不自然地追加了句"对不起，我有点走神"。Nikki的手指顺势在他肩背上轻轻地敲了两下，安慰他不需要道歉，大家对英俊腼腆的青年总是格外迁就。

　　因为六月的英文"June"，来自主管爱情和婚姻的罗马女神Juno，所以在欧美很多国家，六月份是结婚的小高峰。此外，六月份在北半球也是夏季，Y国有一个流行的习俗是新娘"walk with the sun"，意思是"与阳光在一起"。

　　褚炎武听到林普的翻译，悄声跟他说："你大哥真是'老婆迷'，老婆说什么他听什么。我早就警告过他，在中国，六月、七月结婚都不吉利，因为正好是一年的一半，老话里这叫'半妻'，很容易离婚。"

　　林普给了他个不耐烦的眼神，说："中国讲的是农历。要是按照农历算，现在是五月份。你能不能不要乱说给人家添堵？"

　　林普的小叔借着喝酒的动作轻轻碰了碰林普的胳膊肘，暗示他给褚炎武留点儿面子。他跟小叔不过点头之交，虽然有很近的血缘关系，曾经在一张长桌上吃过年夜饭，但也不过如此了。他微微勾了勾嘴角，全了淡薄的叔侄之情。

　　褚炎武给了林普一个"你这个逆子"的眼神，转头去寻曹大生了。曹大生昨天在饭桌上说这天要去见个瑞士的合作伙伴，大概能赶在舞会前过来，也不知道到了没有。

　　林普直到褚炎武走出很远以后才转过头正眼看他。褚炎武年近花甲，两鬓早就生了白发，只是他不服老，总在出门前留出足够的时间自己染黑。

　　林普记得他带着情绪将褚炎武为他买的、由车行直接送去学校的车开回褚家时，褚炎武就正在浴室里染发。见他推门进来，从胳膊底下看着他,眼里带笑,得意地说:"小子,是不是以为我不知道你考驾照?"他默默地咽下即将出口的难听话,跟褚炎武说在学校里不需要开车。褚炎武却突然耳朵里进了水,用脚尖踢他,急急地说:"毛巾,毛巾,赶紧去给我找条毛巾。"

"林普,能邀请你跳支舞吗?"

一个甜甜的声音打断了林普的思绪,是昨天刚刚潦草打过招呼的曹大生的独女曹溪。

曹溪比林普小三岁,就在Y国上大学。她分明是偏可爱的长相,声音也十分甜美,却裹着哥特风的蕾丝头纱和裙子,引得周围人频频往注目礼。

林普给了她一个极硬的硬钉子:"不好意思,我不喜欢跳舞。"

曹溪却没有就此止步:"可你刚刚都跟新娘子跳舞了。"

林普看了她一眼,徐徐说道:"她是我大嫂,你也是?"

曹溪的笑容僵在脸上,愤愤地翻了个白眼,掉头便要走,结果一头撞到曹大生胸口上。

曹大生早上没有跟曹溪一起出门,此刻看到曹溪的装扮,眉头皱起。整个舞会现场最引人注目的当然是新娘子,但第二引人注目的就是八竿子打不着的曹溪。

曹大生斥她:"跟你说过多少遍了?在人家的婚礼上不要穿这些令人窒息的奇装异服。"

曹溪立刻振振有词:"不尊重他人穿衣自由的陋习才令人窒息。"

曹大生懒得在这种场合跟她争辩,任她大步走远。他朝林普举起杯子,林普便也举起杯子,低下杯口轻轻跟他碰了一下,客气地叫他"曹叔"。

曹大生问:"你爸呢?"

林普说:"他找你去了。"

周日上午,翟欲晓正吹着空调、戴着耳机趴在被窝里磕 CP,柴彤突然推门进来,照着她的屁股狠狠地打了一巴掌。她喊了一声一跃而起,露出里面的奶奶风小背心和内裤。

"妈,你干什么啊?!"翟欲晓揉着屁股愤愤地问道。

柴彤点着她的脑袋:"捂着被子开空调,电费你出啊?!"

翟欲晓闻言当即打开微信,转了两百元的红包给柴彤,且特别备注"喏,电费",显出一个财务自由的人宁折不弯的骨气。

柴彤眼都不眨地收了红包,而后拉开窗帘,说:"你起来收拾一下,去趟你舅舅家跟簌簌聊聊,簌簌闹着要搬出去单过,你舅舅快愁死了。"

翟欲晓都不用问柴簌簌为什么要搬出去单过,无非就是柴续强逼着她出门相亲,或是按着头要求她跟相亲对象出去逛街吃饭培养感情。

翟欲晓卷着被子滚到床里侧,以躲避刺目的太阳光,两条腿倒竖起来,慢动作开合——减肥瘦腿这种事情想起来就做呗。

"倒不如你去跟我舅聊聊。"翟欲晓说,"我舅整天扬扬自得地说他吃过的盐比我们吃过的米都多,喊,街上跟他一样年纪的要饭的也比我们吃过的米多,也不过是坐井观天之徒,唯有年龄优势而已。世界一刻不停地变化发展,各人有各人的境遇和活法。"

柴彤不耐烦地"啧"了一声。

翟欲晓也不甘示弱地"啧"了一声。

柴彤双手抱在胸前,笑里藏刀:"翟欲晓,我发现你挖苦你舅的时候一套又一套。你对得起他在你小学时给你买的小裙子、高中时给你的零花钱和考上大学时给你的五千元奖金吗？"

有一说一，在不涉及切身利益的前提下，柴续基本上也算个合格的舅舅。

翟欲晓的两条眉毛皱起来："能不能简单地就事论事？"

柴彤看一眼窗外的大好日光，懒得跟她叨叨了，说："行了，赶紧起床收拾吧，你姥姥中午炖了牛肉，你去得早还能吃口热乎的。你舅是簌簌的亲爹，他即便有时候处事方式不太恰当，出发点总是好的。我们当长辈的能看到你们一个个成家，任务就算完成了。"

翟欲晓不假思索地说了句："你们的任务是完成了，我们悲惨的一生开始了。"

"你说什么？"柴彤狐疑地回头。

翟欲晓装出一脸迷茫的神情回应她，柴彤便怀疑自己可能是幻听了。

翟欲晓最后还是在柴彤赶驴似的驱逐声里出门去了姥姥家。午饭后，柴簌簌说有急事要出门，柴续认定她是在逃避，拍桌不允许。

最后的结果是：柴簌簌不得不带着拖油瓶翟欲晓和正读高中的柴麟麟出门。既然都已经把两个拖油瓶带出来了，她也就不藏着掖着了，跟他们说待会儿见了人不要惊讶。

然后他们就见到了柴簌簌的前男友张罗——一个"袖有清风、家无恒产"的基层小干事。

张罗跟柴簌簌一样是 S 交大毕业的，毕业以后柴簌簌继续读研，张罗去藏区支教了三年，回来做的是基层扶贫相关工作。

在翟欲晓和柴麟麟的概念里，这两个人早在大学毕业时就在柴续的棒打鸳鸯下分手了，且如无意外应该各自湮灭在人群里老死不相往来了，因为那句硬邦邦的"软饭硬吃"着实让他们的分手显得不大体面。

"什么情况啊,你们是什么时候重新联系上的?"翟欲晓问。

"我们就没断过联系。"张罗说。

他声音温和地说着,给柴簌簌倒了一杯酸梅汤,给她只剩下百分之十七的手机充上电,转头又去拨弄旧空调的叶片,使之不直接吹在她身上。

翟欲晓用敬仰的目光望着柴簌簌。柴簌簌是能成大事的人啊!这些年柴簌簌顶着极大的逼婚压力一个字都不往外露,她就说怎么柴簌簌跟人相亲总是积极请男方吃饭呢。

"你们别听他胡说,是断过联系的,"柴簌簌将碎发别到耳后,淡定地纠正着,"断了二十六天,电话不接、微信不回,给他写的邮件也一直是未读状态——啊,也许已读,但是故意没给我回执。"

张罗做出挣扎状:"主要是支教的那个地方太偏僻了,信号时有时无,可烦人了。"

柴续"棒打鸳鸯"的第三天,张罗就出发去了藏区。

"你们是怎么重新联系上的?"翟欲晓问。

"我直接奔去了他支教的地方。"柴簌簌说,"确实偏僻,要坐高铁、绿皮火车、城乡小巴,还要经过十一里不通车的山路。不过找到他一脚把他踹进河里,我这一路的辛苦也就都值当了。"

柴麟麟正抓着饭店端来的西瓜啃,闻言露出复杂的神色,默默地给张罗倒了一杯酸梅汤。这杯酸梅汤倒得太是时候了,柴簌簌狠狠地踢他一脚,没忍住,跟翟欲晓一起笑得前仰后合。

柴簌簌当然不仅一脚把张罗踹到河里,还跟着扑进去照脸给了他几下,哭得分外凄惨地问他:"以后长不长记性、作不作妖了?!你这么在意他说的话,你跟他过呗!"不过张罗肯定不会给"吃瓜"群众补充这些细节，他只是盯着面前的酸梅汤露出舒畅的笑。

"你们有什么计划，姐？"回程的路上柴麟麟问。

柴簌簌漫不经心地扫一眼后视镜，说："也谈不上'计划'吧，反正我们不着急要孩子，那就再蹉跎两年，等到爸爸受不住邻居朋友的指指点点，觉得'是个男人就行，只要她愿意嫁出去'的时候，我再把他领家里去。"

柴麟麟对她竖起大拇指。

翟欲晓靠着椅背心悦诚服地问她："这么多年你是怎么憋住不与人说的？"

林普再度被曹溪堵在房间门口，他的烦躁肉眼可见。

他刚刚出去给八千胡同的邻居还有两个师兄买了伴手礼，无非是香水、巧克力之类的，由于这些比较重，他直接请柜台寄了国际快递回去。当下购物袋里是件黑色的礼服裙子——去年翟欲晓曾经抱怨她缺一件能在年会上碾压众人的裙子。颜值碾压不了，只好借助外物碾压了。

林普皱眉问："你在我门口干什么？"

曹溪笑眯眯地说道："我刚刚得知你是今晚的飞机回国。我就是来问问，你能不能等我一天？明天学校里有个展，办完展我们一起回。"

林普毫无转圜余地地说："不能。"

曹溪问："你着急回去是有事？"

林普："没有也不能。"

曹溪皱眉："你很讨厌我吗？"

林普反问："我跟你熟吗？"

曹溪感到一阵窒息，虚弱地说道："但人与人之间不都是由不熟变熟的吗?"

林普说:"我不需要跟你变熟。"

翟欲晓一直纳闷林普在初高中的时候追求者众多,怎么大学以后反而没动静了。如果她能听到这一番对话,想必就有答案了。褚炎武那句平实的抱怨"越大脾气越烂"称得上是精准的定论。

曹溪感觉自己一生的钉子都要在林普这里碰完了。她不死心地紧紧盯着他,希望能在他面上看出哪怕一点点的犹豫。她虽然穿着打扮有些另类,但长相实在出众,自小到大,只要是她喜欢的男生,就没有追不到手的,不管那个男生有没有对象。但曹溪最终失望了,他对她的抵触是实实在在、发自肺腑的。

林普轻轻拨开曹溪,说:"忙你的吧,别挡着路。"

"你是不是不行?"曹溪在他身后突然气急败坏地说。

林普停下开门的动作,冷冷地望着她,问道:"你明白任何情况下你问出这样的问题都算是性骚扰吗?以及,在他人的婚礼上展示你的穿衣自由,这些都不叫直率个性,这叫没有家教。"

如果说林普之前只是给了曹溪硬钉子碰,这一番不留情面的话简直就是啪啪啪打脸。曹溪恨恨地骂了林普一句"浑蛋",转身便跑。林普不为所动,扭开了门进去,正要关门时,褚元维不知道从哪里冒出来跟着进来了。

"我估计曹溪那性子应该不会去跟曹叔告状,万一告状了,你给曹叔和爸个面子,跟她道个歉,诚不诚心的无所谓。"褚元维忍着笑说。

"行。"林普干脆地说道。

褚元维在床尾的小沙发上坐下,看着林普收拾行李,慢慢地说道:"曹溪小时候就是个跋扈的性子,但她长得可爱,心情好的时候也很擅长哄人,爸以长辈的目光来看,当然就没觉得有什么问题。不过,他其实也就是想让你跟同龄人多接触,你以后想跟谁结婚肯定是以你的意见为准。"

"那我以后如果不结婚呢?"林普问。

褚元维的目光落在林普正往行李箱里塞的购物袋上。购物袋上的标志他刚好认识,是个女装品牌,由一个本土工作室设计制作,目标客户群体是二十五到三十五岁的年轻女性。

"你要一直单身也没问题,咱家家大业大的,"褚元维笑着说,"但是林普,收你这件衣服的人可怎么办?"

林普低头看着裙子,半天没有说话,只是露出个一闪而过的恍惚的笑。

褚元维顿了顿,突然没头没尾地说道:"我刚来这里的时候,曾经有过一段很难的时光。有多难呢?大概药比饭吃得还多吧。说不清楚具体是因为什么,可能因为我外婆得了阿尔兹海默病突然认不得我了、重要的朋友不明原因失联、工作生活环境的突然变动等。总之,大概十个月以后,这个劲儿就过去了。你哥心性坚韧是一方面,心理医学的发达也是一方面。"

褚元维起身来到林普面前,跟他并肩坐下,伸手轻轻地抓了抓他的后脖颈,推心置腹地说:"我不清楚你在想什么,我这两天跟你二哥打听,你二哥心太大,他甚至都没发现你情绪不对。不管怎么样,有两点哥必须跟你说:第一,如果非常不舒服要去看医生,专业的问题要交给专业的人来解决;第二,你是家里的老幺,你有任性胡闹的特权,你想做什么就可以做什么,不想做什么就可以不做什么,不需要有任何后顾之忧……总之还是那句话,咱家家大业大。"

林普没有抵抗褚元维的触碰,他微微仰起头。庭院里的常春藤、玫瑰、绿树和阳光都落入他眼底。他眼眸微垂,低声说:"谢谢你。"

"你照顾好自己、不出任何问题,就是对我最大的感谢。"褚元维无奈地轻叹。

翟欲晓不太明白眼下这是个什么情况。林普如期从 Y 国回来了,把礼物都挂到她的衣橱里了,他本人却消失了。他的理由很有说服力,就一个字:忙。

翟欲晓知道他最忙的时候一两天不睡觉,但是不至于回国两周了都抽不出来吃一顿饭的时间吧?

翟欲晓屡屡约不出来人,脾气大得点火就着,所以偷溜进 Q 大体育场女厕里贴代孕小广告的女人就成为倒霉的出气筒。

翟欲晓是在堵林普的路上就近来体育场上个厕所,来之前吃了半个西瓜,西瓜实在利尿。

"你贴的这是什么?捐卵代孕?!你自己怎么不去呢?你给我站住别走!"

要是在以往,翟欲晓也就放女人走了,毕竟小广告上有电话,Q 大校园内也遍布监控。但此时她的心情十分不美丽,非要直接送女人去保卫科。

女人四十岁上下,正是战斗力最强的年纪,且嘴十分脏,一面跟翟欲晓撕扯,一面疾言厉色地输出仿佛浸过粪便的辱骂:"你多管闲事!我这广告就是造福你这种不下崽的货!警察来了能怎么样?我就贴张纸,大不了撕了!但是你有本事就不要踏出这个校门、不要落单!"

翟欲晓充耳不闻,跟女人拉扯着。但她再愤愤不平、再使蛮劲儿,本质上还是个四肢纤细、四体不勤的人,跟人家差了四五十斤,根本不是一个重量级的。最后的结果是:她被女人连推带踹地锁进了隔间里。

女人将翟欲晓制服以后仍不解气，四下张望一番，到最里面的隔间里拎出水桶，直接将水桶里涮拖布的脏水泼进翟欲晓所在的隔间里。

翟欲晓的尖叫声给了她一丝慰藉，她吐了两口痰得意扬扬地离开了。

林普收到翟欲晓的自拍照在八分钟内赶到体育场的时候，翟欲晓刚被来上厕所的女生给放出来，正跟女生道谢——盛夏的正午时间体育场实在没什么人。

翟欲晓越过女生的头顶看到林普，眼圈便有些红了。她默默地深吸一口气，吸得肺都有些疼了，才勉强抑制住哽咽，自我解嘲道："英雄变成狗熊了。"

林普处变不惊，凝视着狼狈不堪的她，慢慢地说："落难英雄也是英雄。"

林普给翟欲晓套上衣服，遮挡住她玲珑有致的身躯。他礼貌地向同学道谢，抓着她的胳膊出来。

翟欲晓身上有些臭，不忍与林普靠太近，但他走着走着，却以身高优势几乎整个人圈住了她。翟欲晓看到林荫道上迎面走来的校园情侣也是这样黏黏糊糊的姿势。

"也行吧，物理隔离，避免臭气外泄。"翟欲晓强行圆场。

翟欲晓在林普的寝室里仔仔细细地洗了个澡。她花了将近一个小时把自己的每一寸皮肤、每一根头发都搓洗干净，抹了三遍沐浴露冲洗，待到终于洗完裹着林普的浴巾出来时，他已经从隔壁寝室冲完澡回来，并且香喷喷的鸡蛋面也掐着点出锅了。

Q大的博士生可以申请单人寝室，有独立卫浴和小厨房，是本科毕业即结束学生生涯的翟欲晓屡屡羡慕的。

林普看到翟欲晓直接裹着浴巾出来，不由得一愣，说："衣服给你放到门口了。"

翟欲晓将自己扔在林普床上，硬着头皮极小声地说："夏天不能没有内衣内裤。"

林普有些蒙了，电视剧里都是准备T恤和长裤就行。

翟欲晓在林普生出去给她买内衣裤的危险心思之前赶紧补充说明："我洗过挂起来了，晒干再穿就好，大太阳底下也就两个小时的事。"

林普想了想，出了个主意："要不然我用吹风机……"

翟欲晓整个人臊得都快燃烧了，但仍故作镇定地说道："还是让它们自然风干吧。太阳光能杀菌消毒，比较健康。"她一口气说完，用下巴朝桌上的面碗一点，自然地吩咐他，"你端过来，我就在床上吃。"

翟欲晓在林普的视线里涨红着脸喝掉最后一口汤，然后将空碗递给他。她的两条长腿在他的被单下划拉两下，那句一直卡在喉咙里的话终于趁势而出。她说："我收回在雾市的那句'不行'，林普，你不要躲我，你再让我想想。"

林普怔怔地看着她，半晌，倏地收回目光，翟欲晓面上的无奈让他觉得羞惭。他起身想去洗碗，暂时避一避，但她"嚯"的一声抓着浴巾，一个生扑将他堵回原处。

翟欲晓自上而下地凝望着林普。她一直当他是个弟弟，所以向来以姐姐的姿态俯视他。呃，那几个精神松懈的瞬间真的只是瞬间，她"悬崖勒马"的手艺不错。而此刻以新的姿态看他，突然感受到不同——他是个即便跟她用同样的沐浴露，也能染出不同气味的、很有魅力的人。

翟欲晓盯着林普瞬间红透的耳朵根，心头有些痒地微微屈了屈手指，但到底没好意思摸上去。她阻拦他离开的目的达到，正要退开一些，突然有人推门进来。她下意识地低头检查自己的浴巾，然而尚未来得及看到浴巾蔽体的状态，眼前倏地一黑。

"啧啧啧，像什么话？太不体面了……"

翟欲晓被猝不及防地闷在被单里面，脑子里瞬间响起这样的低叹，与之搭配的是电视剧里的各种狗血画面——

"林普，她是谁？！"一个骄横的声音。

"林普，她是谁？"一个无辜的声音。

前者是锲而不舍追人的曹溪，后者是推开林普的胳膊奋力露出脑袋的翟欲晓。

两个相差六岁的女生一个在床上一个在床下，互不示弱地瞪着对方。曹溪眼里是再明显不过的敌意，翟欲晓眼睛里是惊讶和些微的迷惘。片刻后，翟欲晓主动移开了目光。

林普在短暂的沉默以后，言简意赅地给出了自己的答案：邻居姐姐。

林普没有向翟欲晓介绍曹溪，因为他觉得没什么必要，曹溪只是个无足轻重的甚至称不上朋友的人。他只是想让翟欲晓听到"邻居姐姐"这四个字，然后明白他是什么意思。

"邻居姐姐"这个称呼让翟欲晓的心倏地一凉，忍不住转头去看林普。但他只漠然地望着门口的不速之客，没有给她琢磨透他心思的机会。

林普带着曹溪出去说话了。翟欲晓抱膝望着自己晾在阳台上的衣服，百感交集。所以在她给自己做心理建设以新的姿态重新审视和靠近林普的时候,林普正在收手抽离——她就说收回那句"不行"的时候他怎么一点儿喜悦都没有。

"啧,幸好刚才没有上手,多尴尬。"翟欲晓头皮发麻地这样想着。

啊,没有衣服穿,想跑都跑不了。翟欲晓仰倒在床上盯着天花板上的吸顶灯这样想着。

第九章
八千胡同之最

从七月初开始，M 国公司那边工程部和审计部的人一拨一拨地来访，翟欲晓和中方工程师魏迦搭档接待，偶尔一起出个一两天的差去考察下游供应商。

魏迦就是情人节被迫"转卖"玫瑰给翟欲晓的那个"憨憨"。

"你到底什么情况啊，欲晓？最近脾气大得实习生都不敢跟你打招呼了。"

在不知第几次出差回来的路上，魏迦盯着前面一点点挪动的车子，在长街两旁的万家灯火里跟翟欲晓聊起来。

"能把 move（移动）看成 remove（移除），并且在工程师多次表示不对劲儿的时候，仍然自大地不愿意再去检查一遍，以至于图纸被来回改动两次，模具也差点儿跟着改了。她不敢打招呼也算多少有点儿羞耻心。"

"你说的是周工负责的 Atlas（大力神）项目？我听说当时图纸都发到模具厂了，是上机前夜突然被撤回来的。"

"对，就是那个项目。"

魏迦正准备同仇敌忾——没有工程师能忍这样的毛糙队友。又突然感觉自己被带偏了，他慢吞吞地说："实习生不重要，刚刚在说的是，你最近脾气太大了。"

翟欲晓转头用不可思议的目光盯着他:"烈日当头天天往外跑,你不烦躁啊?"

魏迦无辜地说道:"不烦躁啊。"

翟欲晓捧场地给他竖起个大拇指,面上却是"你真虚伪"的表情。

魏迦嘴里说着"工作使我神清气爽",盯着后视镜里正在提速的车,给左侧胡同里蹿出来的电动车鸣笛示警。在嘈杂的街道里转过十字路口,他回头看了一眼翟欲晓,见她恹恹的,便没有再说话。

魏迦前一段时间有些避着翟欲晓,尽可能地不与她跟同一个产品项目,因为她的拒绝虽然夹在玩笑里不动声色,但后劲实在很大,尤其是对于魏迦这种本就后知后觉的人来说。不过最近他渐渐释然了,因为她没有任何变化,仍旧坦荡大方,他的告白和她的拒绝都没有在她心里留下痕迹。

车子在八千胡同口停下的时候,西南边猝不及防地响起一声震天响雷,惊得翟欲晓趔趄着跳到马路牙子上。魏迦听到声音降下车窗问她有事没有,她立刻收起痛苦的表情说"没有"。

"行,没事就好,我看这场雨小不了,我家附近路段容易积水,我得赶紧回去。"魏迦说。

"赶紧的吧。"翟欲晓摆摆手。

翟欲晓龇牙咧嘴,一瘸一拐地来到楼梯口,听到楼道里花卷和林普说话的声音。林普回来跟林漪一起吃了碗面,正要赶回学校,花卷则是结束了跨省的抓捕工作刚刚到家。两个人的声音听起来都带着浓重的倦意。翟欲晓低头瞧着脚上灰扑扑的高跟鞋,深知自己如果开口也好不到哪里去。

翟欲晓这两天忍着生理期的不适,跟着M国团队和魏迦他们跑了三家供应商和一家实验室,车程来来回回四百多公里。其中一家供应商的产品在开机时出现问题，M 国团队要求返工，双方重新为质检细节扯皮。而实验室那边有个项目在增加了磁环和电阻以后，辐射再次超标，测试再次不通过。回程车子在高架桥上转圈的时候，财务部的小会计给她带来最后一击，由于账上余额不足——公司付了一笔急款，原本预备支付给某家供应商的货款需要延期一周，但翟欲晓需要说服供应商在未收款的情况下如期出货。

　　以上这些问题其实都不是翟欲晓的问题，却都需要她跟相关人员协商解决。粗略估计，"人员"涵盖了四个部门不下十五个人。翟欲晓一闭上眼就能想象到他们各种抱怨和推诿的嘴脸，令人焦虑和窒息。而这，仅是她烦琐工作的冰山一角。

　　"长大有什么好？我看成年人好像都不怎么开心。"

　　在他们都还很小的时候，花卷曾经没心没肺地说过这样一句话。翟欲晓当时颇不以为然，但踏出校门以后屡屡想给花卷磕个头——花卷的话真是真知灼见。

　　长大之前翟欲晓最大的烦恼是成绩，但成绩这种东西主观能动性比较强，自己使使劲儿、熬几个通宵、做几本习题集也就解决了。现如今虽然没有什么"最大的"烦恼，但处处是烦恼，且都不由己，倒是不要命，但就是不断地戳人的神经，令人一刻都不得安宁。

　　"你别以为我吓唬你，林普，二十岁猝死的不是个例，有些人五分钟前还在熬夜玩游戏，五分钟后就栽倒在键盘上没气了。"花卷的语气有些严厉，"我明白直博的压力大，但最坏的结果也不过就是延迟毕业，你缺那一年两年的时间吗？"

　　林普的声音在楼道里听起来清冷通透，他缓缓地说："没熬夜干什么，也没有很大压力，是我最近睡得不怎么好，不容易睡着，而且一翻身就醒，以前天热的时候也这样。"

"以前也是这样？我怎么没有印象？"花卷一副不怎么相信的样子。

林普沉默片刻，说道："也正常，以前你眼里只有《犬夜叉》《海贼王》《火影忍者》之类的。"

楼道里突然出现大约三秒彼此心照不宣的安静。

花卷给自己倒了个带，假装前面的对话不存在，笑眯眯地说道："估计翟欲晓也要下班回来了，要不然你在家留一宿，咱们出去吃个烤串什么的？不过得室内的，要下雨了。另外有个人我想问……"

林普没听到他后面音量骤降且含混不清的那半截话，他与他错身而过，说："不住了，我明天要去归省，这里去机场太远。"

翟欲晓在越来越近的、下楼的脚步声里微微闭了闭眼。她一瞬间有很多话想跟林普说，但就差临门一脚时理智回笼了。她轻轻地掐了掐掌心，俯身脱掉高跟鞋，故作自然地向上吆喝着："你们下来个人，我脚崴了。"

林普把翟欲晓背回家交给柴彤便说要走。他的手机一直在响，不停地有微信消息进来，似乎很忙的样子，她便不好强留了。他出门前，她到底没绷住，问他上回去他寝室的那个女生是谁。

"没你这么单向介绍人的，多不礼貌啊！"翟欲晓揪着沙发巾边缘的稻穗抱怨，悄悄用余光打量着林普，"人家跟你出去以后生气了吧？我听到她在楼道里大声叫你名字了，叫了你两声。"

"是个不重要的人。"林普想了想，说，"而且没礼貌，不敲门就进。"

"她不重要啊……"翟欲晓揉着脚踝，忍不住回味着这个评价。

柴彤自储藏室翻出落了三层灰的小药箱出来时，客厅里不见了林普，翟欲晓正大爷似的跷着腿半躺在沙发上若有所思。

柴彤把药箱扔到翟欲晓脚下,叫她自己涂药,转身来到临街的窗口,刚好看到白色车子转过街角离开。

西南角倏地一亮,跟着是越来越近的、仿佛一直碾到楼顶的"轰隆隆"的雷声。过了一会儿,大雨"噼里啪啦"地浇下来,瞬间淋湿了黑漆漆的楼群和行道树。

翟欲晓:"妈?妈妈?柴彤?柴女士?"

柴彤斜睨着她:"叫魂呢?"

翟欲晓:"我叫你四声了。"

柴彤:"叫我干什么?"

翟欲晓默默地向她展示喷剂到去年年底过期的保质期和自己已然喷药的脚踝。

柴彤抿了抿唇,十分娴熟地避重就轻:"嗯,喷完就直接扔了吧,回头再让你爸买新的。对了,你想不想喝猪骨藕汤?锅里有剩的。"

翟欲晓无奈地道:"我不喝。"

柴彤心不在焉地说:"行,我去给你盛。"

翟欲晓:"……"

柴彤自己反应过来了,没好气地"哼"了一声,跟翟欲晓并肩坐下。柴彤低头仔细查看翟欲晓的脚踝,片刻后,给了她一个"你矫不矫情"的不耐烦眼神。

翟欲晓的脚踝只有一点点肿胀,是不把鼻梁抵到她踝骨上都看不出来的程度。

柴彤嫌弃地抛开翟欲晓的脚踝,说:"去把脚指甲油洗了,什么破颜色,跟被门夹了似的。"

翟欲晓懒得跟她说这是这个夏天的流行色,敷衍地"嗯"了一声,瘸着腿去玄关的鞋柜里取拖鞋。鞋柜最下面有气孔的那层斜躺着她这天穿的黑色高跟鞋，是林普收进来的。

"你最近有时间的话多跟林普走动走动，我觉着他心里有事，情绪不好。"柴彤在她身后突然说，"他上回回来跟我一起包了饺子，跟你爸钓了一下午鱼，虽然仍跟小时候似的问什么答什么，但我就是觉得哪儿不大对。"

翟欲晓正半蹲在那里想象着林普收高跟鞋的动作。他似乎是直接握着鞋跟的，也或许是拎着系带。他当时侧身对着她，所以她没看清楚。

柴彤没得到回复，不满地"啧"了一声。

翟欲晓移开目光，慢吞吞地回头。她瞅着柴彤试探着说道："你这么长年累月地牵挂林普，却一直师出无名，是不是多少有点儿心酸？要不然我给你想想办法？"

柴彤深深地看她一眼，起身向着厨房走去，无情地说："不用了。"

柴彤仍是给翟欲晓盛出了剩下的猪骨藕汤——慢火熬制了两个小时的好东西被倒掉就太浪费了。

翟欲晓一边喃喃抱怨减肥大计泡汤，一边三下五除二地把汤喝了。

柴彤看着她不着调的样子头疼。

她不知道翟欲晓刚刚那句"想想办法"有几分玩笑几分真，但她以一个过来人的眼光来看，翟欲晓不适合林普。

林普喜欢翟欲晓大家早就心照不宣，大概也就林普自己以为藏得够好、从未露出过什么端倪，大概也就翟欲晓自己从未仔细分辨过林普给她的眼神和给别人的有什么不同。

翟欲晓的心不够通透，再说得敞亮点儿，她虽然皮相出众，对着纸片人也能柔情蜜意地直呼"本命"，但其实是个不开窍的榆木脑袋。

林普成长环境复杂，心思敏感，防备心重，他需要温柔细腻、妥帖至极的恋人。

雨下得实在太大了,雨刮来来回回地不停刮动,也仍旧看不清前路。车速在声势浩大的雷雨里一降再降,最后索性停在空旷寂寥的街头。

林普趴在方向盘上,一动不动,只眼睛偶尔眨动两下。

林漪这天过生日,他特地请假回来给她煮面。她猝不及防地给他介绍了半途携玫瑰登门的 M 国丈夫。她趴在她 M 国丈夫的肩头跟他开玩笑,说年底之前肯定能离境,以后山高路远有缘再见吧。

林普怔怔地望着她,半晌,说:"那你一路顺风。"

林普突然想到什么,翻出手机备忘录去看时间。啊,果然,这一天本来约好去看医生的。他茫然四顾车窗外密集的雨幕,再度趴回方向盘上。要不然不去了吧,很浪费时间,而且到目前为止几乎没起到任何作用。

林普在这场逃不掉、前进不了的大雨里慢慢地睡着了。

翟欲晓是在跟 M 国团队一起吃饭的餐厅里偶遇曹溪的。此时她仍然不知道她的名字,但是对方的声音太好认了,如山泉叮咚。

"他到底有什么了不起的?不过是一个私生子而已,甚至至今都姓'林'不姓'褚'。"曹溪跟朋友吐槽,"啊,头脑倒是聪明,听说跟的教授也很牛,但那有屁用啊?以后的年薪都不够我多买两个包的。"

"你这么嫌弃为什么还要上赶着追人家呢?就单单因为人家长得好?"

"他是长得好,与哪个明星比都不在话下,反感谁的时候眼神那股劲儿,特别令人上头,我一边不服气地憋着脏话,一边忍不住继续招惹他。"

"曹溪，你真是坏透了。"

"但我追他的原因不只是这个。"曹溪敛住自得之色，目光落在绿植后面若隐若现的灰衬衣上，"我主要是用他来羞辱曹大生呢！曹大生自己拈花惹草，搞出一大堆不能见光的私生子来跟我分家产，却希望我乖巧听话，隔三岔五假正经地耳提面命，真是笑话！"

…………

翟欲晓饭后神情平静地跟人握手道别，然后踩着七寸高跟鞋重回餐厅，向着绿植另一边曹溪的卡座而去。曹溪正跟朋友喋喋不休，突然闭嘴，惊讶地看着翟欲晓，认出她是那天林普床上的"邻居姐姐"。

翟欲晓向上卷着衣袖，先开了口："前不久刚见过，真是太巧了。"

曹溪的脸倏地僵住了，此时终于反应过来，刚刚绿植后面讲着一口流利英文的"灰衬衣"就是翟欲晓。翟欲晓面上是如此明显的不怀好意，显然已将她的话全部听进耳朵里。

翟欲晓动作自然地端起曹溪朋友手边的橙汁。

"你想干什么？！"曹溪面露防备。

翟欲晓目视着色厉内荏的曹溪，突然一扬手，又在橙汁要荡出来的前一刻收住。曹溪的上衣是一件布料较薄的白色短袖，沾水就透，不合适。

"下不去手，"翟欲晓露出苦恼的神情，盯着曹溪的眼睛，一字一顿地说道，"你就当我泼过了，你心眼儿挺坏的，应该当头一杯橙汁浇下。"

翟欲晓离开餐厅，慢慢行在午后的烈日下。她突然忍不住笑了，是如释重负的笑、豁然开朗的笑。她的笑容太有感染力了，以至于街上跟她擦肩而过的人都不自觉露出了笑意。

翟欲晓在十字路口等红灯的时候，简单回顾了一下自己的感情史。她的表情在回顾中几经变换，精彩纷呈。她发现自己太过薄情寡义了，初恋分手以后也就难过了两个月，大二盯上一个学长，但后来被别人捷足先登了也不过失落了半年——之所以是半年是因为彼此都在学生会混、仍能常常见面，以及那些曾经让她喜欢的"野生哥哥"们，有很多她甚至都叫不出名字了。

翟欲晓不由得提醒自己，一定要改掉自己的渣女属性，不能辜负林普的喜欢。否则，一方面以后柴彤有可能打断她的腿，另一方面她自己耿耿于怀——她最讨厌"耿耿于怀"这个不洒脱的词了。

她喜不喜欢林普？这真的是个无聊至极的问题。她当然喜欢林普，没有人在了解他以后会不喜欢他。此处她想重复一句话以起到强调的作用：她可不是那些不了解他就喜欢他的肤浅的人。

她原本以为能看到林普过得好就行了，林普身边净是些不怎么靠谱的人，她自己也不怎么样。他需要跟一个感情细腻、温柔体贴的可爱女生度过余生。然而他的疏远令她动摇了。

当年花卷因为甄佳的介意疏远她的时候，她只是温和地评价"呵，呸"，但林普的疏远让她屡屡在夜深人静时辗转反侧。她突然意识到：花卷和林普在她心里根本不是一个重量级的，也许一开始就不是，只不过林普长得非常好看、"颜控"小翟的"哥哥"们接连不断，所以并没有人留意到，包括当事人。

"不如去试试做那个温柔体贴的人，也许并不难做到。"翟欲晓这样想着，停在糖葫芦摊位前，扫码买了一串糖葫芦。

"嗯？曹溪？曹溪算是个什么东西？！我八千胡同千顷地里的一根独苗轮得到她曹溪指手画脚、评头论足？！"翟欲晓突然上头，吐掉山楂核，把纸巾一团，重重地投进垃圾桶。

一分钟前说要做温柔体贴的人,一分钟后就瞪眼珠子了。啧,"温柔体贴"这件事真是任重而道远。

林普仍在归省,跟他的两个师兄在一起,之前说是周五回来。

翟欲晓坐在街心花园的喷水池旁边的长椅上,给林普发了视频请求过去。第一遍没有人接,十分钟以后她打了第二遍,林普接起来了。

"你的那个不重要的朋友,她心术不正啊……"翟欲晓眯起眼睛,先说了这样一句。她絮絮叨叨地向林普转述曹溪那些经过她美化的话,与此同时不忘演绎一些不曾出现的情节——我兜头泼了她一杯橙汁,可解恨了。

林普默默地听完,露出茫然的表情。翟欲晓见不得他这样的表情,仿佛他的电视频道里现在是一片雪花,不知道是电视台下班了还是信号消失了。

"她不是不重要吗?"翟欲晓问。

"啊,是不重要。"林普慢半拍地说。

"那你为什么是这样的表情?"翟欲晓露出他的同款"茫然脸"。

林普说:"只是没有反应过来。"

翟欲晓突然想到电视剧情节,开始信口开河:"生活这部剧如果曹溪是主角,她可能跟朋友说的只是场面话,然后她会追来喋喋不休地跟你说'你听我解释',但是直到片尾曲响起来她都没有解释。"

翟欲晓说完觉得并不可笑,立刻正色道:"但你得信我,她长得就居心叵测的样子,值得当头一杯橙汁。啊,这句话我也一字不差地跟她说了,她的表情看起来是同意我这个论断的。"

翟欲晓因为突然想明白了,过于兴奋,絮絮叨叨地说了一大堆。电话那头的林普始终安静地听着,偶尔看着镜头附和一声。他看起来精神不大集中,自己解释说熬了一个通宵太累了。翟欲晓撒够了欢,便"体贴"地停下来，笑眯眯地说周五要去接机。

"我跟师兄们直接就回学校了，不要来接了。"林普说。

"你们回来也不能休息？"翟欲晓忍不住皱眉。

"啊？"林普说。

"不行，必须休息，哪怕一天也好。"翟欲晓说。弓拉太满易折。她看着林普的脸色，怀疑他距离折断不远了。

…………

林普在恍惚中结束了与翟欲晓的通话。他将手机随意地置于盥洗台上，压下延时水龙头，过了一会儿，用打湿的面巾纸轻轻擦掉上臂内侧的血迹。他抬起眼皮，瞅着镜子里一道道排列整齐的伤痕，短袖能盖住的地方已经不多了。

浴室的门突然被袁宁推开，林普拿起牙刷不慌不忙地回头，问道："怎么了，师兄？"

袁宁灰头土脸地说道："老大刚刚传过来个压缩包，是炼石的含铼高温合金材料的一些数据。包朦点了外卖，一起过去吃几口接着泡实验室吧。"

林普漱了漱口，抓过毛巾随意地一抹嘴，说："这就过去。"

翟欲晓觉得自己的劲儿可能使大了。她默默地望着机场玻璃幕墙里的自己：软化且染回黑色的长发，灰粉色工装连身裤、高帮空军板鞋。

"其实也挺好看的。"翟欲晓两只手插进兜里，强行给自己脸上贴金。

翟欲晓从发型到休闲工装再到鞋都是复制的一个叫江敏的大学生。她并不认识江敏，而是通过一个医生偶然认识了她的男朋友顾子午。

二人前两天在一个火锅店偶遇,一个正要跟同事进去吃,一个跟朋友吃完正准备走。翟欲晓恰好捡到顾子午落到饭桌上的手机。她吆喝他留步的时候一眼相中了壁纸里江敏的全身行头——顾子午手机相册里的寥寥几张人物照都是他的女朋友江敏,锁定屏幕和主屏幕的壁纸当然也都是。

她觍着脸把顾子午的道谢堵回去,大言不惭地说:"能不能帮忙要下链接?我想要你女朋友的衣服和鞋子。"

翟欲晓的同事们闻言纷纷向她投去"你挺坦荡啊"的钦佩眼神。顾子午本人反而并没有任何反应,只是请朋友在一旁等着,登录购物网站,跟她说:"我这里就有。"

"你给她买的?"翟欲晓问。

"对。"顾子午埋着头说。

翟欲晓也点开自己的购物网站,麻利地加了顾子午为好友,微笑着等待他推送链接。

自归省来的航班晚点近一个小时,刚刚落地。翟欲晓保持着很酷的插兜姿势在出口伸长了脖子目不转睛地望着,也不知过了多久,她眼睛一亮,露出由衷的微笑。

林普与两位师兄告别,向翟欲晓走来。他戴着黑色的棒球帽,越发衬得肤白唇红。他的头发有些长了,几乎要遮住眼睛,眼睑低垂,显得伶仃且温柔。

翟欲晓留意到他像是有些不舒服或是累极了,频频皱眉,忍不住想伸手抱抱他,但这样手就必须从裤兜里拿出来,不能摆造型了。

不摆就不摆吧。她洒脱地想。

林普在几乎筋疲力尽的时刻,猝不及防地被人扑了个满怀。他低头看着异常热情的翟欲晓,有点儿搞不清楚状况。他轻轻地推她几下,低声问她是不是等久了饿了。

翟欲晓两只胳膊越箍越紧,最后大脑袋往他胸前重重地砸过去,结束了这个为时两分钟的略有些突兀的拥抱。

夏天夜里的十点钟,正是喜鹊桥至八千胡同路段香味最浓郁的时候,有腊汁肉夹馍、淮阳牛肉汤和麻辣小龙虾的浓香,有炸春卷和烫面的油香,有锡纸海鲜和玉子烧的清香……

喜鹊桥横跨护城河,原本是一座没名字的破桥,前两年市政竖路牌的时候起了这个不洋气的名字。

林普在四溢的食物香气里睁开眼睛,大脑突然卡壳,耳朵"嗡嗡"地响,除此再也没有别的声音。他皱眉望着车窗外来来回回、面目模糊的人,突然说了一句话,解开安全带便要下车。

翟欲晓低呼一声"压线停车",伸过胳膊将林普压回到位子上。她紧盯着林普,片刻后,眼底浮现笑意。她用食指摩挲着他的尖下巴,取笑他睡觉跟个小孩儿似的。

林普怔怔地望着翟欲晓,那种什么都想不起来的感觉渐渐淡去。他脑子里重新有了画面,耳朵里也重新有了声音,轻轻地咳一声,有些不自在地躲开翟欲晓的手指,说:"不睡了,你开车吧。"

也不用继续开车了,两个人正在喜鹊桥附近,不如就地寻个车位停车,一路溜达回去,路上顺便带两碗牛肉汤、两盒锡纸海鲜、两斤麻辣小龙虾、两扎啤酒什么的。

二人在沉默中来到楼下,翟欲晓突然转身,眼睛弯弯地望着林普,说:"上楼时不要说话,以免给卷儿听到,我们今天不叫他。"

林普看不懂她想干什么,但仍是听话地点点头。

翟欲晓正要抬脚上楼,倏地又转身。她轻轻地踢了一脚林普,说："林普，你的嘴是按字收费的吗？你就不能回一句'行'或者问一句'为什么'？"

林普说："我怕卷儿听到。"

有理有据。

翟欲晓的面色相当好看。

自林普上大学住校起，八千胡同对于林漪来说，比旅馆还不如，她家的防盗门一锁能锁一个月。翟欲晓有一回做梦，梦到楼上东户原本就是空的，林普只是她假想出来的一个小孩儿。她睡醒以后快快地背着手上楼，在他家仍旧上着锁的门前静默了十分钟，之后又上了楼顶，在那天的七级大风里强迫头脑清醒。

翟欲晓惬意地剥着小龙虾，再用吸管啜着啤酒，偶尔看一眼浴后正擦头发的林普。林普问了她几遍"你看什么"，她都没有正面回答，嘻嘻哈哈地就糊弄过去了。

"你头发该剪了。"翟欲晓看到林普来到自己身边坐下，跟他说。

"明天去剪。"林普端起牛肉汤直接喝下去半碗，飞机餐他一口没动，此时确实饿了，"电视遥控器在下面的抽屉里，你是不是没找到？"他随口问。

翟欲晓低头笑了笑，没接腔。两斤麻辣小龙虾，她霸道地只给林普留下不到四两——因为实在吃不下了。吃饱喝足，她慢吞吞地摘掉一次性手套，给林普递了本书过来，是他正在看的卡夫卡的《城堡》。

林普盯着翻开的那一页里自己用钢笔抄写的一段话：

"努力想得到什么东西，其实只要沉着镇静、实事求是，就可以轻易地、神不知鬼不觉地达到目的。而如果过于使劲儿，闹得太凶、太幼稚、太没有经验，像一个小孩儿掀桌布，结果一无所获，只不过是把桌上的好东西都掀到地上，永远也得不到了。"

翟欲晓问："这么多年了，卡夫卡教的方法管用吗？"

林普注视着她，说："不管用。"

翟欲晓笑了："那反过来试试呢？闹得凶一些，掀了桌布。"

林普："……"

翟欲晓挪走林普的汤碗，抓着他的胳膊，十分"硬核"地直接吻了上去。虽然正值酷暑，林普的唇仍旧是微凉的。翟欲晓啄了半天，试探地伸出了舌尖……

如果柴彤以后知道了要打断她的腿，就让她打断吧，反正三楼到四楼爬上来也不费事。她无赖地想。

由翟欲晓引燃的初吻在一片静默里结束了。她意犹未尽地擦了擦唇，看着仍未回过神来的林普，也给他擦了擦。

林普沉默良久，问道："你是不是喝多了？"

"嗯？我吗？"翟欲晓笑着。

林普的目光在翟欲晓的眼睛里逗留片刻，慢慢地往下，停在她的唇上。楼下传来柴彤和姚思颖说话的声音，听不清楚具体内容是什么，依稀听到"明日大雨""窗台迷迭香""收衣服""懒东西"等话语。

林普仿佛被蛊惑了似的靠近她，一直近到能看到她脸上细小的绒毛，能闻到她身上淡淡的香气……他低声说："该我了。"在不知道谁家防盗门的开关声里，他托住她的后颈，重重地吻在她唇上。

"我输了。"这是翟欲晓能想到的。

两个人都忘了这个晚上是如何结束的。

翟欲晓只记得林普的腰搂起来比看起来的还细，她一时没把控住，两只手微微往下滑了一滑……所触皮肤弹性绝佳。她真不是故意的。

林普只记得翟欲晓卸去了"姐姐"式的俯瞰的姿态，就坐在离他极近的位置，时不时地叫他一声，也并没有什么事，只是看着电影，嘴巴闲不住。

翟欲晓是被柴彤的巴掌扇醒的。柴彤看到她依旧裹着棉被吹空调，几乎是下意识地一扬手就扇上去了，然后突然想起刚刚抹过弹力素忘记擦手了，一腔义正词严的谴责被卡在喉咙里，面色憋得发红。

翟欲晓昨天过于兴奋了，四点才睡，柴彤的一巴掌下去她也只是抖一抖，眼睛微微眯开一条缝，不耐烦地嘟囔了一句："烦人，我屁股都被你打平了。"

"你可多少要点儿脸，"柴彤有些气恼地数落，"十一点二十五分了，哪家的姑娘跟你似的这么虚度光阴？"

翟欲晓没有回答。她的呼吸声突然沉了，像是又睡着了。

柴彤气笑了，转头朝着厨房的方向吩咐："林普，水开了就调成小火，不用盖盖子，免得溢出来。再舀一瓢水来，浇这个人脸上。"

翟欲晓翻了个身，做出死猪不怕开水烫的姿态。半晌后，"林普"这个称呼进入她的大脑皮层，她倏地睁眼翻过身，问道："林普来了？"

柴彤深深地看她一眼，转身拉开她的窗帘，不关门就离开了。

"你关门啊！啊啊啊！"翟欲晓绝望地喊。

"砰"的一声。

昨晚用接吻确立关系的两个人，白日里见面都莫名有些尴尬。翟欲晓都不好意思当着林普的面刷牙，扭捏地用屁股把跟进来说话的林普推出去，嘴角一翘起来，她就自己按下去，再翘起来，再按下去。

她昨天晚上是疯了吧？刚吃完小龙虾就吻？噫，不能细想，情侣真是彼此之间不嫌恶心啊。

翟欲晓望着镜子里自己春意盎然的脸这样想着。

她低头去看自己的瓶瓶罐罐，暗自琢磨日常护理得再升级下，尽可能弥补三岁的年龄差。

翟欲晓收拾利索后来到饭桌前就傻眼了。翟轻舟跟钓友出去了，他们三个人吃饭，柴彤做了两荤两素四个菜和一道鱼头豆腐汤。与之形成鲜明对比的是：上周也是三个人吃饭，柴彤给她和翟轻舟煮的方便面，连个鸡蛋都没有。

翟欲晓默默地拿出手机拍了张照片给翟轻舟发过去了。过了一会儿，翟轻舟回了一句"你妈做得过分了"。

柴彤正在给林普盛汤，听到翟轻舟的语音，嘴角咧出个嫌弃的弧度，说："给你们爷儿俩做这些年饭，我做够了，不管你们吃得香不香我都来气。"

翟欲晓没能及时录音，转为文字传给翟轻舟，还用小括号注释了柴彤肆无忌惮的语气。翟轻舟这回没再回复了，大约需要时间缓缓。

"你下回回来提前一天告诉我，我去北边的新菜市场买菜，那里的瓜果蔬菜都是当天现摘的，沾着露水呢，特别新鲜，鱼啊、鸡啊也好，我们楼下没什么好东西。"柴彤跟林普说。

林普点了点头，满眼都是笑意。

"妈妈，我也要吃新鲜的。"翟欲晓故意上前讨嫌。

柴彤把她面前的荤菜挪到林普跟前，放下一盘绿油油的蔬菜，说："上海青新鲜，都是你的。"

翟欲晓低头对手指："我不喜欢吃上海青。"

柴彤血压飙升，啐她："夜里不睡，白天不起，菜不是你择的、肉不是你剁的、汤不是你熬的，你有什么脸挑剔？！"

翟欲晓举起白旗，夹了一大筷子上海青一口塞进嘴里。

林普在桌上的刀光剑影里静悄悄地喝完一碗汤，把汤碗重新推给柴彤，柴彤立刻高兴地笑出了鱼尾纹。林普就是合她眼缘，自小到大都如此，他不说话支着下巴看动画片，或者把头埋进碗里喝汤的样子，她都觉得分外喜欢。

"你妈上个月回来在我家门上贴了一张美容卡，我一会儿找找，你带回去还给她，我用不上那东西。"柴彤说，"你妈真是个奇人，这些年不间断地给我送化妆品、各种进口保健药、美容卡，但硬是没当面跟我道过一句谢。我现在其实也不烦她了，有些人可能就是低不下骄傲的头吧。"

林普用汤匙轻轻地搅了两下热汤，说："她就是这样的人。阿姨不用把卡还给她，应该也是别人给她的，她常常不在家，很多卡没用就过期作废了。"

柴彤的表情立刻就扭曲了，说："居然还有时间限制？黑心商家净搞些幺蛾子！"

林普点点头，表示认可她的结论。

柴彤说："那不能便宜了他们，我看什么时候有空去用了。"

林普给她夹了一筷子鱼肚子上的肉，然后心满意足地低头喝汤。

饭后翟欲晓编了个要去林普家里借充电线的借口，跟着林普上楼了。翟欲晓发现林普有些粘人，并非那种需要牵手、拥抱和接吻的粘人，而是她去哪儿他就若无其事地跟到哪儿。

"因为上面没有审批，所以就没能去成归省位于深山的 R8 实验室。R8 是国内最高级别的实验室，由科学院、高校和镰石企业这三方的骨干在 2012 年联合建成。我们教授和他的师兄是那批骨干里的中坚力量……"

翟欲晓慢慢地洗着葡萄，饶有兴致地不停打量右手边的林普。他已经跟着她转了半个房间了，由阳台到小书房再到厨房，实在没有话题了，最后奔着她听不懂的方向去了。

"你怎么跟个小孩儿似的?"翟欲晓忍不住这样感叹着。

林普闭上了嘴。他以为自己借着说话表现得很自然。

翟欲晓往他嘴里塞了颗葡萄,指挥他:"去给我找部惊悚片,最新上映的电影你没看吧?没看就这个了。"

林普低头在她脑后轻轻一蹭,出去了。

翟欲晓半晌反应过来,他刚刚有可能并不是蹭,而是吻,他像偶像剧主角那样吻了她的头发。

翟欲晓茫然地给自己喂了颗葡萄,从脖子红到了耳根。

刚刚确立关系的小情侣肢体间难免黏黏糊糊,尤其是在相互依偎一下午就要分开的时刻——林普没有周末,只有一天的休息时间,很快就要回 Q 大了。

两个人在门口接了个缠绵的吻,翟欲晓再度跟林普确定是否需要送他。林普不想折腾她,坚持自己坐地铁。

两三句话之后,也不知道谁挑的头,两颗脑袋十分温情地再度贴到一起,翟欲晓手贱地抓了抓林普的腰,眼睛里的笑意几乎要溢出来了。

"所以说乐善好施的人是有福报的,我当年哪儿知道,只是几串糖葫芦,能回我这么好一个男朋友?"

"跟糖葫芦有什么关系?而且你总是吃完自己的再来分我的,我每次都不够吃。"

"不重要,多大的人了?不要争辩。"

"……"

"我妈以后要是问起来你就说是你死缠烂打的。"

"……"

翟欲晓叽叽喳喳地说了半天,转头在林普耳后吻了吻。她惬意地摇着无形的大尾巴，眼皮微垂……视野里惊现石化的柴彤。

翟欲晓喉头一哽，用了点儿力气贴着林普的脸，与正拎着剔骨刀的柴彤在黄昏的楼梯间里上演了一出哑剧。

一个面色煞白，干巴巴地舔着嘴唇，意思是：不要出声，回去再说。

一个面色铁青，带着恼怒默默地龇牙，意思是：行，你给我等着。

天色渐渐暗下来，几乎要看不清墙上的时间了，盛夏的风从打开的窗户吹进来，吹得桌上的作业本"哗啦啦"地响，很衬当事人此时透心凉的心境。

灯骤然亮了，翟欲晓猝不及防，被晃得差点儿瞎了。

柴彤两只手抱在胸前，用下巴朝她点着，问道："什么时候的事？"

翟欲晓诚实地说："我如果说是昨天晚上你信吗？"

柴彤都被气笑了，反问她："你觉得呢？"

翟欲晓双手抱头蹲在沙发上嚷嚷道："你信不信它都是昨天晚上！"

剧情发展得太快了，翟欲晓这一刻就是感觉天大的委屈愤懑，此外还掺杂着些无法言说的羞赧和下不来台——你被自己亲妈看到跟男朋友亲热试试。

柴彤懒得逼问到底是什么时候开始的，反正结论就是两个人正在交往。她重重地点两下翟欲晓的额头，一时竟不知道如何开口。正在此时，门开了，翟轻舟拎着鱼竿、哼着抑扬顿挫的《笨小孩》高高兴兴地回来了。

柴彤猛地回头，伴着歌声火冒三丈地斥道："翟轻舟，你再这么一钓钓一整天，我把你的鱼竿撅了，你不信就给我试试！"

翟轻舟不明所以、满腔悲愤,但靠墙而立、噤若寒蝉。

夜深人静,翟欲晓洗完澡出来,正跟林普视频。翟轻舟经过她的门口,轻轻地吹了声口哨,向楼上指了指。

翟欲晓留意到他手里有两瓶汽水和一盒卤味,明白这是要促膝长谈的意思。她把右手背在后面敷衍地比了个"OK"的手势。

相较东部以及东南部城市的日新月异,大都显得有些停滞不前,尤其是北角城区。很多建筑都有年头了,上头的文件要求保持特色,只能修葺,不许翻新。

翟轻舟眺望着远处密密麻麻的橘黄色灯光,一时感慨颇多。这栋楼里有他家三代人的童年痕迹。墙根底下凌乱的蛛网、角落里不起眼的蚂蚁窝、一截弃之不用疑似做虫巢的电线杆,都曾经让他们兴致勃勃地蹲守半天。

翟轻舟听到脚步声,仰头喝了口汽水,眼角的皱纹里都带着笑意。

"闺女,来,啃个鸭脖。"翟轻舟招呼道。

翟欲晓两只手抄在睡衣口袋里,遗憾地撇了撇嘴,说:"你自己吃吧,我上火,牙疼。"

楼顶的破烂塑料棚仍在,甚至不知道谁还给加固了,但塑料棚下面原本置放帐篷的地方现在晒着一箩筐气味"怡人"的萝卜干,可以说非常有俗世的生活气息了。翟欲晓的目光在萝卜干上逗留片刻,轻轻一叹,在翟轻舟身边蹲下。

翟轻舟咬开另一瓶汽水塞到翟欲晓手里,问她:"你跟林普就这样了?"

"嗯。"翟欲晓毫不犹豫地说。

翟轻舟跟她碰了碰瓶子,转头继续眺望远方的夜色,说:"也行。

晓晓,我相信你是经过考虑做出的决定,不是脑子一热。"

翟欲晓抱怨着回去还得重新刷牙,灌了两口汽水。大都本地产的橘子味汽水是大都人的最爱,街知巷闻,酸甜解渴。翟欲晓整个身体懒懒地后仰着,品味着嘴里的橘子味,说:"我毕业参加工作都四年了,要是算上大四实习就是五年,我不是没有判断力、一上头就干的缺心眼儿,你们操这闲心多余。"

翟轻舟"啧"了一声,在她后脑勺上轻轻地按了一下,说道:"也不是操心你,是这样,林普相当于你妈的半个儿子……"

翟欲晓最后的倔强不允许她再出声。

翟轻舟兀自絮絮叨叨:"你可能自以为跟林普一起长大,非常了解他的一切,其实你了解个屁。你磕了、碰了、委屈了,回家在你妈跟前哭一鼻子,什么事在你这里也就过去了。但林普回家,他妈能在家就不错了。你的生活因为有基石、有退路,所以你总是能随性地做出选择,因为你不害怕撞墙。但是林普的生活里没有这些东西——底气和心理素质。总而言之,你缓下来,耐心些,改改粗枝大叶的毛病,好自为之。"

翟欲晓默不作声地抓着根树枝在地上画圈圈。翟轻舟说的这些就是她之前的担忧,但她想清楚了,与其指望其他女生,不如指望自己。她不如别的女生温柔体贴,甚至有时候浮躁、没耐性、得过且过,但她确实喜欢林普,是那种宁愿自己不如意都希望他能如意的喜欢。

带着湿意的夜风将白日里的暑气吹得一点儿不剩,翟欲晓后知后觉地想起来,天气预报说这日有大雨。她忍不住仰头望天,嘀咕道:"再过两个小时今日就结束了,再不下没机会了。"

翟轻舟啃着爆辣鸭脖,嘴里吸着气,非常随意地说道:"给你们的恋爱关系以及以后有可能的婚姻关系一句寄语:真诚、坦荡、鲜活、丰沛、自由、勇敢。"

翟欲晓看着翟轻舟的眼神十分复杂。如果翟轻舟没有被辣得跟个蛤蟆似的不停地张嘴，此情此景应该是个特别文艺的人生镜头，可供她日后不断地翻出来抒情，直至垂垂老矣。

"你要没别的事我就下去了。"翟欲晓糟心地说。

"我上来时我妈找你。"翟欲晓不负责任地说。

两天的休息时间一晃就过去了，"上班族"个个在周日晚上流连，迟迟不愿睡去，翟欲晓就是其中一个。此时，林普已经睡着了，但视频仍然连着，镜头里有林普的半张床和整个后背。

林普的睡衣仍旧是春款长袖，在盛夏酷暑时分，简直像神经病。翟欲晓估量着他的尺寸，哼着这两天一直在耳边响的《笨小孩》在购物平台上给他挑夏款睡衣。翟欲晓给自己买东西没有选择困难症，但给林普买就有，以前给他挑生日礼物时就这样。

纯色或格纹的有些中规中矩，卡通的又似乎太活泼了，纯棉的吸汗但容易缩水，棉麻的透气性好但触感粗糙……

翟欲晓正抓着鼠标磨磨蹭蹭地翻页，房门突然被敲响，极重的三声，充分显出敲门人的不耐烦。柴彤呵斥她："明天不上班了？几点了还睡觉？！"

翟欲晓盯着笔记本屏幕，谎话不假思索地张嘴就来："我正敷着面膜呢，十分钟后洗了就睡。"

柴彤太知道她的伎俩了，她转身往回走，愤愤地数落："大半夜的敷面膜，你早干什么去了？！天天不熬到凌晨不睡觉，你是要上天啊你？！电视新闻里时不时地有因为熬夜进重症监护室的小年轻，你一点儿都不知道引以为戒啊？！"

翟欲晓是个"橡皮脸",搔了搔耳朵,假装自己什么都没听到。

权衡已久,她最后分别在两家下单了两套,一套是纯棉的卡通风的背心大裤衩,一套是丝绸的慵懒随性风的黑条纹衬衣长裤,垂感特别好,既可当睡衣也可外穿。

"啊,原来是钱能解决的事,我真是个机灵鬼。"翟欲晓揉着眼睛喃喃道。

林普悄无声息地翻了个身,由侧躺变成趴卧,半张脸埋在松软的枕头里,半截紧致的腰将露未露。翟欲晓关闭付款网页,抓起水杯灌了两大口水,邀功地看向支在一旁的手机,倏地捂住了嘴。片刻,有液体蜿蜒流出指缝。

"要命……"翟欲晓面红耳赤地抓了张纸巾擦手。

星期一上午,金戈大厦二十三楼,所有人肉眼可见翟欲晓的容光焕发。实习生碰巧再度犯了个令人无语的错误——她给客户的邮件忘了添加附件,翟欲晓作为被抄送者,平静地截图圈出了这个错误,然后只是在内线电话里叮嘱了一句"不要再有下次了"。

翟欲晓实在懒得动弹,所以午饭一般是叫外卖。她一般是十一点左右躲在卫生间里,对比两个外卖平台,计算着送达时间,偶尔有事耽搁了,错过了时间,就只能不情愿地跟同事一道下楼去附近的小店里吃。

这天上午和 M 国团队的一通视频电话从十点一直打到十一点五十分,在满屏的桌面便笺里结束通话。翟欲晓脑袋空空,饥肠辘辘,破天荒地主动约人下楼觅食。

"'吴三俗'刚刚迎面过来都没敢看你,所以说这种人果然是欠一顿刻骨铭心的侮辱性教训。我听广告公司的人说,当天同在电梯里的黄总回去也旁敲侧击地要他收敛，真是大快人心。"同事眯着眼睛，一口一个寿司，十分解恨的样子，因为她也被"吴三俗"嘴碎过。

翟欲晓"嗯"了一声，继续往嘴里扒着鳗鱼盖饭，没有提及之后跟"吴三俗"一起进派出所的事。她肚里有食了，大脑便重新运转，里面全是便笺里记录的十分棘手的"待议"和"待做"事项。她用额头轻轻地磕了下果汁杯，露出个"不如去死"的表情。

"叮——"

有微信新消息。

翟欲晓使用面部解锁屏幕，懒洋洋地用屈起的指骨一点，跳出来林普的语音信息："事情做完了，我回寝室补觉，五点出门去接你下班。我要是堵车迟到了，你不要走，等我。"

大概是因为缺觉，他的语速比平常慢，且有些迷糊的样子。

翟欲晓的嘴角扬了起来，嘴巴贴近手机，没皮没脸地说："路上给我买一束玫瑰，尽可能张扬地带到二十三楼来。"

林普回了一个以前偷她的嚣张可爱的"听到了听到了两只耳朵都听到了"的动图。

"欲晓，你有男朋友了？是个……学生？"同事问。

"啊？啊！"翟欲晓说。

然而"学生"这个词，到了下午下班时间，就变成"高中生"，显得翟欲晓分外禽兽。不过林普抱着玫瑰一出电梯，这个谣言就不攻自破了。林普给大家订了楼下的奶茶，整个办公室人人有份。翟欲晓看到两千一百元的账单，眼前一黑，真想穿越回几个小时前掌自己这张没有把门的嘴。

两个人在电梯里悄悄地牵上了手，是林普主动牵的。翟欲晓低头盯着自己脚上的高跟鞋,片刻后,偷偷转头去看林普,笑得见牙不见眼。电梯里的人渐渐多了,他们被挤在最里面,各自的心跳声清晰可闻。

"你一直盯着我干什么?"翟欲晓用夸张的口型故意问。

林普知道她故意使坏,有些羞愤地立刻移开视线,但不过几秒钟就再度转回来,眼神里有"就盯你了怎么了"的假蛮横。

二人一道吃完饭回到八千胡同,虽然尽可能地眼观六路、耳听八方,但仍被柴彤逮着了。柴彤其实先在厨房的窗口看到了,再悄无声息地来在门口,在他们蹑手蹑脚地要继续往楼上走的时候,假惺惺地拎起脚边的垃圾袋开门出来。

柴彤笑眯眯地望着林普:"不是前天刚回来过吗?"

林普顿了顿,避开柴彤的目光,说:"忘带本书了。"

柴彤点点头,很轻易地就"相信"了。她转向翟欲晓,眼睛里是"真诚"的疑问:"你这过家门而不入的,是要去哪儿治水吗?"

翟欲晓无比确定,柴彤是在守株待兔。她转头看了一眼因为向柴彤撒谎而忐忑不安的林普,突然把心一横握住他的手。她耀武扬威地望着柴彤,意思是:行了,摊牌了,停止你的阴阳怪气吧。

柴彤望着色厉内荏的翟欲晓,鼻子里哼出一句"小年轻的"。

"林普,阿姨有个问题要问你。"柴彤说。

"你问,阿姨。"林普在柴彤意味不明的目光里轻咳了声。

"你们是怎么在一起的?"柴彤问。

林普在沉默中组织语言,费劲儿地起了两个话头都卡住了,因为一两句话说不清楚。

他在雾市跟她说"你考虑我吧",她特别为难地用"不行"两个字拒绝了。但上周她说,她搞清楚了,她比自己想象的还要喜欢他。她突如其来的吻锁住了林普的大脑，以至于他当下只想继续，错失了追问的机会，只能自己慢慢领悟……然而，他还没有领悟。

柴彤见林普答不上来，眼睛促狭地往翟欲晓身上一偏，问道："嗯？这个问题不难回答吧？你晓晓姐昨天不是教给你标准答案了吗？"

林普怔怔地看着柴彤，片刻后，回忆起翟欲晓的"标准答案"——"我妈以后要是问起来你就说是你死缠烂打的。"以及当时他们一个门里一个门外、缠缠绵绵的肢体状态……他脸上立刻就挂不住了，整个人仿佛被蒸熟的虾子似的，就连衣领里露出来的一截洁白的脖颈都染上了粉色。

不过柴彤的主要羞辱目标是翟欲晓，并没有想为难林普。她轻轻地拍了拍他的肩膀，叮嘱他："你晓晓姐有时候不着调，她要是做了什么过分的事，你跟我说，我收拾她。我是你这边的。"

林普虽然很感动，但仍恨不得找个地缝钻进去。

柴彤继续说："你们内部消化这事，得主动跟人家卷儿说一声啊，不然他会打你们。行了，上去玩吧，你们自己心里有点儿数，到点该睡觉的睡觉，该下来的下来，要是等我上去揪人，场面可不好看。"

柴彤说完，转身就要下楼。翟欲晓正撇着嘴，林普突然松开她，沉默不语地给了柴彤一个大大的拥抱。

林普不是个会主动表达感情的人，但这并不是他给柴彤的第一个拥抱。

柴彤愣了一下。

因为手有些脏，她只能用手腕轻轻回搂他，嘴角带着一抹感慨的笑，说："行了，多大的人了啊！林普。"

翟欲晓在旁边故作不耐烦，双手插在裤兜里，跟个女流氓似的抖着腿——她这天仍然穿着顾子午女朋友同款的灰粉色工装连身裤。

柴彤临下楼前看不过眼,踢了她一脚。

柴彤扔掉垃圾以后没有立刻上楼。这个时间难得地起风,消了白日里的暑气。胡同口有一堆老邻居正聚在一起聊天,她听到话题像是跟林漪有关,就慢腾腾地走过去听了一耳朵。

"是个老外,都不是混血的,而是纯种的。年龄?我哪儿知道?他们老外二十来岁长得就像四十岁,五十来岁也像四十岁……嗯,两个人在大街上手牵着手,也不知道说什么,笑得都可开心了。"有人说。

"我最服林漪的就是,人家勤于锻炼,怎么折腾都不显老。她跟我婆家弟媳妇同岁,两个人要是站一起,不知情的看着跟两代人似的。不过,我婆家弟媳妇本来就显老,糙得洗面奶都不用,确实也是另一个极端。"又有人说。

八千胡同附近倒也不乏惯于道人长短的人,林漪这个长得好看且常年不安于室的当然更是大家经久不息的谈资。不过最近几年情况倒是好些了。林漪虽然在邻里间沉默寡言的,但如果有谁厚着脸皮托她办事,她基本都不驳人面子。倒也不是什么大事,她有朋友长住港市,能帮忙邮寄便宜的药品或护肤品。

与林漪相关的话题就算过去了,接下来是各家小孩儿上学的琐碎事。因为柴彤是老师,他们便时不时地带到她。她心不在焉地应付着,片刻后,瞅个空离开了。

两个被警告"有点儿数"的人在家里切了个西瓜,一人捧着一半去楼顶吹凉风了。大自然扑面而来的风就是比空调里吹出来的风舒坦。翟欲晓突然闻到一股味,似乎是类似薄荷油的气味,是盛夏的气息。

"最甜的这口要不给你?"翟欲晓把勺子停在自己唇前虚伪地说。

林普深知没人能从翟欲晓嘴里夺食,但仍将脑袋伸过来等着她喂。

翟欲晓假惺惺的笑容倏地一收，分外不舍地把勺子伸给林普，微张着嘴看着林普一口吃掉。她不得已安慰自己"也不难啊"——当个称职的女朋友也不难。但当林普把自己一口没动的半块瓜换给她，她立刻就开心地笑了。

两个人在沁人心脾的凉风里并肩坐着，只是很有数地把脑袋往中间一碰，接了两个一触即离的吻——因为各自怀里抱着瓜。他们甚至都没有拥抱，其余时间就五花八门、漫无目的地瞎聊。楼下的邻居上来收萝卜干，一点儿也没看出来二人变质的关系。

非要说他们跟以前比有什么不同的话，也就是多了个唾液交换的行为，多了些以"我们"为开头的句式。此外，翟欲晓掐林普的毛病越来越严重了，时不时地来一下，跟个神经病似的。

"你觉得自己长得好看吗？"翟欲晓问。

"八千胡同之最。"林普埋头挖着最后一口西瓜说。

"我当你不知道呢。"翟欲晓神情复杂。

林普隐约感觉自己被侮辱了，神情更加复杂。

翟欲晓眼睛里有夜风中恬静的星星，耳朵里有楼下单车清脆的铃声，身边有"好看而自知但不在乎"的林普，感觉人生至此真是神清气爽，无比称心，无比惬意。

翟欲晓老老实实地"到点下来"——十一点。她洗漱完正躺在床上刷微博，柴彤趿拉着拖鞋不敲门进来，声称她爸的呼噜声太大了，要在她床上凑合一宿，隔天再在书房里铺张床。

翟欲晓隔着一道门都能听到呼噜声，不由得同情地给柴彤腾出了位置。

"什么方法都试了，针灸、喷剂、止鼾贴什么的，一点儿用都没有。"柴彤愤愤地抱怨着，"他年轻的时候也不这样啊，呸，不说年轻的时候，就你上大学的时候他都不这样。翟欲晓，你床上这双袜子洗了没有？"

"洗了，洗了……"翟欲晓收回袜子塞到床头的抽屉里，她务实地说，"要不我去网上给你买一盒降噪耳塞？"

柴彤看着她点头："是个新思路。别耽误时间，赶紧去下单吧。"

翟欲晓得令立刻去购物平台上，最后花七十四块钱给柴彤买了五对"高密度、慢回弹、柔软透气、超强静音"的专业级耳塞。

"这么大岁数了，不要动不动就分居。"翟欲晓付了款，语重心长地说。

"滚。"柴彤踹了她一脚。

两个人熄灯躺下之前就室温进行了多番会谈，最后柴彤不出所料地赢得了话语权。她趾高气扬地连按四下，床尾的空调读数就从22摄氏度变成26摄氏度。最后翟欲晓踢开被子露出了肚皮。

第十章
凭本能爱一个人

窗帘厚重不透光,夜里拉上以后卧室里基本伸手不见五指。此时差不多是午夜了,翟欲晓不敢顶风作案玩手机,只好戴着个蒸汽眼罩酝酿睡意。柴彤关灯前看到她翻身去戴眼罩,嘀咕了句"整天买些奇奇怪怪的东西"。

在深夜里闭上眼睛听风声有种别样的舒坦。风里有梧桐叶片簌簌落下的声音,有废旧塑料桶倒地滚动的声音,有摩托车高速驶过的轰鸣声——这个大半夜扰民的孙子大概率是改装了排气管。

一个声音突然幽幽地说道:"你老实说,你那双袜子到底洗了没有?"

"真的洗了!"翟欲晓真诚无比地说,"就是前天收进来时我爸突然在厨房叫我,我往床上一扔给忘了。"

柴彤没再纠缠这个问题,估计是信了。

翟欲晓原本以为柴彤睡了,没敢吵她。但既然翟欲晓睡不着,有件事情她就实在不吐不快,她说:"林普跟你的感情比我以为的要深很多啊,我们虽说一起长大,但没交往之前我都没跟他抱过几回,哎,我小伙伴从小害羞到大。"

柴彤被那句故作老成的"我小伙伴"给逗笑了,隔被踢了翟欲晓一脚,嗔道:"单是穿条粉色连身裤就完事了?嘴里整天没一句能听的话。啧，你自己有点儿样行不行？！"

翟欲晓怀疑柴彤可能因为她财务自由以后老穿黑白灰就忘记了她的性别。

"晓晓，在你的理解里，爱情是什么？"柴彤突然问。

"柴米油盐和睡觉生孩子。"翟欲晓对答如流。

柴彤平静地说："大半夜的别招我打你。"

"爱情是什么"这个问题太复杂了，没有几个人能捋得清。而像翟欲晓这种得过且过的人甚至根本懒得费神去捋。但这天晚上，迫于柴彤的压力，她不得不枕着胳膊细细琢磨。

她一路长大，嗑过五花八门的CP，有电视剧里的，有小说里的。她时不时地因为人家跌宕起伏、波澜壮阔的"爱情"老泪纵横，但这不重要。

而现实生活里的CP与她看到和读到的大不相同。他们庸庸碌碌地做着一日三餐，在饭桌上讨论几句饭菜的咸淡或者互相递张纸巾，有时候你来我往地讨论下社会热点，有时候各自划拉着手机一言不发。他们因为一点点小事争得脸红脖子粗，譬如"要你晾个衣服怎么这么难""你下楼能不能顺手带走垃圾""我手机没电了我能怎么办""我在睡觉哪知道外面下雨"……然后一个气呼呼地把自己锁进卧室里，一个骂骂咧咧地打开电视将声音故意调到最大。一言以蔽之，就是在一地鸡毛里前行。

"爱情"在认知世界和现实世界里几乎是两个不同维度的事情。

"想清楚了没？"柴彤没耐性地催问，"你可以想到什么说什么。"

翟欲晓真的就随便说了："大概就是我希望以后即便是因为些鸡毛蒜皮的事吵架，对象也最好是林普，跟其他人没什么意思。"

虽然翟欲晓的回答听起来简洁到像是敷衍了事，柴彤却没说什么，只是翻过身面对着翟欲晓无声地笑了。她伸出一根手指在翟欲晓肉乎乎的肩膀上戳了戳。

翟欲晓说:"烦人。"

"当年因为林普太乖了,仰起小脑袋一笑,我心都要化了,我真是动了辞职生二胎的想法。"柴彤徐徐说着翟欲晓不知道的事情,"还是你爸比较理智,他说我们的基因生不出第二个林普,只能生出第二只猴。"

"他这么说不合适吧?"翟欲晓的心情一言难尽。

柴彤没搭理她,继续说:"林普是个性格极度内敛的人,天生就没长向人申诉的舌头。比如说他四五岁时在胡同里遇到变态的事;上初中时林漪在校门口被扯衣服的事;再到林漪这些年林林总总、不负责任的事……其实全部烙在他心里了,血淋淋的。但他的嘴巴永远抿得紧紧的,跟谁都不说,包括跟你,实在撑不住的时候也不过就是一句含糊的'我疼'。要是时间再长些,他就假装这些事情早就过去了,你要是不说,他甚至都要忘了。"

翟欲晓轻轻地"嗯"了一声。林普是这样的人,他的眼睛永远是清澈的,别人不会知道那双眼睛看见过多少不堪的画面、经历过多少难以回首的旧事。

风渐渐小了,下起了雨。雨点倒不是很大,落在梧桐树叶上的声音,如嘤嘤絮语;落在窗玻璃上的声音,如珠落玉盘。

柴彤打开天气软件,确认这一夜只是零星小雨,才安心地重新躺下。她睡醒后要陪姚思颖去晋市的凤凰山给花卷求道平安符。

自打花卷参加工作,姚思颖就没怎么睡过安稳觉,她思虑过重,老是害怕自己一觉睡醒儿子就没了。

辗转间即将要睡着时,柴彤的脑海里又出现脑门儿抵着膝头抽泣的林普。那大约是在校门口扯衣服事件结束的一周后，柴彤记得那时刚好变天，前后只隔着一个晚上，但温度骤降了十多摄氏度，自这天起至来年开春，保暖衣再也没脱下来过。

柴彤下班回来去楼顶收棉被。她正揣着棉被，目光不经意落在前方的帐篷上。天光渐暗，帐篷距离晾衣绳约有二十来米，按说柴彤是近视眼，没戴眼镜应该看不出什么，但她就是有种直觉，感觉帐篷里面有人。果然，她走近掀开，里面是林普。

林普猝不及防地被人揪出来，一时敛不住情绪，没法儿抬头看人。他极少遇到这样的情况，所以不知所措地握紧了拳头，但他的拳头立即被人轻轻地掰开并攥住。

柴彤知道他此刻心中正在流血。两个女人刺了一刀，林漪刺……林漪的那把刀就一直没拔出来过。她蹲在帐篷外面以与柴家多年的隔阂为引子耐心地跟他说着她理解的人生："人生如梦，填着无数个心满意足的瞬间，也填着无数件狗屁倒灶的糟心事。人人如此，但仍要不舍昼夜地向前奔。一句话，宁可不思不虑，但能往宽处行，就莫向窄处挤。"

林普慢慢地抬起泪流满面的脸，怔怔地望着柴彤。他想起刚上一年级时柴彤用拇指轻抚着他的后脑勺，交代他以后不能再跟人说"外室"这件事情。柴彤比那时老了许多，但眼神里的怜惜爱护没有变。他睁大眼睛望着她，过了片刻，突然跪坐起来抱住柴彤，哽咽着说"我疼"。

柴彤心疼地一遍遍从他的后脑勺撸到他的脊梁上……

果然只是零星小雨，且没多久就停了，早上出门时地上都是干的，仿佛半夜的落雨是场错觉。

翟欲晓打着哈欠出门，抬起眼皮望着正在下楼的林普，露出个亲切的笑容。林普要载她去公司，然后回学校，接下来的一小段时间可能会忙到很难抽出时间跟她见面，不过两个人倒是跟花卷约了本周日晚上一起吃一顿饭。

他们在翟欲晓的公司楼下仓促地道了声"再见"，翟欲晓便下车了。她往前跑了大约十米，回头看到林普仍在原地，忍不住跟全勤奖道了声"再见"，跑回来敲车窗。

"忘了两件套。我给你买的两套睡衣明天应该就能收到了，你过一遍水再穿，记得给我拍张照片看看上身效果啊。"翟欲晓笑眯眯地说。

"为什么买两套？"林普不解地问道。

"一套是黑条纹的，比较有格调，你下楼扔垃圾时穿；一套是卡通的背心大裤衩，你自己在室内时穿。哎哟，失策了，应该再给你挑套老头儿款的，你在学妹上门拜访时穿。"高等学府里年轻个性的小学妹们应该不会喜欢品位不高的帅哥吧？翟欲晓自鸣得意地想。

"我应该不会穿睡衣见学妹。"林普顿了顿说。

翟欲晓尴尬地做出无语的表情。脑子鬼打墙了。她迅速重整旗鼓向林普勾了勾手指。林普心知肚明她想做什么，靠了过去。

翟欲晓在他唇上用力地一啄——带声的那种，跟拔火罐似的。她十分负责地揩掉留下的口红印，故意大力往车门上一拍，硬声打发他："行，第二件事完成了。你走吧。"

林普注视着她，说："该我了。"

翟欲晓轻轻一歪头，露出个"真拿你没办法"的眼神。她重新靠回车窗前，十分傲娇地扬起了下巴，催促他："你抓紧时间。"

林普没有抓紧时间，上午不用进实验室，有大把的时间。他解开安全带，伸手将她的下巴抬高，十分细致地从下巴一直吻到额头。他也带了点儿声音，当然不是拔火罐的声音，比那个要见不得人一些。

两个人额头贴着额头，微微喘息着，在黏腻的氛围里，说着悄悄话。

"林普，你说实话，我不生气，我真的是你的初吻对象吗？"翟欲晓问。

"我只是做了些研究。"林普严谨地说。

翟欲晓顿了顿，做了无耻的伸手党："把你的研究资料打包发我一份。"

以前没有跟林普交往的时候，翟欲晓并没有特别惦记他，虽然跟他视频的时候聊些有的没的很快乐，但是不视频的日子她也有其他的快乐。而如今他们有了正当的情侣关系，就不需要"悬崖勒马"的手艺了，她感觉冥冥之中像是有个什么阀门被打开了，自己就像只驰骋在山林里的野猪。

具体表现为：她无论跟谁聊什么话题都能不经意地带到林普。她自己一开始并没有察觉，直到王戎捏着鼻子点出来。她回顾了下两个人刚刚的对话，欣然接受"恋爱脑"的新人设。

"你跟王迩的时候就没有这样。"王戎说。

"我那时候主要是崇拜他，人家那作文写的，明明老师给的是同样的题目，我们只挖掘到地基，人家能挖掘出地宫。实话说吧，他有时候说的话我根本就听不懂……但越听不懂越觉得他厉害。"翟欲晓说，转念想起件事，交代王戎，"不过以后你在林普面前不要提王迩啊。"

翟欲晓最近怀疑，当初电影散场，她并非"偶遇"林普，而是林普在等她，而且如果不是王迩半途被他母亲带走，林普可能不会现身。柴彤前天在饭桌上不经意地给她的怀疑提供了一些新的依据。柴彤说，林普也不知是受基因的影响还是因为多年耳濡目染，向来不理会林漪跟谁来往、要去哪里、大概去多久。二人虽然是母子，但相处方式似乎更像室友。

林普当然不可能真的不理会，但也不至于到跟踪的地步。

王戎撕着鸡肉，头也不抬地说道："你当我缺心眼儿啊？"

翟欲晓问："你觉得这家怎么样？"

王戎推了推眼镜，说："太行了，菌汤好喝，猪肚量大，白胡椒的辣味也刚刚好，而且酸梅汤不限量。要不是他家位置不好，肯定能干翻天河城里那家总得排队的'九婆'。"

王戎看了一眼翟欲晓："你别光惦记着下回带林普来，给我留意着点儿服务员啊，待会儿服务员路过让他再给加点儿汤。"

翟欲晓露出"你真是神了"的惊讶表情。

翟欲晓自从参加工作，头一次对周日晚上如此迫不及待——以往一周的颓丧都是从这天晚上开始的。她跟林普自打周二上午分开就再也没见过面了。林普是真的忙，她是假装忙——以断绝林普熬夜赶工挤压时间来见她的念头。

"花卷说正在停车，给你带来个熟人。"翟欲晓说。

周日刚好是七夕，翟欲晓和林普并不介意他们的饭桌上多个花卷，但是这个熟人十分介意自己和花卷的饭桌上多了两个人。但即便介意也不敢声张，只能挨墙靠壁地对手指，可怜兮兮的。花卷这家伙到现在都没有松口给她名分。

林普想不出来自己有什么"熟人"能被花卷带来，而且这个"熟人"貌似还只是他的，不是翟欲晓的。他一只手漫不经心地抓着翟欲晓的手指，另一只手玩着她手机上的小游戏。

林普自己的手机上没有任何游戏，翟欲晓的倒是不少，有俄罗斯方块、开心消消乐、单机麻将,都是不需要费脑细胞的,也不知道她省出来的脑细胞要干什么用。

店里放着杨千嬅的《再见二丁目》,是首粤语歌,翟欲晓听不懂,但觉得很好听。她低着头正给自己倒第二杯苹果醋,花卷步履蹒跚地来了,屁股后面跟着他说的"熟人"。

翟欲晓盯着花卷扶腰的手,意味深长地说:"年轻人还是得爱惜身体啊。"

"快给我闭上你的狗嘴。"花卷说,"跟嫌疑人肉搏的时候伤到胯骨了。"

二人这番话落下,游戏响起"bonus time(奖励时间)"的轻快音乐,林普回头打招呼——"熟人"和"朋友"在彼此都没有准备的情况下打了个照面。一个眼前一亮,一个眼前一黑。

林普惊讶:"……"

"熟人"三分笑、七分哭:"……"

"熟人"在花卷戏谑的目光里决定先发制人,迅速泫然欲泣:"林普,你不要假装不认识我,我是被你伤得透透的'过命朋友'钱藻啊。"

林普感觉一股熟悉的、原汁原味的无赖气息扑面而来。他皱眉打量着不知道是在唱哪出的钱藻,慢吞吞地说:"我记得你在暑期辅导班里看上个打篮球的。"

钱藻没想到林普仍能记得这种不重要的琐碎细节。她想了想,找了个清奇的角度,给林普扣了口"黑锅":"你果然也对我念念不忘,我都不记得我是在哪儿认识他的了。"

林普说:"这也许就是学神对学废方方面面的碾压吧。"

翟欲晓有些意外地打量着林普。他的言外之意她当然听得出来:

我只是记性好,没有念念不忘。

令她意外的是,她回顾过去的岁月,突然惊觉这居然是第一回亲眼看到林普对八千胡同之外的人表达亲近的意思。在林普这里,能主动开玩笑就是表达亲近的意思了。

钱藻上学时对花卷的印象不深,以至于在公安局里时花卷说了两回"林普"的名字,她才勉勉强强地认出他。但她仍清晰地记得翟欲晓,以及她偷偷问过林普的那句"你是不是喜欢那个姐姐"。

翟欲晓当然也记得林普的这位行事稍显奇葩的"过命朋友"。

两个女生泛泛地打了个招呼,因为不熟且关系有些凌乱,彼此的笑容都略有保留。

他们约的是一家韩式烤肉店,跟店员说上菜就行了,不需要服务,于是全程都由林普一个人服务——花卷仗着自己是伤员心安理得地什么都不干。

翟欲晓和林普席间几番对视,几番欲言又止,都没能找到合适的时机公布两个人的关系……如果直接说"卷儿,我们交往了哦",显得非常不酷。

"你调回来的事有影儿没有啊?"翟欲晓问花卷,"实在不行就算了,反正坐动车也就四十分钟,比我早晚高峰期上下班用时都短,你干脆就在晋市成家立业吧。"翟欲晓这样说着,协助林普在烤盘上铺了张新纸,再漫不经心地将肉片摆出个心形。

"我上个月就开始在晋市看房了。"花卷说,"晋市的房价也真的是……并不比大都便宜多少啊。我原来以为同等条件能便宜个三四千,结果这回认真一打听居然只便宜一千六到两千。"

翟欲晓和林普露出同款惊讶脸,显然他们也跟花卷原来想的一样。

花卷一口气喝掉面前钱藻刚倒的苹果醋,露出啼笑皆非的表情:

"所以甭管是大都还是晋市,要是没有我爸妈补贴,我的收入只配得上去睡桥洞。"

钱藻在旁边很有眼力儿见地赶紧表忠心:"我不会让你睡桥洞的,卷儿哥。"

花卷转头说:"吃你的,哪儿都有你。"

林普留意到钱藻去夹没熟的肉,用镊子轻轻拨开她的筷子,提醒她:"牛肉没熟,你去吃猪五花。你要大酱汤吗?"

钱藻咬着筷子把碗递给他,过了片刻,收获一碗食材十分丰富的大酱汤。

钱藻借着低头喝汤的姿势悄声问林普:"以后如果有人问起,你能不能承认我真的是你过命的朋友?我们网红圈里没几个能有直博朋友的。"

林普不解地问:"有什么用吗?"

钱藻想了想,诚实地说:"显得我确实有品位,能够增加店铺流量吧。"

林普:"行。"

钱藻想起网上那些翻车的网红,再三叮嘱:"谁问都得承认啊。"

林普:"行。"

翟欲晓知道他们以前是什么情况,倒也不吃醋,只是觉得他们有趣,且看起来花卷与钱藻的关系貌似更有趣。但她吃着吃着仍是摔筷子了,因为花卷都踩她三回了,而她这晚穿的是刚刷干净的小白鞋。

翟欲晓瞪着花卷,没好气地呛他:"你吃醋踩我干什么?踩你女朋友去!"

花卷嚼着生菜叶子怔住,转头神情复杂地望向钱藻。

钱藻脸倏地一红,赶紧去看桌子底下。果然,在她和花卷的脚之间，赫然伸着翟欲晓的，小白鞋上确实已经有三个半片的脚印了。

钱藻慌得连声道歉，甚至都忽略了翟欲晓那句别有深意的"吃醋"。

花卷等她道完歉，轻描淡写地跟翟欲晓说："多担待点儿吧，我小女朋友是没你小男朋友懂事。"他说完这句话，"专注"地去翻动肉片，假装没注意到桌上几道几乎能把他点着的目光。

钱藻突然扭捏起来，不好意思地扒拉了下花卷的胳膊，问道："你真答应了？"

花卷给她夹出烤熟的牛肉，说："嗯，真答应了，你脚下有点儿数。"

翟欲晓问："你是怎么看出来的？"

花卷觑她一眼，说："我进门就看见林普在盘你的手指，跟墙根下的老头儿盘核桃似的。我警告你，照他那么盘下去，不出两个月能给你盘出老茧。"花卷抽出纸巾擦了擦嘴，慢悠悠地继续说，"而且你当我瞎？你低头看看烤架，你这都不声不响地摆了一晚上了，我再缺心眼儿能当它是个桃吗？"

林普下意识地低头看向烤架。他嘴巴微微动了动，但没有发出声音，因为不想承认自己缺心眼儿。他倒是没当它是个桃，以为翟欲晓只是看着空当随意放的。

花卷突然注视着林普的眼睛，轻声问："林普，你高兴吗？"他问这句话的时候，面部表情非常丰富细腻，非得用一个词概括，就是"温柔"。

林普一怔，眉开眼笑地说："高兴。"

由于大家各自都把话说开了，烤肉突然变得前所未有的香喷喷，大家下筷的速度明显加快，也叫来店员加点了两回各类肉食。

素食？素食不需要，成年人都是无肉不欢。

大家潦草地碰了个杯纷纷下筷，翟欲晓喝了口苹果醋压食，突然说有个问题需要再讨论一下。花卷直觉她没憋好话,果然,她接下来觍着脸问:"这顿饭谁请?"

一般应该是新鲜出炉的小情侣请客,十分钟前板上钉钉的是翟欲晓和林普,但眼前这不是有对饭桌上直接出炉、正冒着热气的吗?

花卷把耳朵一捂,做出死猪不怕开水烫的姿态。

林普习以为常地说:"我有钱,我来。"

钱藻"哟"了一声,说:"林普,真不是我看不起你,要不然我们去拉个银行流水比一比?"

最后他们决定这顿就吃钱藻了,没什么不好意思的。

"你以前就完全没有注意到卷儿吗?"大家熟了,翟欲晓问钱藻。

"我只知道他是林普的邻居,"钱藻诚实地说,"他那时候长得也不怎么样,个子不高,跟林普走在一起,画面都有些伤眼睛。而且他不爱运动,基本除了上下学路上都偶遇不到。"

有一说一,花卷有大约五厘米的个头确实是高中毕业以后长起来的。但花卷即便在高中时期的长相也不能用"不怎么样"来形容,绝对是经得起时间考验的耐看,只能说那个年纪的女生欣赏不来单眼皮帅哥。

花卷笑着说:"你继续说不要停,照这个路子下去,你很快就能恢复单身了。"

钱藻做了个给嘴巴拉拉链的动作。

饭后两两散去,翟欲晓跟林普一路聊到八千胡同。

翟欲晓能感觉到林普其实挺喜欢钱藻这个朋友的,席间他甚至会主动逗她两句,神情非常放松。

翟欲晓问他高中毕业后为什么不跟钱藻保持联络。林普沉默片刻说，不确定钱藻有多喜欢他所以没法儿联络——他其实知道钱藻直到高中毕业仍是喜欢他的。

翟欲晓轻轻拍了拍他的肩膀，安慰他："以后可以联络了，人家姑娘一晚上根本没看你几眼，都扎花卷身上了。"

车子缓缓地停在胡同口的墙根下，翟欲晓解开安全带正要下车，却突然被林普抓住了手腕。他非常认真地问她："你真的喜欢我吗？"

翟欲晓在雾市的那句"不行"始终响在耳侧，林普当时没有问"为什么"，因为他自己每次跟别人说"不行"时的原因不外乎"我不喜欢""我不愿意"甚至是"我讨厌"。

翟欲晓重新坐回来，说："我早就想跟你解释清楚了，林普。"

翟欲晓谨记翟轻舟的寄语——真诚、坦荡、鲜活、丰沛、自由、勇敢，徐徐向林普剖析着自己的心路历程。

"我以前也喜欢你，不过是零零碎碎的喜欢，我自己回顾了一下，最早大概是在一家石锅鱼店里你被逼着叫我'姐姐'时，但是我一直觉得跟你在一起这件事情很离谱。我们一起长大，我对你熟悉到什么程度呢……我知道你屁股下面大腿根上有个被狗咬出来的疤瘌，我还看过你青春期大早上起床洗小裤衩——当时不懂事，后来还能不懂吗？所以我自己修炼了'悬崖勒马'的独门绝技，只要后脊梁骨一麻就立刻转移自己的注意力。久而久之，就觉得维持原状也挺好的。

"在雾市你突然表白了，我立刻就慌了。我自己私底下瞎琢磨是一回事，因为不理会它也就过去了——但你也参与进来是另一回事。我首先觉得咱们不般配，年龄不般配，性格也差强人意。实话跟你说吧，我小时候跟你沟通还得靠着花卷的提点，花卷都比我细腻些。此外我也担心万一咱们最后没成，白白葬送了这么多年的情谊。最后这点我肯定不能接受。

"结果我的一句'不行'直接就造成你躲着我的局面,这让我前所未有地暴躁,那些天看见谁烦谁,差点儿把我老板炒了,哦,跟'吴三俗'硬磕也是这个原因。以前他时不时地胡说八道,我忍忍也就过去了,毕竟他也不是金戈大厦里最低级的,但既然刚好撞我枪口上,那就不能留了。

"紧接着我见到了曹溪。我第一回见她就觉得不舒服,虽然没跟她对上话,但是觉得她不适合你。第二回见她,她在背后说你闲话,我一边替你出气一边偷偷高兴,心想,哎,我说什么来着?她果然不适合你!然后踏出餐厅的门,我就顿悟了:我真虚伪啊,我其实明明是自己想跟你在一起试试的。"

林普没有料到能听到这样推心置腹的一番话。他怔怔地望着翟欲晓,大脑一片空白。过了一会儿,他突然说:"我爱你。"

翟欲晓的后脊梁骨立刻麻了,她轻轻地"哐"了一声,面红耳赤地伸手跟林普拥抱。她突然有些嘴拙,嘴巴动了半天也没能成功地回他同样的一句话以配合当下的氛围,但那并不重要。

林普本来只是载翟欲晓回来,没打算上楼。隔天炼石实验室的负责人之一在Q大有个讲座,施教授特别点了他的名字,要求他务必到场听课。结果他正要倒车离开,不经意地往上一看,自家的窗户居然亮着灯。他在夜色里踌躇片刻,重新将车贴着墙停下,解了安全带下车。

林漪坐在饭桌前支着下巴发呆,在她面前,一碗被吃掉一半的清汤挂面正散发着葱香。

白日里热得叫人受不了,恨不得跟蛇似的蜕层皮,夜里起了风就舒服许多了。所以此时家家户户都敞着玻璃窗,只关着最外面的纱窗,小小斗室里的生活碎片也都暴露在夜色里任人攫取。

楼下邻居们的家里总是特别热闹。三楼柴彤家里是足球解说员的声音,应该是现场直播,不然翟轻舟不至于如此真情实感地暴躁。二楼花卷家里再次传来姚思颖呵斥花长立滚去洗澡的声音,听不见花长立的声音,但林漪想,多半是推托的诡辩。一楼的声音就听不到了,但是他们家里有个日夜颠倒的小女婴,这个点应该正在啼哭。

…………

其实林漪搬到这里没住几个月就想搬走了,倒不是因为这里有什么不好,而是这里也没什么特别好的。但林普舍不得他的两个小伙伴,只要一看到她整理行李箱就捂着眼睛抽泣,可烦人了。

林漪一边习惯性地想着林普可烦人了,一边觉得奇怪,因为此刻再回忆起林普小小的人儿抱膝蹲在行李箱里不许她往里放衣服的样子,居然觉得他并不烦人了。要知道她当时可是气急败坏地直接拎他出来打屁股的……不过小孩儿挨揍也哭不出声,是再小一些的时候叫一个上门来闹事的混混给吓的。

门外突然响起的钥匙声惊醒了林漪,她重新拿起筷子胡乱地拌了拌面,与开门进来的林普打了个照面。

"你怎么回来了?"林漪问。

"你怎么在家?"林普问。

两个人不由得都顿了顿。

"跟晓晓和卷儿聚了个餐。"林普说。

"流感,怕传染给客人。"林漪说。

…………

林普转身把钥匙放到玄关架上,再从鞋柜里取了拖鞋,问:"去看过医生了?怎么没去 Brandon(布兰登)那里休息?"

林漪的 M 国丈夫叫 Brandon Ellison(布兰登·埃利森)。

林漪说："医生说休息就行了。Brandon 的祖父过世了，他回 M 国奔丧，也顺便再补充一些我这边移民需要的资料。麻烦死了。"

说到"麻烦死了"这四个字的时候，林漪又摆出了一脸的不耐烦。

林普不置一词，只点头表示听到了。他看一眼她碗里差不多被拌成糊糊的挂面，问道："我再给你煮一碗吧，这不能吃了。"

林漪打了个哈欠，懒洋洋地说："不用了，不想吃了。你明早起来去胡同口给我买份八宝粥，再来一屉灌汤包，要芹菜猪肉馅的。"

林普说"好"。他需要起早赶去学校，但可以买来给她温在锅里。

林漪的手机突然振动，是网络来电。她娴熟地用英语跟人聊着，趿拉着拖鞋回卧室了。

林普收起碗去厨房洗，在要倒掉面条时，自垃圾桶里发现了黑漆漆的药渣。林漪是个特别怕麻烦的人，能打针就不吃药，遑论还需要自己花时间熬制的中药。他皱眉刷了锅碗，再将冰箱里快过期的牛奶丢掉，林漪喝牛奶从不注意保质期，然后前去敲了林漪的门。

林漪敷衍着对方结束通话，跟林普说："刚才忘了交代你，我上午给你转了五万块钱，结果没注意设定的是二十四小时到账，你明天记得查收。"

林普一愣，说："我有钱。"

林漪笑了："褚炎武的钱不能算。你说的是 Q 大给的那仨瓜俩枣的补助？"

林普说："我知道了，我明天留意下。"

林漪的手机响个不停，新消息不断进来。她低头意兴阑珊地翻阅着，仿佛忘了林普的存在。

林普早就习惯了这种不经意的遗忘。他再度敲门以引起她的注意，问道："我见垃圾桶里有中药渣，是医生给你开的？"

"啊，对。"林漪回复着对方的信息，漫不经心地回答，"但不是治疗流感的，是治疗妇科炎症的。不是都说妇科病中医看得比西医好吗？啧，就是得自己熬药，很麻烦。"林漪说着说着声音就低下去了。她盯着屏幕上的内容，露出感兴趣的样子。

林普慢半拍地"啊"了一声，关门离开。

他简单地整理了下房间才去洗了个澡，刷到翟欲晓的朋友圈，看到她给她自己做了个二十一天早睡计划表。按照她计划表上的时间，此时她应该已经睡了。他不太相信她能按表行事，但仍没打扰她，独自去了楼顶。

帐篷是烂得实在没法儿补了才被拆掉扔了的，也就是前两年的事。

楼里其他的邻居跟翟轻舟商量，既然帐篷也不能用了，那就拆掉腾个地方给他们晒点儿东西。翟轻舟上去看了看，帐篷确实没法儿用了，从上至下被撕出一道很长的口子，虽然上面有塑料棚遮着，但帐篷的布料也有要烂的迹象了。他只好答应，并跟邻居一起实施了拆除行动。

但是拆除行动开始之前，他专门拍了几张照片传给林普，第一给他留作纪念，第二兹以证明确实是烂到不得不拆了。至于翟欲晓和花卷？他们没心没肺的，不必理会。

林普几天后回来，盯着空荡荡的那片区域，半晌没能说出一句完整的话。翟轻舟在呼啸的大风里大声跟他说："没事啊，咱回头再买一个新的。"

但是三个小伙伴只剩下翟欲晓是常住人口，实在没有再买的必要。

林普坐在楼檐上，两条长腿垂在外侧。他低头向下看了看，有点儿头晕，但在可忍受范围内。他支着下巴怔怔地望着远处星罗棋布的灯光，脑海里是在这里长大的几千个日日夜夜。

他记得胡同里胡子拉碴的男人、"砰砰砰"的踹门声、夜半堆不成的雪人,也记得自己在哪里跌倒、被谁抱起来哄、吃了谁家焦脆的炸春卷……

再去找医生看看吧。林普闭上眼回忆着翟欲晓的气息,心想。

八月末,在林漪与人结婚三个月后,褚炎武终于听闻了这则消息,这是第一重打击。他突然意识到林普早就知道却并没有告诉他,这是第二重打击。

双重打击之下,褚炎武整个人都魔怔了。他奈何不了林漪,就拣着软柿子捏,给林普打电话,勒令他必须马上出现在自己面前。

林普正跟师兄讨论新的算法,听着电话里父亲崩溃的声音,跟师兄道了个歉,立刻开车回去了。他一路疾驰回到褚家,与褚元邈打了个照面。褚元邈正站在客厅里叉着腰喝水,黑色的裤子上有两个很明显的鞋印。

"什么情况,是谁踹的?"林普问。

褚元邈食指向上一指,露出一言难尽的表情。而立之年了,谁能想到呢?他不久前还人五人六地在跟合作伙伴规划日料店的未来,转瞬就被亲爸踹屁股了,而且还是两脚。

褚元邈也是背时,他早就搬出去自己住了,平常一个月回不了两趟家,偏巧这天就赶在这个时间点回家了。他眼见褚炎武神色不对,难得孝顺地上前询问,奈何褚炎武心气不顺时宛如疯狗,张口便要咬人似的,二人三言两语便大吵起来。

褚元邈的脾气跟他爹是一脉相承的,于是,在几乎要掀翻房顶的激烈争吵中,褚元邈当头给了他爹第三重打击——他和大哥也早知道林漪的婚讯,也没有告诉他。

褚炎武愤怒到了极点，抬腿便给了他两脚。

褚元邈初中毕业以后就没被褚炎武这样踹过了，所以愣怔了片刻，一言不发地拉开门便出来了。

"老头子知道你妈跟人结婚了，"褚元邈无奈地说，"看得出来他确实挺伤心的。虽说他也活该吧，但毕竟也是奔六的人了，心血管不太好，你尽量给他留着点儿脸。"

褚元邈这样叮嘱完，牙疼似的揉了揉下颌，补了句："不要学我。"

林普没出声，拾级而上。

二楼书房里，褚炎武刚刚照墙砸了一方红丝砚。他听到敲门声，暴怒地吼了句："滚进来！"林普推门进去，便与一双几乎要喷火的眼睛正面撞上。

褚炎武倏地站起来，直扑林普而来，咄咄逼人地说道："林普，你是不是到现在都特别烦我？！是不是不管我做什么，咱爷儿俩早年的那点儿纠葛都过不去了？！我给你当爹，当得跟个孙子似的，窝囊极了，说什么、做什么都得先观察观察你脸上是阴是晴……你就眼睁睁地看着我跟个傻子似的跟你那个悄悄嫁人的妈耗着？！"

林普垂眸望着褚炎武微微抖动的手指，沉默片刻，面无表情地说："你上一任女朋友比我都小，我以为你早就没跟她耗着了。"

褚炎武难以置信地瞪着他，突然连吼两句脏话，转头一脚踹到实木茶几上，然而茶几太重了，并没有被撼动一丝一毫。他憋着的火撒不出来，抓起茶壶和茶杯照墙砸。

也不知砸到第几下，林普突然痛呼一声，褚炎武抓着最后一个茶杯仿佛被定住了。

父子俩在突然的静默里四目相对，均是瞳孔微微收缩。褚炎武自己的额角和下颌被反弹的碎片擦出了血，林普右边的脸颊也被反弹的碎片擦出了血。

褚炎武无奈地扔掉茶杯,眼圈瞬间红了。他靠桌角半倚半坐着,抬手抹了把眼角,嘴里骂了句"混账东西",也不知是在骂林漪还是林普。

林普注视着他,突然说:"我也是事后被通知的。"

褚炎武没有任何反应,仿佛没听到。片刻后,他疲惫地吩咐:"去给伤口消个毒。"

林普伸手轻轻地触了触伤口,立刻转身出去了。

褚炎武满脑子都是下午林漪给他展示的结婚证。他按捺不住怒火,质问林漪为什么不早与他说。林漪满不在乎地回答,并没有特意与他说的理由。

褚炎武回忆着林漪说话时的表情,忍不住苦笑。因为林漪说的并不是气话,她确实没有特意告诉他的理由。在她心里,他甚至连"弃之可惜"的鸡肋都不是,这些年不管他如何对她,她从来没有松过口。

林普片刻后重新推门进来,无视褚炎武的酸楚,不耐烦地将蘸着碘伏的棉签直接按到他的额角上。

"自己按着。"林普板着脸说。

…………

林普在接下来的几天里无可奈何地频频往返褚家和学校——褚炎武因为两支碘伏棉签蹬鼻子上脸了,一天打三四个电话,变着花样地催着林普回去看他。林普念及他一把年纪"失恋"且"心血管不太好",只好忍耐着。

与此同时,翟欲晓这边也不安生。

翟欲晓的姥爷柴海洋突然去世了。他去世前没有任何症状,只是某个早上到点没起床,柴簌簌剥着茶叶蛋去卧室里叫"爷爷",从门口一直叫到床前,没有得到任何回应。毛惠君跟着进来,一探鼻息,当场软了腿。

"我起床的时候他还好好的呀,我问他跟不跟我去遛弯,他反手推了我一把,骂骂咧咧的,我就回骂他一句,自己起来出门了。"毛惠君喃喃地跟柴彤唠叨着,"头天晚上吃的是什么来着?你让我想想,啊,是小米粥。他吃了大半碗,就着燕清给炒的土豆丝和他自己不知道从哪里翻出来的酱黄瓜。你说会不会是酱黄瓜的问题?他就是烦人得很,有新鲜的黄瓜不吃,就好这口,我跟他生了多少回气了……"

柴彤眼里蓄着泪,轻轻地揽着毛惠君,轻声说:"行了,妈,跟酱黄瓜没有关系,你别再想这些东西了。爸爸人也没受什么罪,是睡觉中老了的,一瞬间的事……我找不见爸爸的锁了,就是以前奶奶留给他的老房子的锁,我们一起找找,给他放到瓷坛里吧。"

毛惠君用衣角擦了擦眼泪,起身说:"他自己老是乱放东西,找不到又要发脾气,死老头子。所以我就给他收起来了,但收到哪里我现在也想不起来了。"

柴彤说:"那就慢慢想,不着急啊。"

骨灰盒被载到墓地,柴续和柴彤在墓地管理员的忽悠下补买了几百块的随葬品,有领魂纸鸡、守护神、福荫币、玉石元宝、各种尺寸的红布等,与之前风水先生交代置办的那些零碎物件一起安放到墓穴里。墓穴封盖以后,柴续在碑前摆了糕点、水果、酒等供品,然后一行人开始纷纷上前磕头。

翟欲晓磕完头起来,心里突然一动,转头向右后方望去。右后方的柏树下有两个年轻男人,他们互不认识,但一直望着同一个方向。翟欲晓的眼泪突然就憋不住了。她轻轻扯了扯柴簌簌,哽咽着说:

"姐,你往后看。"柴簌簌眼睛红红地茫然回头,瞬间也哭成狗。

那两个人是悄悄跟来的林普和张罗。

柴彤和翟轻舟要在西城陪伴毛惠君并留宿,林普便载着翟欲晓先回。太阳西沉,正是晚饭时间,翟欲晓却没什么特别想吃的。林普在路边停车,带了重口的烧烤,再拎两瓶她最喜欢的本地汽水,然后,去了附近正筹划要建植物园的一个荒坡。

夕阳挂在前方大道上空,林普绕开地上一块倒下的广告牌,微微侧头,被翟欲晓喂了一口橘子味汽水。他最后将车停在柏油路和泥土路的交界处,熄火、关空调,再降下两侧车窗,慢吞吞地解开了烧烤袋子。

"你的脸怎么了?"翟欲晓突然问。

"被茶杯的碎瓷片崩了下,一点儿擦伤,就快好了。"林普说,"烤鱿鱼和烤玉米你先吃哪个?"

翟欲晓轻轻地搓了搓他的脸,叮嘱他"下回注意些"。她顿了顿,下巴向着烤鱿鱼的方向轻轻一点。

"我表弟麟麟小时候生病需要配型捐干细胞的事你记得吗?"翟欲晓突然问,没等林普回答,便继续说,"我以前偷听过我妈和卷儿妈聊天,过程有一点点曲折,映射出来我姥姥、姥爷的态度让人有些难受。其实我小时候偶尔去我舅舅家住,也并不是不能感受到那种细微的差别对待,但我尽可能地忽略。我爸爸说,生活就是糖里裹着屎,人人都这样。

"但是今天在墓地里磕头的时候,我脑子里只剩下小时候姥爷给我饼干的画面。簌簌不在跟前,麟麟那时还没出生,我姥爷穿着上下四个兜的老式夹克,叫着我的名字,脸上的褶子都笑没了……这些年那些没法儿宣之于口的隔阂都不见了,因为人都没有了,也就都没有意义了。"

翟欲晓茫然地絮叨着，没有意识到眼泪糊了一脸。她第一回感受到什么叫"永别"。"永别"就是喊"姥爷"这个称呼以后再也没有人应了，直到她自己的生命也走到终点。

林普左手托着她的下巴，右手抓着纸巾，不嫌弃地一点点揩干净她的眼泪和鼻涕。他与她之间，通透善言的向来不是他，所以他也就没有费劲儿地乱说什么。这种时候其实说什么都显得不痛不痒。

"啊，不说了，不说了。"翟欲晓抓过林普手里的纸巾擤了把鼻涕。

西城柴家一波未平一波又起。

柴续在墓地见到张罗，回家火冒三丈，点着柴簌簌的额头质问她到底什么情况。她不想在这个时候跟他起争执，说以后再解释，扭头便要出门。

柴续的霸道脾气哪允许她出门？他直觉自己被两个年轻人愚弄了，厉声喝着"把话说清楚"，同时一脚踹向之前摆放供品的小方桌。也是无巧不成书，小方桌向前一晃，斜着撞向柴簌簌的膝盖弯，她直挺挺地跪倒在地上。

"爸，你干什么？！"柴麟麟叫道。

"柴续，你想干什么？！"柴彤瞪起了眼睛。

半个小时前，翟轻舟载着毛惠君跟梁燕清出门给一个姑奶送黑布了——给仍在世的五服以内的长辈送块三尺三寸的黑布，是大都本地的白事规矩之一。他们看出柴续自打从墓地回来就憋着火，特地把这两个人留下来。

柴续接连听到两声呵斥，且一声还是来自不孝儿子，面色立刻变得铁青。他绝不是故意踹倒柴簌簌的，但也绝不可能道歉。

"你们倒是问问她,这一脚她该不该受?柴簌簌,你可真是我的亲闺女!我这些年忙前忙后地送出去多少烟酒、给你组了多少相亲局?!老赵的海归侄子、老孙媳妇家的高管表弟、老周律所年轻有为的律师……你嫌这嫌那,一个一个地给拒了。行,我不能按着头逼你嫁给他们是不是?我闺女眼光高也不是坏事对不对?结果你就是这么把我当猴耍呢?!你可别跟我说,他就是碰巧出现在你爷爷墓地附近的!我能养出两个大学生,我没那么缺心眼儿!"

——柴麟麟八月初收到本地一所普通二本的录取通知书,此时刚刚熬过大一为期两周的军训。

柴簌簌把着柴麟麟的胳膊起来,她叫了声"姑姑",阻止柴彤跟柴续对喷,转头面对着暴跳如雷的柴续,冷静地说:"我只是想给你时间缓和下爷爷去世的情绪,没想再编瞎话,因为你不能再浪费我的时间了,爸爸。"

"事实上,我跟张罗只分开了二十六天,就是他刚去藏区支教的前二十六天。我假借出差辗转找到了他。哦,有件事情得告诉你,他去支教的地方太偏了,有一截山路不通车,我翻山的时候差点儿被人拖到山坳里强奸了。总之,我找到了他。我们这些年一直在一起——到死也都会在一起。"

柴续的眼红得像是充血了。如果词典里有图例,"目瞪口呆""勃然不悦""怒不可遏"这三个词语旁边的配图都应该是柴续的这张脸。

"收拾你的东西滚。"柴续说,"衣服、各类证件、你那些抗过敏的药,能带走的一起全部带走,剩下带不走的就直接去街口的垃圾箱里翻吧。"

柴续说着就要回卧室。

"天都要黑了,你让她去哪儿?!"柴麟麟嚷道。

柴续闻声突然回头紧盯着柴麟麟的，后知后觉地发现柴麟麟从头到尾没有一些惊讶，仿佛早就知道他姐姐的情况。柴续眼前倏地一黑。

"你也滚。"他喃喃地说。

…………

柴簌簌扑到柴彤怀里，哭得像个丢失了二十年时光的小女生。她并不后悔自己说话难听，因为在此之前，她已经使尽浑身解数了，但是柴续油盐不进。虽然不后悔，但柴续最后的表情还是让她心如刀割。

她也希望自己仍然是趴在柴续膝头"嘿嘿"傻笑着看动画片的小姑娘、一天到晚脑子里只琢磨着怎么给娃娃打扮的小姑娘、戴着耳机哼着歌做着有固定答案练习题的小姑娘……她也不愿意长大，但她就是长大了。

翟欲晓昨夜只睡了不到四个小时，耳边一直是柴簌簌的哭声——柴簌簌没有顶风去投奔张罗。姐妹俩深夜一见面就抱头痛哭了一场，各自追忆着爷爷、姥爷，倾诉着来不及弥补的遗憾。至黎明，就只剩下柴簌簌一个人在"嘤嘤嘤"了——跟张罗有关的"嘤嘤嘤"。翟欲晓翻个身，嘟囔着劝两句，再翻个身，再劝两句，循环往复，直至天色大白。

"簌簌姐，你的荷包蛋放不放糖？"

"两滴香油就行了，不放糖，谢谢林普。"

柴簌簌早上揉着脑袋出来，刚刚取出鸡蛋，林普就拎着灌汤包和蔬菜粥开门进来了。她恹恹的，似乎不想吃外食，他便替她煮了荷包蛋。

"我去叫晓晓起来？"柴簌簌捧着碗问。

"不用了，"林普说，"不上班就让她睡到自然醒吧，我也要回学校了。"

翟欲晓正赖在床上,听到林普要回学校,立刻翻身坐起,手忙脚乱地往睡衣里塞内衣,同时急切地大叫:"林普,你进来。"

两个人在昨天之前已经有十日没见面了。她跟林普前后脚出差,一个去了海市,一个仍是去了归省——林普和师兄们可能将要一直忙到十月中下旬。

因为在一起的时间太过宝贵了,就不浪费在梳洗打扮上了,反正她三天不洗澡的样子林普也不是没见过。

柴簌簌支着下巴望着翟欲晓房间半掩的门,听着门里翟欲晓带着轻微鼻音的一声声"林普",眼泪"吧嗒吧嗒"地往下掉。翟欲晓曾经羡慕她拥有限量版的娃娃,却不知道她一直羡慕她拥有的一切。

人生真是起起落落。柴簌簌用手背抹了把泪,咬破了荷包蛋,苦中作乐地这样想道。

柴簌簌仍不想顶风跟张罗明目张胆地同居,因为她依旧对得到父母的首肯抱有幻想。她打算申请公司宿舍以掩人耳目——以她的职位能申请到面积不小的单人宿舍。但就在申请表格确认提交的那一刻,她接到了梁燕清打来的电话。结束这通电话以后,她滑动鼠标至右上角关掉了页面,并留言交代柴麟麟帮她把留在家里的东西直接送到张罗那里。

她在极痛中顿悟了,有些东西得不到就算了,不必执着。

梁燕清虽然因为柴簌簌这些年一直不恋爱,时不时地跟柴续闹一闹,怨他当初手段极端地赶走张罗刺激了闺女,但如今张罗真的回来,且经济状况并没有比刚毕业时有多少起色,她的感觉便很复杂了。柴续再趁势在一旁急赤白脸地一通分析,她便完全跟着他的思路走了。

梁燕清动之以情、晓之以理地向柴簌簌阐述她与张罗在一起的不可行性，总结起来就是振聋发聩的一句话：贫贱夫妻百事哀。

"当人家开着百八十万的轿跑而你却灰头土脸地推着小太阳电动车时，当人家盯着限量版的包包蠢蠢欲动而你购个快销品牌都得斤斤计较、货比三家时，当人家动不动就出国旅行而你犹豫很久要不要去三亚最后决定不去时，当人家孩子一口流利的英文、法语、西班牙语而你的孩子甚至都去不起夏令营时……你是我们娇惯着长起来的，你能忍受这种落差吗？"

梁燕清自己把自己说得泪眼婆娑，越发坚定了要柴簌簌跟张罗分开的想法。柴续说得没错，虽然他没控制住脾气，踢出去一脚是他不对，但这事关乎柴簌簌的一辈子，天底下哪有父母不盼着儿女好的？

柴簌簌松开鼠标，揉着脑门儿说："我的朋友里确实有开百十来万轿跑的，有没完没了地收集限量包、限量鞋的，有最远跑到南极旅行的……但这并没有影响我跟张罗从大二开始交往了将近十年。这居然证明不了什么吗？妈，你们为什么一生都致力于去跟旁人比？比赢了是能多活十年吗？你们就是不能理解'人与人的追求可以不同'这件事吗？他做的饭很好吃，他的小三居很好住，他带我去的所有我没去过的地方我都觉得很好玩。是我在过日子，我觉得好就行，不需要你们觉得。"

梁燕清不为所动，沉默了一会儿，说："你爸说得果然没错，你们这些年轻人做决定只靠头脑发热。簌簌，我问问你，等你以后有小孩儿了，小孩儿有一天抱怨你让他输在起跑线上了，那时你要怎么回答？"

柴簌簌说："首先，我不可能养出一个把起跑线挂在嘴边的窝囊废孩子；其次，一个没有独立人格的、随波逐流的、不开心的妈妈才是小孩儿的灾难。"

梁燕清辩不过她，微微一滞，悻悻地说道："喊，你是 S 交大毕业的，脑子转得当然比我这个高中学历的快，一套又一套的。但不管怎么说，你跟张罗的事，我跟你爸都不同……"

柴簌簌至此彻底放弃了。她打断梁燕清，说："我姑姑和姑父至今都住在他们结婚时的那套房子里，车子不开到报废标准就不主动淘汰，你们人前人后没少埋汰人家，但我从小就希望能生长在他们家。我姑姑和姑父向来是有商有量、同舟共济，从来不存在一方一瞪眼、另一方就不敢吱声的情况，因此晓晓无论在他们谁跟前犯事都有百分之一百的安全感。而我们家所有人都是爸爸的附庸，都得听他的，你也得听他的……因此我从小就知道，你没法儿给我遮风挡雨。"

梁燕清哽咽了。她深吸一口气，极力压制着情绪，说："柴簌簌，我这么多年伺候你吃喝、娇惯着你，就得到你这样的评价？你有没有点儿良心？"

柴簌簌也哽咽了，但她藏得比梁燕清好，继续说："有个问题我憋很久了。妈，张罗当初来家里之前，你其实知道爸爸的真实态度对不对？你那天一早起来神情就很恍惚。你觉得不妥当，但你不敢阻止他，也不敢背着他告诉我。"

电话那端在长达十秒钟的静默后挂断了。

柴簌簌给柴麟麟发完微信，怔怔地望着自动锁屏的电脑屏幕。桌上的内线电话在响，她失魂似的无动于衷，在电话铃声就要停止时，她接了起来。

"合同上季度汇率调整是通过对比年度基准汇率和季度基准汇率之间的百分比差异来确定的，正负两个百分点是一个区间……他们最后一个季度要修改合同？有说明是什么原因吗？行，那你跟他们约个视频会议吧，现在是夏令时，有六个小时的时差。嗯，那我把下午四点到六点之间给他们空出来。记得叫上法务部的陈经理。"

她的声音听不出来任何异样，这是一个"上班族"最基本的修养——只是中途抓起水杯喝水润喉的时候，她拇指的指关节极轻极快地从眼头划拉到眼尾。

第十一章
我们是一边的

翟欲晓准备给林普个惊喜，没跟他打招呼就来了Q大，结果证明，生活到底跟影视剧不同——林普不在。

也就是她缩在林普寝室门外琢磨着要不要直接打个电话的几分钟时间里，窗外突然乌云密布，片刻，大风忽起，在建筑与建筑之间左突右冲，仿佛凶猛的小兽在痛苦嘶吼，令人心生怯意。她想赶在大雨落下来之前躲进门里，遂再无任何犹豫，快快地踢着林普寝室的门，给他打了电话。

身后却传来电话的铃声。

翟欲晓惊讶地转身，林普便砸到她怀里了，继而是林普那只依旧在响的手机。翟欲晓手忙脚乱地将只剩下模糊意识的林普抵在墙上，向林普的师兄之一包朦投去问询的目光。

包朦气喘吁吁地擦了把汗，将钥匙插进锁眼里，说："你来得太是时候了。"

包朦疲惫地颤抖着手指头开门开灯，再与翟欲晓一起安置好林普，三言两语跟她解释了下情况。他们是跟金属和材料研究院的几个师兄喝的酒，就在Q大旁边的饭店里，没其他乱七八糟的人；林普本来酒量就不好，也就二三两的量，这天大家混了酒喝，他直接就被撂倒了。由于此刻电梯里还瘫坐着一个正等着他扶去其他楼层的，他就不多留了。他让翟欲晓照顾好林普就行了，也不必出门送。

翟欲晓："……"

翟欲晓从头至尾什么话都说不出来，只能频频点头以表示自己参与了这场"对话"。包朦的嘴皮子倒是不快，但是句与句之间极富节奏感，她根本插不进去话。

包朦交代完就大步离开了——他还周到地给他们带上了门。翟欲晓对着门礼貌地一点头，可算吐出了一直卡在喉咙里的一句话："谢谢师兄。"

大雨劈头盖脸地浇下来，里头裹着绿豆大小的冰雹，大都措手不及，在将落未落的暮色里荡起一层白蒙蒙的雾。翟欲晓不敢推开阳台的门细看，只能尽可能地向前。她打开手机镜头，上上下下地找角度拍了一小段天气视频。

床上的林普有了点儿动静，翟欲晓立刻跑到跟前，结果他只是翻了个身而已。

翟欲晓刚刚倒了杯水，此刻刚好能喝了。她伸手轻轻地推着他，叫他起来喝水，同时一一解开他的衬衣纽扣，准备等他坐起来时给他脱掉前襟有些潮湿的衬衣。

"起来喝水，林普。"翟欲晓叫着，"听到没有？喝杯水再睡。"

"……"

"喝水，喝水，喝水……林普，喝水。"

"……"

林普翻了个身，尚未来得及睡熟，翟欲晓像和尚诵经似的重复叨叨着"喝水"，终于扰得他微微抬了抬沉重的眼皮。他醉得脑子里仿佛正转着个陀螺，眼神涣散，思维混乱，却仍清楚辨认出面前的翟欲晓。翟欲晓是谁？嗯，是自己喜欢了很多年的楼下姐姐，是正在交往的女朋友。

林普的眼睛红红的。他含混不清地叫着"晓晓",说自己起不来。

翟欲晓跪在床上,额头青筋跳着,使蛮力抱他起来。

林普捧着水杯喝水时,她很有先见之明地伸出手在他下巴那里接着——果然接了一手的水。

"你不要脱我衣服。"林普喝掉半杯水的时候停下来说。

"啊!你不要脱我衣服。"林普又喝了两口,再度停下来。

翟欲晓瞪着被他的肘部挂住的袖子,十分无奈地晓之以理:"林普,大家都是成年人了,你女朋友脱你件衣服为什么不行啊?"

林普此刻脑子里是团糨糊,根本说不出所以然来。他没有听懂翟欲晓的言外之意。他有些不高兴地把水杯塞回到她手里,耷拉着脑袋试图将衣服重新穿好,但他手软脚软,实在有心无力。

翟欲晓正欲趁他脑子不清楚继续消遣他,目光不经意地掠过他胳膊内侧,瞳孔猛然收缩,再也没声了。

"你回家吧,我要睡了。"林普平躺下去,盯着天花板喃喃地抱怨,"啊,不要下雨了,吵死了。"

翟欲晓跟被雷劈了似的僵硬地靠床坐着,分针在表盘上转了大半圈,但对她而言只是一瞬间。楼外冰雹砸窗的声音不知何时停下了,只剩下大雨,一点儿也不见颓势。

过道另一边的宿舍,有人敲着门在玩斗地主。翟欲晓听到他们的欢呼声,陡然清醒。她转身跪坐在微凉的地上,小声地叫了两声"林普",没有得到他的回应,便知道他睡熟了。她推着他翻过身去,彻底扯掉了他的衬衣袖子,再度怔住了。其实这个角度已经能窥见他肘部稍微往上部分的情况了。她深吸一口气,吸到肺叶都有些疼了,才慢慢地卷起他 T 恤的袖口，一直卷到底，那密密麻麻的伤痕便再也无所遁形了。

如果中文的形容词也能像英文似的有个最高级，此处的"密密麻麻"后面势必要加"est"。大约是因为短袖能够遮挡的面积有限，而大夏天要是突然穿长袖简直就是明目张胆地在昭告自己很奇怪——所以当事人特别善于见缝插针地划拉。

翟欲晓的眼睛里含着泪水。其实她有机会更早一些发现的。他当时收到了她网购的两套睡衣，只试穿了黑条纹衬衣长裤的那套给她看，卡通背心大裤衩的那套他先是嫌弃幼稚，然后频频揉眼睛，仿佛很累，她便作罢了——当时将近午夜了，而他刚从实验室回来。

明明喝酒的是林普，脑子里仿佛被抡锤子的却是翟欲晓。她没忍住哭出了声，但怕惊醒林普，立刻死死地捂住嘴憋了回去。她真想揪他起来问问，要是割的位置歪了怎么办、要是感染了怎么办……她突然想到了什么，重新翻起他的胳膊检查，似乎确实没有新伤，看着都像是起码三四周以前的。

翟欲晓没办法想象林普默然不语、一刀一刀划向自己的画面——他的教养让他排斥这种发泄方式，所以这种时候他必然是沉默不语的。一想到这里，她真的有种肝肠寸断的感觉。

林普在她眼里和心里，自始至终是干净卓然的模样，沾了灰都不行，何况是沾了血。她急喘着抹了把脸，希望借这个动作平静一下情绪，然而并没有什么用，眼泪仍然汹涌而出。

楼道里接连传来关门声。此刻已经十一点了，本科生宿舍楼一栋接一栋地熄灯了。硕博生宿舍楼虽然没有规定熄灯时间，但是各寝室也都闭门谢客了。

翟欲晓的双肩一抖一抖的，艰难地往回憋着眼泪，反而发出了比较大的哽咽和吸气声。她转身狠狠地瞪着林普，几度想掐醒他，又几度不忍。

林普扯掉被子，蜷成"大虾米"，右手搭在翟欲晓的胳膊上。大约是酒后内热，他的脖颈和掌心都微微沁出了汗。半晌，翟欲晓嘴里憋出一句有些温柔的脏话，俯身轻手轻脚地给他揩掉。

后来在翟欲晓和林普的婚礼上，翟欲晓沉吟良久，最后破天荒地用一句有些矫情的"比爱更爱"来总结她对林普的感情。如果问她是什么时候发现自己比爱更爱的，大概就是这一夜她趴在床边用濡湿的唇轻轻触碰他伤疤的时候。她感受着他在某些谁也不知道的时刻的困兽般的迷茫和虚弱。

林漪倔强不低头，林普其实也不遑多让，只不过两个人坚持的方向不同，一个是外扩一个是内卷。此刻翟欲晓又庆幸自己是他的女朋友，而不是别人。

雨在半夜里减弱了，至天将破晓时彻底停了。

林普翻了个身，大脑里有了清醒前的模糊意识，然后倏地睁开眼，与此同时，全身的寒毛立即竖起来了——他怀里居然躺着个人！但下一刻他稍稍放松了，因为感受到了翟欲晓的气息。

林普正欲收回胳膊，余光瞥到丑陋的伤痕，猛地僵住了。他感觉自己周身骤然极热如火，又骤然极寒如冰；心脏骤然揪紧，又骤然四分五裂。

翟欲晓回忆着跟林普一起长大的一幕幕，一夜未睡，待林普在模糊的天光里骤然绷紧神经时，她想到了她教唆他"闹得凶一些，掀了桌布"的桥段。

翟欲晓抓住林普的手，一口咬住了他的食指。她背靠着他，没有气急败坏的诘问,也没有噤若寒蝉的惶感,就只是不吭声地咬住他的食指,力道大概是将要咬破皮的程度。

林普的眼泪突然涌了出来。

翟欲晓察觉到背后热热的,刚好她的口水也要滴到下巴上了,这才松口。她翻身一鼓作气地跨坐在他的腰上,再将他的手结结实实地按在自己胸口。她伸手抹过他湿润微红的眼睛,缓缓翘起嘴角,戏谑道:"我的心跳得有每分钟一百二十下了,来,你感受下'怒火攻心'这个词。"

林普猝不及防地感受到翟欲晓过速的心跳和温热的触感。他使劲儿收回手,又去推她的膝盖,嘴里辩解着:"我只是不习惯……"

翟欲晓不动,屁股仿佛拌着石灰砌在林普的腰上了。她盯着他的眼睛,说:"我很久以前就跟你说,我们是一边的,你一直当它是句空话对不对?"

"不是,"林普慌张地否认,"我只是不习惯……"

"其实我能理解你的不习惯,"翟欲晓仿佛在安抚他似的慢吞吞地说,伸手再抹一把他的眼睛,"你不习惯向人敞开自己的情绪,因为你打小的经验是,敞开也没什么用。"

翟欲晓顿了顿,说:"但对我总是有用的,你没发现吗?"

她这样说着,突然开始亲吻林普。上回在金戈大厦楼下,林普是从下巴一直吻到她额头,而她是倒着来的,吻得十分细致灼人,且吻到下巴了也没停止,一把掀起他的衣服继续往下……

黎明微凉的空气突然就沸腾了,时间也慢得仿佛刻意在磨人心性。

不知过去多久,林普艰难地挡住翟欲晓的嘴,低声道了句"不行,晓晓,你冷静下"。彼时,翟欲晓正啃在他的腰腹上,而手指依旧在向下开拓,已经攥住了他运动裤的抽绳。

翟欲晓单手扯开了抽绳,睫毛低垂,声音也低了两度,笑着警告他:"我要是冷静了,你就凉了。"

林普本就微弱的抵抗节节败退,终于溃不成军。

胶着的、炽热的、引人遐思的喘息随着天光大亮逐渐平息下来。林普翻个身攥着翟欲晓的拳头,与她并肩躺着。他脑子里一片空白,目光不经意地落在她起起伏伏的胸口上,片刻后突然回过神来,脸一红,移开了。

翟欲晓向下蹭了蹭,林普以为她要起来,结果她只是想踩他的脚而已。他就势摸了摸她的胳膊,感觉出些微的凉意,扯来被子给她遮住。

"是很多事情积压在一起造成的。"林普突然说,"学业很重,一知半解的东西很多,有点儿喘不过气;我妈突然通知我,她跟人结婚了,正在办移民手续,以后就不再回来了;以及,你明确地跟我说'不行'……"林普微微掀起睫毛,继续说,"这种逃避方式是畸形的,我知道很丢脸,但是管用,痛起来舒服。"

翟欲晓的眼皮跳了跳,没有立刻出声,只是用脚轻轻蹭着他的小腿。过了一会儿,她仰着脑袋缓缓地说:"确实是畸形的,但是并不丢脸。我有一回被领导冤枉了,特别憋屈和火大;去煎蛋的时候油点子溅到手背上,我也觉得痛得舒服……但是林普,以后不要再这样了,我昨晚看到的时候几乎呼吸不了。"

林普说:"对不起。"

翟欲晓的眼圈红了,片刻后,低低地"嗯"了一声回应。

林普现在用的是吃柠檬的办法,虽然不如之前的痛快,但也差强人意,且不惧被人撞见,反正这个世界上口味奇奇怪怪的人很多。

"而且能美白。"翟欲晓听完林普的解释,哽咽着补充道。

林普眼皮微垂,敛去眼角细碎的光,轻声笑了起来。

二人正赖在床上催促着对方先去洗澡,林普的手机突然振动起来,来电的是翟轻舟。

翟轻舟急切地问林普:"你阿姨去菜市场了,她打算做菜团子,我再亲手给你调碟蘸料,中午回不回来吃?嘿嘿,上周不是说这周能休息吗?"

林普说:"回。"

翟轻舟立刻就乐了:"行,那我备好饵料等你啊。"

林普叮嘱他:"出门前再弄也来得及,不然黏度增大,也钓不到鱼。"

翟欲晓忍不了了,劈手夺了电话,说:"爸,你过分了啊,我妈做菜团子,怎么不见你给我打电话问问?"

翟轻舟一愣,感觉哪里不大对劲,但仍是下意识地反问她:"我问你干什么?平常亏待你了?而且林普吃完能陪我钓一下午鱼,你能吗?"

翟欲晓当然不能。一个长长的秋日下午干点儿什么不好,非要痴痴地盯着鱼竿?她理解不了男人到了一定岁数就喜欢钓鱼这个怪现象。姥爷生前也是如此。要是有幸钓到条个头大的或是稀有的,他恨不得绕护城河转一圈,务必要让两岸所有的钓友都开开眼。

翟轻舟突然反应过来哪里不对劲,略微提高了声音,叫道:"翟欲晓!大早上你怎么在林普那里?!你昨晚不是去找王戎了吗?!"

"翟轻舟,你吓我一跳,你瞎嚷嚷什么呢?我告我妈去!"翟欲晓叫的声音更大,理直气壮得厉害,"林普刚给我打开门,我鞋都没来得及换,给他带的豆浆、油条都还挂在手上。啊,算了,实在受不了这份委屈,你把电话挂了,我们开视频!"

林普震惊地望着翟欲晓,后者正将被子挡在胸前,装出了披坚执锐的气势。

此刻电话那端如果是柴彤,她一定会开视频验证,因为她是个不撞南墙不回头的赌徒,但翟轻舟不是。翟轻舟当即开始反思,并讪讪地说道:"怎……怎么……怎么跟你妈一样的狗脾气呢?"

翟欲晓给了林普一个"我是不是稳如老狗"的得意眼神,跷着脚得寸进尺地批评翟轻舟:"你当着林普的面这么揣测我们,我们多尴尬啊!你说话怎么不过脑子呢?!"

翟轻舟反思过后深觉自己刚刚的大呼小叫确实不妥,便心虚地打了个哈哈,说:"呀,行了,行了,那你要是没什么事也一起回来啊。但林普下午是要跟我一起去钓鱼的,你不要缠着他约会啊,不然父女亲情将荡然无存,我丑话给你说到前头。"

翟欲晓"哼"了声,仿佛仍耿耿于怀,回了句极生硬的"知道了"就将电话挂断了。

林普的目光里是由衷的敬意,突然谨慎地问:"你有没有也这样骗过我?"

"想什么呢?!"翟欲晓说,"当然有。"

翟欲晓和花卷的零花钱都寥寥无几,但他们的朋友林普的零花钱多得数不过来。而且林普还大方——大方到几乎缺心眼儿了。所以两个人在初认识林普时确实使了不少坏心眼儿占林普的便宜。就这么说吧,林普小时候的很多玩具并不是他自己喜欢的,而是他的小哥哥、小姐姐喜欢的,零食当然也是。最令人发指的是,大热天的他们想吃冰激凌却懒得下楼去买,悄悄商量好剪刀石头布的顺序,骗林普下楼。诸如此类,不胜枚举。

"但是你卷儿哥人没灶台高的时候就站在板凳上给你做蛋炒饭,"翟欲晓振振有词,然后猝不及防地掀开被子,"至于我,你自己看看,我说什么了吗?"

林普的脸倏地红了,重新给她遮上被子,并压住不让她继续展示,当即表示自己不介意以前的被欺骗,并承诺:"以后我的钱都给你花。我直接给你的支付软件绑定我的卡吧,所有的支付密码都是你的生日。"

翟欲晓的不正经戛然而止,悻悻地说道:"倒也不是这个意思。"她忍不住伸手揉着他的耳垂,笑得前所未有的温柔,感叹道,"林普,不要老是这么傻。"

林普表情复杂地望着她,一时不知道如何回话。

其实是翟欲晓自己傻,但她老是自信地觉得别人傻。从小到大就是这样,只要她心疼了,就把所有她认为好的都一股脑儿地塞给他。

片刻后,翟欲晓掀起被子罩住林普的脑袋,色厉内荏地警告他"不许看",用自己的脏衣服捂住胸前,下床直奔浴室。

Q大硕博生宿舍楼的水压十分喜人,立在花洒下面有种被抽打的感觉。翟欲晓此刻才有羞腆的感觉,且铺天盖地席卷而来。她不敢相信自己一大清早的都做了什么。

"要点儿脸。"她自省道。

片刻后,她仍为自己的所作所为感到羞愧,一掌一掌地拍向额头,形似武侠片里高手自尽的画面。

"别打了。"林普在门外劝道。

花卷是个不折不扣的时间管理大师。他结束十一天的长差,特地挑着林普和翟欲晓都休息的日子,把久未见面的女朋友钱藻带来家里了。此举一箭"三"雕:跟女朋友约会、带女朋友见家长,以及跟发小聚个餐。

不得不如此,因为晋市有场国际峰会眼看着就到跟前了,全晋市各个警种接下来都将忙得团团转。

钱藻长得精致,嘴巴还格外甜,且动不动就做花痴状盯一盯花卷,姚思颖简直一百个满意。她原本已经做出来六个菜了,并且还有两锅汤在火上熬着,得知钱藻喜欢吃卤猪蹄,立刻支使花长立放下筷子去顺子家买。

钱藻不好意思地赶紧说:"阿姨,你看我们只有六个人,也吃不了这么多东西,要不然卤猪蹄就下回上门再吃。下回卷儿回大都我也跟着。"

花卷说了一句"跟屁虫",得到姚思颖一个犀利的眼神。

"下回是下回的。谁让你一顿吃完了?"姚思颖转头慈祥地说,"你带回去放冰箱里,夜里馋的时候自己用微波炉加热。卷儿说了,晋市可没有这口呢。"

钱藻仍是不好意思地说:"要不然饭后我跟卷儿去买?"

姚思颖推着磨磨蹭蹭的花长立出门,扔给他车钥匙,说:"你们回来一趟不容易,哪能浪费这个时间?你叔叔闲着,也吃得差不多了,他去就正好,再说也没多远。"

翟欲晓和林普默默对视,顺子家在大都的最西北角,开车一来一回一个小时根本不够。

"你一说你跟林普以前是同桌,我就突然有点儿印象了。我去你们学校时,是见过林普身边跟着一个特别神气漂亮的小女生,鹅蛋脸、大眼睛、高鼻梁,白白净净的,两个人站在一起说话的画面可登对好看了。"姚思颖利索地剥着虾壳,叙述着许多年前自己无意中撞见过的一幕,"我印象里当时是你们的大课间休息时间,你们都拿着一瓶水在喝,你那瓶水的瓶盖是我们林普给拧开的。"

翟欲晓实在听不下去了。她喝了两口汤，作势轻咳了咳，说：“阿姨，你不要给人重新配对，你还一拆拆两对。”

姚思颖老早就从柴彤那里得知翟欲晓和林普在交往的事。上个月两个小年轻在楼道里牵手，她出门刚好撞见，故意拉长声音"哎"了他们一声。所以眼下听到翟欲晓的抗议，她无情得连个眼神都没给她，只是将虾蘸了酱反手塞到她嘴里，糟心地又给了她一声"哎"。

钱藻倒是听得心花怒放，嘴巴都要咧到后耳根了。她作为曾被邀请参加"青柠之夜"的不大不小的网红之一，听人夸奖是家常便饭，但是姚思颖的这番话格外中听。

花卷看了一眼钱藻，动了坏心思，突然跟姚思颖说：“我给你介绍下钱藻的过命朋友？”

钱藻的脸陡然僵住了，大脑里呼之欲出的"你别作死"以写实的笔法凿进了她望向花卷的眼神里，却没防住林普在这端举起了手。

钱藻难以置信地盯回林普：“林普？”

林普托着一张豆皮，老老实实地说：“你说谁问都得承认。”

他表情无辜地这样向她解释着，给自己卷了一口里脊肉和几根黄瓜条，心平气和地吃了下去。

姚思颖根本没当真，反而因为他们的表情和神态，几乎要笑岔了气。她感慨地望着眼前胡同里长大的这三个人。

她犹记得他们每一个人第一天上幼儿园或小学时的情景——

花卷号哭得尖锐且邪门，跟被人踩了尾巴似的，老师见多识广，跟她说"没事，你走"，然后就跟法海的僧众拽许仙似的将之生拽进了教室。

翟欲晓也不遑多让，在校门口抱着柴彤的大腿，哭哭啼啼地不许柴彤离开，柴彤最后向她借了五块钱塞给翟欲晓才算了事。两个人各自松一口气走出很远，仍能听到翟欲晓忧伤的呼唤："妈妈，你答应了放学第一个来接我。"

林普摊上个林漪这样的妈，断舍离就没那么难，且有小哥哥和小姐姐陪着上下学，也能起到缓冲作用。所以他没有他们动静大，但他情绪持续的时间特别长。刚上学的前半个月里，他每天都是哭着出门的，楼里上上下下的邻居无论谁见到都会蹲下给他揩一把泪，再逗他一句"哎哟，给我的小林普委屈的"。

…………

时光如梭，也如剪，一眨眼，他们三个就长这么大、这么好了。

饭后，三个人领着钱藻参观了他们的顶楼基地。其实在钱藻看来，它跟附近其他老建筑的顶楼没有任何区别，不过是堆积着各种零碎杂物的一隅之地。但由于花卷的表情很惬意放松，钱藻不得不违心地赞扬了两句。

"明年夏天我们再搭个帐篷吧。"花卷站在破旧塑料棚下突然这样说。他双手抄在裤袋里，钱藻自背后圈着他的脖颈双脚离地，但因为体重不值一提，并没有令他折腰。他继续说："要材质好的、经得起风吹雨打的，钱不是问题。"

林普正低头听着翟欲晓絮叨其他琐事，闻言也抄起手，说："面料和底料可以都用牛津布材质，做多次涂层处理，这样耐寒性和防水性都能达到最优，至于撑杆，直接就用航空铝材好了。"

显然，虽然之前嘴硬地说三个小伙伴只剩下一个常住人口就没有必要再支新帐篷了，但林普早就把新帐篷的细节研究过了。

花卷此前没具体研究过帐篷，他见林普张口就来，立刻决定就按林普说的办。两个人开始用肉眼测量空地尺寸，商量着帐篷要买多大的，去年刚刚加固过的塑料棚也看不顺眼了，得拆掉，最好改用透明阳光板或钢化玻璃。

翟欲晓默默地望着他们,脑子里幻化出一个计算器,计算器上的数字越来越大,大到花卷开头那句财大气粗的"钱不是问题"转瞬成为个笑话。

"尤其是今年,出差太多了,特别有种疲于奔命的感觉。你们相信我这个年纪得腰椎间盘突出了吗?哎,要不是拿到诊断结果,我自己也不相信。"花卷露出被生活折磨得服服帖帖的表情,"总之,我好好存着我的年假,明年夏天挤出时间,都给它用了,咱几个就消消停停地在这个老地方吹风打牌吃西瓜。"

翟欲晓和林普都点头表示没问题。

新人钱藻弱弱地举起了手,说:"要不然支两个帐篷?我也想睡一睡帐篷,我听卷儿哥说,你们以前夏天就在帐篷里乘着凉睡觉。"

翟欲晓立刻炸了,唾弃地说:"你听他毁我名声!我什么时候也没跟他们在帐篷里睡过!"

花卷糟心地看了一眼钱藻,说:"帐篷支起来的时候,我跟晓晓都初二了,林普也要小学毕业了,我们仨睡一个帐篷里你觉得合适吗?我说的是我们三个在里面聊天打牌,我跟林普两个人在里面睡觉。你可真会瞎总结。"

钱藻做出了个给嘴巴拉拉链的动作。

"你的'过命朋友'脑子不行。"翟欲晓踮着脚大声跟林普说"悄悄话"。

花卷不悦地"啧"了一声,斥她:"翟欲晓,你怎么说话呢?!打狗还得看主人呢!"

钱藻仰天做出一副要哭的样子,指责他们"欺负人",并威胁要下楼去找姚思颖撑腰。她做作地走到楼梯口,转头看到那三个人整整齐齐地手抄裤袋的无情姿势,遂悻悻地回来,并泄愤般地给了花卷一脚。

"如果真要支帐篷,支两个吧,啊,两个吧,这样夏天夜里就真能露营了。"钱藻不死心地重新捡起刚刚的话题,"我妈以前管我管得严,什么都不让做,我错过很多跟同学、朋友集体外宿的机会,可遗憾了,所以毕业以后我就离开了大都。其实我本来要去海市的,跟朋友都联系好了,千里之外我要当一匹脱缰的野马,结果我妈听说以后天天以泪洗面,最后我只好折中去了隔壁晋市。"

翟欲晓好奇地问:"你妈为什么管你那么严?"

钱藻重新攀回到花卷背上,理所当然地回她:"因为我长得漂亮啊。"

翟欲晓打了个哆嗦:"打扰了。"

花卷伸手托住钱藻的屁股,以防她掉下去。他面上露出十分温柔的神情,嘴里却仍是缺德地说:"两个帐篷浪费了,要我说支一个大的就行了。老钱,你看啊,一个是女的,一个是现男友,一个是你过命的朋友,都不是外人。"

钱藻羞恼地张口便咬住了他的后颈。

翟欲晓一愣,立刻踮脚遮住了林普的眼睛,以防他联想到几天前的相似场景——两个一把年纪初尝禁果的人经不起任何内外在形式的撩拨。

林普干脆单手抱起翟欲晓转了半圈,与她一起观赏后巷的两排杨树和树下几个乱叫的小孩儿。他大拇指轻轻摩挲着翟欲晓的手腕内侧,大脑里不停地转着一个问题:是不是应该告诉林漪自己有女朋友的事?

大都最近一周的平均温度一直保持在15摄氏度上下,最不怕冷的人也穿上毛衣了,要是再起阵秋风或是零星落几滴小雨,部分老人甚至都要裹上薄羽绒服了。

但玛瑙街的热闹丝毫不受天气影响。玛瑙街沿大都护城河而建,两侧遍布食肆、酒吧和文创店,而其中酒吧的密度令人头皮发麻。自街头至街尾,也就是疾走十分钟的距离,却共计四十七家酒吧,这还是前年的数据。

夜幕降临以后,护城河黑色的水面上船影绰绰,船头有凄清的二胡声和婉转的琵琶声,船下有活泼的尤克里里声。而两侧岸边砖墙砌出来的老建筑里,一会儿是吉他如雨的急弦,一会儿是架子鼓华丽的单人表演。

翟欲晓跟着林普就在架子鼓华丽的声音里踏进了"不存之地"酒吧。

林漪正在台上唱歌,唱的是徐回新专辑里最高难度的《不舍昼夜》。她很酷地只盯着脚下的方寸之地,嘴里是配合鼓声的假声和声。

他们直接去了二楼预留出来的位子。二人刚刚坐下,便与林漪对上了目光。此时又有音乐响起,是首俄罗斯小调,翟欲晓以前在楼道里听林漪哼唱过,特别好听。翟欲晓重新起身,笑容灿烂地向林漪挥手,得到她举着话筒匆匆的一记回礼。

翟欲晓坐下来急切地说:"林普,就是这首,我以前听你妈唱过,你帮我问问她这歌叫什么名字,我听不懂俄语,上网查都没法儿查。"

林普问:"你为什么不直接问她?"

翟欲晓抓了抓脸,不好意思地承认:"我看到你妈这种很有个性的人总是怵得慌。我总怀疑她瞧不起我们这些四平八稳不出众的庸人。"

林普一时不知道怎么回应翟欲晓的"怵得慌"。他的睫毛微微颤动,突然说了个俄语名字。翟欲晓没反应过来,"啊"了一声。他直接取走她的手机利落地解锁,去音乐软件上搜索出那首歌并下载。

"你懂俄语?"翟欲晓惊讶地问。

"只是知道几个歌名。"林普说。

林漪非常喜欢唱歌,且不拘语种,只要曲调好听,她能借用拼音生啃外文歌词。她喂林普吃奶时唱,牵着他的手教他走路时唱,停电的夜里拎着他出门散步时也唱。有些歌他小时候甚至都会跟着和两句,但长大些脸皮薄了就不和了。

周围的灯突然全灭了,只剩下花臂调酒师头上的那盏。调酒师轻松地摇着大号调酒壶,低头凑近话筒,用漫不经心的语气说:"九十秒倒计时开始。只能亲对象,不能亲暧昧对象,有点儿分寸。"

"不存之地"有很多类似的小设计,但并不做酒吧卖点,只做调味剂。

翟欲晓新奇地趴在扶杆上往下望,真的有很多脑袋贴在一起。她转头正要鼓动林普也一起来围观,猝不及防地与他四目相对。

他是什么时候起身来到她这边的?!他是猫吗?一点儿声音都没有!

林普揪着翟欲晓的耳朵,阻止她继续看热闹,低声说:"留给我们的时间不多了,对象。"

翟欲晓竭力保持镇定道:"呸,没大没小,叫姐姐。"

林普立刻改口:"留给我们的时间不多了,姐姐。"

翟欲晓的脸一下烧起来了。她耷拉着眼皮仰起头,仿佛在施舍似的:"嗯——"

林普立刻低头亲上去。两个人极好地把握住倒计时最后的二十秒,与周围黏腻的气氛融为一体。

灯光重新亮起来的时候,翟欲晓再度与林漪对上目光。林漪面露惊讶，翟欲晓假笑低头。

"你妈看到了。"翟欲晓跟林普说。

林普闻言向下望去，却见林漪正在与接班的驻唱歌手交谈。驻唱歌手听她说了半天，不知道回了句什么，她突然大笑。林普望着她面上久未见过的笑容，眼里也有了笑意，但只存在片刻就消失了。

林漪上周在电话里说，移民手续大概十二月初就能走完全部流程，她跟Brandon计划圣诞节前走。林普用沉默表达自己始终如一的反对态度。

林漪不在意地笑着，半真半假地说："你成年了，前途也光明，母子感情到这里就行了，体体面面的了。"

林普直接撂了电话。

林漪就是一个这样与众不同的人，整个前半生都在力求遵从内心不为外物所累——"外物"既包含人也包含物。她有时候选择大家眼里的"阳关道"，有时候选择大家眼里的"独木桥"，但不管是"阳关道"还是"独木桥"，仅是大家的标准。于她而言，都是从心而出，并无不同。当然，她所做的选择并不总是正确的，所以她常常被生活按头捶打。但她到如今也没有半点儿动摇，仍视"遵从内心"为立身之本。

"人生并不苦短，甚至长得令人发慌，而若是只随波逐流地过着平淡的一日三餐的日子或是蝇营狗苟的追名逐利的日子，那真是一时三刻便可去死，没什么可惜的。"多年前一个盛夏的傍晚，林漪这样跟正在写作文的林普说，"所以既然来了，就努力去过自己喜欢的生活，自己开心比什么都重要。"

林普当时正在写的是小学六年级的作文，题目是雨果的那句"人生是花，而爱是花蜜"。林漪一顿偏题的输出十分聒噪，他便抓起作文本子回卧室去了。

…………

林漪在片刻后端着自己的罗汉果茶上来了，坐在林普刚刚腾出来的位子上。她坐下来便说，Brandon 十点以后来接她，她这晚不回八千胡同了。

"Brandon 是什么时候回来的？"林普问。

"得有半个多月了。"林漪不在意地说，"啊，刚好你来了，有件事跟你说一声，我们大概下个月月中准备出门，具体去哪儿还不确定，正在计划，极有可能是藏区——我早两年就想去藏区了，这你也知道。但我肯定赶不上你月底的生日了。你想要什么生日礼物自己去买，我回来报销。"

林普没有什么想要的，却仍是点点头，附和一句："行。"

林漪匆匆交代完这件事情，分别在两个人脸上看着，突然粲然笑道："晓晓，你跟花卷回回见着我都跟耗子见了猫似的，大气都不敢出，我要是稍微靠近些，你们恨不得贴墙。你现在看清楚了吧？我不吃人。"

翟欲晓被林漪的笑震住了。那笑不光是漂亮，且纯粹。片刻后，她抓耳挠腮，嘿嘿地笑，含含糊糊地叫了声"林阿姨"。林漪看起来年轻得跟个大表姐似的，令人很难开口叫"阿姨"。

场面一时有些尴尬，但也不必特别去化解。两家上下楼为邻将近二十年，翟欲晓见过林漪喝醉酒走不动道被林普背回家的场面，林漪也见过翟欲晓被柴彤提棍收拾的场面，所以虽然彼此之间交谈甚少，但她们确实熟悉得很。

林普问起藏区这个季节的情况，林漪显然早就查过了，对温度、植被、降雨量等如数家珍，并惋惜自己一时犹豫错过了骑行进藏的最佳时间六月至九月。如果坚持骑行,即便是青藏线,最起码也要等到来年的三月份,但她显然是来不及了。林普没理她后面"来不及"的话茬儿,只是纠正她三月仍然不行,有春雨,而且有的路段可能大雪封山,得要四月中旬以后。

翟欲晓这个一直在海拔一千米高度以下活动的人,听着他们的交谈内容,仿佛重回高中地理课堂。林漪和林普一个"行万里路"一个"读万卷书",翟欲晓插不上嘴,便低头老老实实地吃喝。

嘿,调酒师的手艺不错,以伏特加为基酒的"海风"颜色漂亮、酸甜适中。

嘿,他们自己做的肉脯干也不错,味道正宗,而且很有嚼劲儿。

"你爸爸上回突然跟我说最近约你回家吃顿饭挺难的。林普,你要是烦他,你就带着你的同学、朋友回去,就当是你们去他那里聚餐,允许他在角落里坐一坐再偶尔插两句嘴就行。"林漪突然笑着说,"我这样的妈少见,但他这样的爸满世界都是,他不算是里面最不行的。"

林普听得一愣,以往林漪提到褚炎武,全是嗤笑和脏话,这是第一回出现中肯评价。他回复了句"知道了",决定回去以后把褚炎武的手机号码从黑名单里拖出来。

翟欲晓不便置喙,面无表情。

"你们虽然性格不同但都是真诚的人,所以你们不管是朋友的关系还是男女朋友的关系我都祝福,真心实意的。"林漪最后说,"你们能特地来告诉我一声,有心了。"

翟欲晓的回应是一声出其不意的酒嗝。她倒没有喝多,纯粹是巧合。林普给她拍着背,与林漪道别。

翟欲晓趁机替柴彤带了个好。林漪听到她一本正经带的好再度笑了。柴彤烦她烦得都快要自燃了,不瞎的都能看得出来。

林普和翟欲晓牵着手在玛瑙街溜达着，偶尔停下来站街边听两首曲子，偶尔钻进个小食肆吃两口老味道零嘴儿，轻松惬意。

　　文创店里琳琅满目的小玩意儿大多是大都南郊琳琅园批发市场的货，成本十分低，售价却凶狠，也就蒙骗外地人，但翟欲晓路过某个橱窗仍没忍住花一百四十元购入一个Q版棉花人偶，原因无他，太像林普了。

　　"是不是按照你小时候的样子做的啊？！"翟欲晓震惊极了，立在崎岖不平的老石板路上，从各个角度拍了几张照片，闷头说，"我得发给卷儿品评下，真的一模一样，你小时候也有同款的刺绣小猫毛衣和帽子，不可能这么巧。"

　　林普无奈地望着她，突然模仿着小孩儿的声音说："猫猫，不要啃手指，不许大声嚷嚷，我们还是不是好朋友了？！"

　　翟欲晓十分震惊。

　　林普见她没明白，解释道："我这个年纪的很多人小时候都有这样的毛衣和帽子，是跟着电视里播的动画片《猫猫历险记》买的。"

　　翟欲晓继续震惊。

　　林普觉得翟欲晓花的这一百四十元分外不值，因为它的成本实在是不像能超过四十元的。他随手掐着人偶的脸继续向前走去，翟欲晓略停了一下跟上去，一把抢过人偶，给了他个白眼，啧他："哪有你这么抓娃娃的？娃娃多没自尊啊。"

　　林普犟嘴："娃娃哪需要什么自尊？"

　　二人低声呛着消失在熙熙攘攘的人群里。翟欲晓倔强地仍旧给花卷传了照片。

　　三声振动，与林普高度相像的娃娃照片抵达晋市一个极深极长的巷子里，但长久无人查看。

花卷距离死亡最近的就是眼下这一刻了。他伸臂挡住直抵面门的匕首,豆大的汗珠沿着鬓角汇聚到下巴上。与他对峙的男人比他高出一头,也比他结实,且是个亡命徒。毫无疑问这是一场生死之战。或者再直白一些,一个是背着两条人命的穷凶极恶的犯罪分子,一个是挨了两刀、战斗力直线下降的刑警。不出意外,这条深巷这一夜很有可能只有一个人能活着走出去。

楼上的民居里传来小孩儿哭的声音,不知道为什么,一直没有人去把他抱起来哄。有一群年轻人在前方转角的露天歌房唱着歌,是徐回新专辑里的《不舍昼夜》。他们嘻嘻哈哈的,跑调都跑到姥姥家去了。

十月底的秋风一阵强过一阵,裹着落叶打着旋直扑到云端。

也不知过了多久,深巷里的遭遇战结束了。拳头打到肉的声音没有了,匕首的冷芒也没有了。花卷背靠着脏兮兮的高墙坐在血泊里,眼睛极慢地眨动了一下,一时想不明白血是从哪里流出来的。

晋市跟大都一样,即便到了深夜一点,大街小巷仍有许多在为生活奔忙的人,夜班司机、代驾小哥、环卫工人、夜市摊主、大厂程序员……他们神色疲惫,都静悄悄的,仿佛在演无声电影。

钱藻愣愣地看着车窗外静默的众生群像,眼泪不停地往下掉。前排的司机师傅察觉出异样,频频看后视镜。半晌,他有些不落忍地劝她:"医院里都是跟家属说最坏结果的,但一般走不到那步,这点你信我。我前两年只是做个心脏造影,一个微创手术,我闺女就签了一堆纸,听了一脑袋瓜的术后风险,那场面可吓人了。"

"啊,谢谢。"钱藻听到安慰,瞬时控制不住情绪,她喘着粗气,声音都哑了,说,"我男朋友是个警察,他被坏人捅了,正在抢救。"

司机师傅愣住了，低声骂了句，车速立刻提到可能要被开罚单的临界值。他一个老实本分的平头百姓，不穿开裆裤后就没跟人动过手了，实在接不住钱藻的话。

半个小时后，钱藻在医院门口下车，与花卷的同事碰面。她忍着眼泪听着同事介绍情况，正要向大门而去，司机师傅突然下车叫住了她。

"我刚刚突然想起来今天我过生日，"司机师傅裹着身上的夹克，有些不好意思地说，"你们小孩儿过生日不是都喜欢许愿吗？今年我也许个，我许愿里面的警察能躲过这一劫。"

钱藻给司机师傅鞠了个几乎要贴到大腿的躬。

"我们支队长的意思是先不通知他爸妈，一切等情况稳定下来再说。上了岁数的人经不起折腾。"花卷的同事说，"钱小姐，你坐下喝口水。他的两个发小儿也接到通知了，正在赶来的路上。"

钱藻很久以后都记不清楚自己当时有没有坐下喝那口水，她的大脑里只有自己面颊贴在手术室门口墙上坚忍吞泪的场景——她有些迷信，相信魂灵说，如果花卷没有熬过去，她不希望他最后看到的是她的眼泪、听到的是她的哭声。

晋市这个时节气温已经很低了，尤其是在半夜里，所以手术室门口贴着瓷砖的墙应该是冰凉的，但钱藻只感觉到燥热，仿佛血液正在血管里"咕嘟咕嘟"地冒泡，片刻后就有可能喷涌出来。

钱藻在公安局里与花卷邂逅时只觉得，咦？花卷怎么突然长得这么符合她的审美了？

不过翟欲晓和林普都向她强调，花卷一直长这样，大概率是她长大了、审美提高了。

她问花卷要联系方式，花卷稍加犹豫以后也给了，但就是她发十条信息他可能只回两三条吧，而且常常滞后好几个小时。哎，他们明明都生活在东八区。

人大约多少都有点儿这样的贱脾气：你原本也许只喜欢他六分，但如果他表现得好像对你不感兴趣，甚至还隐隐嫌弃你聒噪，你的喜欢一下就能暴涨到十分。

钱藻在贴着面膜时不时地刷新与花卷聊天的界面、小鹿乱撞地期盼着一个哪怕只有寥寥几个字的回复时，她的喜欢果然"噌"的一下就暴涨到十分。

跟着的一场意外将钱藻的喜欢拔高到十二分。

那是很烂俗的一件事。

钱藻跟朋友泡吧出来，在微醺的情况下遇见了个烂醉的人。烂醉的人跟狗似的按着钱藻又闻又啃，钱藻好不容易推开他，刚跑出酒吧后巷，便遇上正跟同事在路边撸串的花卷。她一看到花卷，就哭出了声，撒开脚丫子向他狂奔过去。

花卷听到钱藻的哭声回头，没明白什么情况，却立刻张臂将她护到自己身后。与此同时，一个闪身避开烂醉男人的正面攻击，再反手抓住其臂膀，直接将人平着扔了出去。

钱藻心有余悸，哭着看着趴在地上的男人，片刻后，目光缓缓地落到花卷身上。她算是理解武侠剧里姑娘们为什么动不动就"以身相许"了，她们大概率并非因为"感恩"。

"你家在哪儿？我送你回去。"花卷让同事把醉鬼带回局里，主动说要送她。

钱藻乖乖地报了地址，默默地抓住花卷的胳膊，两只眼睛眨啊眨的，嘴里是略显做作的"呜呜呜，刚才可吓人了"的呜咽声。

花卷低头看着她攀着自己的青葱似的手指，眉头微微挑了挑，但最终没说什么。

钱藻额头抵着墙，突然轻声跟花卷的同事说："他自己说他以前可没胆儿了，跟混混打架，他的战斗力还不如比他小三岁的林普，有蟑螂、耗子、毛毛虫则是翟欲晓帮忙抓。"说到此处，她突然顿了顿，微妙地解释，"林普和翟欲晓就是他那两个发小儿的名字。翟欲晓是个女生。"

同事理解她的停顿，嘴角轻轻地动一下，说："啊，这个我知道，我们其实也是校友。他刚入学的时候是有点儿不像样，什么都不行，而且幼稚，整天沉迷于动画片。两三年以后，个子长高了，肩也宽了，能咬牙在教官手底下撑几分钟了，才算有些样子了……不过还是沉迷于动画片。"

钱藻默了默，没有纠正他那叫"动漫"。

"他还不如继续没胆儿呢，"钱藻鼻头一酸，"矫枉过正了啊，怎么单枪匹马的也敢上啊……"

同事闻言心里有些难受，狠狠地抹了把脸，没再出声。

虽然有规定出警不得少于两个人，但是下班狭路相逢嫌疑人的情况谁也无法预料。刑侦支队的队长收到花卷的通知赶到现场的时候，嫌疑人已被击毙，花卷则是腹部中了两刀，九死一生。但花卷通知他的时候，只是悄悄地跟着人，并没有打算打草惊蛇，是嫌疑人突然要袭击他的"仇家"，他才不得不出手。

林普的车钥匙掉在地板上，俯身拾起车钥匙，手机又掉了。林普睫毛微垂，缓了缓，抓起手机，掩上门，下楼。

翟欲晓正站在三楼自己家门前。她的眼圈是红的,唇是耷拉着的,在看见他下楼的那一刻突然没忍住抽泣了两声,但他食指碰着唇比了个"嘘"的动作,她便做着深呼吸忍住了。

三点左右,车子下了晋都高速,全速驶向晋市第三医院。

一整盒的抽纸被用得都要见底了,翟欲晓才终于打破沉寂哽咽道:"我一路上都……都不敢瞎开口,怕触……触了什么忌讳,但是卷儿肯定没……没事的,我是这么觉得的。"

林普的眼里有抹微光倏地闪过。他盯着正前方,反手在她脸颊和颈侧轻轻揩了揩,回了声"嗯"。

二人在三点四十分赶到医院,花卷已经结束手术被推入了重症监护室。他们转头奔向重症监护室,在中庭被花卷的支队长截下了。支队长是匆匆来的,也得匆匆走,他只有三个小时的睡眠时间,然后要着手处理整个案件的善后工作。

"案件就不多说了,卷儿的脾脏被捅穿了,腹腔里的膈肌也断了,不过手术是成功的,需要再在重症监护室里面观察四十八个小时。"支队长眨着熬得通红的眼说,"我问过医生了,如果没什么……其他不好的情况,后天上午我们就接他的父母来。卷儿自己也是这个意思。"

翟欲晓想说点什么,但由于眼泪过于汹涌,竟然出不了声。她捂着眼睛突然背过身去,片刻后,两个男人听到了压制不住的抽泣声。林普伸手把她拽进怀里,低声跟支队长告别。

"林普,我觉……觉得他不应该说……说那句'不好的情况',"翟欲晓埋首在林普胸前上气不接下气地说,"这里是医院啊,嘴上得有……有点儿数。"

林普低着头听她说完话,拨开她粘在眼周的碎发,拧眉理了理她的思路,安慰她:"人家说没事,人家是警察,八字重。"

翟欲晓听到高才生林普郑重其事地说"八字",突然破涕为笑。

重症监护室门前,钱藻看到翟欲晓和林普就憋不住了,但她惦记着心头那点儿迷信经,很快再度顽强地憋回去了。

三个人在花卷同事的陪伴下,或蹲或坐在监护室门口,度过了最难熬的四十八个小时。其中,第六个小时,花卷腹内突然出血,做了个紧急手术,之后三个人全部目光炯炯,再也没有人含着眼泪闭目打盹儿了。

…………

姚思颖和花长立直到来到病房门口才知道之前有多凶险。花长立当即就扶了把墙。姚思颖嘴里说"哎呀,我娘家邻居之前出车祸,也是脾脏破裂,只要送医及时,问题是不大的",但一转脸就"呜呜呜"地哭起来,骂花卷是个"不省心的狗东西"。

…………

花卷望着满室的红眼睛和白色的天花板,眼含热泪,第三回有气无力地说道:"你们伤感之前能不能给口水喝啊?我要说多少遍啊?可怜可怜孩子吧。"

他仍旧没有得到任何回应。虽然在意料之外,但属情理之中。

花卷身为一名刑警,身体素质十分过硬,出了重症监护室以后,只用了两天,就显出了生龙活虎的迹象。继昨天的两小口可乐以后,这一天他开启了作妖的新篇章——他趁着姚思颖和花长立不在,磨着林普给他搓澡。

"给我擦擦吧,我都要粘到床上了。"他絮絮叨叨地说,"你闻闻我身上这酸臭味,早上护士查房时住气的表情我可看到了,太伤自尊了。"

林普被他缠烦了,直接出门找医生去了。医生给的回复是可以用温水稍微擦一擦，但得注意不要着凉。林普回来便在花卷欣喜的目光里抄起盆子去护士站接水去了——他用的是护士站饮水机里的纯净水，当然，过后也补了一桶水给护士。

花卷微微抬高手臂方便林普擦洗，他跷着脚惬意地说道："我当年踩在板凳上给你做蛋炒饭和炸酱面的时候，哪能想到有朝一日你能给我搓澡啊？"

林普埋头苦干，懒得搭理他。他还能开口说话就行，愿意说什么说什么。

花卷用胳膊肘捣了捣林普的肚子，嬉皮笑脸地说道："我死里逃生，你一句安慰话都没有。要不是钱藻说，我第二回抢救的时候你一个没站稳单膝跪地，我差点儿以为我那些年的蛋炒饭和炸酱面都喂了狗。"

林普默了默，反驳他："她造谣。"

真实情况是钱藻自己没站稳，一倒就把旁边的林普带倒了。至于林普为什么托不住瘦得跟火柴棍似的钱藻，那就不得而知了。

花卷知道林普脸皮薄，并不去深究。他低头怔怔地望着自己身上的纱布，突然没心没肺地嘀咕道："行，也不差，没死就是勋章。"

林普微不可察地一滞。片刻后，他问："卷儿，你有没有考虑过转行？"

花卷惊讶地"啊"了一声，以为自己听错了。

林普继续给他擦着身子，不疾不徐地说："你高考填志愿就是瞎填的，你以前也没说过想当警察。要不然你做点儿生意吧，我可以给你投钱。上回一起吃饭时你那个开社区便利店的想法我觉得就挺好，可以线上线下结合。"

花卷听到这里，眉头轻轻一挑，缓缓地露出由衷的微笑。他当然不可能因此转行,但林普的这番话着实悦耳。他跟翟欲晓都上大学以后,就没办法跟林普朝夕相处了,林普自那时起变得越来越寡言,以至于他几乎要忘了林普曾经是个小甜豆的事实。

"我这好不容易干出点儿滋味了,转什么行啊?"花卷没好气地说道,"啊,膝盖窝里再来两下,那儿脏得我都觉得痒了。刚刚说到哪里了?啊,对,别操这个心,我有分寸。"

"你有个屁的分寸。"

二人正话不投机地聊着,翟欲晓和钱藻推门进来了。翟欲晓瞥到花卷身上补丁似的纱布就觉着眼睛疼,索性转头去欣赏窗外的深秋景色。钱藻其实也眼睛疼,但仍然撸起袖子抓起毛巾上了。

花卷眼看着钱藻的毛巾一直在自己胸前打转,且屡次不尴不尬地划过自己胸前的红点。他说:"要不然就不麻烦你了,老钱,林普来就行。"

"病人在我眼里不分男女。"钱藻说。

"病人在医生眼里不分男女……"花卷咬牙切齿地说道,"翟欲晓你把这个半吊子给我叉出去。"

花卷出了重症监护室以后,总共住了十天普通病房,便出院了。局里正缺人手,却大手笔地给了花卷两周的休养时间。花卷再三确认并非是动用年假,这才喜滋滋地跟着来接他的两个发小儿回大都了。他的"跟屁虫"女朋友当然毫无意外地也一起回来了。

"林普啊,你一会儿下来给我洗个澡,"花卷大言不惭地说道,"我这儿没有趁手的人……老钱,你把嘴给我闭上,净想好事呢,你最不趁手。"

钱藻听话地闭嘴,与此同时,默默地放下举起的手。

花卷做语重心长状贱兮兮地逗钱藻:"你等下吃完午饭就赶紧回家

吧，老钱，真的，你妈都想你了。"

钱藻气鼓鼓地瞪着他，片刻后，弱弱地威胁："再叫'老钱'，把牙给你掰断。"

翟欲晓走在前面叫开了花卷家的门，转身抖着腿奚落花卷："你就继续叫吧，哪天在你未来岳父面前也叫这么一声，现场别提多带劲儿了。"

姚思颖拎着锅铲一脚踏出家门，伸着脑袋向下望，眼见花卷虽然行动缓慢，但在林普的扶持下并没有显出痛苦的神色，不由得舒了口气。她扬起锅铲说："卷儿，你大人家三四岁，你有点儿正形。钱藻，你别老光嘴上说，他嘴贱你下回直接打他。"

翟欲晓正得意，当胸中了一箭，转头怨念颇深地望着姚思颖，说道："就不要提年龄差这个沉重的话题了，阿姨。"

上头转角处传来柴彤不屑的嗤笑："人家不提就没有了吗？"

第十二章
日光宫和翟欲晓

林漪和Brandon在花卷出院的第四天就飞去了藏区，之所以用"花卷出院"作为时间点，是因为林漪在临行前一天特地携礼前来探望。

林漪是八千胡同里唯一一个不去邻居家串门八卦的住户，甚至连油盐酱醋都没有向邻居借过。所以姚思颖开门看到她，有些失礼地将近十秒没有作声。

"听林普说卷儿出院了，"林漪说，"我前几天托朋友寄了一些滋养脾脏的补品，也问过医生了，跟医院里开的药能一起吃，不影响。"

"啊！"姚思颖慢半拍地道谢，"谢谢，谢谢！你赶紧进来吧，卷儿他们三个刚吃过饭，正打游戏呢。"

姚思颖拎过林漪手里的东西，热情地敞开了大门。

林漪其实不想进去——她不太会在别人家做客，但姚思颖直接回头往里走了，她也就只好跟上去了，再说，既然是来探病的，就没有不见病人的道理。

林漪在花卷家里总共坐了十分钟——如坐针毡的十分钟，然后林普突然说困了要回家午睡，她便顺势跟着一起回家了。二人一道起身的时候，在场诸位都露出了如释重负的表情。彼此是不搭界的两路人，不管他们如何刻意找话题，气氛都分外尴尬。

"我跟 Brandon 明天一早就出发,我睡个午觉就去他那里了。如果你最近长住学校,冰箱里容易过期的牛奶和水果什么的,要记得带走或者交给晓晓,不然就浪费了。"林漪俯身打开玄关的鞋柜,突然交代了这么几句。

林普也不吃惊,只是踩上她扔到脚下的拖鞋,淡淡地问:"你行李收拾好了?"

林漪说:"收拾好了。"

两个人没有再多说什么,各自进了房间。约三个小时后,林普听到客厅里有"窸窸窣窣"的响声。片刻后,房门轻轻一响,林漪出门了。

林普慢吞吞地翻了个身,默默地望着窗外湛蓝的天空。半晌,似乎是眼睛乏了,终于闭上眼休息。他的呼吸很轻,所以很难看得出来这个漫长下午后来的时间里他有没有睡着。

花卷最近有些失落。他以为自己难得休养在家,他的两个发小儿应该不分昼夜地来跟他叙旧,他们三个仍跟以前似的盘膝排排坐看片、打牌、扯淡。但其实两个发小儿似乎把他忘了,只偶尔手牵着手在他这里点个卯而已。

"我怕不是眼花了,明明我睁眼的时候就连林普的眼睛都是红的,跟点了红墨水进去似的……"花卷枕着胳膊,露出"寂寞如雪"的做作表情,唾弃地说,"可能真的是红墨水吧。"

钱藻把玩着他的手指,不好直言他心里没有点儿数,隐晦地劝道:"人家好不容易攒出来的年假全扔在你病房里了,你这也没大问题了,就放人约会去呗。"

花卷喷她:"他们以前形影不离十几年,哪差这点儿时间?!"

钱藻:"……"

钱藻悄悄地抹了把脸，转移话题，苦兮兮地说道："卷儿哥，你两回被推进手术室抢救，我在外面都没敢哭，差点儿憋死。"

花卷垂下眼睑看着自己指缝里若隐若现的美甲亮片，作弄地轻轻地抠了抠，说道："何苦为难自己？想哭就哭呗，又没有镜头对照着，妆花了也不怕。"

钱藻闻言差点儿把花卷的手背挠出血，哪个女朋友能没心没肺到大半夜化了妆再赶去医院？！她发现花卷在同事面前非常正常，在两个发小儿面前也是正常的，只有在自己面前格外嘴欠。

钱藻不好意思地说："我那不是怕你不能安心上路吗？"

花卷微微一愣，片刻后，回过味了。他轻轻地抓了抓钱藻的后脑勺，说："老钱，你这张嘴以后在别人面前能不用就别用了。"

钱藻也觉出那句话不太合适，正欲收回重说，突然被花卷压着后脑勺贴到他的唇上了。她惊喜地瞪大眼睛，望见对方眼睛里自己的傻样儿。

"你专注点儿。"花卷的声音里隐隐有笑意。

"嘿嘿，来了。"钱藻立刻全情投入地配合。

公司下午茶时间，翟欲晓突然接到柴簌簌的电话。她喜滋滋地说有件事情要与柴彤的生日一同庆祝，要翟欲晓早点儿下班回八千胡同。

翟欲晓细一琢磨，自以为聪明地下了结论：一定是舅舅终于松口答应他们了。

结果柴续给了柴簌簌一个耳光，同时给了翟欲晓一个无形的耳光。

柴续的信息严重滞后，他一直以为柴簌簌住在公司宿舍里，直到这天柴麟麟说漏了嘴。

柴续火冒三丈，问明了柴簌簌现在正在去柴彤家的路上，当即赶来，在八千胡同口截住她，使劲儿给了她一个耳光。

"啪"的一声，极为响亮的一记耳光，然后不管不顾地当着也掐点赶到的翟欲晓恨恨地唾她一句"不知羞耻"，柴续这才感觉胸口松快了些。

翟欲晓的眼圈霎时红了："你干什么呢，舅舅？！"

柴簌簌咬住了唇，带着恨意瞪着柴续，一语不发。片刻后，她突然卸下背包，在里面翻找着，翻出了昨天刚领的结婚证，微抬着下巴展示给柴续看。

没有人知道她是如何神不知鬼不觉地偷了户口本，又是如何放回去的。

这本来应该是要庆祝的道具，此刻却变成了示威的道具。

翟轻舟和柴彤得了二楼姚思颖的信儿立刻下楼，刚好赶上柴簌簌在跟呆若木鸡的柴续发飙。翟轻舟之前听过柴彤的转述，但仍不敢相信柴簌簌这么文静的姑娘能呛柴续到这一步。

只见柴簌簌当众悍然地说道："爸，你扪心自问，你这一巴掌，有没有三分之一的原因是担心我嫁给张罗以后日子过得不舒坦？！"

柴续没应她，只怔怔地瞪着地上被他撕成两半的结婚证。他撕得偏了，红底的合照里柴簌簌只剩下半个脑袋。

柴簌簌继续说道："最开始大概是有的，但现在你也不敢确定了，对不对？我姑且仍当是有的！剩下的三分之二，一半的原因是，我挑战了你说一不二的权威；一半的原因是，你害怕那群一直被你压一头的朋友在背后嘲笑你！"

翟轻舟暗自咋舌，柴簌簌和柴彤真不愧是姑侄，两个人发脾气时咬牙切齿的神态太像了，且字字诛心。他给惊呆了的翟欲晓使了个眼色，翟欲晓立刻上前去堵柴簌簌的嘴。

柴簌簌早豁出去了，推开翟欲晓，继续说道："他们的女儿要不长得不如我好看、要不学历不如我亮眼、要不然工作不如我，但偏偏有的嫁给开保时捷的，有的嫁给在沿海城市开工厂的，有的嫁给前途无量的海归律师，而如果我嫁给一个没什么赚钱本事的小干事，你以后非但不能再压他们一头，反而会成为他们眼里的笑柄。"

柴彤皱眉斥道："簌簌，你够了啊！上楼去！少给我丢人现眼！"

柴续此时终于从乍见结婚证的震撼里反应过来了。他上前想再给柴簌簌一个耳光，却被翟轻舟拖住，同时被刚刚挤进人群的林普抓住了胳膊。

翟轻舟和柴彤好言遣散了围观的街坊邻里，领着柴续父女上了楼。

落在后面的翟欲晓和林普一起捡起地上被撕成两半的结婚证，二人面面相觑。翟欲晓徒劳地拼了拼结婚证，林普无奈地掂了掂蛋糕盒。

柴家人有一个算一个都是狗脾气，是一言不合就掀桌的那种，情绪失控时尤甚。所以出现柴姓人混战的场面也不足为奇。

起因是柴彤的那句"张罗是个踏实过日子的人，而且看得出来，他眼里只有簌簌，簌簌跟着他虽然不能大富大贵，但日子过得舒心"。

柴簌簌最近不能回家，时不时地带着张罗来柴彤这里报到。柴彤和翟轻舟作为长辈全方位观察和套话，得出的结论是张罗此人挺行的。

柴彤自己事后复盘，她的这句劝慰就连标点符号都没有问题，但柴续这个听不出好赖话的狗东西当即就翻脸了。

柴续张口便啐她："你是真心劝架还是在这儿说风凉话呢？！什么叫日子过得舒心？蜗居在他那个破烂小三居里叫舒心？那叫轻贱！柴彤，你未来女婿虽然是个私生子，说出去名声不大好，但他爸的公司以后怎么着也得有他一份，退一万步说，即便没有，他是个直博生，毕业以后前途不可限量。哟，你不占这头就占那头，有恃无恐，当然好意思开口劝人想开些。"

"私生子"三个字戳到翟欲晓的神经。她将塑料刀插进蛋糕里,含怒叫了一声"舅舅",随即被林普捂住了嘴。林普低头在她耳边说:"没事,别生气。"

翟欲晓却依旧艰难地斥她舅舅:"你唔(不)能蛋(这)么叔(说)话"。

要不是眼前是个空杯,柴彤势必得扬手泼柴续一头一脸。她说:"柴续,你是狗吗?逮谁咬谁?!你这动不动就跟人比,比得上的踩人一脚,比不上就狂怒的毛病,到你死之前肯定是改不了了,对吧?"

柴簌簌突然哭了,说道:"爸,你说我就说我,乱扯别人干什么?!我真是受够你了!你整天叨叨这个,叨叨那个,你当别人都没有脾气?!麟麟生病至今多少年了?姑姑再给过你好脸吗?姑父再跟你喝过酒吗?你早就不是人家的亲哥了,你就是个亲戚而已!你到底在这里阴阳怪气什么!"

柴续脸红脖子粗地朝着柴簌簌砸过去个遥控器,柴簌簌尖叫一声,低头躲开。柴彤蹾桌怒斥柴续:"回你自己家作威作福去!"

用一句话概括此时的翟家:真是热闹极了。

大约十分钟后,梁燕清携柴麟麟赶到,两个人生拉硬拽地带走了斗鸡似的父女俩。

翟欲晓仍然气不过柴续那句口不择言的"私生子",她估计他们出了大门,突然趁人不备打开窗户冲着楼下喊:"柴簌簌,新婚愉快!早生贵子!白头偕老!"

柴簌簌不知听没听到,没有回头。柴续肯定听到了,但他被梁燕清拽着,不能冲上楼。

翟轻舟、柴彤和林普全蒙了。

也不知过了多久，柴彤回过神来，没好气地指着她："火上浇油！你就欠你舅也照你脑门儿上砸个遥控器！"

翟欲晓振振有词："柴簌簌证都扯了，我祝福她两句怎么了？！"

翟欲晓转头一劈手，意气风发地吩咐林普："切蛋糕！"

林普抓着塑料刀笑得发抖，翟欲晓皱眉"啖"了一声，一本正经地斥他："好好切。"

临街的窗户留了一条缝隙，半夜不知几点，楼下女婴的哭声顺着缝隙钻进来了。翟欲晓惊醒，在床上辗转两个来回，觉得有一点儿尿意，趿着拖鞋上厕所，结果上完厕所就彻底睡不着了。反正是周末，她也不为难自己，索性去厨房冰箱里掏出之前没吃完的卤味，就着一罐菠萝啤默默地赏月。那是一轮下弦月，斜斜地挂在天空，宁静美好。

翟轻舟睡眠浅，听见动静出来了，问道："睡不着啊？"

"啊，睡不着，楼下小孩儿太吵了，"翟欲晓觍着脸说，"你要是也睡不着，咱们来聊聊啊。"

翟轻舟啐她："我本来是睡得着的。"

虽然如此，他仍是揉了揉脸，在翟欲晓身边坐下，问道："你在担心簌簌？我记得你们小时候关系很'塑料'啊？"

翟欲晓翻了个白眼，懒得接他的话茬儿。她跟柴簌簌以前确实是有点儿'塑料姐妹情'，屁大点儿事就翻脸。但麟麟生病以后，她们的姐妹情渐渐趋于稳定。柴簌簌隐约有了略显别扭的姐姐的样，能让着她的尽量都让着她。既然人家都做出表率了，她也不好继续斤斤计较，不然显得太没有格局。她向来善于自省。

"簌簌走上了林普妈妈的老路，以后遇着事了可怎么办？"翟欲晓说。

林漪也是在家人不同意的情况下跟褚炎武好上的，结果结局十分凄惨，据说林漪的母亲直到去世都没有原谅她。她这些年带着林普过得形单影只、磕磕绊绊的。

翟轻舟默了默，反问她："以后簌簌遇着事了，你不管吗？麟麟不管吗？"

翟欲晓望向翟轻舟，感觉脑子里有道关卡正在被打通。他们这个年纪就是这样矛盾，既本能地勇往直前，又免不了畏首畏尾，因为一辈子太漫长了，高低起伏时常有之，一朝走错，后果不堪设想。

翟轻舟说："以簌簌来说，她不迈出这一步就是个死局。你舅肯定不可能主动退让。张罗在他眼里还不如当年的我呢，簌簌要是跟了他，你舅以后怎么抬得起头来？啧，你舅这个人向来以压别人一头为骄傲，大概以后即便火化了都得比较比较自己烧出来的骨灰有没有比别人多二两。"

"老翟，你对大舅子的怨念很深啊，平常是怎么藏着的？我都没看出来。"翟欲晓说。

翟轻舟闻言当即辩称自己是"就事论事"，但多少有些心虚，悻悻地给了翟欲晓一个"你可闭嘴吧"的眼神。

"你继续说。"翟欲晓鼓励他。

翟轻舟说："至于林普的妈妈，她跟簌簌压根儿不是一码事。簌簌是使尽了浑身解数不得已走到这一步的。林普的妈妈我行我素惯了，她极大可能只是口头通知了她父母以及其他亲人一嘴，同意不同意是他们的事，她不负责沟通说服。人的性格和行事作风不是一朝一夕养成的，这件事也许不过是压垮骆驼的最后一根稻草……这是咱爷儿俩之间瞎推理的啊，具体情况是什么，谁都不清楚。"

翟欲晓低着头细细琢磨着翟轻舟的话，片刻后，融会贯通并升华了中心思想：虽然柴簌簌和林漪一样，是在没有父母同意的情况下开启新的生活的，但是人跟人不一样，人的选择跟人的选择也不一样。当然，人的际遇跟人的际遇更不一样。

翟欲晓又想到上回在玛瑙街由林普转述的"不为外物所累"理论，她当了回二道贩子转述给翟轻舟，问他是什么看法。

翟轻舟此刻困了，懒得给她掰开揉碎地讲，一针见血地说：" '不为外物所累'里的'物'是身外之物的意思，比如名、利、物质欲、虚荣心、羞耻心等。林普的妈妈聪明，将其无限引申了，囊括了她生而为人的信念。她追求极致的身心自由、追求洒脱肆意的人生，这都没什么问题，但那得是在'养老扶幼'这些最基本的责任尽到以后，否则都可以统称为自私。"

翟欲晓在翟轻舟背上大力地拍了几下，然后叉腰说："老翟，你的脑子和嘴都太行了！我就觉得哪儿不对！"

拖鞋砸门的声音从主卧的方向传来，与此同时，柴彤警告的咳嗽声响起。翟轻舟和翟欲晓面面相觑，同时起身。片刻后，依旧宁静美好的月光下响起两道乖巧的关门声。

一个淫雨霏霏、平淡无奇的周五，林普迎来自己的生日。他利索地解决完实验室里的剩余工作，在将近傍晚时开车回八千胡同。

一路上，他的手机不断地响起，有褚炎武和二哥的转账信息，有大哥的寄件信息，有花卷的"加特林式比心"，还有陌生号码自我介绍以后的煽情小作文——林普隔三岔五就能收到陌生号码的煽情小作文。

经过前面的拥堵路段，转个弯就要到八千胡同时，翟欲晓打来了微信电话，问他到哪儿了。他报了自己的位置，她便挂断了电话。片刻后，他便在胡同口看到了心心念念的人。

她正撑着伞借着并不明亮的路灯跟一个老头儿下棋。她这人没什么棋品，喜欢悔棋，恼得老头儿吹胡子瞪眼。

林普在路边的车位里停好车，一打开车门，便听到一老一少在细雨里寸步不让地互呛。

"跟你这种输不起的瓜娃子下棋没意思。"老头儿晦气地说道。

"喊，你刚刚倒是留住黄大爷，别让人回家吃饭啊。"翟欲晓说，"得了，就到这里吧，我男朋友过来了，我也要回家吃饭了。"

"你不能走，我这眼看就要赢了。"老头儿急眼了。

翟欲晓道："赢什么赢？你单马单炮和老将，我仕相全一老帅，这局和棋。"

"你好意思叫和棋，你悔多少回了？不和！"老头儿抓住翟欲晓试图掀盘的手，龇牙威胁她，"我有高血压，容易上头，你个瓜娃子不要逼我躺地上。"

…………

最后的结果是：林普帮忙走了几步棋，然后故意出错让老头儿将死了他。

两个人肩膀抵着肩膀回去的路上，翟欲晓突然跃上林普的背，向他抱怨自己给他准备生日礼物累坏了。他反手托着翟欲晓的大腿，以防她掉下来，嘴微微扬起，露出不明显的笑意。他听出来这年的生日礼物是她亲手做的，非常期待会是什么。

翟欲晓是个实在人，以往送他的生日礼物总是非常实用，就比如去年的礼物是一套高端护肤品以及她用花体字撰写的护肤教程，前年的是一套音响，大前年的是个洗袜子机。

他们来到楼梯口，翟欲晓很有分寸地跳下来，再度与林普肩膀抵着肩膀上楼。整个楼梯间里都是浓郁的饭香味，林普闻着就能猜出翟轻舟做的是什么。

嗯？为什么不能是柴彤做的？啊，因为历年都是翟轻舟做饭。而且柴彤的厨艺跟翟欲晓和林普二人的半斤八两，不够资格做生日大餐。

片刻后，林普便在翟欲晓的卧室里看到了她给自己准备的生日礼物——一面照片墙。她清理掉自己历届"野生"老公的物料，将其全部封存，以腾出卧室最大的墙面，然后将与林普从小到大的合照打印出来，套上大小不一的原木相框，错落有致地挂起来了。

"以后你就是我卧室里的主打男色了。"翟欲晓叉着腰大方地说，"不客气。"

林普闻言给了她极为复杂的一瞥，转头重新盯回尺寸最大且居于中间位的那张照片。那大概率是一张他的单人照。照片里，他哭得整张脸湿湿的，眼睛都要看不到了，衣裳被掀起来，露出的白肚皮上有几道被砂石磨出来的血檩子。

"大概率"的意思是，有一只柴彤掀他衣裳的手和一只翟欲晓踩着塑料凉鞋的脚出镜。

翟欲晓不知打哪里掏出来个西红柿自己咬了一口，再递到林普嘴边硬逼着他也咬一口。她与他并肩欣赏着中间那张照片，感叹道："这张照片值得纪念的点在于，我摔哭了你，被我妈戳掉了门牙。"

林普尚不满五周岁时，有天翟欲晓拽着他在胡同里撒欢，忽略了他人小腿短这个事实，结果当着刚好下班回来的翟轻舟和柴彤的面把他摔了出去。

林普哭起来没有声音，但眼泪像是拧不紧的水龙头，一直"哗哗哗"地流着，看着格外令人揪心。翟欲晓抓着衣角怯怯地上前，试图跟他抱抱，却被柴彤一把推开。也是巧了，柴彤的指背刚好碰到翟欲晓晃晃悠悠、要掉不掉的那颗门牙上。

翟欲晓的门牙一掉，说话当即漏风。她费解地伸手在嘴里掏了掏，掏出自己带着一缕血的小白牙。她怔了怔，五官一皱，正准备开始哭，林普却停下来了。他瞪着大眼睛望着她，片刻后，突然破涕为笑。

　　林普低头咬一口又被送到唇边的西红柿，问她："既然是给我的礼物，为什么在你房间呢？"

　　"你没明白这其中的深意啊。"翟欲晓语重心长地道，"原来我房间里是谁？是徐回、霍蔚、庄博衍、卢潜……有一个算一个，全是令人趋之若鹜的超一线明星。现在我把他们都剔出去了，只剩了一个你。"

　　林普顿了顿，妥协了，说："谢谢你。"

　　翟欲晓洒脱地挥了挥手，意思是"自己人不必说谢"，显得非常大度。

　　翟轻舟的厨艺近些年越发精湛了，一道道家常小菜色香味俱全，要是时间充足甚至还能切根胡萝卜做个造型。但是柴彤和翟欲晓因为要保持身材，都不怎么给面子，往往吃几口就停下了，虽然也会偶尔夸赞两句，但那仿佛是在忽悠蠢驴继续拉磨。只有林普仍旧跟小时候一样，抓起筷子就不再说话了，专心致志、聚精会神，从头吃到尾。翟轻舟感觉分外欣慰。

　　"你再尝尝这道清蒸鲈鱼。昨天跟你花伯伯喝酒他还夸这道菜呢，说比晋市大昊酒店里做出来的都正宗。哎，当我听不出他什么意思呢。刚刚做好给他送去一条，他乐得眼睛都没了。"翟轻舟推开翟欲晓碍事的手，起身把鲈鱼推到林普面前。

　　林普挑下一块鱼肉，在盘底的酱汁里蘸了蘸，问道："阿姨还不给他饭吃？"

　　二楼的老两口儿前不久又吵架了，起因是花长立嫌姚思颖做菜时盐放多了。当然，如果他只是中肯地提出意见，姚思颖也不至于大动肝火，偏偏他拉长个驴脸，叨叨了一遍又一遍。姚思颖忍无可忍，最后直接夺过他的碗扔进水槽里。自那以后，姚思颖做饭只做自己一人的，再也没有人叽叽歪歪了，十分清静。

翟轻舟做同情状："哎，做多了倒下水道里都不给他吃，你花伯伯都饿瘦了。"

柴彤喝着汤在一旁说风凉话："有钱难买老来瘦，多好啊。"

翟轻舟："……"

柴彤懒得理他，转头觑着林普，吩咐他："一会儿别急着上楼，我把扣子再给你缝一遍。上千块的衣服，扣子缝得跟打秋千似的，要掉不掉的，这要是弄丢了上哪儿配去？"

林普一点儿磕巴不打，直接说"行"，翟欲晓便只好咽下了"松松垮垮的扣子也是设计的一部分"的提醒。

柴彤突然想起许久不见的林漪，问林普："你妈妈是不是出门了？"

林普正用舌尖剔着鱼肉里的小刺，刚要点头，翟欲晓便替他回了，说："去了藏区。"

柴彤轻敲了下碗，有些遗憾地说道："哎，我们这一代人，大概是被早期的民谣和散文诗洗脑了，总是想着跟当下的鸡零狗碎不同的'远方'。我做着没完没了的家务时，或者吵吵着你不洗脚的翟叔和不争气的晓晓时，也会忍不住反思'所以这就是我的一生了？只围着灶台转？只看见大都的四季吗'……我现在能理解你妈妈了。嗯，能理解百分之五十了。"

"不洗脚的"和"不争气的"闻言都有些讪讪的。翟轻舟其实已经算是非常合格的丈夫了，但不可否认的是，为这个家里贡献和牺牲最大的仍旧是柴彤。一方面是因为社会和家庭成员对她妻子和母亲的角色寄予软性压迫式的厚望，一方面也因为她本身性格就有些大包大揽。

林普嘴里发出若有所思的长长的"啊"，抽出纸巾擦了擦手，问道："得多远才能算'远方'？藏区和滇区应该都算吧。要不然明年天气回暖了你就带上翟叔出门吧，给你们报个舒服些的旅行团。"

柴彤听着不满了："谁报团去'远方'啊？"

林普顿了顿，诚恳地说："虽然不酷，但是安全。"

柴彤没收了他的筷子。

一顿饭热热闹闹地吃完已经将近九点了，林普在褚炎武响个不停的来电铃声里辞别翟欲晓一家，回到四楼自己家。他在玄关弯腰换鞋时，不耐烦地点了接听键。刚好是第三通来电就要自动挂断的前一秒，所以他也刚好听到了褚炎武那句下意识的反省——我又怎么得罪他了？不接电话。

褚炎武问林普收到钱了没，林普说收到了。褚炎武支棱起来了，抱怨他收到不知道回句"谢谢"，林普说你要是需要"谢谢"我就把钱退回去。褚炎武立刻蔫儿了。

二人这通电话持续了两分三十秒，直到林普推开自己卧室的门，眼皮微抬，瞥到床头相似的照片墙。

翟欲晓房间里的照片墙是以林普的各种照片为主题的，而林普房间的照片墙是以翟欲晓的各种照片为主题的。

林普在褚炎武聒噪的"喂？喂？怎么不说话"的声音里切断通话。他凝视着照片里一点点长高变漂亮的翟欲晓，眼睛里是无尽的笑意。啊，墙上中间位的照片是翟欲晓缺一颗门牙、五官皱巴巴、要哭不哭的样子，丑萌丑萌的。

深夜十一点四十分，林普取下耳机正准备睡觉，结果一翻身忽地打了个哆嗦。翟欲晓正装神弄鬼地立在他床边，幼稚地将两只爪子举在胸前,一句幽幽的"林……普……"叫得人头皮发麻。

林普等她表演完,问道:"你冷不冷?"

翟欲晓灰溜溜地放下手:"冷。"

林普眼睑微垂,掀开被窝,翟欲晓便游鱼似的钻了进去。

藏区海拔两千多米的小县城地处峡谷地带,因为受自印度洋的暖湿气流的影响,即便是这个季节也并不算冷。

林漪转着圈地游走着,试图找个信号好点儿的位置将"生日快乐"这条信息发送出去,但她晃荡到过了十二点都没能成功。她想想已经是新的一天了,索性也就算了。

"你昨晚喝多了后跟我说的事情是真的吗?"Brandon下车来到她身边,给她搭了条羊毛披肩,"你跟我说,你多年前推了个流浪汉,他被车撞了,后来是生是死你不知道。"

林漪一愣,突然笑了,说:"是真的,他被撞得不轻,大约是活不成了。"

Brandon神色复杂地望着她:"害怕吗?"

林漪不说话了,只是捧着杯子喝水。片刻后,她轻声说:"一声闷响以后就没声了,流了一地的血,也不知道都是从哪儿流出来的。虽然光线昏暗,而且他摔出去的距离有些远,但也能看得出来失血以后那人的面色迅速泛青……。"林漪没有再描述下去,顿了顿才又说,"但是回去以后看到正在看动画片的林普,我就没有那么害怕了。"

Brandon闻言笑了,显然并没有相信她说的话。她只是生活态度跟人不同,并非有道德问题。但她不愿意细说,他就不问。她是一个要把所有软弱情绪牢牢地装在自己胸腔里的人,再亲密的关系也不足以让她倾吐这些情绪。

"如果真的有来世,你想生在什么样的家庭、做个什么样的人?" Brandon 问。

"千万别有来世,我活得够够的了。"林漪靠在 Brandon 的肩膀上,眼睛里星河荡漾,"总是跟人和事别着劲儿,我也挺不容易的。"

"你是我见过的最固执的人。" Brandon 这样说着,给她递了几颗药,盯着她紧锁眉头喝水咽下去。她微微含着胸,他知道她此刻腰腹和背部都疼。

林漪是四月底在西部戈壁滩确诊的胰腺癌。因为确诊时已经是进展期,手术切除率低于百分之十,且预后极差,她果断选择能有效减轻不适症状、改善全身状态的姑息治疗,做了胆囊空肠吻合术。医生说她术后大概有不到一年的存活期,但事实上她自己查的是六七个月。

林漪最近一个月瘦得厉害,已经到了化妆都遮不住的地步了,但她自己不当回事。她跟林普最多只剩下两面之缘,一面是回到大都,一面是"离开"大都——如果林普到时候愿意给她送机的话。而眼下正是冬天,大家都裹得恨不得只剩下一双眼睛,很好糊弄过去。

跟林普说自己要移民去 M 国,是她作为母亲给林普最后的温情。

林普坐在客厅里,垂眸望着面前的几张纸。

那是墓地的购买合同,购买人是林漪,安葬人也是林漪。林漪本人在上个月月初已经支付了百分之三十的定金,依照合同,她需要在四十五天内付清剩余的百分之七十的尾款。

此时距离尾款支付日期只剩下一周了,墓地方电话联系不到林漪本人,便上门催款,顺便出于人道主义地确认下她并没有静悄悄地死在家里。在上门之前,他们一直以为她独居。

"她去了藏区,那里信号不好,常常联系不上。"林普平静地说,人看不出情绪。

墓地方的工作人员隐隐感觉自己做错了事情，十分过意不去，三言两语以后便讪讪地收起合同告辞，离开前忍不住回头再次看了一眼林漪女士的儿子。她原本只是从相貌上判定他是林漪女士的儿子，但他转过头淡淡地跟她说"慢走"时，他的神态也与林漪女士极具相似——如出一辙的孑然和不近人情。她略有些迟钝地回了句"打扰了"，一阶一阶地下楼走了。

Brandon 收到一条来自林普的信息："什么时候带她回来？"

他把信息展示给林漪看。林漪心里一沉，当即知道自己生病的事情暴露了，否则林普是不会越过她直接联系 Brandon 的。

Brandon 问她怎么回。她仰头望着前方沐浴在朝阳里的日光宫，说告诉他实情。

实情就是，林漪的生命正在倒计时。

胰腺癌是癌症之王，到了晚期，即便再高明的医生也回天乏术。

翟欲晓与林普一起去机场接林漪和 Brandon。不知道是不是化妆的原因，林漪看起来虽然确实瘦了些，但并非那种皮包骨的瘦，最起码表面上是这样。她的美貌依旧非常令人惊艳，尤其是上车前突然踮起脚拥抱林普时。

"你为什么不告诉我？"林普问。

"告诉你也没用，浪费你的时间和精力。"林漪说。

林普直接载着林漪来了大都最负盛名的三甲医院。林漪难得好脾气地即便知道没用也跟着他折腾，重新做或者预约做各种检查。之后，她就被直接留下来住院了。

林漪扣着病服的扣子，无奈地抱怨："我是真讨厌医院里的气味。"

林普像是没听到:"我回去收拾些东西,晚上给你带饭。"

林漪妥协了:"叫Brandon去楼下买就行了,你忙你的。"

林普像没听到,问:"海鲜粥行吗?"

林漪:"……"

林漪给了翟欲晓个眼神,说:"行。"

北风像刀子般,刮得人面颊生疼。林普和翟欲晓一前一后地行走在医院中庭里。他们身边经过很多面目模糊的路人,但谁都没有分出一点点关注给路人,即便几乎撞在一起也没有。当然,路人也并没有关注这对年轻男女。

医院是个特殊的地方——妇产科医院除外。这里各人有各人的倒霉的、不幸的故事,没有人有好奇心和精力窥探别人的故事。

翟欲晓在经过康复中心大楼时,突然上前抓住林普的胳膊,一言不发地与他拥抱。这个角落背风,她终于能听清楚他剧烈的心跳声。

"你去办理住院手续的时候,林阿姨说她以前也来这家医院检查过。西部戈壁滩上的医院确诊过,晋市市立医院确诊过,这家医院也确诊过。"翟欲晓说。

"医生调出病历时跟我说了。"林普说。

"但是她疼,在医院里用着药比出去乱跑要好些。"林普顿了顿,解释说。

翟欲晓忍住哽咽,呼吸不畅地急喘着,她的两只胳膊越收越紧,像是要勒断林普的腰。她想问问天上诸神,这到底是为什么啊?就可着一个人欺负啊。

"没事啊,不害怕。"林普揉着她的耳垂,反过来安慰她。

"没事啊,不害怕。"她也噙着眼泪安慰林普。

当晚，Brandon 回家休整，由林普陪着林漪住院。半夜两点钟，大都降下这个冬天的第一场大雪。

林普立在窗前怔怔地、长久地望着在路灯下飞扬的雪花。他脑子里一片茫然，没有林漪，没有瞿欲晓，也没有他自己。

林漪在一墙之隔重病之人不绝如缕的哀号声里醒来。她皱眉缓了缓周身的不适，瞥见窗前的林普，问他在看什么。林普说："外面下雪了。"

林漪默了默，说："大都年年有雪，有什么稀奇的？"她没听到他的回复，便叫他过来给自己倒水。

林漪注视着林普从保温杯里往外倒水，突然感慨地说："我以前跟你说，人生并不短，甚至长得令人发慌。但我得收回这句话了，因为如果以你为参考的话并不是这样，你长得太快了。"

林漪突然笑了，说："似乎也就几年前你还在我肚子里，我扶着腰离开医院，路过一家蛋糕店，进去买了一块枢果蛋糕。我怀你七个月了，医院不给打胎。我就着眼泪往嘴里塞着枢果蛋糕，心说算了，养着吧。"

林普眼皮微微抬起，问道："你为什么不把我交给他养？"

——如果你把我交给他养，你就不必囿于大都这座你早就待腻了的城市，你可以在你最好的年纪愿意去哪儿就去哪儿。

林漪不假思索地说："因为我爱你。"

林普重新拧紧保温杯盖，默不作声地凝视着她。

林漪不闪不避地回望着林普："你自己也知道我是爱你的。"

林漪顿了顿，继续说："我从小就是个跟别人不同的人，我的爱也跟别人不同。你要我全部的财产没问题，你要我的命也没问题，但你要把我牢牢地绑在身边，要林漪活成林普妈妈的样子，我做不到。"

林普的目光移向焦黑的木炭，眼眶倏地红了。

林漪住院的第四天，褚炎武得了信儿来了。

两个人一见面就开始掐，内容依旧是那些陈芝麻烂谷子的旧事。其实他们都不敢承认，很多细节他们已经记不清了，因为分开的时间太长了。

二人一直掐到褚炎武哽咽了。林漪一点儿也不领情，斜着眼睛嫌弃地说："你差不多得了，我老公看着呢。"

褚炎武恨恨地啐了她一口，讪讪地接下 Brandon 给的纸巾。

最后，两个人各自给对方盖棺论定，她说他窝囊，他说她犟种。

"喂，"褚炎武要离开时，林漪突然叫住他，"虽然在你这儿我是彻底栽了，但回顾我这一生，大概就是因为这一栽，我更清醒地知道自己要什么了，做人的底线更低了，行事也更加没有顾忌了。我喜欢了很多人，去了很多地方，也折腾了很多。所以，褚炎武，我退回你以前的'对不起'，因为我得谢谢你——我比较喜欢离开你以后的人生。"

褚炎武皱眉"啧"了一声，但转念决定算了，就让她痛快痛快吧。他向 Brandon 点了下头，推开门走了。

林普梦见自己想打电话给林漪，但是一直按不对手机号码。他焦急地改了又改，但就是按不出来正确的那组数字。他在猝然响起的闹铃声里大汗淋漓地坐起来。片刻后，他伸手向后探去，碰到了翟欲晓热乎乎的胳膊——翟欲晓在翟轻舟和柴彤的默许下，目前跟他是同居的状态。

翟欲晓眼睛都没睁开，反手拖着他重新躺下，斥道："不要起床太猛，再躺五分钟。"

不久后,两个人一起起床,洗漱收拾。翟欲晓这天要开一整天的会,林普要去医院。

林普的嘴角长了颗痘,翟欲晓硬按着给他涂了芦荟胶,结果在门口吻别时二人都忘了这茬儿,她一张嘴便把芦荟胶全部舔进嘴里了。她皱眉"呸"了两口,忍不住笑了,林普也跟着一起笑了。

"跟学校请假吧,不要太绷着了,最多不过是延迟毕业。"翟欲晓说。

"嗯,已经递交申请了。"林普说。

林普是在医院前面的十字路口等红灯时接到褚炎武的电话的。褚炎武在电话里气喘吁吁地说:"林普,在前面掉头,你妈去了薄雾山。"彼时,他正浑身是血地向着林普的方向狂奔,身后追着两个交警和一个司机——他刚刚被后车追尾了。

一周不见的太阳突然从阴云后面露出来了。林漪望着灰蒙蒙的大都,肉眼可见地开心了。她最近被反复低烧、恶心呕吐和越来越难以忍受的腹痛扰得一刻不得安稳,生命质量降到低得不能再低,在这最后的时刻却难得地露出了微笑。

她在确诊胰腺癌时就给自己写好了这样的结局。她绝对不能接受在病床上苟延残喘至终点。她平生唯一害怕的就是不能按照自己的意愿活着,但一丁点儿也不怕死。

此刻也没有什么要说的了。林漪想,林普生在自己肚子里可惜了,但愿他只伤心一小段时间就能继续向前。

…………

林普跟褚炎武刚刚下车,便听到了附近人们的惊呼。他们仰头望去,脸同时白了。

褚炎武膝盖一软便跪在了石子地上,五指抠着车胎想爬起来,却怎么都爬不起来,就跟脚下的石子突然变成了岩浆似的。

林普的瞳孔猛然收缩,眼里满是难以置信,眼泪迅速地涌了出来。

八千胡同的昼夜跟以往没有什么不同,大家仍旧进进出出地忙碌着自己的那摊破烂事。嗯,没错,人人都有一摊破烂事。有不愿意上学、屡屡被亲爹抽得号哭的;有不愿意相亲、跟父母吵得鸡飞狗跳的;有出车祸瘸了腿、不得已辞职在家躺平的;有三观不和、把日子过得阴风阵阵的。

虽然春节时大家都表现得喜气洋洋、意气风发,但年夜饭一撤,《恭喜发财》的音乐一停下来,日子仍旧跟去年一样,也仍旧跟前年一样。

林普默不作声地坐在楼檐上,两条长腿垂在外侧。他正在跟褚元邈通话,他说这周不回去吃饭了。褚元邈说没问题,老头儿回来后会转告一声。

"他不在家吗?"林普问。

"去健身房锻炼了。"褚元邈回答。

林普刚刚结束通话就听到楼道里翟欲晓清脆的声音。

翟欲晓正在过家门而不入地往四楼走,跟柴彤说话的声音有些大。她说以后都不用早起了,又说夜里不用做她和林普的饭,他们要出去单吃。柴彤不满地唠叨着外面的饭菜都是味精,"哐当"一声关上了防盗门。

翟欲晓站在林普家门前,正准备掏钥匙开门,楼顶的铁门开了,林普站在落日的余晖里居高临下地望着她。翟欲晓一愣,笑眯眯地向他招手,然后自顾自地打开门进去,给他留了条门缝。

片刻后,林普跟着进来了。

翟欲晓上周刚买的一袋柠檬一个都不剩了，她重新补充一袋放进去。回头看到正跟着自己转来转去的林普，问他："牙倒了吗？"

林普老老实实地说："倒了。"她便决定晚饭带着他去喜鹊桥附近的王记粥铺喝粥。

王记粥铺是春节前新开的店，因为味道好、分量足，所以总是门庭若市。他们在人最多的时候进门，扫码点单以后不过片刻，蔬菜粥和小食便陆陆续续地上桌了。

"我听到你在楼下说以后都不用早起了。"林普喝了口粥，突然说。

翟欲晓"啊"一声，仿佛刚刚想起来这件不重要的小事，满不在乎地说："啊，是这样，我辞职了。"

其实距林漪身亡尚不到一周时，翟欲晓就递了辞职申请，只是因为她的职位比较重要，所以交接期也比较长，眼下才彻底脱身而已。

林普怔怔地望着她，半晌，突然问："晓晓，你永远不会嫌我麻烦吗？"

翟欲晓抓着油条回望着他，不假思索地说："不但'永远'，而且没有任何附加条件。林普，你可以怀疑你爸爸是不是你爸爸，但你不能怀疑你邻居姐姐的感情。"

翟欲晓说完，把油条一分为二，一半塞进自己嘴里，一半不由分说地塞进林普嘴里："赶紧吃吧，叽叽歪歪的，你卷儿哥要敢问这样的问题，我早就把他打哭了。"

两个人饭后溜达着回家的时候突然下雨了。林普拉着翟欲晓跑起来，翟欲晓找了各种理由，赖皮地不想跑，他便只好跟扯驴似的扯着她跑。但因为雨又大又急，即便一路小跑，他们也仍很快被浇成了落汤鸡。

翟欲晓一路上聒噪个不停。

"林普，你迁就一下你的邻居姐姐行不行？我跟不上你，差点儿被你扯跪了。"

"林普，那边墙脚有一簇小黄花啊，就东北角那儿，你回头瞧瞧。"

"哟，吓我一跳，姑娘们，夜里光线不好就不要穿汉服踩轮滑扮演孤魂野鬼了。"

"林普，出门前我好像忘了关窗了。"

············

林普家的热水器坏了。昨天还能用，隔天就坏了。两只"落汤鸡"只好来翟欲晓家洗澡。翟欲晓信誓旦旦地跟林普说，翟轻舟和柴彤正在楼下花卷家打麻将，一般不到午夜不回来。结果她刚刚进浴室不到五分钟，翟轻舟就回来取东西了——一柄柴彤帮姚思颖代买的扫床小毛刷。

"林普，玄关柜子上应该有我妈新买的洗发水，你给我拆开送进来。"不知情的翟欲晓在浴室里喊着，"要是不在玄关柜子上，就在鞋架最顶层的抽屉里，你找找看。"

"……"

"你听到没有？怎么不说话？！我一身泡沫出不去，你赶紧找到给我送进来。赶紧的，我洗完你洗，再耽误下去就要着凉了。"

"……"

林普与翟轻舟在玄关尴尬地对望着，彼此都没做好应付这种场面的准备。虽然大家心知肚明，该发生的早就发生了，该猜到的也早就猜到了。

"啧，我发现你脸皮薄得匪夷所思，叫你进来一起洗你不愿意，叫你进来送个洗发水也为难你了？洗发水真的用完了，没有骗你，你放心地进来,姐姐不跟你闹!"

"晓晓,闭嘴。"林普说。

与此同时,翟轻舟以小毛刷为剑,指向浴室。他掉开头,没眼看的样子,糟心地说道:"你赶紧给她送进去。"

大雨至夜半转为小雨,小雨落在砖瓦上、塑料棚上、窗玻璃上、易拉罐上,发出各种各样连绵不绝的声音,扰得人睡不安稳。

翟欲晓正做着林普在石锅鱼店里叫自己姐姐的美梦,突然被楼下风吹易拉罐的声音惊醒。她翻了个身,迷迷糊糊地向左侧一摸,是空的,瞬间清醒。

翟欲晓怔怔地盯着天花板,片刻后,倒数十个数调整自己的情绪,起身走向厨房。

林普听到动静,转头望过来。他左手抓着一片柠檬正往嘴里送,右手手心里是块融化得只剩下核桃大小的冰。他在翟欲晓温柔的目光里狼狈地低下头。结果翟欲晓径直上前衔走他剩下一半的柠檬——不过因为酸味直逼天灵盖,她嚼了两下就吐垃圾桶里了。

"我可能还需要一段时间……"林普眼微红,有些抱歉地说。

翟欲晓把冰块从他右手抠出来塞进他左手里,说:"啊,那要是我昨天辞职,你今天就大步向前了,我辞得也尴尬不是?可劲儿造吧,没事,我看着你呢。"

林普听到这句"我看着你呢",眼泪突然就掉下来了。他松手扔掉冰块,紧紧抱着翟欲晓。其实当时距离太远,林漪在视网膜里只是个急速下坠的黑点,什么细节都看不清楚,而且后来到场的法医也说了,在这种高度下林漪是在触地的瞬间死亡的,但他夜夜梦到她磕磕绊绊摔下来的样子,这让他总是在清醒的瞬间也跟着感觉到很疼。

翟欲晓一开始只是给林普胡乱抹着眼泪，后来自己也装不下去了，她安慰林普："想不开没事，林普，其实我也没想开呢，你妈真是挺浑的啊。"

翟欲晓辞职以后的前两个月基本完全围着林普转。她只在三道门前与林普分开，实验室门、厕所门和浴室门。

两个月以后，翟欲晓在"花臂"调酒师的帮助下开始学习打理林漪留下的酒吧。

这年天气回暖得早，春花也开得早，三月底整座城市就姹紫嫣红了。

林普刚刚走出 Q 大校门，便被褚炎武劫上了一台越野车。林普以为褚炎武只是劫他去吃饭，因为他有三周没跟褚炎武吃饭了，结果一觉睡醒，褚炎武居然将车开上了都宁高速，直奔东宁去了。

褚炎武说 Brandon 回 M 国之前给他打了通电话，说林漪在藏区的日光宫给林普留了个东西。他们眼下将由东宁出发，骑行去藏区寻回那个东西。褚元邈给他定制的全地形变速自行车之前直接被寄去了东宁。

褚炎武把着方向盘滔滔不绝地说着。

"我从 Y 国回来就抽空混进了你们施教授的高尔夫圈子里，跟他套了几个月的近乎才敢坦露身份。他说四月底你必须回来。行，大手笔，我本来都不敢指望能给你要到一个月的假。

"你二哥专门给我找教练做了两个多月的强化训练，漫漫骑行路上先趴下的指不定是咱爷儿俩中的谁。

"啊，后座的背包里是你邻居姐姐给你整理的行李，你翻翻看有什么能用上的，其余的到东宁以后再补上。"

……………

林普转头睨着他，忽然说："你要是一直这么吵，我跟你可能都骑不出东宁市。"

褚炎武一愣，立刻说："行，行，行，不吵了。"

褚炎武清楚林普的坏脾气，所以，这样不顾其意愿地贸然将其劫走，他心下一直是惴惴不安的，林普这句威胁反而给了他底气。他盯着前方一眼望不到头的高杆灯、急速倒退的建筑和黑黢黢的山脉，笑了。

林普的手机响了一声，有新消息进来了。林普解开锁屏低头看去，是翟欲晓十分谨慎的一句嘱托："时刻注意防晒，姐姐是'颜控'。"

林普望着黑屏里自己的眼睛，眼眸低垂，嘴角微微勾起来。

褚炎武和林普自东宁市出发八天以后，褚元维和褚元邈飞去了他们到达的城市，之后便是一行四人继续前进。父子四人虽然都没有骑行经验，但由于这个季节正是骑行的高峰期，沿途不断遇上经验老到的热心肠骑友，所以一路算是有惊无险。

他们遭遇过泥石流、山体塌方，住过浴室大小的漏雨房间，断过一个下午的水，在仰望似乎怎么都爬不到的山顶时、在配不到自行车配件时、在突然被急雨浇在半路时还争吵过——褚元维甚至还给过两个弟弟一人一脚，但他们最后总归是来到了日光宫前。

"她交给谁了？我向谁去取？"林普回头问褚炎武。

褚元维和褚元邈纷纷避开林普的目光，假装在研究日光宫的建筑特色。

褚炎武仰头望着湛蓝的天，半晌，慢条斯理地说："你妈是个什么人，你自己不清楚吗？喊，哪里有什么藏在藏区要给你的东西？"

林普沉默片刻，长吁一口气。

林普正要说"其实你不撒谎也行的"，目光不经意地落在远处，凝神一瞅，眼睛瞬间红了。

　　高原上的风太大了，翟欲晓大步向前走着，花卷给她拎着婚纱的裙摆步步紧跟着。

　　翟欲晓一直走到林普跟前。她忍住哽咽，狠狠地揉了把眼睛，说："林普，我这不是激动，我是有点儿生气，你没听我的话防晒，好像晒黑了。"

　　林普温柔地望着她，回道："听话了，四瓶都快涂完了。"

　　翟欲晓再一次哽住了。

　　林普突然在大风里笑起来，翟欲晓觉得他的笑声比徐回去年年底被再度封神的那首《不舍昼夜》都好听，是世界上第一好听的声音。

　　林普单膝跪下，眼睛里映着日光宫和翟欲晓。

　　翟欲晓怔怔地扒拉着头发，嘿嘿笑着。

番外
温馨小日常

八千胡同的人都喜欢泡脚，尤其是在冬天。以前没有插电的足浴桶，大家用的都是超市里买洗衣粉赠送的深底塑料盆，塑料盆旁边放着一暖瓶开水，隔几分钟倒一点儿，保持水温偏烫，就这样泡着脚看着动画片，惬意极了。

翟欲晓犹记得刚认识林普的第一个冬天，自己非常不解他为什么没有泡脚的习惯，于是趁着大人没注意，把他往小板凳上一按，不由分说就给他脱了鞋袜，把他的脚按到泡脚盆里了……

林普哭得十分凄惨，因为水温没调好。

因为林普那时哭起来没有声音，大人并没有第一时间察觉，是翟欲晓着急忙慌地用袜子给林普擦脸时碰掉了电视遥控器，才露出了端倪。在后来的很多年里，翟欲晓无数次向林普发誓，当时那只袜子一点儿也不臭，是洗干净了后准备泡完脚穿的。

花卷将钱藻特地买的双人足浴桶搬进来，与林普家的并排放着，然后起身扶着腰喘气。

他们本来约的是个电影局，但是这天下午大家在微信里聊着聊着，电影局就变成泡脚电影局。

林普家有个双人足浴桶，花卷家虽然只有单人的，不过是一新一旧两个，也够用。然而钱藻感觉单人的不够有气氛，于是在来的路上现买了个跟林普家一样的双人足浴桶。

"两千三百元的足浴桶,她就这么买了,而且财大气粗地说就留在你家,下回来继续泡……人与人之间的差距。林普,以后要是学习压力实在太大,当网红是个路子。"花卷说。

翟欲晓刚把脚伸进足浴桶里,闻言四下里看了看,就近抓起沙发上的抽纸盒砸向花卷,唾他:"你盼着点儿人好吧。"

钱藻停在二楼跟姚思颖聊了两句,此刻刚好进门,正要问"你们在说什么",就见林普蹲下来将手伸进了翟欲晓的泡脚水里。她不由得露出"柠檬精"的表情,撇着嘴瞪向正起哄的花卷。

"你温度设得太高了,有点儿烫。"林普说。

翟欲晓两只胳膊撑在沙发上,硬着头皮说:"是你太细皮嫩肉了。"

她夜里睡觉的时候脸皮可厚了,老是不请自来地给林普捋背,再觍着脸要求他给她捋回来。她觉得这样好睡。但眼下他当着两位小伙伴的面毫不嫌弃地把手伸进她的泡脚水里,她就不好意思了。

片刻后,四个人两两相对地开始啃着卤味泡脚。与此同时,电视墙上开始播放钱藻力荐的时下占据热搜第一的电影——一部名为《她和他的婚礼》的爱情片。

大约二十分钟后。

花卷狐疑地说:"你们没觉得男主这个动作不但不霸气还涉嫌猥亵吗?目前他们并没有互相表明心迹!而且电影开场时女主只是因为害怕老鼠就跳到和她并不熟的男主身上,是不是有点儿过于……不矜持了?"

林普、翟欲晓和钱藻:"……"

大约又过二十分钟后。

林普皱眉:"上午出门时明明两个人都开车,为什么偶遇以后女主是被男主载回来的？那女主自己的车去哪儿了？而且，女主住在筒子楼，一个月薪水也只有五千五百元，为什么就因为推销人员一句'贵有贵的道理'就买了一万块的电动轮椅给只是骨裂的男主？最后，没有人在现实生活里吵架会骂对方是笨蛋、白痴、幼稚鬼……我不想看了。"

翟欲晓和钱藻："……"

大约又过十分钟后。

翟欲晓轻轻地拍一拍钱藻的肩膀，语重心长地说道："老钱，我真想陪你看完，真的，但这个故事的逻辑实在过于牵强了，简直是把观众的智商按在地上摩擦。而且女主行事实在过于不敞亮了，她明明是可以跟朋友把事情交代清楚的，但偏偏以小人之心度'朋友'之腹，最后导致朋友七百多万的投资打了水漂，结果朋友质问她时，她还敢说自己问心无愧……七百多万啊，我真想一脚把她的脑袋从她脖子上给踢下来。"

钱藻："……"

钱藻默默立誓：我要是再跟你们三个人约看电影，我就是狗。

最后电影就被停留在男女主因为一场误会而在雨中激吻的画面了。

钱藻望着花卷，忍不住碎碎念："你倒是跟人家学学，男女朋友之间有什么矛盾不是一场激吻不能解决的？动不动就给我脸色看。"

翟欲晓问："他因为什么事给你脸色看了？"

钱藻闻言卡壳了，支吾半天，避重就轻道："都是小事，不足挂齿。"

花卷"呸"了一声，吐掉小碎骨头，说："你还是说说吧。"

在花卷的描述下，翟欲晓和林普得知一个人能不靠谱到什么地步了。简单来说,一周前,钱藻弄丢了毕业以来的第四部手机;一个月前,她驾驶着尚未来得及上牌照的微型皮卡,第三次剐蹭到了小区门口的隔离桩——这回剐蹭得狠了,必须得补漆去;她平日里跟朋友说大话,擅自给花卷升职和提衔;她给花卷备注"狗子",却把两个人的聊天截图错传至家庭群;她从秀场回来,看错了机票时间,以致花卷半夜赶往机场却扑了个空……诸如此类,不胜枚举。

钱藻在花卷的描述下,面色越来越不好看了。片刻后,她缩着肩膀战战兢兢地问:"卷儿哥,你是不是不想跟我好了?"

花卷顿了顿,问道:"何出此言?"

钱藻几番欲言又止,最后耷拉着眼皮露出"我都明白"的做作相。

花卷神色平静地抽出一张纸巾擦嘴,然后自兜里掏出个粉白色的小圆盒子,故作犹豫地打开、合上,再打开、再合上。他迟疑地说道:"要不然我再琢磨琢磨,并不太想娶个'戏精'……有钱的'戏精'也不行。"

在场的三人都愣住了。

于静默中,钱藻突然深呼吸,眼泪簌簌落下。花卷一愣,再也不敢嘴欠了,老老实实地给她戴上了戒指。

钱藻跟个小孩儿似的哭得停不下来,却喜滋滋地从各个角度欣赏着自己的戒指,且自己欣赏还不够,还要把兰花指伸到翟欲晓和林普跟前去,他们的脑袋躲到哪里,她的兰花指就跟到哪里,惹得二人不胜其烦。

花卷伸手给她向上提了提嘴角,吐槽她"蠢",又吐槽她"眼窝子太浅了",虽然是吐槽,但是语气十分温柔。

"行了,各位,场地腾出来。"翟欲晓这样吩咐着,一把拍开钱藻如影随形的兰花指,低头给自己穿袜子,"老钱,你等会儿再美,把戒指给摘下来,卷儿高低得跪一跪,走个形式。"

深夜十一点,赶走了花卷和钱藻,林普和翟欲晓也准备睡觉了。林普刷牙的时候突然跟翟欲晓聊起林漪——林漪去世距离此时刚满一年,林普第一次主动聊起她。

林普的教授能教博士生,却教不了家里小学毕业班的孙子。施小同学一到写作业时间就开始作妖,注意力极不集中,一会儿要喝水,一会儿要拉屎,半个小时只解出来两道题,全家痛不欲生。

林普说,要是从这个清奇的角度来看,林漪对他的放养并不是一无是处的。她从来不问他作业的情况,因为那是他的事,他如果不写作业或者写得敷衍,自有老师收拾他。他脸皮薄,若不想被当众收拾,就得乖乖地好好写,这个过程本就是个闭环,旁人不必插手。

"也是得益于那时候的日常作业不需要家长签字,不然你妈就是再'放养'你,也得咆哮几回,你刚上学时那字写得太费眼了。"翟欲晓实话实说。

"你的字也没好到哪里,两个生字格都装不下一个重新的'重'字。"林普默默地擦掉她溅到镜子上的水迹,反驳她。

翟欲晓"唑"了一声,仿佛在警告他——你僭越了,小子。

"不过不好说,"翟欲晓盯一眼镜子里的林普,轻声说,"有可能是你妈不插手,你学习的时候没有'居功'的心态,所以学得更好。也有可能你这只是幸存者偏差,如果换成我和卷儿这种二皮脸,要是屁股后面没有根棒追撵着,我们能上天。"

林普觉得"二皮脸"这个词形容得太妙了,回到卧室都还在笑。

翟欲晓率先爬上床,装模作样地哼着电视剧主题曲点开了视频软件,林普见状沉默片刻,夺了她的手机扔到一边,不满地望着她。

翟欲晓哼哼："我就知道你憋不住。"

她之前是生理期，林普不得不安分了一周。

林普的亲吻总是不慌不忙的，却格外炽烈，上上下下两个来回，再叼一叼耳垂就能让翟欲晓的大脑罢工。

窗外深冬的东北风"呼呼"地刮着，也不知过了多久，翟欲晓投降了。她抵住林普的胸口，挣扎着露出脑袋，求饶道："三岁之差也要了老命了，姐姐体力跟不上了，我们来日方长，下回再战。"

林普将她重新埋进被窝，并"揭穿"她："你就是想停下来追剧，别装了。"

由于林普不知节制，翟欲晓第二天一直睡到了中午，且即便如此，起床时仍是晃晃悠悠的，脑子十分不清楚。偏偏这天她不能不清楚，因为要跟新的驻唱歌手签约。

"不存之地"原来的驻唱歌手和驻场乐团在林漪去世之后没多久就前后脚解约走人了，之后就很难招到跟他们一样优秀的了。这年六月份的时候倒是来了个不错的乐团，但不巧的是，乐团主唱看上了林普，主唱因为翟欲晓捷足先登，整天弹着吉他顾影自怜，要是林普恰巧在，就弹着吉他盯着林普顾影自怜，翟欲晓忙不迭地把小姑奶奶请走了。

"对方是我二哥的朋友，是他把过关的，你到时候签个字就行了。"林普说。

林普继承的"不存之地"现在在翟欲晓的名下，是翟欲晓自己的事业。

"啊，现在都是双向选择，人家也得问问我们酒吧的情况，得做足准备喽。"翟欲晓这样说着。

结果她跟新的驻场歌手谈得很顺利，半个多小时就把事情给定下来了。

"大哥是不是打算回来了？"翟欲晓出门送驻唱歌手时，林普突然问褚元邈。

"嗯，明年年中回，欧洲的业务交给经理人打理。"褚元邈说。他想起件事，突然笑了："大哥之前许久没接到你的电话，以为你还记恨着藏区路上他踹你的那脚呢，他正琢磨着要不要找我帮忙说和，你的问候电话就到了。"

因为褚元邈买的自行车太高端了，骑行路上很难配到合适的配件，再加上那几日翻不完的高山，林普突然就爆发了。他很生气地踹倒了车子，并且大声叫试图安抚他的褚炎武"闭嘴"。褚元邈忍耐一整天了，眼看他越来越控制不住情绪，上前叫了他的名字，并在他回头时一拳打到他下巴上。

林普蒙了一下，立刻还手。

褚元维不让褚炎武上前拉架，自己也在一旁冷眼看着。两个小弟，一个前不久刚刚失去至亲、情绪不稳定，一个本身就情绪不稳定，能一路憋到现在才起内讧已经不错了。褚元维一直等到再不动身太阳就要落山了，才上前照着他们的屁股一人给了重重的一脚，叱骂他们是"不嫌丢人的狗东西"。

"要不是你，我也不能被踹。"林普顿了顿，仍旧愤愤不平，"是你先打我的。"

褚元邈赶紧借坡下驴，说："我先打的，我先打的。"

褚元邈干脆利落地认了，眼看着林普被堵得一句话说不出来，忍不住笑了。他在桌子底下给了林普一脚，说："都是领过本的人了，你有点儿大人样。"

——林普和翟欲晓在国庆期间低调地领了小红本。

林普想到之前随身装了一个多月的小红本,整个人肉眼可见地开心了起来。

嗯?后来为什么不装了?因为不小心被柴彤发现了,柴彤哭笑不得地给他没收了。然后也不知怎么回事,八千胡同人人都知道了,大家当他是个笑话。

褚元邈"啧"了一声,又给他一脚,重申:"你有点儿大人样。"

褚炎武这个除夕过得不太愉快,他以为林漪没了,林普毫无疑问是要携他的"邻居姐姐"来褚家团年的,否则他不就成上门女婿了吗?

结果林普听到他不满的嘟囔,撩起眼皮回了他一句"上门很多年了",然后吃干抹净地拍拍屁股就走了。

"你说他多随他妈,啊?他多随她!句句都直戳我心窝子!"褚炎武在视频里捶胸顿足地向褚元维抱怨。

"喊,你别装了,最近跟着他出去吃茶、看球、打高尔夫,你乐得都懒得过问公司的情况了。"褚元维揭穿他,"各部门经理有一堆报表等着你确认签字呢。"

褚炎武干笑两声,转头吩咐家里的阿姨给林普准备些年货,林普虽然不跟他吃团圆饭,但承诺隔天一早携他的"邻居姐姐"来给他拜年。

八千胡同马上就到了,林普收到翟欲晓的微信信息:"你爸要是态度强硬,你就留下跟他吃饭得了,一顿饭的事。"

林普寻了位置停车,给她回复了一个"猫猫抬爪呵斥"的表情包:

"你这话什么意思？我不喜欢，撤回去。"

林普虽然不生产表情包，却是表情包大户。他的收藏栏里有二百多个奇奇怪怪的表情包，大多来自翟欲晓，当然，也大多用于发给翟欲晓。

片刻后，林普收到翟欲晓同一只猫的表情包回复："过来让为父好好盘盘你。"

八千胡同的胡同口，有几个小孩儿叽叽喳喳地在堆雪人，林普忍不住驻足旁观。

他们都是住在附近的孩子，有大有小，大孩子负责指挥，小孩子负责铲雪，将近零下10摄氏度了，个个都忙得热火朝天的。

林普注意到一个四五岁的小男孩儿——他是在场最小的孩子。小男孩儿裹得特别厚实，帽子、围巾和手套一样不落。大约是感冒了被家长交代不让碰雪，他便乖乖地一直捧着个喜羊羊的保温杯跟在小伙伴身后来来回回地跑，殷切地问他们"渴不渴""要不要喝水"——出门前家长大约也交代了不能跟别人共用水杯，但这么大点儿的小孩儿哪能记得住。

天渐渐变暗了，雪人仍然没有成形，但是晚饭时间到了。渐渐有家长开始遥遥喊人回家了，原本热热闹闹的场面一点一点地冷清下来，最后只剩下一脸茫然的小男孩儿。

林普跟小男孩儿面面相觑。片刻后，小男孩儿的家长姗姗来迟。他的家长因为他乖乖听话没有碰雪，双手箍着他的脑袋，在他脑门儿上狠狠地啄了一口。小男孩儿连声"啊"地叫着、反抗着、挣扎着，两只黑葡萄似的眼睛亮晶晶的。

林普眼睑微垂，看着地上丑陋的雪人，正琢磨着是否有抢救的必要，突然收到翟欲晓的微信语音。

翟欲晓说:"我开着窗口观望你半天了,磨蹭什么呢?饺子熟了,赶紧上来。"林普闻言看过去,前方暮霭里有一张模糊的笑脸。

林普跟着笑了。